virgo *Hearts*

Leslie Delhaes

virgo

Hearts

Leslie Delhaes

Bibliografische Information der Deutschen Nationalbibliothek:
Die Deutsche Nationalbibliothek verzeichnet diese Publikation in
der Deutschen Nationalbibliografie; detaillierte bibliografische
Daten sind im Internet über http://dnb.dnb.de abrufbar.

Korrektorat: Nicole Leppen
Verwendete Fotos:
© iStock.com/klerik78
© iStock.com/chaluk

Impressum: c/o H. Eßer, Auestr. 87, 52382 Niederzier

Herstellung und Verlag: BoD – Books on Demand, Norderstedt

ISBN: 978-3-7526-0462-7

Warnung!

Wer nicht mit einem Cliffhanger umgehen kann oder mag, sollte dieses Buch auf der Stelle wieder aus den Händen legen.

Oder warten bis Teil 2 erschienen ist ...

kapitel 1

»Igitt.« So viel aufrichtiges Entsetzen hat Emily noch nie in ein einziges Wort gelegt.

»Igitt, igitt, igitt.«

Ich sehe das genauso, obwohl ich nicht kreische und quietsche wie meine Freundinnen.

Wir sitzen bei Emily zu Hause gemütlich auf den Sesseln und Sofas und schauen uns gemeinsam einen alten Liebesfilm an. Zumindest hießen diese Filme früher so, was daran etwas mit Liebe zu tun haben soll, ist mir schleierhaft. Bisher gab es in erster Linie Drama und Missverständnisse, und wenn nur einer der Protagonisten ein klein wenig logisch denken könnte, hätte es keine neunzig Minuten bis zu dieser Szene gedauert.

»Ist das ekelhaft. Er beschlabbert sie wie ein Hund seinen Knochen.« Emily legt ihren Kopf an meine Schulter und macht laute Würgegeräusche, während im Film der Junge, um den sich das Drama drehte, das dazugehörende Mädchen gegen eine Wand drückt und seine Zunge tief in ihren Mund steckt. Emily sieht mich vorwurfsvoll an. »Wie kannst du nur so ungerührt sein?«

Lässig zucke ich die Schultern.

Ich wirke immer so, jedenfalls nach außen. Egal, was geschieht, ich, Maxine Summer, bleibe kühl und beherrscht und habe alles unter Kontrolle. Dass in meinem Inneren das

Chaos tobt, muss mir ja niemand ansehen. Wenn man ein Pokerface hat, soll man es ohne Frage benutzen.

»Wir wissen doch, dass unbehandelte Männer wie Tiere sind«, antworte ich möglichst cool und verdrehe die Augen.

Das ist ja Sinn und Zweck der Sache. Wir jungen Mädchen kennen keine Männer. Die alten Filme existieren, um uns zu demonstrieren, welches Dasein wir Frauen vor der Revolution führten. Glücklicherweise sind diese Zeiten vorbei. Ich lebe im einzigen Land der Welt, in dem Frauen wirklich und wahrhaftig frei sind und das selbstbestimmte und glückliche Leben führen, das ihnen zusteht.

Im Film hat der Junge seine Zunge endlich aus dem Mund des Mädchens genommen.

»Ich liebe dich«, sagt er, sieht ihr dabei tief in die Augen und wirkt erschreckend ehrlich. Er hält jedoch nach wie vor ihre Oberarme fest. Ihm ist genauso klar wie uns allen, dass sie bei der erstbesten Gelegenheit die Flucht ergreifen würde.

»Ich liebe dich auch«, säuselt das Mädchen zurück.

Was soll sie sonst sagen? Während sie in der Gewalt des Typen ist, der sie mit beiden Händen festhält, kann sie wohl kaum zugeben, dass er Mundgeruch hat und sie kein Knochen ist, der von allen Seiten angenagt werden will.

»Er ist eindeutig stärker als sie.« Sophie analysiert den Film, so wie wir es in der Schule gelernt haben. »Größer und physisch überlegen. Sie hat keine Chance, sich zu wehren.«

Selbstverständlich versucht sie es gar nicht. Frauen waren schon immer klüger als Männer und das Mädchen im Film hat gelernt, wie sie in einer von Männern dominierten Welt am besten überlebt.

»Ich finde ihn aber irgendwie niedlich«, behauptet Fiona.

Ich mag Fiona aufrichtig, leider zweifle ich regelmäßig an ihrer Intelligenz. Emily und ich stöhnen im Chor auf und sehen uns gleichzeitig amüsiert und frustriert an.

»Du findest alles niedlich, was behaart ist«, sagt Emily und kichert. »Hundewelpen, Affen, sogar Stinktiere.«

»Das stimmt doch gar nicht«, protestiert Fiona. »Und so behaart ist er überhaupt nicht.« Sie zieht einen Schmollmund und denkt über ihre Einstellung zu behaarten Lebewesen nach. »Babys finde ich niedlich, und die haben meist gar keine Haare.«

»Babys finden wir alle niedlich.« Amber streckt ihre langen Beine über die Sessellehne und stößt Fiona mit einem Fuß an. »Außerdem ist da ein Logikfehler. Wenn man eine einzige unbehaarte Sache niedlich findet, bedeutet das nicht automatisch im Umkehrschluss, dass man nicht nicht alles Behaarte reflexartig mag.«

Wir sehen sie verwirrt an. Das ist typisch Amber, ihre angeblich logischen Schlüsse versteht außer ihr selbst kein Mensch.

»Ich glaube, da waren mir persönlich zu viele Verneinungen in einem einzigen Satz«, kichert Emily.

Amber blickt entnervt in die Runde. »Also, wir denken alle, Fiona findet sogar einen Jungen niedlich, nur weil er so viele Haare hat.«

Emily, Sophie und ich nicken im Chor, während Fiona vehement den Kopf schüttelt. Dann sieht sie uns verzweifelt an, denn sie hasst es absolut, anderer Meinung zu sein.

»Aber ein Hund hat doch mehr Haare«, wendet sie ein.

»Hast du dir mal seine Arme angesehen? Ich sehe da kaum einen Unterschied zu einem Hund.« Amber verzieht angewidert das Gesicht.

So schlimm finde ich die Haare des Jungen gar nicht. Bedenklich ist, was er mit seinem Körper und vor allem mit seiner Zunge gemacht hat. Es lohnt sich jedoch nicht, mit den anderen darüber zu streiten.

Die Tür zum Zimmer öffnet sich, und Emilys Mutter sieht zu uns hinein. Dann fällt ihr Blick auf die Leinwand. Dort läuft inzwischen der Abspann. Ein blutroter Sonnenuntergang im Hintergrund und davor die beiden Hauptdarsteller, die gemeinsam in den roten Himmel schauen. Aber ehe jetzt jemand auf die Idee kommt, es könne idyllisch sein: Der Junge umklammert nach wie vor die Schultern des Mädchens mit seinem Arm, schwer und besitzergreifend, so dass es ihr weiterhin unmöglich ist, ihm zu entkommen. Selbst wenn er es nicht getan hätte: Zu dieser Zeit gab es für Frauen kein Land, in dem es ihnen besser ging. Überall herrschten dieselben katastrophalen Zustände und die weibliche Bevölkerung musste sich mit den Gegebenheiten arrangieren.

»Ach, das macht ihr. Jetzt verstehe ich euer Gekreisch.« Emilys Mutter schüttelt den Kopf und lacht. »Ich dachte, ihr hättet in der Schule schon genug von diesen vorsintflutlichen Filmen sehen müssen.«

»Haben wir auch«, bestätige ich und deute unauffällig auf Fiona.

Die hat behauptet, dieser Film wäre anders. Ein echter Liebesfilm. Total romantisch und herzergreifend schön. Da hätte uns allen bereits klar sein müssen, was das bedeutet.

Emilys Mutter kichert verhalten und zieht sich zurück. Sie kennt uns und unsere Eigenarten schon ewig.

Die Filme, die wir in der Schule sehen und analysieren, zeigen offensichtliche Gewalt gegen Frauen. Das war hier anders, zugegeben. Kein Wunder, dass Fiona, die nicht immer alles durchschaut, die subtile Unterdrückung nicht bemerkt und den Jungen niedlich findet. Genauso versteckt und unterbewusst lief es damals ab. Solange man keine echte Alternative hat, ist nichts freiwillig. Dieses Mädchen hatte definitiv nie andere Möglichkeiten.

Glücklicherweise führen wir inzwischen ein besseres Leben.

Entspannt lasse ich mich zurücksinken.

Fiona schmollt, weil wir ihren Film nicht mochten, und räumt ihn zurück in die Hülle. Dann wedelt sie hoffnungsvoll mit einem weiteren Cover. Schon wieder ein Mädchen und ein Junge. Wir stöhnen simultan auf.

»Das hier ist was anderes. Diesmal wirklich.« Fiona ist ein

hoffnungsloser Fall. So, wie es aussieht, ist sie das einzige weibliche Wesen, das ich kenne, das in einer von Männern dominierten Welt glücklich sein könnte. »Das ist mit Vampiren.«

»Wenn es ein Tierfilm ist, bin ich einverstanden«, sagt Amber und wirft einen ihrer typisch genervten Blicke auf Fiona. »Sollte es sich aber nicht um Vampir-Fledermäuse handeln, sondern um dämliche Fabelwesen, kannst du es vergessen.«

Amber hält nichts von Fantasy. Für sie zählen nur harte Fakten und Realität.

»Auf einen Tierfilm habe ich keinen Bock.« Emily zeigt Amber einen Vogel. »Dann doch lieber einen Horrorstreifen.«

Fiona nickt begeistert. »Es ist kein Tierfilm und sie haben kaum Haare. Es sollte euch gefallen.«

Emily und ich lachen sie aus. Gut, der Junge auf dem Cover wirkt extrem unbehaart, abgesehen davon ist er leichenblass und sieht regelrecht krank aus. Er hat einen leidenden Gesichtsausdruck wie ein Sterbender und nicht wie ein Untoter. Es ist nicht allzu verlockend.

»Und es ist total romantisch. Obwohl er ein Vampir ist, geht es um wahre Liebe. Zwischen einem Vampir und einem Menschen kann es eigentlich keine echten Gefühle geben, aber hier klappt es eben doch.«

Als ob es zwischen Männern und Frauen jemals Liebe gegeben hätte. Ich fürchte, Fiona müsste das erst am eigenen Leib erfahren, um es zu kapieren. Sie hat die Hoffnung, uns zu überzeugen, nach wie vor nicht aufgegeben und zitiert den überaus schwülstigen und lächerlichen Klappentext.

Amber ist rücksichtslos. »Vergiss es. Von diesem Romantikscheiß ist mir noch immer kotzübel. Ich will jetzt Action.«

»Wir haben immer Action. Und hier ist durchaus auch Action bei, er weiß ja nie, ob er seine Angebetete lieber beißen oder küssen soll.«

Amber fletscht die Zähne in Fionas Richtung. »Ich sehe

zwischen beißen und küssen keinen wesentlichen Unterschied. Es ist beides nass, ekelhaft und unhygienisch. Und abgesehen davon völlig sinnfrei.«

Fiona und Amber zanken sich eine Weile herum. Ich mische mich nicht ein. Noch so ein romantischer Schmu kann mir gestohlen bleiben, aber es besteht eh keine Chance, dass Fiona sich durchsetzt. Das schafft sie nie. Ich kann mir meine Energie sparen.

Stattdessen schiebt sich Emily näher an mich heran und flüstert in mein Ohr.

»Es gibt ein Geheimnis.« Ich werfe ihr nur einen gelangweilten Blick zu. In Emilys Welt gibt es ständig Geheimnisse. Aber sie fährt mit glitzernden Augen fort. »Es hat etwas mit dir zu tun.«

Nun horche ich auf. Meine Freundin hat zwar eine blühende Fantasie, besonders wenn etwas erst einmal ihr Interesse geweckt hat, aber Geheimnisse, die mich betreffen, sind neu.

»Wie kommst du darauf?«

»Meine Mutter hat da so was angedeutet. Ich solle dich unterstützen, egal, wie ich persönlich dazu stehe.«

Emilys Mutter ist, genau wie meine, im obersten Rat der Regierung tätig, und normalerweise bin ich selbst bestens informiert. Meine Mutter weiß, wie sehr ich mich für Politik interessiere. Ich plane, in ihre Fußstapfen zu treten, daher tauscht sie sich häufig mit mir aus, will meine Meinung hören und die Sicht der Jugend in ihre Entscheidungen mit einfließen lassen. Ich bin schockiert, dass ich diesmal außen vor gehalten werde, diesmal, da es angeblich sogar um mich geht.

Emily beginnt zu raten. Eigentlich ist Politik nicht so ihr Ding, wenn es dagegen offensichtlich Geheimnisse gibt, ist sie sofort interessiert. Das war schon immer mein Trick, sie zum Lernen zu überreden. Sobald sie das Gefühl hat, etwas ist nicht für ihre Ohren bestimmt, ist sie mit Feuereifer dabei. Auf diese Art habe ich sie durch alle Tests gelockt und einen passablen Schulabschluss hat sie auch noch hingelegt.

»Ob du ins Ausland reisen sollst? Ist meine einzige Erklärung, du weißt, wie ich zum Festland und ihren schrecklichen Sprachen stehe.«

Allerdings. Emily beteuert regelmäßig, niemals unsere Insel zu verlassen, sich niemals unter die Irren da draußen zu mischen. Aber genauso geht es fast allen Frauen in diesem Land, niemand möchte sich freiwillig so in Gefahr begeben, denn im Ausland laufen Männer noch immer frei und unkontrolliert herum. Bei Emily könnte es ebenso daran liegen, dass sie absolut talentfrei ist, sobald sie eine Sprache lernen soll. Vokabeln werden einfach nicht in ihrem Gedächtnis abgespeichert. Ich dagegen würde liebend gerne ins Ausland reisen. Wenigstens einmal testen, ob ich mich auf Spanisch, Deutsch oder Französisch unterhalten kann oder ob ich mir das nur einbilde. Andere Gegenden sehen, andere Gebräuche erleben. Freie Männer hin oder her, irgendwann einmal werde ich den Ärmelkanal überqueren.

Emily zappelt neben mir hin und her, und ich weiß genau, was jetzt passiert. Sie wird mich solange nerven und quälen, bis ich mich bereiterkläre, das Geheimnis mit ihr gemeinsam zu lüften. Laut seufze ich auf und mache wider besseren Wissens den Versuch, sie zu stoppen oder zumindest mich da rauszuhalten.

»Emily…«, sage ich in einem möglichst erwachsen klingenden Tonfall und höre mich leider unglaublich oberlehrerhaft an.

Sie hält mir den Mund zu.

»Willst du es denn gar nicht wissen?«

Ich versuche, den Kopf zu schütteln.

»Es geht doch um dich.«

»Was bedeutet, dass ich es eh erfahren werde. Das ist doch offensichtlich.«

»Wer weiß, wann. Ich kann einfach nicht so lange warten. Je eher wir wissen, was es ist, umso eher können wir Pläne schmieden, es zu verhindern.«

»Ich finde ins Ausland reisen nicht so tragisch«, wende ich ein. »Wieso sollte ich das verhindern?«

Emily schnaubt mich angewidert an. »Und wenn es noch übler ist? Eine Rede vor dem Parlament halten? Eine weitere sinnlose Sprache lernen? Mit Patricia einen netten Abend verbringen?«

Zugegeben, ein Aufeinandertreffen mit Patricia, unserer ehemaligen Mitschülerin und meiner Lieblingsfeindin, wäre der Horror.

In der Schule gewinne ich jeden Debattierwettbewerb. Erst recht gegen Emily. Aber da geht es immer um Themen, die sie nicht interessieren. Das ist jetzt anders. Gegen eine Emily, die Feuer gefangen hat, bin ich machtlos. Sie winkt nur grinsend ab, ehe ich zu Wort komme.

»Spar dir deine Luft, wir wissen doch beide, wie es endet. Du lamentierst und argumentierst stundenlang und hilfst mir dann doch. Können wir uns diesen schwachsinnigen Zwischenschritt diesmal nicht sparen?«

Wider Willen muss ich lachen. »Was hast du denn vor?«

Sie setzt ihren Unschuldsblick auf, aber darauf falle ich nicht rein. Diesmal nicht. Jedes Mal, wenn ich mir Ärger eingehandelt habe, war es wegen einer Idee meiner Freundin. Ihr schlimmster Einfall war, einem Jungen zu begegnen, einem echten, lebendigen – irgendeine Art von Mutprobe. Bis heute weiß ich nicht, wie sie mich dazu gebracht hat mitzumachen. Ich hatte überhaupt kein Interesse an der ganzen Sache – weder an einem Jungen noch an einer Mutprobe – und fand es regelrecht abstoßend. Trotzdem war ich es, die herauszufinden hatte, wo sie aufwachsen und wie man hineinkommt.

»Wenn es wieder etwas Illegales ist, streike ich. Ich werde durch kein Kellerfenster klettern, denn da waren Spinnen und Spinnweben und ich spüre die Beine dieser ekelhaften Viecher noch immer auf meiner Haut. Und ich schleiche durch keinen dunklen Keller und stoße mir überall die Knie. Ich hatte wochenlang Blutergüsse.«

Emily verdreht die Augen. Ich kann mir eh nicht so recht erklären, wieso es überhaupt so leicht war, in dieses Jungeninternat einzusteigen. Eventuell, weil kein Mensch bei Sinnen davon ausgeht, dass jemand hinein möchte. Es geht vor allem darum, die Bewohner am Ausbrechen zu hindern.

»Kein Kellerfenster, ich verspreche es. Niemals würde ich dir noch einmal etwas so Ekelhaftes wie Spinnen oder Jungen zumuten.«

Die Jungs, auf die wir stießen, waren mit Putzeimer und Mob bewaffnet und wischten die Treppe. Sie waren so geschockt, als sie uns erblickten, dass sie sich wie versteinert berühren ließen. Bei unserer Flucht versuchten wir schon gar nicht mehr, leise und unauffällig zu sein. Wir rannten laut kichernd und ziemlich hysterisch den Weg zurück.

Ja, das war albern und dämlich und noch dazu nicht nett, aber wir waren erst neun Jahre alt und hatten nie darüber nachgedacht, dass auch ein Junge nicht gedemütigt werden sollte.

»Außerdem bin ich nicht bereit, noch einmal zwei Wochen lang sämtliche Mülleimer der Schule zu leeren. Das war wirklich unfair«, bekräftigt Emily ihr Versprechen.

Damals fand ich das auch schrecklich ungerecht, im Nachhinein dagegen empfinde ich es als nicht ausreichende Strafe. Immerhin hatten wir im Internat rein gar nichts verloren.

»Also«, sagt Emily jetzt wieder mit diesem irren Glanz in den Augen. »Es ist völlig harmlos.« Das ist einer der schlimmsten Einleitungssätze, die ich kenne. »Wir brechen in das Büro deiner Mutter ein.«

»Im Regierungssitz?«

»Wo sonst?«

»Das ist illegal«, sage ich triumphierend. Denn das kann ich guten Gewissens verweigern.

»Ich hatte versprochen, dir weder Keller noch Spinnen zuzumuten, und das werde ich definitiv halten. Das Büro liegt im zweiten Stock und wird jeden Tag geputzt.«

»Und wie bitte schön machen wir das? Da gibt es eine Alarmanlage.«

»Ich klaue den Schlüssel vom Gebäude. Meine Ma hat den immer in ihrem Handtaschenchaos, der fällt nicht auf, wenn er am Wochenende fehlt. Du organisierst die Zutrittskarte zum Büro. Ganz easy.«

Ja, ganz easy. Die meint das tatsächlich ernst.

»Wann?«

»Heute Nacht.«

»Emily, das ist null Vorbereitungszeit. Ich habe nicht mal passende Klamotten. Warum fragst du nicht einfach deine Mutter, was los ist? Sie weiß es doch.«

»Das habe ich längst versucht. Sie schweigt. Sie grinst dabei. Ich ertrage das einfach nicht. Und du nimmst deine schwarzen Leggins und ein dunkles Oberteil, das ist prima Einbrecherkleidung.«

Amber wirft uns neugierige Blicke zu. Wir haben zu lange getuschelt. Sie hat sich endlich Fiona gegenüber durchgesetzt und einen Actionfilm ans Laufen gebracht. Fiona schmollt und tröstet sich mit den Knabbernüssen, die Emilys Mutter uns hingestellt hat.

»Morgen Nacht«, zische ich Emily zu. Damit habe ich eine kleine Frist gewonnen, die eventuell ausreicht, auf legalem Weg das Geheimnis zu lüften.

Mit einem zufriedenen Lächeln lehnt Emily sich im Sessel zurück, nickt mir zu und wirft einen begehrlichen Blick auf die Nüsse.

»He, Fiona, versuch mal, mir eine Nuss in den Mund zu werfen.«

Sophie kichert. Wir wissen alle, wie untalentiert Fiona in sämtlichen sportlichen Disziplinen ist. Am schlimmsten ist es, wenn sie wirft. Sie versucht es gar nicht erst. Mit einem mürrischen Blick reicht sie die Schale an uns weiter. Ich bin schneller als Emily und schnappe ihr die Nussschale vor der Nase weg.

Und ich bin nicht nur schnell, werfen kann ich auch. Jede einzelne Nuss landet passgenau in Emilys Mund, und sie muss sich dabei keinen Millimeter bewegen.

kapitel 2

Das hab ich jetzt von meiner Sportlichkeit. Denn genau das hat meine Mutter auf diese absurde Idee gebracht.

Wir sitzen beim Frühstück, gemütlich und ausgiebig wie jeden Sonntag, und erzählen, wie die vergangene Woche so gelaufen ist. Sonntag ist der einzige Tag, an dem meine Mutter Zeit nur für mich hat und nicht von einem Termin zum nächsten hetzt. Deshalb heben wir uns alle Dinge, die nicht auf der Stelle geklärt werden müssen, für dieses Frühstück auf, und das ist auch genau der Zeitpunkt, an dem ich normalerweise haarklein alles Interessante erfahre.

Ich erzähle über die Abschlussprüfungen, die – wie erwartet – gut gelaufen sind, über unseren Filmabend und über diesen absolut ekelhaften Liebesfilm. Dabei ahme ich Fionas Gesichtsausdruck nach, als sie erklärte, der behaarte Junge sei ja gar nicht so behaart und genauso niedlich wie ein Hundewelpe.

Meine Mutter lacht nur.

»Hast du in meinem Alter auch solche Filme gesehen?«, frage ich sie.

»Na klar, wer hat das nicht. Wir haben genauso laut gekreischt wie ihr.«

Die Filme sind ja nicht verboten. Wir haben in der Schule gelernt, auf die verborgenen Zeichen der Unterdrückung der

Frauen zu achten, und außer Fiona fällt niemand meiner Freundinnen auf diese Romantiksache rein.

Jetzt erwarte ich wie immer im Gegenzug Informationen über ihre politischen Neuigkeiten. Vor allem heute bin ich mehr als gespannt, denn wenn ich erfahre, was genau Emilys Mutter mit ihrer mysteriösen Andeutung meint, ist diese schwachsinnige Einbruchsidee Geschichte.

Mein Plan geht auf.

Zumindest bis meine Mutter mich mit todernstem Gesicht ansieht und diesen befremdlichen Scherz macht.

Denn nach dem ersten Schock ist mir auf der Stelle klar, dass sie mich nur hereinlegen will. Eventuell hat sie meine angeekelte Schilderung des Filmkusses dazu angeregt, das ist jedenfalls die aktuelle und einzige Erklärung.

Also schließe ich erst einmal den Mund, der vor Schreck offensteht, und hole im Anschluss tief Luft. »Ma, das ist echt nicht lustig. Ich bin von diesem Film nach wie vor traumatisiert, fiese Scherze machen es nur schlimmer.«

»Das ist mir schon klar, mein Schatz. Es ist ja nicht als Scherz gemeint.«

Ja, von wegen. Ich verstehe nur nicht, wie sie es schafft, weiterhin so bedeutungsvoll zu gucken, ohne dabei auch nur ein klein wenig zu grinsen. Fast schon zu seriös. Eher besorgt. Also beim besten Willen nicht wie jemand, der gerade einen geschmacklosen Witz gemacht hat und nun mühsam das Lachen unterdrückt.

Aber wenn es kein Witz ist, was ist es dann? Soll es ein Test sein?

»Ich habe keine Ahnung, worauf du hinaus willst. Das kann doch nicht ernsthaft jemand aus dem Kabinett vorgeschlagen haben«, erwidere ich vorsichtig.

»Doch.« Sie rührt in ihrem Kaffee. Dann schaut sie mich wieder an und sieht mit einem Mal sehr entschlossen aus. »Ich habe es vorgeschlagen.«

Jetzt grinse ich.

»Klar.«

Meine Mutter ist eine strenge Verfechterin der Geschlechtertrennung. Sie ist nicht so ultrakonservativ, sämtliche ausländische Filme verbieten zu wollen oder gar alle Männer generell wegzusperren, da gibt es viel extremere Politikerinnen als sie. Trotzdem hält sie nichts von dem sorglosen Umgang zwischen den Geschlechtern in anderen Ländern und hat mich genau in diesem Sinne erzogen.

Und jetzt will ausgerechnet sie ihre Tochter, also mich, zwingen, in näheren Kontakt mit Männern zu kommen. Das kann ja nur ein Scherz sein.

»Nein, wirklich Maxine. Ich weiß schon, wie überraschend das für dich kommt. Es ist jedoch nicht von Vorteil, wie extrem wir uns vom Festland abriegeln. Es war definitiv einige Jahre notwendig, um die wichtigen Reformen durchzubringen und zu festigen, aber hier läuft schon lange alles seinen geregelten Gang, und es ist nicht vernünftig, sich für immer aus der Weltpolitik herauszuhalten.«

»Aber dieser Plan hat nichts mit Politik zu tun.«

»Doch, mehr als du glaubst. Es werden Menschen aus der ganzen Welt vor Ort sein. Noch mehr werden die Veranstaltung im Fernsehen verfolgen. Es ist ein perfekter erster Schritt aus unserer Isolation. Wir können uns über den Sport der restlichen Welt annähern. Ganz langsam und vorsichtig.«

Ich bin nicht überzeugt, kein Stück. Mein Gesichtsausdruck spricht Bände und meine Mutter holt tief Luft und beginnt mit einer ausführlichen Erklärung.

»Seit fast fünfzig Jahren haben wir keinen Kontakt zum Festland, die Grenzen sind abgeriegelt und wir konzentrieren uns nur auf unsere Insel. Nachdem sogar in Regierungskreisen die sexuellen Übergriffe auf Frauen publik wurden, …«

Ja, das habe ich alles schon tausendmal gehört.

Ich weiß, dass überall auf der Welt Kriege tobten, Kriege, die von Männern angeführt wurde. Millionen Menschen – auch hier vor allem Frauen und Kinder – waren auf der

Flucht. Mein Land hat die Notbremse gezogen, sich aus sämtlichen europäischen Verpflichtungen gelöst und die Grenzen zuerst stärker kontrolliert und schlussendlich geschlossen. Dann kamen verstärkt Tatsachen ans Licht, was die männliche Dominanz auch in unserem Land anrichtete, immer extremere sexuelle Übergriffe, Unterdrückungen, Vergewaltigungen wurden publik, bis nach einem Putsch sämtlichen Männern ihre Rechte entzogen wurden und sowohl die Politik als auch die Industrie unter weibliche Kontrolle kam.

Ich habe meine guten Noten ja nicht geschenkt bekommen, ich weiß das alles.

Meine Mutter unterbricht sich selbst und setzt neu an.

»Mittlerweile ist es an der Zeit, der restlichen Welt zu demonstrieren, dass unser Weg der richtige ist. Es gibt keine Gewalt in unserem Land, kaum Kriminalität, keine Drogenprobleme. Wir sind intellektuell und sozial eindeutig weiter entwickelt als all unsere europäischen Nachbarn und an die restliche Welt will ich gar nicht erst denken. Das geht allerdings nicht, indem wir uns weiterhin so rigoros abschotten.«

Das verstehe ich durchaus, auch wenn es ein mutiger Schritt ist. Es wird schon seit Jahren in Betracht gezogen, den Kontakt zum Festland erneut aufzunehmen, aber es gibt neben einer kleinen Minderheit von Befürwortern viele Skeptiker.

»Und was hat das jetzt mit mir zu tun?«

Ma seufzt.

Ich will ihre Geduld ja nicht überstrapazieren, aber sie muss doch sehen, wie absurd diese Idee ist. Da gibt es gewiss bessere Wege der Kontaktaufnahme.

»Das hat viele Gründe. Du bist sportlich und dadurch geeignet zu beurteilen, wie gut unsere männlichen Sportler sind und ob sie uns bei diesem Wettkampf blamieren werden oder mithalten können. Du sprichst fließend Deutsch, Französisch und Spanisch. Du willst Politikerin werden und sammelst wertvolle Erfahrung für deine berufliche Zukunft, und schlussendlich hast du gerade die Schule beendet und Zeit für dieses Projekt.«

Sie hat so viele Argumente, dass mir deutlich wird, wie lange sie schon über diese Sache nachdenkt. Trotzdem gibt es Gegenargumente, jede Menge sogar.

»Ja, und das bedeutet gleichzeitig, dass ich erst achtzehn bin. Ich bin zu jung und unerfahren für so eine große Aufgabe. Ich hatte nie mit Männern zu tun und weiß weder, wie man sie zu behandeln hat, noch wie man sie im Griff behält. Und was diese Reise angeht, echte politische Erfahrungen habe ich keine, nicht einmal in unserem Land. Du kannst mich nicht erst auf Männer und dann auch noch auf Ausländer loslassen.«

Niemals hätte ich gedacht, eines Tages zugeben zu müssen, ich wäre zu unbedarft für was auch immer. Aber jetzt kann ich nichts anderes sagen. Je genauer ich darüber nachdenke, umso schwachsinniger erscheint mir alles.

Ich lasse meinen Blick verzweifelt nach draußen schweifen. Im Garten setzt sich langsam der Frühling durch. Vor gut einer Woche hat es überraschend noch einmal geschneit, aber seitdem sind die Temperaturen schnell nach oben gegangen. Der Schnee ist geschmolzen, und die Frühlingsblumen haben das Kommando übernommen. Ein Meer aus roten Tulpen und blauen Hyazinthen umgibt die Terrasse, auf der die Sommermöbel unter dicken Planen abgedeckt sind.

Ich kann mich an den Tag erinnern, an dem wir die Blumenzwiebeln pflanzten. Selbstverständlich war es ein Sonntag. Wir haben den Tag im Beet auf den Knien verbracht und waren am Abend schwarz von der Erde, schweißüberströmt von der anstrengenden Arbeit und von der Sonne verbrannt. Trotzdem war es einer der schönsten Tage meines Lebens. Mit den eigenen Händen Neues zu schaffen, auch wenn man den Lohn erst Monate später bekommt, ist sehr befriedigend.

»Ma, ich …« Mir fehlen die Worte. Wie soll ich ihr erklären, dass ich das auf keinen Fall machen möchte? Sie schaut mich so erwartungsvoll an.

»Natürlich bist du jung, aber du wirst nicht allein für die Jungen zuständig sein. Es handelt sich ja auch nicht um erwachsene Männer, die sind kaum älter als du. Du wirst nur die Beurteilungen übernehmen und ein weiterer Begleiter auf der Reise sein. Und außerdem – das ist das Wichtigste – eine Botschafterin für unser Land.«

»Dann werde ich nicht mit ihnen reden müssen?«

»Das schon. Du wirst jedoch nie unbeaufsichtigt mit ihnen sein und du kannst immer einen angemessenen Abstand einhalten. Das wird nicht so schlimm, wie es dir gerade vorkommt.«

Es kommt mir nicht schlimm vor, sondern absolut grauenhaft. Außerdem bin sicher, dass es genau so wird.

»Sieh dir doch wenigstens die Trainingsvideos an, und dann denkst du in Ruhe darüber nach. Das ist auch nicht tragischer, als einen romantischen Film mit deinen Freundinnen anzuschauen.«

Das ist ein gemeiner Einwand. Hätte ich doch bloß eben nicht so viel über diesen schwachsinnigen Film geredet. Jetzt fehlen mir plötzlich die Argumente.

Ich schreibe Emily eine Nachricht.

»SOS.«

Das internationale Notsignal beschreibt meine momentane Lage sehr treffend. Emily reagiert prompt.

»Ich komme. Zu dir?«

»Ja.«

Sie braucht fünf Minuten. Dann höre ich ihre lauten, schnellen Schritte auf der Treppe, und sie stürmt mit der ihr eigenen Energie in mein Zimmer.

Ich sitze nach wie vor fassungslos auf dem Bett und halte das Handy, mit dem ich den Notruf abgesetzt habe, fest in der Hand. Emily lässt sich neben mich fallen.

»Hast du rausbekommen, was sie von dir wollen? Ist es so furchtbar wie erwartet?«

Nur ansatzweise ist ihr die Enttäuschung darüber anzumerken, dass unser geplanter Einbruch in die Regierungsbüros hinfällig ist.

»Es ist noch viel furchtbarer.«

Ich ziehe es vor, ihr den Plan ins Ohr zu flüstern, es laut zu sagen, ist echt nicht drin.

»Du sollst was machen?«

Emily kreischt. Sie reagiert so, wie ich es auch gern getan hätte. Genau deswegen liebe ich meine beste Freundin. Sie lebt all diese Reaktionen aus, die ich nicht zeige, da ich immer erst nachdenke, bevor ich handle.

»Die Regierung will männliche Sportler zu den nächsten Olympischen Sommerspielen aufs Festland schicken. Das ist im Juni in Deutschland«, versuche ich, es genauer zu erklären. Schon allein das ist eine schwachsinnige Idee, wie ich finde. »Und ich soll sie begutachten und entscheiden, welche Männer mitgenommen werden.« Das ist an der ganzen Sache das Allerabsurdeste.

Emily schaut mich regelrecht angewidert an.

»Männer! Echte Männer?«

Ich zucke verzweifelt die Achseln.

»Du Arme. Warum denn du?«

Ich könnte die Argumente meiner Mutter wiederholen, die für sie vollkommen logisch sind. Aber nicht für mich.

»Ich schätze, weil es die Idee meiner eigenen Mutter ist und sie niemand anderen findet, der dämlich genug ist, es zu machen«, schimpfe ich wütend und pfeffere das Kopfkissen in die gegenüberliegende Ecke des Zimmers. Es drückt mehr meine Hilflosigkeit aus als meine Wut.

»Dann sag doch, dass du es auch nicht machst.«

Wenn es so simpel wäre. Ich bin nicht gut darin, meine Mutter zu enttäuschen.

»Es ist so eine politische Sache.«

»Oh, so etwas.« Emily klingt noch angewiderter, denn sie ist ein Mensch der Tat, und politisches Gerede ist nicht ihr Ding. »Siehst du, aus genau diesem Grund wollte ich herausfinden, was läuft, bevor jemand es dir offiziell mitteilt. Eine gute Vorbereitung ist immer die beste Verteidigung«, motzt sie und wirft mir vorwurfsvolle Blicke zu. Vorwurfsvolle Blicke à la hab-ich-dir-doch-gleich-gesagt. Dann sieht sie mich erschrocken an. »Du willst das doch nicht machen, oder?«

»Machst du Witze? Wer würde so etwas denn wollen? Ich bin doch nicht pervers.«

Ich strecke ihr die Zunge heraus.

»Fiona eventuell.«

Wir kichern. Das ist durchaus möglich.

Fiona ist jedoch eine Niete bei sämtlichen sportlichen Disziplinen, und schon allein deswegen bei dieser Sache unbrauchbar. Außerdem würde sie haltlos jeden auswählen, der nur ein wenig aussieht wie ein kleiner, haariger Hundewelpe, sogar wenn er beim Laufen über die eigenen Füße stolpert.

Schließlich mustert Emily mich aufmerksam. Ich kann an ihrem Gesichtsausdruck erkennen, dass sie etwas ausheckt.

»Keine Sorge, Max, ich hole dich trotzdem da raus. Obwohl du besser in der letzten Nacht mit mir das Geheimnis gelüftet hättest. Ich weiß noch nicht wie, aber ich bin mir sicher, dass mir etwas einfällt. Mir fällt doch immer etwas ein.«

Ja, leider fällt ihr immer etwas ein.

»Ich würde aber ungern deswegen im Gefängnis landen«, wende ich ein.

»Sicher?« Emilys hochgezogene Augenbrauen lassen mich das Schlimmste befürchten. »Besser Gefängnis als Kontakt zu Männern, oder etwa nicht?«

Ich vergrabe das Gesicht in meinen Händen.

Wenn das ihr Plan ist, bin ich geliefert. Denn Fakt ist, ich möchte eher für einige Monate Kontakt mit Jungs haben, als ins Gefängnis zu gehen. Wenn ich erst einmal in Haft war, kann ich unmöglich in die Fußstapfen meiner Mutter treten, eine Kriminelle wählt niemand ins Kabinett.

Dann knufft sie mich in die Seite.

»Scherz. Das war nur ein Scherz. Du kannst doch einfach krank werden.«

Ich starre sie an. Dieser Plan ist so simpel wie genial. Denn Olympia wird nicht wegen mir verschoben, und wenn ich lange genug außer Gefecht gesetzt bin, dann bin ich aus der Nummer raus. Ich sage doch, Emily ist genial. Nicht auf die Art, wie die Lehrer es gerne hätten, aber fürs echte Leben ist sie eine Granate.

Wir grinsen uns an.

Mit einem Mal ist meine miese Laune wie weggefegt. Es gibt eine Lösung für das Problem. Ich bin schlicht ein paar Wochen lang krank, und dann, nachdem die Abschlussnoten offiziell sind, werde ich ein Studium beginnen, und alles läuft so wie geplant.

»Was hättest du denn gerne?«

»Es muss mich ans Bett fesseln, aber bitte keine Langzeitfolgen haben.« Ich will ja nicht für mein restliches Leben Sehstörungen haben oder am ganzen Körper vernarbt sein oder was auch immer bei heftigen Krankheiten geschehen kann. »Und ich will nicht ansteckend sein, sonst darf ich keinen Besuch haben. So richtig schlecht dran möchte ich auch nicht sein, dann macht es keinen Spaß.«

»Puh, eine Herausforderung.«

Emily klappt meinen Laptop auf und gibt ›langwierige Krankheit simulieren‹ ein.

»Du könntest Kopfschmerzen vortäuschen, richtige Migräne muss echt übel sein«, stellt sie fest.

»Ich hatte noch nie Kopfschmerzen, das wäre nicht allzu glaubwürdig.«

»Trotzdem kann niemand dir nachweisen, dass du es nicht hast.«

Sie scrollt weiter nach unten.

»Eine Magenschleimhautentzündung.«

»Was muss ich dabei machen?«

»Dir ist ständig übel, am besten übergibst du dich hin und wieder. Den Finger in den Hals stecken, dann klappt das schon. Oder an Männer denken und was sie in den Filmen machen, dann klappt es hundertprozentig.«

Ich sehe sie angewidert an.

»Das kriege ich niemals hin. Außerdem habe ich einen extrem robusten Magen. Du erinnerst dich?« Ich kann Eis, Knabbereien, Schokolade und alles Mögliche durcheinanderessen und danach mit der Achterbahn fahren, mir geht es blendend. Alle anderen müssen sich übergeben, ich esse noch einen Backfisch hinterher. Wir haben das schon ausprobiert.

Warum bin ich nur immer so extrem gesund?

»Ich biete dir noch eine Blasenentzündung.«

»Das könnte ich schaffen. Da muss ich doch nur andauernd aufs Klo rennen, oder?«

»Ach nein, vergiss es. Da bekommst du ein Antibiotikum und mehr als zwei Tage glaubt dir das keiner.«

Mist.

»Willst du nicht wenigstens versuchen zu kotzen? Ich würde das machen.«

Ich schüttle den Kopf. Da sehe ich mir doch lieber diese dämlichen Videos an. Möglicherweise falle ich dabei ja vor Abscheu in Ohnmacht und erweise mich damit als ungeeignet.

»Gut, dann musst du dir ein Bein brechen.«

Ich lache, bis ich bemerke, dass das Emilys Ernst ist. Ihr bitterer Ernst.

»Jetzt bist du verrückt geworden. Wie soll ich das denn schaffen?«

»Du könntest die Treppe hinunterfallen. Das Bein ist perfekt. Du kannst unmöglich auf den Sportplatz gehen, geschweige denn reisen, und es ist herrlich langwierig. Der Sommer ist vorbei, ehe du den Gips los bist.«

»Wer garantiert mir, dass ich mir nur ein Bein breche und nicht direkt den Hals?«

So perfekt ist das nicht. Sogar wenn es klappt wie geplant. Ich kann mir etwas Schöneres vorstellen, als wochenlang bewegungslos mit hochgelagertem Bein im Bett zu liegen. Und Schmerzen habe ich noch dazu.

»Aber niemand kann dir unterstellen zu simulieren«, versucht Emily einmal mehr, mir ihren Plan schmackhaft zu machen.

»Ja, weil ich dann nicht simuliere, du Scherzkeks.«

Jetzt sieht sie mich beleidigt an.

»Du machst es mir unmöglich, dir zu helfen. An allem hast du etwas auszusetzen.«

»Ich will nur nicht mein Leben riskieren.«

Das ist doch nicht zu viel verlangt. Ich will weder im Gefängnis noch auf dem Friedhof landen. Scheinbar sind das momentan die einzigen beiden Alternativen zu der komplett bescheuerten Idee meiner Mutter.

Ich lege laut stöhnend den Kopf in die Hände.

kapitel 3

Am nächsten Tag ist es soweit.

Ich darf nicht einmal ausschlafen. Um sieben Uhr quäle ich mich aus dem Bett, noch schlechter gelaunt als sonst, und schlurfe ins Bad. Ein Blick in den Spiegel bestätigt mir, genauso miesepetrig auszusehen, wie ich mich fühle. Das ist mir recht. Ich bin nicht so dafür, meiner Mutter gegenüber falsche Tatsachen vorzuspielen.

Sie dagegen rumort schon laut und gut gelaunt in der Küche und hat einen frisch gemixten Smoothie für mich, als ich mich zu ihr geselle. Leider bemerkt sie meine miese Laune nicht. Das könnte daran liegen, dass ich morgens mehr oder weniger immer so drauf bin und ihr nicht auffallen kann, dass es diesmal noch extremer ist.

»Weißt du, wohin du musst?«

»Jungeninternat, hast du zumindest gestern gesagt.«

»Ja, ich meine, ob du den Weg findest?«

Sehr witzig. Ich habe den Weg schon mit neun Jahren gefunden. Das kann sie unmöglich vergessen haben, denn es hat genug Ärger deswegen gegeben. Ich schnaube nur und werfe ihr einen pikierten Blick zu.

Dann bemerke ich die Ironie der Situation. Damals haben wir uns hineingeschlichen, um einen Jungen zu berühren, heute will ich partout nicht in die Nähe eines kommen. Ich habe damals wahrscheinlich viel zu viel mieses Karma ange-häuft und muss es nun ausbaden. Diese Erkenntnis hebt meine Laune auch nicht ansatzweise.

Brummelnd trinke ich den Smoothie und mache mich auf den Weg. Ich muss aus der Stadt raus, Ma dagegen mitten ins Zentrum. So wie die meisten anderen Frauen, die auf dem Weg zur Arbeit sind. Meine Bahn ist daher um diese Uhrzeit angenehm leer, und ich lasse mich auf einen Sitz fallen.

Weiterhin missmutig setze ich Kopfhörer auf und höre Musik. Am liebsten mag ich die Songs aus dem Ausland. Das wird, genau wie die Filme, geduldet, aber nicht so gern gese-hen. Obwohl ich die Texte verstehe, achte ich meistens nicht allzu enthusiastisch auf deren Sinn. Denn, wie sollte es bei ausländischen Dingen auch anders sein, es dreht sich alles um Liebe. Ich bin jedes Mal heilfroh, nichts mit Jungs und Liebe zu schaffen zu haben, denn ehrlich gesagt, es scheint in anderen Ländern, die Leute extrem zu beschäftigen. So sehr, dass sie kaum Zeit für wichtige Sachen haben. Außerdem sind nicht alle Lieder glücklich, im Gegenteil. Es gibt mehr Texte über Liebeskummer als über verliebte Menschen, und das ist unabhängig davon, ob der Text auf Amerikanisch, Deutsch oder Französisch ist.

Ich konzentriere mich lieber auf die Melodie und die Stimmen an sich.

Nach ein paar Haltestellen ändert sich der Anblick der vor-überfliegenden Gegend. Meine Mutter und ich wohnen nicht allzu weit außerhalb, da reiht sich Haus an Haus und Garten an Garten. Hier stehen die Gebäude vereinzelter, dazwischen liegen immer wieder Felder, um diese Jahreszeit bestehend aus nackter, brauner Erde. Es wird nicht mehr lange dauern, dann sind das hier gelbblühende Rapsfelder, später gefolgt von Weizen und Roggen.

Ich summe ein wenig mit, als ich nach kurzer Zeit allein im Abteil sitze.

Das Jungeninternat ist ein großer, quadratischer Klotz mit

wahrhaft gigantischen Ausmaßen, in freundlichen Farben gestrichen und mit einem weiten Portal aus Glas als Eingangstür. Es ist beim besten Willen nicht zu verfehlen. Erstaunlicherweise wirkt das ganze Gebäude offen, so als könnte jeder hier hinein- und genauso wieder herausspazieren. Das Kellerfenster jedoch, durch das Emily und ich vor vielen Jahren gestiegen sind, ist mittlerweile vergittert. Das entlockt mir ein Grinsen.

Ich beschließe, die mürrische Miene abzulegen. Die Musik hat mich endgültig munter gemacht, meine Laune gehoben, und die Leute, die nun mit mir zu tun haben werden, sind nicht an diesem Desaster schuld. Sie müssen Tag für Tag im Internat arbeiten, ich dagegen bin, wenn alles nach dem Plan meiner Mutter läuft, spätestens in ein paar Wochen wieder weg, wenn es nach meinem Plan läuft, schon deutlich früher.

Daher ringe ich mir ein Lächeln ab und trete durch den Eingang. Am Empfangstresen steht eine Mitarbeiterin, die aufsieht, als ich den Raum betrete.

Und ein Mann.

Mein Lächeln sackt in sich zusammen.

»Guten Morgen«, begrüßen die beiden mich freundlich.

»Miss Summer? Mein Name ist Thomas und ich darf Sie zu Dr. Higgs begleiten.«

Kurz ziehe ich in Erwägung, das Gebäude rückwärts wieder zu verlassen. Rückwärts, um die Gefahr keine Sekunde lang aus den Augen zu lassen. Ich könnte auch anbieten, allein durch diesen überdimensionalen Bau zu irren. Oder behaupten, dass ich gar nicht Miss Summer bin und mich in der Tür geirrt habe.

Ich habe eben jahrelang gelernt, Männern zu misstrauen. Aber unter Umständen ist das ein Test. Ein Test, ob ich überhaupt den Mumm habe, männlichen Sportlern gegenüberzutreten. Und den habe ich. Denn einschüchtern lasse ich mich von gar nichts. Nie. Mein Stolz lässt es einfach nicht zu, die Gelegenheit zu ergreifen und zu kneifen.

Die Empfangsdame erweckt zudem nicht den Eindruck, als würde sie mich an einen Löwen verfüttern, sie lächelt nach wie vor freundlich und entspannt. Außerdem macht der Mann alles richtig. Eine sanfte Stimme, ein zurückhaltendes Lächeln, ein großer Abstand zu mir. Und so betreten wir einen langen, schmalen Gang, ohne Tageslicht, ohne einen weiteren Menschen weit und breit.

Eilig läuft er vor mir her und ich mustere ihn misstrauisch, während er mir den Rücken zuwendet und meine skeptischen Blicke nicht bemerkt. Genau genommen wirkt er nicht bedrohlich, und ganz gewiss kann ich ihn besiegen, sollte es auf einen Kampf hinauslaufen. Er ist kaum größer als ich und deutlich übergewichtig. Ungefähr Mitte fünfzig, schüttere Haare, mehr grau als hellbraun, und ein freundliches Gesicht, wie ich mich erinnere. Alles in allem völlig harmlos. Ich komme zu dem Schluss, dass eher er Angst vor mir haben sollte als umgekehrt.

Schweigend eilen wir durch das halbe Gebäude, bis wir endlich ein Treppenhaus erreichen, das den Blick auf den Innenhof freigibt. Jetzt verstehe ich, aus welchem Grund die Anlage so unermesslich groß ist. Das gesamte Außengelände ist nahtlos vom Gebäude umschlossen, der freie Bereich umfasst einen Sportplatz, diverse parkähnliche Areale, einen Spielplatz für die jüngsten Kinder.

»Momentan sind alle im Unterricht oder in den Lerngruppen für die Kleinen. Nachmittags ist es nicht mehr so ruhig. Dr. Higgs Büro ist ebenfalls hier mit Blick auf den Hof«, erklärt Thomas, der bemerkt hat, dass ich stehengeblieben bin.

Stumm nicke ich und deute ihm an, weiterzugehen.

Da Dr. Higgs Tag für Tag Kontakt zu den Insassen hat, habe ich sie mir streng vorgestellt, mit eisgrauen Haaren, einem kühlen, ständig missbilligendem Blick, der tiefe Furchen in ihr Gesicht gegraben hat. Wie eine Gouvernante aus der Vergangenheit.

So sieht sie nicht aus.

Sie erwartet uns in ihrem Büro und wir mustern einander wortlos. Ich brauche einige Zeit, um mich an ihren Anblick zu gewöhnen. Ihre dunkelblonden Haare sind zu einem lockeren Dutt zurückgebunden, aus dem sich einzelne Strähnen neckisch um die Ohren ringeln. Ihre eisblauen Augen fixieren mich durch ein randloses Brillengestell. Sie ist der Typ Frau, der sich große Mühe mit ihrem Aussehen gibt, gleichzeitig aber kalt und berechnend wirkt.

Zu allem Überfluss ist sie geschminkt. Geschminkt!

Mit knallrotem Lippenstift, der ihren schmalen Mund betont, und zu viel Wimperntusche. Ich kann mich nicht erinnern, jemals eine geschminkte Frau gesehen zu haben. Zumindest nicht im echten Leben.

Wie auch immer sie mich einschätzt, sie versteckt es hinter einem unechten Lächeln. Ich werde nicht gut mit ihr klarkommen, das erkenne ich schon auf den ersten Blick, denn ich mag Menschen, die offen zeigen, was sie denken.

Diesen nichtssagenden Gesichtsausdruck inklusive aufgesetzter Freundlichkeit bekomme ich allerdings genauso gut hin. Vielleicht ist es nicht in Ordnung, vielleicht sogar regelrecht unlogisch, dass ich es bei anderen Leuten vorziehe, wenn sie mir gegenüber ehrlich sind und ihre Gefühle nicht verbergen, ich dagegen dasselbe hervorragend beherrsche. Aber egal.

»Miss Summer«, begrüßt sie mich, »wie erfreulich, dass dieses Projekt Gestalt annimmt. Eine so lange Zeit der Vorbereitung, und endlich geht es in den Endspurt.«

»In der Tat, endlich geht es los«, stimme ich ihr zu und ignoriere die Tatsache, dass ich glücklicherweise rein gar nichts mit der bisherigen Ausbildung der Sportler zu tun hatte.

»Wir beide wählen also die fünf talentiertesten Leichtathleten unseres Landes aus. Ich freue mich aufrichtig. Schließlich kenne ich die jungen Männer schon ihr ganzes Leben lang, jeden einzelnen seit seiner Geburt.« Sie lächelt mich gönnerhaft an. »Machen Sie sich keine Sorgen, ich habe da bereits den ein oder anderen Kandidaten ins Auge gefasst. Ihre Aufgabe ist nicht so unlösbar, wie sie Ihnen erscheint.«

Ich stutze, denn das ist nicht das, was meine Mutter mir gesagt hat. Ich allein soll die Sportler auswählen und das Training überwachen, von Dr. Higgs war nie die Rede. Es passt mir überhaupt nicht, dass sie schon Favoriten hat, bevor ich auch nur einen einzigen Kandidaten zu Gesicht bekommen habe. Ihr Versuch, mich in eine Nebenrolle zu drängen, ärgert mich so, dass ich dabei meine Einstellung dieser Aktion gegenüber vergesse. Mein Verstand meldet kurz, es wäre die perfekte Gelegenheit, die unerfreuliche Angelegenheit in Hände zu legen, die eindeutig erpicht darauf sind, aber er hat nicht viel zu melden. Nicht, wenn ich das Gefühl habe, ausgebootet zu werden.

»Dr. Higgs, ich empfehle Ihnen, Rücksprache mit Ihren Vorgesetzten zu halten. Sie sind nicht korrekt informiert«, antworte ich ihr zuckersüß. Ein dezenter Hinweis auf meine Mutter und darauf, wer hier der Chef ist. Ich kann dieses Spiel nämlich auch spielen. Obwohl ich nicht unbedingt stolz auf diesen Charakterzug von mir bin. »Ich wähle aus. Und jetzt würde ich gerne die Trainingsvideos sehen, um mir ein eigenes Bild zu machen. Ich bin überhaupt nicht besorgt.«

Ich habe ins Schwarze getroffen. Dr. Higgs weiß haargenau, was bei diesem Projekt ihre Aufgabe ist, und kneift kurz die Augen zusammen, als ihr bewusst wird, dass sie mich nicht hat überrumpeln können. Ihr Lächeln kehrt jedoch augenblicklich zurück.

»Videos können doch nicht wiedergeben, wie die Jungs in natura sind. Begleiten Sie mich und lernen die Kandidaten sogleich persönlich kennen. Ich bin sicher, Sie werden begeistert sein. Unsere jungen Männer sind bezaubernd.«

»Sie sollen nicht bezaubernd sein, sondern sportlich. Sportlich genug, um uns nicht bei den Olympischen Spielen zu blamieren. Oder dachten Sie, wir fahren auf einen Schönheitswettbewerb?«

Ich rette mich in Sarkasmus, denn die Vorstellung, mich heute nicht wie geplant hinter dem Ansehen von Videos verstecken und mich dadurch langsam auf den Anblick von echten, lebendigen Jungs vorbereiten zu können, erschreckt mich mehr, als ich zugeben möchte.

Kurz zuckt Dr. Higgs Mundwinkel. So, wie es aussieht, ist sie keine Widerworte gewohnt, nicht hier, aber ich war noch nie vorsichtig oder zurückhaltend.

»Ich muss Sie enttäuschen, Trainingsvideos existieren nicht.« Bei dem fiesen Unterton in ihrer Stimme steht zu befürchten, dass sie mich durchschaut und ihr klar ist, warum ich mir partout Videos ansehen will. Leider sitzt sie am längeren Hebel. Ich kann kaum auf Dingen beharren, die nicht existieren.

Frustriert lasse ich meinen Blick durch das Büro wandern. Es wirkt aufgeräumt, fast schon zu ordentlich. Ein paar geschlossene Schränke und ein riesiger Schreibtisch, der den Raum dominiert und nicht so aussieht, als ob an ihm gearbeitet wird.

Mühsam zwinge ein neues Lächeln in mein Gesicht. Ich werde trotzdem die Spielregeln diktieren. »Dann führen Sie mir ihre Sportfreaks persönlich vor. Aber einzeln. Und ich will dabei zu jedem seine Trainingszeiten erfahren.«

Wenig später bin ich vom Regen in die Traufe geraten, denn Dr. Higgs hat mich gehässig lächelnd auf einem Podium platziert. Ich bemühe mich, mich mit Würde hinter meinen Tisch zu verstecken.

Mit Würde, weil Dr. Higgs mich haargenau beobachtet, und verstecken, da in diesem Moment der erste Junge den Raum betritt.

Ich ziehe es vor, ihn mir nicht anzuschauen. Stattdessen vergrabe ich meine Nase in der Liste, die vor mir liegt und die

Namen und die dazu gehörenden Größen und Zeiten der Teilnehmer enthält. Bestweiten für Hoch- und Weitsprung, Kugelstoßen und Diskuswerfen. Bestzeiten für 1500-Meter, 400-Meter und schlussendlich die Paradedisziplin jedes Leichtathleten, die Schnelligkeit, mit der die 100-Meter gelaufen werden können.

Gereizt schüttle ich den Kopf, denn ich glaube keine einzige der Angaben. Ich weiß haargenau, wie schnell ich bin. Ich weiß ebenfalls, wie weit ich springen kann. Die angegebenen Werte sind so viel besser, dass es einfach nicht sein kann. Denn ich bin echt sportlich und liebe Leichtathletik, und genau aus diesem Grund sitze ich ja jetzt in dieser Bredouille. Deshalb und weil meine Mutter leider ganz plötzlich übergeschnappt ist. Entnervt lege ich die Tabelle zur Seite, denn sie macht keinen Sinn. Ich werde eigene, realistische Zeiten messen müssen.

Der Sportler steht schon eine Weile reglos vor dem Tisch und wartet geduldig darauf, das etwas geschieht. Ich hasse es, wie heftig mein Herz klopft, wie schwitzig meine Hände sind und wie krampfhaft sie die Blätter vor mir umklammern.

Widerwillig hebe ich den Blick.

So schrecklich sieht er gar nicht aus.

Außerdem gucke ich dank des Podestes von oben auf ihn herab, und dieser Anblick nimmt mir jegliche Angst. Denn mein Gegenüber hat davon mehr als ich. Er wagt es nicht, zu mir heraufzuschauen, betrachtet stattdessen seine Füße, und ich fühle mich ihm hier oben ganz wunderbar überlegen.

Kurz überkommt mich Mitleid, denn er wird hier vorgeführt wie ein Stück Vieh, und in Ordnung ist das nicht. Dann reiße ich mich zusammen und erinnere mich daran, wie Männer früher mit uns Frauen umgegangen sind. Dagegen ist das hier harmlos. Wären unsere Rollen vertauscht, würde er ohne Zögern seine Überlegenheit ausnutzen.

»Das ist unser Tobias. Er ist ein Meter dreiundachtzig groß und wiegt einhundertfünf Kilo. Seine Lieblingsdisziplin ist das

Kugelstoßen, sie sehen ja seine beeindruckenden Weiten. Da reicht ihm kein anderer unserer Sportler das Wasser.«

Dr. Higgs ist eindeutig angetan von Tobias und seinen unglaublichen einhundertfünf Kilo. Mir dagegen ist absolut klar, dass er niemals so weit stößt wie angegeben, denn die Angabe ist durch und durch unrealistisch. Ich verdrehe die Augen.

Von hier oben erkenne ich lediglich, dass er sehr kurze, hellbraune Haare hat und weiterhin den Boden wichtiger findet als mich. Sportlich sieht er durchaus aus, wenngleich auch äußerst kompakt. Wäre ja noch schöner, wenn das anders wäre. Ich fühle mich so oder so schon veralbert.

Da ich nicht auf die Lobrede reagiere, schnaubt Dr. Higgs verärgert.

»Tobias, zeig uns bitte deine Armmuskeln. Miss Summer scheint noch nicht überzeugt«, sagt sie in spitzem Ton, als würde sie mir etwas ganz Besonderes demonstrieren.

Mit Mühe unterdrücke ich ein Krächzen. Mich interessiert männliche Armmuskulatur überhaupt nicht. Im Gegenteil, es wäre mir recht, wenn er gar keine Muskeln hätte, sondern nur die Kugeln außerordentlich weit stoßen könnte. Am besten, ohne dabei seinen Körper vorzuführen. Ich will das echt nicht sehen.

Da mir auf die Schnelle keine Ausrede einfällt, bleibt es mir nicht erspart. Tobias zieht gehorsam den Ärmel seines T-Shirts hoch, und ich atme erleichtert auf. Immerhin hat er nicht vor, den gesamten Oberkörper zu entblößen. Er dreht den Arm und spannt den Muskel an. Beim Anblick des Bizeps, den er präsentiert, bleibt mir allerdings schon kurz der Atem stehen. Ist das tatsächlich echt? Könnte an der Weite, die hier steht, etwa doch was dran sein? Da liegen Welten zwischen diesem Oberarm und meinem.

»Und? Was sagen Sie zu Tobias?«

»Dazu müsste ich erst einmal seine Bewegungsabläufe sehen. Und die der anderen Kandidaten«, antworte ich ausweichend.

»Nun gut. Das werden Sie ja noch.« Meine Reaktion ist nicht das, was Dr. Higgs sich erhofft hat. Man hört die Enttäuschung in ihrer Stimme, und ich freue mich darüber, dass ich die Irritation über diese unwirklichen Muskeln so geschickt verbergen konnte.

»Tobias, du kannst gehen.«

Das lässt sich Tobias nicht zweimal sagen. Mit schnellen Schritten und sichtlich erleichtert verlässt er den Raum.

Der nächste Junge sieht uns entspannt und offen entgegen, während er auf uns zu marschiert. Es sind nicht alle so verschüchtert wie Tobias. Leider.

Dr. Higgs rattert wie gehabt Größe, Gewicht und sportliche Vorlieben herunter, und ich zwinge mich erneut, nicht allzu offensichtlich die Augen zu verdrehen.

Es ist wie auf dem Viehmarkt. Jason, der uns aktuell gegenübersteht und es schafft, nicht nur den Boden zu betrachten, hat ein Gesicht voller Pickel und imponierende Zeiten beim Hürdenlauf. Wenn es denn stimmt, was da gemessen wurde. Ich kann es mir nicht vorstellen, obwohl er lange und sehnige Beine hat, die sicherlich problemlos über Hürden fliegen. Im Gegenzug hat er keinen so beachtlichen Bizeps vorzuweisen wie Tobias, und Dr. Higgs verzichtet zum Glück darauf, ihn um eine Körperpräsentation zu bitten.

Verzweifelt frage ich mich, was ich hier eigentlich mache. Es ist absolut sinnlos. Ich müsste mir ansehen, wie die Kandidaten laufen. Wie sie sich bewegen, wie sie alle Zehnkampfdisziplinen bewältigen. Das hier ist echte Zeitverschwendung. Und obendrein peinlich. Für mich und für die Jungs ebenso.

»Soll ich ihnen noch in den Mund schauen, um ihre Zähne zu begutachten? Schließlich kann man hier den Gesundheitszustand am besten erkennen.«

Ich war mir sicher, es nur gedacht zu haben. Offenbar habe ich laut gedacht.

»Wir achten sehr auf Mundhygiene.« Dr. Higgs ist eindeutig angepisst. »Aber wenn Sie es für nötig halten, bitte.«

Ehe ich sie aufhalten kann, winkt sie den Jungen, der vor uns steht, näher heran. »Jason, bitte öffne den Mund. Miss Summer möchte deine Zähne sehen.«

Als ob er das nicht selbst gehört hätte.

Gehorsam reißt er die Lippen auseinander und ich frage mich verzweifelt, warum niemand die Ironie meiner Worte erkennt. Ich wollte mir nie, definitiv niemals die Zähne der Kandidaten ansehen. Ich muss dringend lernen, den Mund zu halten, sonst jagt hier eine peinliche Situation die andere. Dabei ist es eh schon blamabel genug, auch ohne meine unqualifizierten Kommentare. Ist hier eigentlich niemandem bewusst, dass ich nur ein völlig überfordertes Schulmädchen bin? Für mich ist es überaus deutlich, obwohl ich tapfer versuche, souverän zu wirken und mir meine Schwierigkeiten nicht anmerken zu lassen. In diesem Moment verfluche ich mein Pokerface.

Abgesehen davon bin ich über den bedingungslosen Gehorsam der Jungen irritiert. Wenn man so eine Aktion mit mir und meinen Freundinnen durchführen würde, würden wir laut protestierend die Bude einreißen. Jason dagegen steht nach wie vor geduldig vor mir, präsentiert jeden einzelnen Zahn, und ich kann weiter in seinen Mund hineinsehen, als ich das jemals wollte.

Ich zwinge mir ein unechtes Lächeln ins Gesicht.

»Ja, ich bin sehr erfreut über die Mundhygiene in Ihrem Haus, Dr. Higgs. Da muss ich die übrigen Kandidaten nicht mehr kontrollieren.«

Junge, mach bloß den Mund wieder zu.

So geht es weiter. Ein Sportler nach dem anderen betritt den Saal, marschiert quer durch den Raum auf uns zu und wird vorgeführt. Irgendwann rauschen all die Gesichter und Zahlen nur noch an mir vorbei, ohne irgendeine Chance, im Gedächtnis haften zu bleiben. Ich würde keinen der Jungen später wieder erkennen, und meine künstlich interessierte Miene wird immer angestrengter.

Zwei Ausnahmen gibt es aber doch.

Einer der Männer sieht aus wie ein Filmstar, und ich bin etwas erbost über mich selbst, weil es mir auffällt. Dr. Higgs seufzt tief auf, als er mit raumgreifenden Schritten zuversichtlich auf uns zu läuft und mir frech und gleichzeitig verschwörerisch zuzwinkert. Es ist nicht zu übersehen, dass er ihr absoluter Liebling ist. Die Lobrede, die ich mir anhören darf, geht zum einen Ohr rein und zum anderen hinaus, aber dieses Gesicht werde ich leider nicht so leicht vergessen. Das Zwinkern ebenfalls nicht. Ich bin schockiert. Und gleichzeitig fasziniert. Ich hasse es. Als er den Raum verlässt, ertappe ich mich dabei, dass ich hinter ihm herstarre und mein Blick an seinem Hintern hängenbleibt. Das macht es noch erbärmlicher.

Direkt im Anschluss erscheint der Kontrast schlechthin. Schwarze Haare, schwarze Augen und ein dazu passender Gesichtsausdruck. Ein Typ, der aus jeder Pore Ablehnung und Wut ausstrahlt und mich auf den Boden der Tatsachen zurückbringt. So sind Männer. Sie sind nicht freundlich und charmant, sie sind unbeherrscht und aggressiv. Das darf ich niemals vergessen, auch wenn ich nun häufig in Kontakt mit ihnen kommen werde. Oder genau deshalb. Der aktuelle Kandidat sieht auf jeden Fall so aus, als wolle er mir auf der Stelle an die Gurgel springen. Ich werde ihn bei der allerersten Gelegenheit aussortieren. Und ich bin unendlich erleichtert, so jemandem niemals auf offener Straße begegnen zu können.

Als endlich alle Jungen durch sind und ich das Gefühl habe, Monate in diesem Saal ohne Tageslicht zugebracht zu haben, bin ich zutiefst erschöpft.

kapitel 4

»MKS«, sende ich noch von unterwegs eine Nachricht.

Emily weiß, was das bedeutet und dass ich nur im äußersten Notfall so etwas schreibe. MKS werden in unregelmäßigen Abständen einberufen, und wir nehmen sie alle ausgesprochen ernst. Es ist die Abkürzung für ›Mädchenkrisensitzung‹ und besagt, eine von uns benötigt dringend und auf der Stelle den Rat der anderen.

Mittlerweile befürchte ich, mit meiner Situation, die sich immer weiter zuspitzt, nicht mehr allein klarzukommen.

Die Rückfahrt erscheint mir endlos. Auf dem Hinweg verflog die Zeit, weil ich das Ziel gar nicht erreichen wollte, aber jetzt will ich nur noch zurück und mich in die Arme meiner Freundinnen sinken lassen. Mädchen, nur Mädchen, wohin man blickt. Das ist, was ich gewohnt bin, und das ist, was ich mag und brauche.

Das Jungeninternat liegt so weit außerhalb, dass von meinem Tag nach Hin- und Rückfahrt rein gar nichts mehr übrig bleibt. Ich gehe erst gar nicht nach Hause, sondern schlage sofort den Weg zu unserem geheimen Unterschlupf ein. Na ja, wirklich geheim ist er nicht, aber es ist der Ort, an dem unsere Mütter uns in Ruhe lassen, während sie ungehemmt in jedes Zimmer platzen, sobald wir uns dort treffen.

Es ist ein alter Wohnwagen, der Sophies Großmutter gehört und seit Jahren nicht mehr von ihr verwendet wird. Er steht schon so lange an Ort und Stelle, dass er nicht mehr wegbewegt werden kann. Dicht ist er auch nicht. Aber das macht uns nichts aus, wir haben Schüsseln aufgestellt und leeren sie regelmäßig. Da man nicht heizen kann, liegen auf allen Sitzgelegenheiten Kissen und Decken im Überfluss. Ich kenne keinen gemütlicheren Ort.

Die anderen sind schon da, als ich erscheine. Und sie haben keine Ahnung, in welchen Schwierigkeiten ich stecke. Das entnehme ich ihrem lauten Geplapper.

»Max hat noch nie eine MKS gebraucht. Ich mache mir solche Sorgen«, quietscht Fiona aufgeregt.

Das stimmt so nicht. Ich habe mit vierzehn eine MKS einberufen.

»Glaubt ihr, Maxines Periode hat wieder ausgesetzt?« Sophie erinnert sich an diese Sitzung, denn das war damals mein Problem. Vierzehn Jahre alt und nach wie vor kein Zeichen davon, endlich eine erwachsene Frau zu werden. So wie alle anderen.

»Das kann durchaus sein, sie macht noch immer viel zu viel Sport«, lässt sich Fiona vernehmen »Ich verordne ihr gerne erneutes Bewegungsverbot, dieses ständige Rumgerenne kann ja nicht gesund sein.«

Ja, so haben wir das damals gelöst. Ich durfte eine Weile weder am Schulsport teilnehmen noch zu meinen Vereinen gehen. Leider fehlte dabei das Attest vom Arzt und einige der Gründe, die sich meine überaus kreativen Freundinnen ausgedacht haben, haben für große Irritationen bei Lehrern und Trainern gesorgt. Nach nur drei Wochen bekam ich meine Periode. Ich habe es schon beim ersten Mal bereut. Und mir danach geschworen, nie wieder auch nur einen Tag keinen Sport mehr zu treiben. Nicht, wenn so etwas Scheußliches dabei herauskommt.

Für Fionas Begriffe ist das keinmal, denn wegen ihr wurde das Ganze ins Leben gerufen. Fast jede zweite Sitzung geht auf ihr Konto. Nicht immer aus Gründen, die ich nachvollziehen kann. Genau genommen, so gut wie nie wegen mir verständlichen Dingen, aber egal. Fiona ist meine Freundin, und wenn sie eine Situation als Notfall empfindet, dann bin ich da, um ihr zu helfen.

Genauso wie meine Freundinnen für mich da sind.

Ich betrete den Wohnwagen, und eine erwartungsvolle Stille legt sich über alle. Emily lümmelt auf dem einzigen Sessel, die Decke liegt achtlos neben ihr, obwohl es kaum mehr als fünfzehn Grad haben kann. Sie friert eh nie. Die anderen haben sich auf das Sofa gedrängt, dicht an dicht, und sind unter Unmengen an Decken vergraben. Nur drei überaus neugierige und verwirrte Gesichter sind von ihnen zu sehen. Amber und Sophie sind auf diese Art kaum zu unterscheiden, und man könnte sie durchaus für Zwillinge halten. Dunkelblonde, glatte Haare, und eine Brille mit dicken Gläsern. Und dazwischen Fiona mit ihren honigblonden Locken und den babyblauen Augen. Wenn man aussieht wie der klassische Barockengel, ist man wahrscheinlich zu einem romantischen Charakter verdammt.

Emily wirft mir einen Blick zu, der versucht, meinen Gemütszustand abzuschätzen. Sie ist die Einzige, die von dem Projekt weiß und ahnt, worum es hier geht.

Offensichtlich überlegt sie gerade, wie sie mir doch noch das Bein brechen kann – möglichst unauffällig versteht sich. Todesmutig gehe ich davon aus, dass mir hier, innerhalb des Wohnwagens und in Anwesenheit der anderen, keine unmittelbare Gefahr von ihr droht. Sie klopft auf ihre Sessellehne und rutscht an den Rand der Sitzgelegenheit. Der frei gewordene Platz reicht locker für mich aus, und ich freue mich über Emilys Körperwärme, denn ich selbst gehöre eher zur verfrorenen Sorte.

Die unausgesprochene Erwartung und die angespannte Stille überfordern mich. Ich habe die Sitzung zwar einberufen und bin heilfroh über die Unterstützung, aber ich habe keine

Ahnung, wie ich jetzt anfangen soll. Zu viele Gedanken und unverarbeitete Eindrücke schwirren hektisch durch mein Gehirn, Gesichter von Jungs erscheinen plötzlich und unerwartet vor mir, manche verunsichert, andere neugierig oder selbstbewusst mit offenem Blick. Dann die blauen, provozierenden Augen des Schönen mit der lässigen Ausstrahlung. Und der Hass des Schwarzhaarigen. Das war alles zu viel, und ich bemerke, wie mir die Tränen in die Augen steigen.

Was soll das? Ich bin beim besten Willen keine Heulsuse. So was passiert mir sonst nie.

Die Mienen meiner Freundinnen schwenken von fasziniert zu erschrocken, und Emily nimmt mich in den Arm.

»Also, ich bin jetzt zwar nicht auf dem Laufenden, ich übernehme trotzdem mal die Einleitung, in Ordnung?«, fragt sie mich. Ich nicke erleichtert.

Emily fasst zusammen, was sie über den dämlichen Plan meiner Mutter weiß, und spart dabei nicht an Adjektiven, um das Ganze schön detailliert und blumig zu beschreiben. Ich habe noch nie so häufig Worte wie ›ekelhaft‹, ›idiotisch‹ und ›stinkend‹ zu hören bekommen, und ganz langsam schiebt sich wieder ein kleines Grinsen in mein Gesicht. Ob die Jungs wirklich stinken? Emily zumindest ist sich sicher. Ich bin ihnen nicht nah genug gekommen, um das beurteilen zu können. Und das wird sich auch niemals ändern. Jungsgeruch wird definitiv für immer ein ungelöstes Geheimnis bleiben.

Amber, Fiona und Sophie kreischen wider Erwarten nicht, kein einziger Ton kommt über ihre Lippen. Das liegt nicht daran, dass sie es nicht schrecklich finden, im Gegenteil. Sie sind eher so entsetzt, dass es ihnen die Sprache verschlägt. Der abstoßende Liebesfilm war nichts dagegen, da haben sie hemmungslos geschrien. Diesmal kommt jedoch kein Ton, nur weiße, geschockte Gesichter und bestürzte Blicke, die mich immer wieder streifen und schnell weghuschen, ehe ich den Blick erwidern kann.

Danach herrscht erst einmal Schweigen.

»Waren die Videos so grauenhaft wie befürchtet?«, ergreift Emily erneut das Wort.

»Es gab keine Videos.«

»Oh, na dann.« Ein irritierter Blick. »Dann kann es doch nicht so schlimm gewesen sein.«

»Ich habe sie persönlich gesehen.«

Jetzt kreischen sie doch. Ich kann es ihnen nicht verdenken, ich hätte genauso reagiert, meine übliche Selbstbeherrschung hin oder her.

»Oh mein Gott, du Arme.« Emily nimmt mich sofort erneut in den Arm. Ganz fest diesmal. »Wir lassen dich da nie wieder hingehen. Uns wird schon etwas einfallen.«

Oh nein, bloß kein neuer Plan von Emily. Ich will weder verletzt werden noch Ärger bekommen. Nicht schon wieder. Außerdem – es ist zu spät. Und das ist Dr. Higgs Schuld.

Eindringlich erkläre ich, wie diese Frau mit mir umgesprungen ist, wie sie sich freut, wenn ich jetzt aufgebe. Wie sie triumphiert, mich so leicht vergrault zu haben. Das werde ich auf keinen Fall zulassen.

Fassungslose Blicke wechseln zwischen meinen Freundinnen hin und her. Dann versucht Amber, meine merkwürdigen Erklärungen auf den Punkt zu bringen.

»Du meinst also, du wirst da morgen wieder hingehen?«

»Ja.« Ich nicke zwar unglücklich, aber es steht fest, dass ich am nächsten Tag genau das machen werde.

»Obwohl wir befürchten, dass du den Jungs erneut in echt begegnen wirst?«, sagt sie ganz langsam und gedehnt und absolut ungläubig.

»Ja.«

Na gut, das hört sich bescheuert an, wenn man es so sagt.

»Und das alles nur, weil jemand dort dich loswerden möchte? Oder zumindest in die zweite Reihe verbannen?«

Ich nicke wohl oder übel.

Das hört sich ja sogar noch bescheuerter an. Auch für mich.

»Das ist ja mal wieder typisch.« Emily sinkt laut stöhnend im Sessel zurück und bedeckt theatralisch ihre Augen mit der Hand. »Sie will etwas partout nicht machen. Und das zu Recht, denn die Idee ist sowohl schwachsinnig als auch ekelhaft. Aber kaum erfährt sie, dass jemand anders es übernehmen will und das am liebsten ohne sie, ist sie Feuer und Flamme. Wie immer.«

Sofort will ich es vehement abstreiten, so leicht bin ich ja auch nicht zu manipulieren. Der Protest geht jedoch im lauten Gelächter meiner Freundinnen unter. Sie kennen mich leider besser als ich mich selbst. Erst jetzt wird mir endgültig bewusst, dass ich dieses Projekt in keinem Fall mehr abgeben werde. Dr. Higgs hat mich so provoziert, egal, was in der nächsten Zeit auf mich zukommt, ich werde es durchziehen. Ich kann ihr den Sieg einfach nicht überlassen.

Ich werfe einen strengen Blick auf Emily, aber sie kann nichts für meinen Charakter. Möglicherweise ist sie genau aus diesem Grund meine beste Freundin. Sie kann es nicht ertragen, wenn es ungelöste Geheimnisse gibt, und ich kann es nicht ertragen, wenn man mir sagt, ich könne etwas nicht schaffen. Wir haben da beide echt eine Macke.

»Und wie sind die Jungs so?«, fragt Fiona, und ich glaube, ein kleines, sehnsüchtiges Funkeln in ihren Augen zu bemerken.

»Ich weiß nicht. Es waren so viele.«

Fiona protestiert.

»Es kann nicht sein, dass niemand dir aufgefallen ist. Auch Jungs sehen nicht alle gleich aus. Sie haben Unterschiede in der Haarfarbe und Augenfarbe und …« Sie denkt angestrengt nach. »… und sowieso.«

Sie hat schon recht.

»Da war einer, der hat mir echt Angst gemacht.« Ich erinnere mich nur mit Schaudern an seinen Blick. Morgen fliegt er raus, ich schwöre es. »Der war genauso angriffslustig und wild und unkontrolliert, wie es uns immer gesagt wurde. Der hat mir direkt hasserfüllt ins Gesicht gesehen und wäre fast auf mich losgegangen.«

Fiona macht nach wie vor große, staunende Augen. »Wie sah er aus?«

»Dunkel. Schwarze Haare und schwarze Augen. Richtig schwarze Augen. Und gemein.«

»Dunkel und geheimnisvoll? Trotzdem gut aussehend?«

Emily neben mir kichert leise, Fionas Naivität ist absolut unbegreiflich.

»Nein, hässlich, Fiona. Gemein ist immer hässlich.«

Genau genommen weiß ich gar nicht mehr, wie er aussah. Ich habe nur noch diesen wütenden Blick vor Augen, der mir durch und durch ging. Und Dr. Higgs Worte im Ohr, die kurz und knapp einen Namen und Körpermaße nannte, mehr nicht. Ein berauschender Sportler ist er wohl kaum. Er hat den Raum glücklicherweise überaus schnell wieder verlassen. Mit raschen, großen Schritten, aggressiv und einschüchternd sogar von hinten.

»Hat er dich bedroht?«

»Nicht mit Worten. Er hat nichts gesagt.«

Nur ein einziger der Jungs hat mit uns gesprochen, alle anderen waren sehr zurückhaltend. Aber dieser eine, der nicht. Der hat nicht nur gezwinkert, als er auf mich zukam, sondern auch noch gegrüßt. »Hi«, sagte er, so als ob wir uns kennenlernen würden und als fände er das gut. Ich habe nur kühl und knapp genickt, aber aus dem Konzept gebracht hat er mich schon. Nur mit diesem einen Wort.

So ein Glück, dass ich nicht mehr zu tun hatte, als da zu sitzen. Und die Lobrede von Dr. Higgs anzuhören über seine irrsinnig überragenden Leistungen in allen Disziplinen, die einfach kein Ende nehmen wollte. Ich muss abgebrühter werden. »Dann bis morgen«, sagte er, als er verabschiedet wurde und lächelte mich wieder an.

Es sollte nicht erlaubt sein, dass Jungs so lächeln können. Nicht mit Grübchen neben den Mundwinkeln.

»Ein anderer dagegen sah tatsächlich gut aus«, versuche ich Fiona wieder aufzumuntern, die inzwischen verschreckt die Augen aufreißt. Unerwähnt lassen kann ich den Typen beim besten Willen nicht. »Blond, blaue Augen. Der könnte in einem der Liebesfilme mitspielen.«

Von Emily kommt ein grober Stoß in meine Seite, der mich wieder zur Vernunft bringt. Ist ja auch völliger Schwachsinn, was ich hier sage. Am besten schmeiße ich den Typ morgen ebenfalls raus. Ich behalte nur die anderen, die, die mir nicht aufgefallen sind. Solche Jungs wie den Ersten, der so große Angst vor mir hatte. Die sind perfekt.

Ja, genau das ist der Plan. Ich sortiere jeden aus, der mir ins Gesicht gucken kann, gleich als Allererstes, und dann schaue ich mir in Ruhe die anderen an. Wie sie sich bewegen, ob man überhaupt mit einem von ihnen zu so einer überaus wichtigen Sportveranstaltung fahren kann, ohne sich zu blamieren. Denn da hege ich große Zweifel. Und das ganze Projekt hat sich schneller erledigt, als ich zuerst gedacht habe. Es wird überhaupt kein Problem.

Erleichtert lehne ich mich in den Sessel zurück und bedanke mich laut und enthusiastisch. Die vier sind eine echte Hilfe, egal, um welche Sorgen es sich handelt.

kapitel 5

Heute begleitet Thomas mich als Erstes auf den Sportplatz. Und obwohl wir erneut allein durch die ausgestorbenen Flure eilen, macht er mir keine Angst mehr.

Es dauert nicht lange, bis wir das Gebäude durch eine kleine Seitentür verlassen. Die Sonne scheint so wild und intensiv, wie nur die Frühjahrssonne es kann, und ich bin kurzzeitig blind. Dafür sind die Geräusche umso deutlicher. Vogelgezwitscher von den nahen Bäumen, die den Platz umgeben, und vor allem kräftige Männerstimmen. Männerstimmen, die sich unterhalten, laut lachen, sich gegenseitig korrigieren oder anfeuern. Es klingt entspannt.

Die Geräuschkulisse zeigt mir eins: Es sind wirklich viele, viel zu viele. Das werde ich noch heute ändern. Zwei, die gehen müssen, habe ich schon auf meiner Liste, und ich entdecke sie, sobald meine Augen sich an die Lichtverhältnisse gewöhnt haben.

Der blonde Schönling ist kaum zu übersehen, denn er diskutiert lautstark mitten in einer Traube von anderen Sportlern. Über was ist nicht bis zu uns zu hören. Er ist mit Feuereifer bei der Sache. Natürlich weiß er nicht, dass er heute aus dem Team fliegt, und mir tut es ein wenig um die Leidenschaft leid, die er an den Tag legt. Aber nicht genug, um meine Meinung zu ändern.

Der Furchteinflößende dagegen steht abseits der Menge, lässig auf den Speer gestützt, mit dem er aktuell trainiert, und beobachtet regungslos den Jungen, der vor ihm dran ist und wirft. Bei ihm tut es mir um gar nichts leid. Vermutlich ist er eh heilfroh, wenn er gehen kann. Das hat er ja deutlich gezeigt.

Während ich meinen Blick über die umherlaufenden Sportler schweifen lasse, fällt mir auf, dass ich mich doch an mehr erinnern kann, als ich gestern Abend dachte. Nicht weit von mir entfernt steht Tobias, der Kugelstoßer, und bereitet sich auf den nächsten Trainingswurf vor. Auch so sind seine Muskeln zu erkennen, obwohl sie nicht absichtlich präsentiert werden. Die schwere Kugel, die er so mühelos in die Höhe stemmt, als wäre sie innen hohl, reicht dazu aus. Heute blickt er nicht zu Boden, sondern konzentriert auf die Bahn. So erscheint er anders als gestern, selbstbewusster, entspannter, und ich traue ihm durchaus zu, an einem Wettkampf teilzunehmen.

Auch die anderen Sportler kommen mir jetzt bekannt vor. Ich habe sie gestern nicht lange gesehen, aber nichtsdestotrotz, sie wurden mir alle vorgeführt. Hier auf dem Sportplatz sind sie im Gegensatz dazu ausnahmslos präsenter, lebendiger, in ihrem Element.

Die gestrige Aktion war wirklich völlig schwachsinnig.

Als die Jungs mich bemerken, ändert sich die Stimmung schlagartig. Zuerst fällt nur ein zufälliger Blick in meine Richtung, und der dazu gehörende Sportler hört erschrocken auf zu lachen. Nur Sekunden später herrscht angespannte Stille auf dem Platz.

Ich komme damit klar, so im Mittelpunkt zu stehen, das habe ich früher oft genug geübt. Auf einer Karaokebühne einen Song laut mitsingen – immer wieder gerne. Reden halten vor der ganzen Schule – kein Problem. Nur mit meinem Erscheinen eine lachende Menge in eine verängstigt schweigende zu verwandeln, ist dagegen kein angenehmes Gefühl.

»Beeindruckende Wirkung. Ich habe immer allergrößte Mühe, mir bei dem Haufen Gehör zu verschaffen«, sagt Thomas, ohne dabei mit der Wimper zu zucken. Ich kann beim besten Willen nicht erkennen, ob es ironisch gemeint ist.

Die Kandidaten kommen langsam und zögernd näher, und als sie in Hörweite sind, überlege ich, ob jetzt von mir eine Rede erwartet wird. Darauf bin ich nämlich nicht vorbereitet. Aber glücklicherweise ergreift Thomas das Wort, und ich atme erleichtert auf.

»Ihr habt Miss Summer ja gestern schon kennengelernt. Heute sollt ihr zeigen, was ihr sportlich so drauf habt. Zahlen sind geduldig, und ich bin mir sicher, Miss Summer ist daran interessiert, euch in Aktion zu sehen. Und denkt dran, nur die Besten treten bei Olympia an. Also, gebt euch Mühe.«

Ich mustere die mir zu gewandten Gesichter. Ob sie wirklich alle mitkommen wollen?

»Um Ihnen die Zuordnung zu erleichtern, tragen die Sportler heute und in den kommenden Tagen Nummern auf ihren Trikots.«

Die Ziffern sind riesig und selbst ein Blinder könnte sie von überall her lesen. Ich nicke erfreut und krame die Namensliste aus meiner Tasche, die ich gestern eher widerwillig eingesteckt habe. Hier sind dieselben Zahlen vermerkt.

»Hat die Reihenfolge etwas zu bedeuten?«

Thomas zuckt die Schultern. »Ich denke nicht. Dr. Higgs hat sie vergeben, ich erkenne darin kein System.«

Ich frage nicht, wo Dr. Higgs überhaupt steckt, denn es ist mir recht, die Krallen eingefahren lassen zu können und sich nicht am frühen Morgen schon auf einen weiteren Machtkampf einlassen zu müssen.

»Sollen die Jungs weitermachen und Sie schauen sich das übliche Training an, oder haben Sie andere Pläne für heute?«, fragt er mich zuvorkommend. Als wäre ich tatsächlich jemand, der einen Plan hätte. Als hätte ich Erfahrung bei solchen Aktionen.

Verwirrend, wie aufmerksam und nett das ist.

»Das übliche Training klingt ausgezeichnet. Dabei kann ich mir ansehen, wie die Kandidaten sich bewegen.«

Thomas klatscht in die Hände. »Ihr habt es gehört. Geht zurück zu eurer Disziplin.«

Die Sportler nehmen ihr Training wieder auf. Trotzdem bleibt es leise. Zunächst warte ich am Rand und beobachte das Treiben aus sicherer Entfernung. Sie unterhalten sich, aber still jetzt und vorsichtig, als wäre eine tickende Zeitbombe in unmittelbarer Nähe. Keiner lacht. Keiner ruft laut oder macht einen Scherz. Ich habe eindeutig die Stimmung verdorben.

Nach einer Weile fasse ich Mut und schlendere langsam zum Weitsprung. Mitten ins Trainingsgeschehen hinein, mitten unter die Sportler. Hier stehen acht von ihnen mit ihrem Trainer, und alle werden blass, als ich mich nähere.

Der Junge, der den nächsten Sprung absolvieren soll, stolpert, als er sich zum Anlauf begibt und legt sich beinahe auf die Nase. Die Anspannung, es gut machen zu wollen, ist zu groß.

Wenn meine Blicke ihn schon so nervös machen, wie soll es erst im Wettkampf werden? Da muss er Leistung bringen, obwohl mehrere tausend Augenpaare auf ihn gerichtet sind. Millionen, wenn man das Fernsehpublikum mitzählt.

Er starrt auf den Boden und vermeidet es tunlichst, zu mir zu sehen. Dabei braucht er sich keine Sorgen zu machen. Egal, wie mies er jetzt springt, ich behalte ihn in jeden Fall, und das nur, weil er so verängstigt ist. Das darf ich logischerweise niemals zugeben.

Nach einem letzten verzweifelten Blick auf seinen Trainer, der mit verschränkten Armen daneben steht, läuft er los, unrund und unkonzentriert. Er trifft den Balken nicht sauber und landet mit hochrotem Kopf im Sand. Interessiert schaue ich, welche Bestweite für ihn eingetragen ist, und vergleiche es mit dem aktuellen Ergebnis. Sag ich doch. Da kommt er auch nicht annähernd ran. Ich lasse mir nicht anmerken, wie ich mir innerlich auf die Schulter klopfe.

Dr. Higgs hat tatsächlich gedacht, sie kann mich komplett verarschen. Jetzt weiß ich definitiv, woran ich bin. Zufrieden lächelnd krame ich einen Block und einen Stift aus meiner Tasche und notiere mir die Nummer zweiundzwanzig und die erzielte Weite. In Klammern dahinter kommt die angegebene Bestweite mit einem dicken ironischen Smiley. Dann schreibe ich ›sehr ängstlich‹ dazu und mache einen Pfeil nach oben. Damit ist alles Wesentliche festgehalten. Er darf bleiben.

Der Kandidat, er heißt Pascal, wie ich meiner Liste entnehme, kommt mit noch immer leuchtendem Kopf zurückgeschlichen. Sein Trainer presst wütend die Lippen aufeinander. Auch ihm ist aufgegangen, dass die Mogelangaben aufgeflogen sind.

»Das war ja wohl eine Katastrophe«, wird der Springer angeherrscht. Unter dem finsteren Blick schrumpft er weiter zusammen. »Willst du uns alle blamieren?«

Ich dagegen lächle dem Jungen zu und nicke aufmunternd, um die Wut des Trainers etwas abzumildern. Der würde selbst nicht ansatzweise diese Weite schaffen. Er erinnert mich ein wenig an Thomas, abgesehen von seinem Haarwuchs. Aber er ist ähnlich unförmig, vor allem der Bauchumfang ist gewaltig. Sportlich wirkt er nicht.

»War doch gar nicht so schlecht«, sage ich zu dem zitternden Kandidaten. War ja auch nicht schlecht, gebe ich zu. Keine Katastrophe, nur eben nicht ansatzweise so gut wie angegeben.

»Noch mal. Und jetzt konzentrierst du dich«, knurrt der Trainer den Jungen an und durchbohrt ihn regelrecht mit seinen Blicken.

Muss das sein? Ich habe es doch gesehen. Aber ich werde mich heute nicht einmischen, noch nicht.

Daher läuft Pascal wieder los. Diesmal deutlich lockerer und schneller, möglicherweise meinen aufmunternden Worten geschuldet. Jetzt trifft er den Balken. Und fliegt regelrecht durch die Luft, ehe er im Sand landet. Sprachlos sehe ich, wie der Trainer den Abstand vom Balken bis zum Abdruck der Landung misst. Das ist unglaublich. Das ist in der Tat fast die angegebene Bestweite. Ich starre fassungslos auf meinen Block.

Damit habe ich nicht gerechnet.

»Geht doch. Andrew, du bist als Nächstes dran.« Der Trainer ist besänftigt.

Zögernd notiere ich die neue Weite. Ich kann es mir nicht verkneifen, ein Fragezeichen dahinter zu schreiben. Das kann doch nicht sein. Habe ich das gerade wirklich mit eigenen Augen gesehen?

Der nächste Kandidat tritt an das Weitsprungfeld. Er ist nicht so verkrampft, seine roten, kurz geschorenen Haare leuchten im Sonnenschein, und er ignoriert meine Anwesenheit komplett. So hatte ich mir das vorgestellt. Schon beim ersten Versuch legt er eine beeindruckende Weite hin, trotzdem gibt der Trainer ihm Anweisungen, was er ändern soll. Beim nächsten Sprung achte ich genauer auf die Technik. Der Betreuer hat recht mit seinen Anmerkungen. Obwohl er es definitiv nicht selbst könnte, theoretisch hat er es drauf.

Verunsichert schaue ich mir die Sprünge aller Kandidaten an und wundere mich immer mehr. Wie können diese Menschen so hervorragende Werte erzielen? Ist das bei Jungs normal? Ich muss mich dringend mit Rekorden von Männern befassen, wenn ich wieder zu Hause bin. Das hat mich bisher nie interessiert.

Auf der Laufbahn sehe ich, wie ein anderer Trainer die Blöcke für den Sprint aufstellt. Ich laufe selbst für mein Leben gern und bin echt schnell. Erwartungsvoll nähere ich mich der Laufstrecke.

Bei der Gruppe, die sich bereits warm gelaufen hat und nun auf den Start wartet, befindet sich sowohl der schöne als auch der furchterregende Junge. Beide bewegen sich ruhelos auf und ab, um nicht wieder kalt zu werden. Obwohl ich längst entschieden habe, die zwei heute auszusortieren, bin ich jetzt noch interessierter an diesem Lauf. Ich möchte sie vorher liebend gerne in Aktion sehen. Wenn ich Glück habe, habe ich danach einen offiziellen Grund, sie nicht zu behalten.

Meine Ankunft wird bemerkt. Ich ernte mal wieder einige besorgte Blicke, einen hasserfüllten aus zusammengekniffenen, schwarzen Augen und ein strahlendes Lächeln. Das strahlende Lächeln marschiert sogleich auf mich zu.

Er kommt vollkommen unbekümmert näher. Und näher. Und definitiv näher, als er sollte. Dann bleibt er vor mir stehen, und ich muss zu ihm hinaufsehen. Vor Schreck beginnt mein Herz, wie irre zu klopfen, und ich muss mich zwingen, nicht zurückzuweichen.

Ich fühle mich so – klein. Wie kann das sein? Ich bin nämlich groß. Deutlich größer als meine Mutter, größer als alle meine Freundinnen.

Verunsichert lasse ich den Blick über die anderen Sportler schweifen. Scheiße, sind die riesig. Alle! Das gefällt mir überhaupt nicht. Es macht mich schutzlos, unterlegen. Und ich bin eh schon unentspannt und besorgt in ihrer Gegenwart. Schließlich habe ich von klein auf gelernt, wie riskant der Umgang mit Männern ist.

Der Riese vor mir sieht auf mich hinab und schert sich überhaupt nicht darum, dass er potentiell gefährlich und mir viel zu nah gekommen ist. Himmel, der ist um Längen zu selbstbewusst. Das geht gar nicht.

»Miss Summer, wie schön, dich wieder zu sehen. Oder darf ich deinen Vornamen benutzen?« Dieses Lächeln liegt nicht nur auf seinem Mund, es kommt sogar aus den Augen und von überall her.

»Nein, das erscheint mir nicht angebracht«, antworte ich steif.

»Schade.« Er lächelt nach wie vor unbekümmert. »Wie lief es beim Weitsprung?«

Ich werde nicht zulassen, dass wir ein Gespräch führen. Das mache ich nicht, nicht mit einem Jungen. Zum einen soll ich alle Kandidaten neutral beurteilen. Und zwar nach ihren sportlichen Leistungen und nicht nach ihrer Konversationsfertigkeit. Außerdem ist es unschicklich. Er ist ja ein Mann. Mit Thomas zu reden, war durchaus in Ordnung, der ist nämlich uralt und hat schon gezeigt, dass er weiß, wie man sich Frauen gegenüber zu benehmen hat.

Unwillig runzle ich die Stirn. Er trägt die Nummer einundvierzig auf seinem Trikot. Ich suche meine Liste ab. Da ist er.

Paul, ein Meter neunundachtzig und sechsundachtzig Kilo, die in diesem Moment genau vor mir stehen, viel zu nah und absolut unmoralisch. Und leider sehr beängstigend. Er überragt mich deutlich, so eine Körpergröße sollte nicht erlaubt sein. Ärgerlicherweise komme ich nicht umhin zu bemerken, wie strahlend blau seine Augen sind. Auch das sollte nicht erlaubt sein.

»Mal sehen, wie es bei den 100-Metern läuft. Jetzt!«, sage ich also nur und ignoriere seine Frage. Ich werde diesen Typen ja wohl zurechtstutzen können. »Wenn es schlecht läuft, sind bald viel weniger Kandidaten übrig.«

Das ist gemein, zugegeben. Ich habe nicht vergessen, wie viel Angst der erste Weitsprungkandidat eben hatte. Davor, von mir beurteilt zu werden. Davor, zu versagen und rauszufliegen. Und sonderlich subtil war meine Drohung gerade nicht. Denn ich habe inzwischen zumindest begriffen, dass die Sportler alle bleiben wollen.

Paul allerdings lacht nur. Ist er dumm und hat mich nicht verstanden? Allzu intelligent sind Männer von Natur aus nicht, das weiß ich schon.

»Es wird gut laufen. Auf jeden Fall für mich. Ich bin ein guter Sprinter.«

Aha, er hat mich verstanden. Er hat nur zu viel Selbstbewusstsein, um sich Sorgen zu machen. Wenn er wüsste, was genau ich beurteile. Er hat keine Ahnung, dass er längst raus ist. Jetzt erst recht.

Bei dem Gedanken entspanne ich mich und nicke leicht. Denn dies ist und bleibt unsere erste und letzte Begegnung von Angesicht zu Angesicht.

Der dicke, junge Lauftrainer hat inzwischen alle Start-blöcke angebracht und fordert die Jungs auf zu testen, ob sie passend eingerichtet sind. Paul fehlt. Nach einem Blick auf uns geht der Trainer selbst an den freien Block und hockt sich hin. Er schiebt die Füße an die Position, stellt die Hände akkurat vor sich auf. Und legt einen Probestart hin. Ich bin erstaunt. Die Bewegung ist flüssig und geübt, bei seiner Leibesfülle hätte ich das nie für möglich gehalten. Aber er muss früher selbst Sprinter gewesen sein, denn ohne jahrelange Übung ist das so nicht zu bewerkstelligen. War er als Jugendlicher schlank und sportlich? Es ist nicht anders zu erklären.

Paul interpretiert mein anerkennendes Nicken völlig falsch, nämlich als Aufforderung, noch aufdringlicher zu werden. Er kommt einen weiteren Schritt an mich heran und zwinkert mir wieder verschwörerisch zu. Es ist nicht zu übersehen, dass wir mehr oder weniger auffällig von allen anderen Sprintern beobachtet werden.

Außer von dem Dunklen. Nummer zweiundvierzig.

Ich schaue erneut in meine Liste. Er heißt Adrian. Besser einen Namen zu haben, als ihn immer wieder den Finsteren oder den Bösen zu nennen und mich darauf hinzuweisen, wie viel Angst ich vor ihm habe.

Dieser Adrian ist nur auf sich selbst konzentriert. Er hüpft leicht auf und ab, um sich warm zu halten, und es sieht erschreckend geschmeidig aus.

Paul dagegen ist nah genug, um mir zuzuflüstern. »Soll ich dir verraten, an welchen Stärken und Schwächen wir arbeiten müssen? Ein paar Insidertipps?«

Ich weiche einen Schritt zurück. Demonstrativ.

Das geht so nicht.

»Danke, ich mache mir gerne selbst ein Bild. Dazu bin ich ja hier«, sage ich laut und deutlich. Sollen die anderen doch mitbekommen, wie er sich einschleimen will. Auf ihre Kosten. »Und dieses Bild möchte ich mir jetzt machen.«

Ich werfe dem Trainer, der uns ebenfalls beobachtet, einen auffordernden Blick zu. Er versteht mich sofort und lässt seine Trillerpfeife erklingen. Paul reagiert auf der Stelle und trabt zum Startblock. Nicht ohne mir ein weiteres Zwinkern zukommen zu lassen. Den bringt echt nichts aus dem Konzept.

Wider Willen bin ich beeindruckt. So ein Selbstbewusstsein hätte ich auch gern. Nach außen hin mag ich sogar so wirken, aber leider weiß ich nur allzu gut, dass es in meinem Inneren häufig anders aussieht.

Es sieht unglaublich gekonnt aus, wie die Sportler sich ein letztes Mal ausschütteln und lockern, dann beim Kommando auf die Knie gehen und sich im Startblock einrichten. Ich kann es beurteilen, ich weiß selbst, wie es geht, und kurz kribbelt es in meinen Beinen. Ich würde mich ihnen liebend gerne anschließen. Dieser Moment kurz vor dem Pfiff, den finde ich fantastisch. Auch wenn es nur Training ist, ich bin trotzdem jedes Mal voll konzentriert und bereit, alles zu geben. Wie gesagt, ich liebe es.

Der Startschuss ertönt.

Ein 100-Meter-Sprint ist ja innerhalb von Sekunden vorbei und entschieden, aber diese Sekunden reichen aus, um mich regelrecht sprachlos zu machen. Denn ich dachte, ich wäre eine gute Läuferin. Leider nicht im Vergleich mit diesen Jungs. Es sind natürlich nicht alle überragend genug, um mir die Sprache zu verschlagen. Aber Paul ist wie angekündigt ein Hammersprinter, und er kommt als Zweiter ins Ziel, Kopf an Kopf mit dem Dritten. Er ist nicht nur schnell, sondern ebenfalls extrem ehrgeizig. Nicht bereit, nur einen Millimeter nachzugeben. Scheiße, genau solche Männer brauche ich.

Die Liste muss ich nicht kontrollieren, um zu erkennen, dass die angegebenen Zeiten stimmen.

In Gedanken laufen die Sekunden des Sprints immer wieder vor meinen Augen ab. Wie die Sportler sich bewegten. So kraftvoll und geschmeidig.

Das Hauptproblem bei diesem Lauf ist allerdings der Gewinner. Das ist nämlich Adrian. Adrian, der Finstere, der mich jedes Mal mit wütenden Blicken durchbohrt, sobald er zufällig in meine Richtung sieht. Vor dem ich nach wie vor panische Angst habe.

Ausgerechnet der.

Ich habe noch nie etwas so Schönes gesehen.

Nichts so Schönes, wie diesen Jungen mitten im Lauf. Leider Gottes bin ich regelrecht geflasht. Von seinem Antritt, seiner Geschwindigkeit, seiner Power, seiner raubtierhaften Eleganz. Er hat Paul und die andern deutlich abgehängt. Um mindestens eine Armlänge.

Mist! Verdammter Mist!

Noch immer geschockt werfe ich einen unauffälligen Blick auf ihn. Er steht ungerührt am Rand, als ginge ihn das alles nichts an, während Paul und der Dritte sich triumphierend abklatschen und ihre erreichte Zeit feiern. Mein Eindruck, er wolle überhaupt nicht hier sein, wird immer stärker. So wie er sich verhält, kann es gar nicht anders sein.

Es ist eine Schande, dass ausgerechnet er so ein begnadeter Läufer ist.

kapitel 6

Noch während ich am Rand stehe und sprachlos auf die Jungen im Ziel starre, kommt Thomas zu mir zurück. Glücklicherweise bevor Paul mich erreicht, der mich, seinen Blicken nach zu urteilen, schon wieder anvisiert hat.

»Es ist gleich Zeit für das Mittagessen. Ich dachte, ich zeige Ihnen vorher Ihr Zimmer. Falls Sie sich frisch machen oder etwas von Ihrem Gepäck ablegen wollen.«

Mein Zimmer?

Was um Gottes Willen meint der damit?

Mein verwirrter Gesichtsausdruck spricht Bände. Maxine, wo ist dein Pokerface abgeblieben? Das muss besser werden, denn an diesem Ort darf ich mir keine Blöße geben.

»Dr. Higgs hat Ihnen einen Schlafraum zugewiesen. Ganz in der Nähe der Sportlerunterkünfte. Damit Sie nicht jedes Mal nach Hause fahren müssen. Man sagte mir, der Weg sei weit.«

Hm, der Weg ist verdammt weit. Viel zu weit, um ihn Tag für Tag zurückzulegen. Ich kann mir trotzdem nicht vorstellen, hier zu schlafen. Beim besten Willen nicht. Einen Rückzugsort für tagsüber zu haben, ist mir dagegen schon willkommen.

»Welche Befugnisse hat Dr. Higgs eigentlich?«

»Sie ist die Leiterin des Internats.«

Na prima, ich habe mich also mit der Leiterin persönlich angelegt. Aber es ging ja nicht anders.

Es ist nicht weit bis zu meinem Zimmer. Allzu groß ist es nicht, reicht jedoch für ein Bett, einen Schreibtisch und eine Sitzecke mit Fernseher. Und direkt nebenan liegt das Bad.

Der Blick hinaus ist nicht sonderlich spektakulär. Wir befinden uns im zweiten Stock, und vor mir liegen endlose Felder. Etwas gewöhnungsbedürftig sind die Gitter vor den Fenstern. Aber ich bin nicht hier, um die Aussicht zu genießen, und die Gitter sind nicht da, um mich am Ausbrechen zu hindern.

Nachdem Thomas mich allein zurückgelassen hat, lege ich mich auf das Bett und seufze laut. Wie kann ein Tag, der nur aus Zusehen besteht, bloß so anstrengend sein? Und dabei ist er erst halb rum.

Heute Morgen hatte ich so enthusiastische Pläne. Langsam komme ich allerdings ins Grübeln. Ob das wirklich alles so perfekt ist, wie es mir da noch erschien?

Verunsichert ziehe ich erneut die Liste und meine Notizen zurate. Adrian und Paul müssen auf jeden Fall verschwinden. Ich habe den Zeiten keine Aufmerksamkeit gewidmet, da sie mir so unrealistisch erschienen. Leider hat sich das Gegenteil bewahrheitet. Die beiden sind nicht nur fantastische Sprinter, sie sind auch über die Langdistanz verdammt überragend. Und in allen anderen Disziplinen viel zu gut, um sie heute auszusortieren.

Mein toller Plan ist am Arsch.

Frustriert schließe ich die Augen. Ich kann mir nicht vorstellen, Tag für Tag Pauls Konversationsversuchen aus dem Weg zu gehen. Noch weniger kann ich mir vorstellen, tatsächlich mit ihm zu reden. Aber ich kann ihn nicht einfach so ausmustern.

Nicht heute. Nicht nach diesem Lauf.

Dasselbe gilt für Adrian. Obwohl der mir inzwischen fast weniger Sorgen bereitet als sein übereifriger Gegenpart.

Die halbe Stunde bis zum Mittagessen ist mittlerweile vorbei. Am liebsten würde ich liegen bleiben, leider knurrt mein Magen unmissverständlich und treibt mich aus dem Bett.

Widerwillig gehe ich zur Mensa, die ich mit verschlossenen Augen finden könnte. Der Lärmpegel ist nämlich genauso gewaltig, wie ich es aus meiner Schule kenne. Das Geschrei aus allen Ecken, das einen zwingt, ebenso laut mitzubrüllen, wenn man überhaupt gehört werden will. Das Chaos, weil ununterbrochen freie Plätze oder Freundinnen gesucht werden. Der Versuch, Essen zu tauschen, bevorzugt das Gemüse gegen den aktuellen Nachtisch. Ich bin mit einem Schlag traurig, weil all das vorbei ist. Obwohl ich mich auf meine Zukunft und die neuen Herausforderungen gefreut hatte. Zumindest bevor ich wusste, dass ich zuerst hier landen würde.

Die Mensa besteht aus einer Ansammlung ordentlich ausgerichteter Tische und der Essensausgabe am hinteren Ende des Raumes. Es ist irritierend, dass es so aussieht und zugeht wie in meiner Schule.

Zögernd betrete ich den Saal, und schlagartig herrscht absolute Stille, alles wie gehabt. Ein paar der Jungs starren mich regelrecht an, als käme ich von einem fremden Planeten, andere dagegen versuchen, unbemerkt unter ihren Tisch zu kriechen. Ich selbst hätte gerade auch liebend gern einen Tisch oder etwas Ähnliches, um mich zu verstecken, denn wohl fühle ich mich bei der geballten Aufmerksamkeit nicht.

Die Atmosphäre im Raum ist so belastet wie kurz nach einem atomaren Anschlag. Von Thomas ist leider weit und breit nichts zu sehen, ein Rückzug kommt jetzt jedoch nicht mehr in Frage.

Ich schlucke, schiebe meine blöden Gedanken zur Seite und gehe entschlossen und mit erhobenem Kopf zur Essensausgabe. Hoffentlich wirke ich genauso lässig und zielstrebig, wie ich es gerne wäre. So als wäre ich es Tag für Tag gewohnt, diese Wirkung zu haben.

Die Auswahl ist nicht berauschend. Ich bin besseres Essen

gewohnt. Viel Fleisch, leider alles mit dickem Fettrand und zerkochtes Gemüse. Kartoffeln und Nudeln. Ich halte mich an das Gemüse und die Nudeln, das muss für heute reichen.

Dann stehe ich mit dem Tablett mitten in der Mensa, lasse meinen Blick über die schweigende Menge gleiten und frage mich entsetzt, wo ich mich hinsetze. Es gibt keinen einzigen freien Tisch, der Raum ist mit fünfzig Sportlern absolut ausgelastet. Die Option, mit der Mahlzeit zurück in mein Zimmer zu verschwinden, gibt es leider genauso wenig. Eine so offensichtliche Flucht kann ich mir nicht leisten. Nicht solange ich als Herrin der Lage erscheinen möchte. Und wenn der Preis ist, inmitten einer schweigenden und glotzenden Menge zu essen, dann zahle ich ihn.

In dem Moment bemerke ich einen der Jungs, der sich halb erhoben hat und mir winkt. Paul, wer sonst. Er schiebt entschlossen seinen Sitznachbarn zur Seite, so dass ein freier Platz entsteht, und deutet mir an, zu ihm zu kommen. Auf gar keinen Fall. Ein Mittagessen mit Zwinkern und penetranten Fragen und ohne die Möglichkeit zur Flucht, ist das Allerletzte, was ich machen werde. Da setze ich mich eher auf den Boden.

Und dann entdecke ich eine Lücke in der ganzen Menge, am Ende einer der langen Tischreihen, mit einem Platz Abstand zum Nebenmann. Erleichtert marschiere ich los.

Auf dem Weg dorthin, ignoriere ich Pauls Gesten mit möglichst hochnäsigem Gesichtsausdruck. Leider befindet sich der freie Stuhl genau gegenüber von Adrian, mit dem ich aus gutem Grund noch weniger zu tun haben möchte als mit Paul. Vom Regen in die Traufe. Jetzt ist es jedoch zu spät, um umzukehren, denn ich habe ihn schon erreicht. Na prima.

Das Tablett knallt auf den Tisch, in der atemlosen Stille klingt es wie ein Pistolenschuss und ich erschrecke mich selbst über das laute Geräusch. Meine Nerven liegen aktuell blank, kein Mensch hat mir verraten, dass ich mitten im Löwenkäfig das Mittagessen einnehmen soll. Wenn ich mich nicht cooler präsentiere, als ich bin, und die Sportler mehr Angst vor mir haben als umgekehrt, werde ich ihre Mahlzeit.

Adrian schaut nicht auf, er schaufelt regelrecht das Essen in sich hinein. Äußerlich ungerührt.

Entschlossen greife ich nach dem Besteck. Mit Messer und Gabel in einem festen Griff ist es leichter, das Zittern meiner Hände zu unterdrücken. Das Gemüse ist noch zerkochter, als es aussieht. Die Nudeln sind nicht besser dran. Vielleicht sollte ich erst einmal das Begutachten der Trainingseinheiten sein lassen und stattdessen Kochkurse für die Küchencrew anbieten. Ich verziehe schon beim ersten Bissen gequält das Gesicht.

Der Junge mir gegenüber schafft es, mir seine Wut und seinen Hass unverhohlen entgegenzuschleudern, obwohl er weiterhin stur auf seinen Teller starrt. Er jagt mir echt irre Angst ein, mehr als alle anderen zusammen. Gleichzeitig provoziert mich sein Verhalten. Und macht mich ebenfalls wütend. Denn gewiss habe ich ihm nichts getan.

Wütend und ängstlich ist keine gute Kombination. Nicht bei mir. Ich reagiere darauf, wie ich es immer tue. Mit dem Kopf durch die Wand.

»Du bist also der Gewinner des Sprints, Nummer zweiundvierzig.«

Meine Stimme hallt laut durch den Raum, kein Wunder, nach wie vor regt sich niemand. Ich bin mir nicht einmal sicher, ob die Kandidaten überhaupt atmen. Zu hören ist davon auf jeden Fall nichts.

Bei meinen Worten wird es noch leiser im Raum, obwohl das nicht möglich sein sollte. Ja, die Frage war nicht nett. Ihn einfach auf eine Nummer zu reduzieren, kann ihm nicht gefallen. Eigentlich niemandem, aber diesem Typen ganz sicher schon mal gar nicht.

Sekundenlang reagiert er nicht, die Jungs um uns herum haben längst aufgehört zu essen. Dann hebt Adrian den Blick, wohl oder übel.

Er nickt. Kaum zu sehen.

Ganz ignorieren kann er mich nicht, nicht so, wie die Dinge hier liegen. Nicht, wenn ich das Sagen habe und er nur einer der Sportler ist, die zur Wahl stehen. Diese mehr als knappe Geste ist dennoch eine ziemliche Frechheit.

Sein Gesicht ist bemüht ausdruckslos, in seinen Augen dagegen lodert der pure Hass, und sein Kiefer zeigt, wie sehr er die Zähne aufeinanderpresst. Die Hände, in denen er das Besteck hält, sind zu Fäusten verkrampft, und mein Blick fällt auf das Messer, mit dem er bis gerade eben das Fleisch geschnitten hat. In mir krampft sich bei seinem Anblick vor Angst erneut alles zusammen, aber das Messer ist uralt und stumpf und deshalb völlig harmlos. Ich ärgere mich über mich selbst. Über die Furcht, die ich auch jetzt wieder empfinde, obwohl ich das nicht zulassen will. Ich rege mich so sehr auf, dass ich zum nächsten Angriff übergehe.

»Dann erzähl mir mal was über dich.«

Jetzt reicht ein Nicken nicht. Jetzt muss er reden. Mit mir. Ich grinse innerlich fast bei diesem Gedanken. Er wird mich inzwischen noch mehr hassen, weil ich meine Position so gnadenlos ausnutze.

Eine Weile habe ich trotzdem den Eindruck, dass er nicht antworten wird. Dass er stattdessen sein Essen stehen lässt und wortlos die Mensa verlässt. Dabei ist jedem klar, welche Konsequenzen ein solches Verhalten nach sich zieht. Und in dem Moment fällt mir auf, was ich hier mache. Mein Unterbewusstsein hat mich dazu gebracht, Adrian zu provozieren und ihn in die Ecke zu drängen, solange bis er hoffentlich die Kontrolle verliert und mir einen Grund liefert, ihn auszusortieren. Ich bin so clever. Es kann nicht schwer sein, ihn dazu zu bringen. Möglicherweise hat es schon gereicht.

Mir ist durchaus klar, wie gemein ich gerade bin. Ich nutze meine Macht gnadenlos aus, eine Macht, die ich persönlich gar nicht über andere Menschen haben möchte. Auf jeden Fall nicht, um sie zu drangsalieren. Leider fällt mir nichts Besseres ein, um meine Angst vor diesem Jungen zu kaschieren. Und nichts Besseres, um ihn loszuwerden, denn er darf unmöglich im Team bleiben. Streng schiebe ich die Bedenken zur Seite, hier ist nicht der richtige Ort für Skrupel und Nettigkeiten.

Dann antwortet er.

»Es gibt nichts.« Seine Stimme ist leise, rau, und ich kann die Wut auch hier heraushören, obwohl er versucht, sie zu unterdrücken. »Alles, was du wissen musst, steht auf der Liste.«

So leicht kommt er mir nicht davon.

»Das reicht mir aber nicht. Du bestehst ja nicht nur aus Körpermaßen und Bestzeiten.«

»Woraus bestehe ich denn noch? Hier in diesem Land.«

Aha. Da kommen wir der Sache schon näher, und so langsam fasziniert mich das Gespräch. Der Ton in seiner Stimme ist überaus interessant, denn da brodelt so viel Emotion. Der ganze Raum schweigt nach wie vor in einer merkwürdigen Mischung aus Anspannung und Neugierde.

Die Antwort auf seine Frage fällt mir jedoch leicht.

»Aus Vorlieben und Abneigungen. Aus Gedanken und Gefühlen. In diesem Land und in jedem anderen Land auch. Also?«

Wieder eine Pause, in der er mit sich ringt. Ob jetzt der Moment der Wahrheit kommt? Ich bin mir sicher, dass ich sehr nah dran bin.

»Ich mag Sport, und ich hasse es, zu verlieren.«

Hm, das ist alles? Ich bohre weiter. Man könnte meine folgenden Worte nett sagen, freundlich, interessiert an seiner Person. Das mache ich nicht. Ich lege einen Befehlston hinein, der klar macht, wer hier welche Rolle innehat. Und ich benutze diese absolut fiese Anrede. Die Maxine in diesem Internat muss sich unter allen Umständen durchsetzen, auch wenn es bedeutet ein Biest zu sein.

»Ich will aber mehr wissen, Zweiundvierzig.«

»Soll ich mich noch ausziehen? Willst du mich nackt sehen?«, bricht es aus ihm heraus. »Soll ich meinen Mund öffnen? Wir haben alle erlebt, dass du uns behandelst wie Vieh und wie bei einem Pferd das Gebiss kontrollierst.«

Jetzt habe ich ihn. Die Worte sind ihm völlig unkontrolliert aus dem Mund gerauscht. Das war unverschämt mir gegenüber, sowohl in der Wortwahl als auch im Ton, denn in den Sätzen lag all der Hass, den er empfindet. Er bemerkt es im selben Augenblick wie ich und wird blass.

Ich lächle ihn triumphierend an.

Mein Teller ist inzwischen leer, und ich bin satt. Auch schlechtes Essen vertreibt den Hunger.

Ohne ein weiteres Wort erhebe ich mich und bringe das Tablett zur Ausgabe zurück. Ich werde diesen Jungen bis heute Abend zappeln lassen, bevor ich ihm den Gnadenstoß versetze. Wie bei einem Pferd. Wenn er sich denn so fühlen möchte.

Mit einem komischen, kleinen Glücksgefühl begebe ich mich wieder auf den Sportplatz. Das erste Problem wäre schon mal gelöst. Jetzt muss ich mir nur etwas zu Paul einfallen lassen. Den werde ich nicht auf diese Weise ausbooten können, der ist nicht wuterfüllt und leicht zu provozieren, sondern nur aufdringlich. So aufdringlich, dass es fast genauso schlimm ist wie unverhohlener Hass. Bei diesem Gedanken habe ich einen Geistesblitz, denn wenn er dabei zu weit geht, ist er ebenso raus wie Adrian. Ich kann eindeutig ein intrigantes Biest sein. Zu meiner Verteidigung sei gesagt, dass diese Jungs einfach zu viel für mich sind und mein Verstand mir bei beiden Gefahr meldet. Bei jedem von ihnen auf eine eigene Weise.

Ich schlendere beim Nachmittagstraining von einer Disziplin zur nächsten. In Gedanken bin ich nicht ganz bei der Sache, denn ich plane, wie ich mir Paul vom Leib schaffe. Nämlich, indem ich ihn mir erst einmal nicht vom Leib halte. Wenn er mich nur einmal berührt, nur ein einziges Mal, werde ich Zeter und Mordio schreien, und er muss auf der Stelle die Veranstaltung verlassen.

Bei diesen Gedanken lächle ich ununterbrochen, was den Kandidaten auffällt. Die Stimmung entspannt sich zunehmend.

Aber noch ehe ich Paul Gelegenheit geben kann, sich selbst aus dem Rennen zu nehmen, passiert etwas Unvorhergesehenes. Adrian kommt auf mich zu. Er hat einen Zeitpunkt gewählt, an dem etliche Trainer und viele der Sportler in meiner Nähe stehen. Er geht mit starren, abgehackten Schritten. Es ist nicht zu übersehen, wie sehr er sich überwinden muss, zu mir zu kommen. Sein Gesicht ist nach wie vor leichenblass und angespannt, die Hände sind zu Fäusten geballt, und im ersten Moment befürchte ich, er kommt, um mich zu schlagen. Ich muss mich zwingen, nicht vor ihm zurückzuweichen.

Er bleibt jedoch in einem angemessenen Abstand vor mir stehen und versucht, mir ins Gesicht zu sehen. Das fällt ihm schwer, sein Blick gleitet immer wieder zur Seite, an mir vorbei. Er räuspert sich. Schluckt. Jetzt wird es interessant. Noch mehr Beleidigungen? Eine Erklärung, er wolle eh nicht mit zum Wettkampf? Ich bin gespannt. Und gleichzeitig zum ersten Mal in seiner Gegenwart einigermaßen gelöst, obwohl er mir freiwillig so nah gekommen ist. Schließlich kann ich ihn nun jederzeit aus dem Team werfen. Dies ist das letzte Mal, dass ich ihn sehe.

»Ich muss mich entschuldigen.« Diesmal redet er nicht leise, seine Stimme ist über den ganzen Platz zu hören, auch wenn sie alles andere als sicher klingt. »Ich habe mich ungehörig und respektlos betragen. Ich bitte um Verzeihung, Miss Summer.«

So ein Mist. Damit habe ich nicht gerechnet. Wieso bloß nicht? Wieso habe ich nie in Erwägung gezogen, er könne sich entschuldigen?

Weil mir irgendwie klar war, dass sein Stolz das nicht zulassen würde. Ein Junge, den ich überhaupt nicht kenne, den ich ein einziges Mal zuvor gesehen habe, aber es war so offensichtlich, dass er sich niemals so erniedrigen würde, sich laut und öffentlich bei mir zu entschuldigen.

Es muss schrecklich für ihn sein. Das ist nicht zu übersehen. Seine Schultern sind so angespannt, dass es mir schon beim Zusehen Schmerzen bereitet, die Hände sind weiß verkrampft, seine Miene eine Mischung aus Wut und Scham, nicht zu übersehen, egal, wie sehr er versucht, einen gelassenen Gesichtsausdruck zu wahren.

Aber er macht es.

In aller Öffentlichkeit.

Mist, Mist, Mist!

Ich kann jetzt nicht anders. Alle haben es gehört. Alle beäugen uns mit großen Augen, der pure Unglaube in den Mienen. Ich bin nicht die Einzige, die vollkommen überrumpelt ist.

»Ich nehme deine Entschuldigung an«, sage ich mit frustriertem Unterton. Was auch sonst? Er ist nicht so ausfallend geworden, dass es mit einer Entschuldigung nicht getan wäre. Das wäre für niemanden einsichtig, und ich würde mich lächerlich machen. Meine wundervolle Begründung, ihn heute Abend loszuwerden, ist dahin.

Und so leicht werde ich ihn nicht mehr so weit bekommen, denselben Fehler abermals zu begehen.

Verdammt!

Meine Motivation, Paul heute noch aufs Glatteis zu führen und abzuservieren, ist ebenfalls dahin.

Ich beobachte zwar weiterhin das Training und mache mir Notizen zu den einzelnen Kandidaten, mit meiner guten Laune und meinem Lächeln ist es allerdings aus und vorbei.

kapitel 7

Den nächsten Tag nutze ich als Erstes dazu die Küche zu besuchen, denn die Pampe vom letzten Mittagessen möchte ich nicht noch einmal vorgesetzt bekommen. Thomas zuckt bei meiner Bitte, mich in die Küche zu begleiten, nicht mit der Wimper, entweder er ist die merkwürdigsten Wünsche gewohnt oder er hat ein noch besseres Pokerface als ich. Ich mache mich bei der Köchin nicht beliebt, als ich sie mit meinem Wunsch nach bissfestem Essen und besserem Fleisch belästige. Eine Weile zetert sie, sie hätte nicht genug Zeit, um auf den Punkt zu garen und nicht genug Geld zur Verfügung, um hochwertigeres Essen zu kaufen.

»Nicht genug Zeit? Und nicht genug Geld zur Verfügung? Für die Sportler, die wir zum wichtigsten Wettkampf der Welt schicken wollen, um dort Gold für unsere Nation zu holen? Das kann nicht sein. Wir wollen uns ja nicht vor allen blamieren, nur weil wir unsere Leistungsträger schlecht ernähren. Ich werde mit Dr. Higgs sprechen. Oder besser direkt mit der Premierministerin.«

Da knickt sie ein.

»Nun, ich werde sehen, was ich machen kann. Leicht wird das nicht«, brummelt sie missmutig und wendet sich ab.

Sicherlich wird sie mich für mein restliches Leben hassen, aber damit komme ich klar. Wenn das der Preis für genießbares Essen ist, kann ich mit ihrer Abneigung sogar ausgezeichnet umgehen.

Beim Mittagessen stürme ich dieses Mal als Erste in den Raum und lasse mir von allem etwas geben. Optisch sieht es ansprechender aus, sogar das Fleisch wirkt nicht, als wären es die Abfälle einer anderen Kantine.

Dann setze ich mich an genau den Platz, an dem ich auch gestern saß, gestern als ich Adrian so in die Enge treiben konnte. Ich bin gespannt, was die Sportler nun machen. Aus Platzmangel wird sich irgendjemand an meinen Tisch wagen müssen.

Die Ersten weichen mir wie erwartet aus, sie hocken sich an den Tisch, der möglichst weit entfernt ist. Ich kann mir kaum ein Grinsen verkneifen, aber heute habe ich meine Miene absolut im Griff.

Und dann steht mir mit einem Mal Adrian gegenüber und nimmt Platz, genau dort, wo er auch gestern saß. Das hätte ich ihm niemals zugetraut, denn es ist noch nicht voll und er hätte mir mühelos ausweichen können. Gegen meinen Willen bin ich beeindruckt. Obwohl er wieder wütend und angespannt wirkt und kein Wort sagt.

Paul erscheint ebenfalls. Er setzt sich ohne Zögern neben mich, als wäre dies sein angestammter Platz. Bisher bin ich ihm am heutigen Tag problemlos aus dem Weg gegangen, indem ich die Gruppe im Auge hatte, in der er nicht war. Jetzt sitzt er ganz nah und versucht nicht einmal, Abstand zu halten.

Sogar hier am Tisch inmitten der Jungs fühle ich mich winzig und schwach. Sie sind nicht nur größer als ich, sogar im Sitzen, sie sind auch weitaus muskulöser und breiter und nur das Wissen, dass hinter uns an der Essensausgabe einige Frauen beschäftigt sind und uns im Blick haben, hält mich an meinem Platz. Das hier fällt eindeutig unter Mutprobe.

»Wow. Haben wir eine neue Köchin?« Paul dreht beeindruckt eine Nudel auf seiner Gabel in alle Richtungen, als hätte er noch nie eine Nudel gesehen. »Das schmeckt ganz anders.«

Der Junge neben ihm verzieht irritiert das Gesicht. »Das ist ja noch hart.«

»Aber es schmeckt besser«, beharrt Paul.

Von allen Seiten prasseln nun Kommentare über das Essen über mich hinweg, sie reichen von Anerkennung bis Verwunderung. Ich selbst bin zufrieden. Meine Mutter kocht besser, jedes Restaurant kocht besser, aber das hier ist eine Großküche und dafür ist das Essen jetzt völlig in Ordnung.

»Ich finde es echt zu hart«, beharrt der Junge, der neben Paul sitzt. »Die haben zu früh aufgehört zu kochen.«

»Das nennt man bissfest«, mische ich mich ein.

Stille.

Bis Paul sie unterbricht.

»Hast du eine neue Köchin mitgebracht?«

Habe ich nicht, ich schüttle also den Kopf.

Ich werde einen Teufel tun und zugeben, dass ich in der Küche war.

»Ich mag bissfest.«

Pauls Blick ruht auf mir, ich kann es spüren, auch ohne den Kopf zu ihm zu drehen. Hätte ich mir denken können, dass er sich neben mich setzt. Lieber wäre mir jemand, der mich weiter ignoriert.

Ich beobachte eine Weile Adrian, bei dem es ausgeschlossen ist, dass er freiwillig mit mir redet oder mich auch nur ansieht. Paul macht mich eindeutig zu nervös, da ich nicht weiß, wie ich mich ihm gegenüber benehmen soll. Ich kann nicht so ungezwungen mit einem Jungen reden wie er es mit mir hinbekommt. Adrian dagegen isst die Mahlzeit von heute genauso wie die von gestern, schnell und mit unbewegtem Gesicht, als würde er eh nicht schmecken, was er da zu sich nimmt. Ich bin ein wenig in Versuchung, ihn wieder zu provozieren, ein zweites Mal käme er mit einer simplen Entschuldigung nämlich nicht davon. Gleichzeitig weiß ich selbst wie aussichtslos das ist. Möglicherweise klappt es irgendwann noch einmal, deutlich später, wenn die Erinnerung an seinen Fehler von gestern nicht mehr so frisch ist. Heute kann ich es mir sparen.

»Das Fleisch ist aber nicht hart, das ist jetzt viel weicher.« Wieder der Sportler auf Pauls anderer Seite, mit leicht nörgelnder Stimme. Das ist so einer, der mit Änderungen nicht klarkommt. Langsam nervt er mich. Ich werfe einen Blick auf seine Nummer und dann in meine Liste, die wie immer neben mir liegt. Nummer neunundzwanzig, Kevin, guter Sportler wie alle hier, aber keine Disziplin, die überragend ist.

»Hast du dich schon ein wenig eingewöhnt?« Paul gibt wohl nie auf, egal, ob ich in seine Richtung sehe oder nicht.

Ich zucke nur mit den Schultern. Hab ich natürlich nicht und nie war mir das bewusster als gerade jetzt inmitten der riesigen, mir körperlich überlegenen Kandidaten. Mir ist völlig unverständlich, wie Frauen es früher ertragen konnten, ständig in solche Situationen zu geraten. Sie müssen in permanenter Angst gelebt haben.

»Bist du denn zufrieden mit unseren sportlichen Leistungen? Können wir bei Olympia mithalten?«

Jetzt schwingt etwas anderes als das übliche Selbstbewusstsein in seiner Stimme mit und bringt mich dazu ihn anzusehen. Ein Hauch von Bedenken, Unsicherheit. Er ist doch nicht so von sich überzeugt, wie er immer vermittelt.

Ja, ich bin absolut beeindruckt von dem, was die Kandidaten zeigen, aber ehrlicherweise muss ich zugeben, dass ich noch nicht recherchiert habe, was uns bei Olympischen Spielen, bei denen nur die Besten der ganzen Welt antreten, erwartet.

»Ihr seid schon gut.«

Ich muss mich dringend besser informieren. Vor dem Wochenende werde ich dazu nicht kommen, nicht wenn ich den ganzen Tag hier herumhänge und dann so eine lange Anfahrt habe.

73

Paul dagegen strahlt erneut. Und zwinkert mir zu. Das habe ich jetzt davon, ihn angesehen zu haben. So schnell, wie es mir möglich ist, beende ich das Mittagessen und verlasse den Raum.

»Läuft es besser mit Dr. Higgs?«

Meine Mutter sitzt mir gegenüber und beobachtet amüsiert, wie mir jetzt schon die Augen zufallen.

»Ich habe sie kaum gesehen. Sie kommt einmal am Tag vorbei und redet kurz mit den Trainern. Mich ignoriert sie glücklicherweise. Also ja, meiner Meinung nach läuft es prima.«

Dass sie dabei viel zu nah an den Männern steht, lasse ich unerwähnt. Näher, als ich jemals vorhabe einem zu kommen, es sei denn es ist Paul und er ist kurz davor den größten Fehler seines Lebens zu begehen.

»Ich bin froh, dass du dich ihr gegenüber durchsetzen konntest. Das zeugt von deiner Führungsstärke.« Meine Mutter wirft mir einen liebevollen Blick zu. »Die wirst du brauchen.«

Ja, das werde ich definitiv. Wenn ich schon nicht mit dieser Frau fertigwerde, dann dürfte es im Parlament echte Probleme geben. Denn unsere englischen Politikerinnen sind gnadenlos, sobald sie Schwäche wittern. Oder meint Ma meine aktuelle Aufgabe? Die ist ja auch nicht ohne.

Bisher habe ich mich aufs Beobachten beschränkt, aber das muss sich bald ändern. Wir können nicht mit fünfzig Mann zum Wettkampf fahren. Wenn wir fahren.

»Und wie machen die Sportler sich?«

Ich habe ihr erzählt, wie verunsichert viele von ihnen waren und wie unbeholfen sie sich zum Teil angestellt haben, sobald ich in der Nähe war.

Inzwischen läuft es definitiv besser.

»Heute hatte ich den Eindruck, dass sie sich an meine Anwesenheit gewöhnen. Es wird wieder mehr geredet, zum Teil sogar gelacht. Wenn auch verhalten und nur, solange ich weit weg bin, aber immerhin.«

Am Tisch redet nur Paul mit mir. Ich bin weiterhin kurz angebunden und versuche, das Gespräch auf ein Minimum zu reduzieren, aber so nach und nach finde ich mich mit seiner Gegenwart ab. Meiner Mutter mag ich allerdings weder von Paul und seiner irritierenden Aufmerksamkeit noch von der Wirkung, die er auf mich hat, berichten. Denn er bleibt von meinen abweisenden Reaktionen völlig unbeeindruckt und lächelt mich unbekümmert bei jeder Gelegenheit an.

Daher bin ich heilfroh, mit meinem Zimmer einen Ort zu haben, an dem ich tagsüber für ein paar Minuten allein und unbeobachtet bin. Denn obwohl ich hier diejenige bin, die beurteilt und entscheidet, werde gleichzeitig auch ich in jeder Sekunde scharf im Auge behalten. Von den Sportlern selbst und ebenso von den Trainern, denen es wohl kaum recht ist, wer hier die Entscheidungen fällt.

»Kannst du dir vorstellen, dass die Kandidaten zu zehnt in einem Zimmer untergebracht sind?«, frage ich meine Mutter. »Da gibt es keinen Hauch von Privatsphäre.«

Die Schlafzimmer liegen nur über den Flur getrennt von mir. Ich habe heimlich einen Blick hineingeworfen und war entsetzt.

»Ein eigenes Zimmer für jeden wäre räumlich sicherlich nicht machbar«, erwidert sie ungerührt.

»Außerdem sind die Zimmer geradezu unheimlich aufgeräumt«, muss ich zugeben. Ich rümpfe die Nase. Keine herumliegenden Klamotten oder Kosmetikartikel, die Betten sind akkurat gemacht. Meine Bude hier wirkt dagegen wie eine Kampfzone und ich schäme mich fast ein wenig.

Ma lacht laut, denn über die Unordnung, die ich verbreite, haben wir schon oft gestritten.

Eben bin ich in der Bahn fast eingeschlafen und auch jetzt kann ich mir ein Gähnen nicht verkneifen. Es ist Freitagabend. In meinem Alter sollte man um diese Zeit die Innenstadt unsicher machen und sich nicht wie eine alte, abge-arbeitete Frau fühlen.

»Ich fürchte, ich muss in der Woche im Jungeninternat schlafen«, murmle ich frustriert.

Im Gegensatz zu den Sportlern habe ich nicht nur ein eigenes Zimmer dort, sondern ebenso ein separates Bad. Die Gruppenwaschräume sind meiner Meinung nach noch schwerer zu ertragen als die Schlafräume. Trotzdem macht mir die Vorstellung Angst. Nur wenige Meter von Männern entfernt schlafen, völlig hilflos, geschützt bloß durch eine Wand und eine Tür. Ich kann nur hoffen, dass das Schloss so robust ist, wie es wirkt.

»Tatsächlich?« Meine Mutter sieht mich erstaunt an. »Das hältst du für eine gute Idee?«

»Es ist zu anstrengend so. Sieh mich an. Ich bin ein Wrack, Ma.«

Für heute will ich nur noch ins Bett. Möglicherweise werde ich das ganze Wochenende durchschlafen.

»Das tut mir leid, Liebling. Ich hatte nicht bedacht, wie weit das Internat entfernt ist.«

Die Entscheidung ist mir nicht leicht gefallen. Eine andere Lösung sehe ich jedoch nicht. Außer diese Sache abzubrechen und Dr. Higgs das Feld zu überlassen. Aber das lassen weder meine Sturheit noch mein Stolz zu. Ich habe das hier ange-fangen – freiwillig oder nicht – und ich werde es nun zu Ende bringen. Allein.

Samstagabend, nachdem ich bis weit in die Mittagszeit ge-schlafen und mich damit halbwegs von den Strapazen der Woche erholt habe, gehe ich doch aus. Emily holt mich zu Hause ab und wir nehmen die Bahn in die Innenstadt. Eine Haltestelle weiter steigt Amber ein und kurz darauf Sophie und Fiona. Nun sind wir komplett.

Ich ernte immer wieder verstohlene Seitenblicke und mir ist klar, dass die vier in den letzten Tagen über mich geredet haben. Jetzt warten sie darauf, dass ich freiwillig erzähle. Am liebsten würde ich alles vergessen. Einfach so tun, als wären wir noch in der Schule und dies wäre ein ganz normaler Samstag nach einer ereignislosen, langweiligen Woche. Wie konnte ich jemals denken, dass Langeweile nicht schön ist. Jetzt hätte ich nichts lieber als genau das.

Ich lausche also neidisch Sophies Gejammer darüber, wie sehr sie sich aktuell zu Tode langweilt. Sie wird demnächst ein Praktikum bei einem Partyservice machen, aber für die nächsten zwei Wochen hat sie keine Pläne. Das hatte sie sich anders vorgestellt.

»Himmel, Sophie, niemand zwingt dich, zwei Wochen tatenlos in deinem Zimmer zu sitzen.« Manchmal klingt Amber wie meine Mutter. Viel zu vernünftig, viel zu durchdacht. Und für Schwäche hatte sie noch nie ein offenes Ohr.

»Ach, das ist mir auch klar. Ich wollte mich nur einfach schonen, bevor das Praktikum losgeht. Hast du eine Ahnung, was das für ein Stress wird? Wahrscheinlich komme ich jeden einzelnen Tag erst mitten in der Nacht nach Hause.«

»Du bist doch eh eine Nachteule«, wende ich ein. Sophie wird nie müde. Egal, ob wir bis Tagesanbruch in einer Kneipe hängen, egal, wie spät es ist, wenn die Disco auch die letzten Tänzerinnen rausschmeißt, für sie ist es immer noch zu früh.

»Das ist sie allerdings«, bekräftigt Fiona. »Ich bin schon müde, wenn wir uns auf den Weg in die Disco machen und Sophie wird dann erst wach. Ich glaube sogar, ich bin jetzt bereits müde.«

»Aber arbeiten ist ja wohl was anderes«, schmollt Sophie. »Außerdem muss ich jedes Wochenende ran und wann sehe ich euch?«

»Dann siehst du uns eben in der Woche.« Fiona verdreht ein wenig die Augen. »Ich habe übrigens begonnen zu joggen«, wechselt sie das Thema.

Amber lacht laut und hemmungslos auf und auch ich kann mir das Grinsen nur schwer verkneifen. Die Vorstellung, dass ausgerechnet die leicht übergewichtige Fiona läuft, ist amüsant. Aber ich will nicht so gemein sein und es mir anmerken lassen.

»Das finde ich super, Fiona! Wie weit kommst du denn?«

Dafür ernte ich ein glückliches Lächeln und Amber einen angepissten Blick.

»Noch nicht so weit. Aber ich werde nicht aufgeben, diesmal nicht.«

Eine Weile gebe ich ihr Trainingstipps und motiviere sie, auf jeden Fall dabei zu bleiben, obwohl sie viel zu schnell außer Atem kommt.

Es könnte ein normaler Abend unter Mädels sein.

Aber die ganze Zeit hängt die Neugierde meiner Freundinnen in der Luft, auf Dauer unmöglich zu ignorieren. Und dann gebe ich auf, Normalität vorzuspielen, und erzähle.

Und ich erzähle alles. Sogar von der fast gelungenen Intrige, den fiesen Adrian loszuwerden und von meinem Plan, Paul zu locken, bis er die Grenze überschreitet.

Die Reaktion fällt allerdings anders aus als erwartet.

»Du willst, dass er dich anfasst?«, fragt Amber entsetzt.

»Ich will es natürlich nicht. Igitt, was denkst du denn?« Ich verdrehe die Augen. »Aber ich werde ihn nur so wieder los.«

»Ist das nicht gefährlich?«, wirft Sophie besorgt ein. »Immerhin ist er ein Mann.«

»Ich denke nicht.« Bei Adrian würde ich das auf keinen Fall in Erwägung ziehen, der ist absolut unkontrollierbar, aber mit Paul werde ich schon irgendwie fertig.

Bisher kam mir im Internat nichts außergewöhnlich gefährlich vor – außer Dr. Higgs.

»Du spielst mit dem Feuer«, brummelt Emily, die noch immer schmollt, weil sie mir nicht das Bein brechen durfte.

Überzeugt von dem Plan ist keine der vier. Ich sehe es an ihren skeptischen Gesichtern. An ihren angeekelten Gesichtern. Na ja, außer Fiona, die sieht mal wieder eher verträumt aus. Dummerweise hatte ich bei unserem letzten Gespräch

Paul als gut aussehend bezeichnet. Für einen Jungen. Das heißt, so weit es in diesem Fall überhaupt möglich ist. Das erweist sich jetzt als Fehler. Fiona seufzt.

»Vielleicht ist das ja gar nicht so schrecklich«, sagt sie und zeigt wieder diesen sehnsuchtsvollen Blick, den sie bei den alten Schmachtfetzen aufsetzt. Sie ist ein hoffnungsloser Fall.

Amber schnauft und wirft ihr empört ein paar der Pistazienschalen ins Gesicht, die sie bereits vor sich angehäuft hat.

»He, was soll das? Man wird ja wohl noch sagen dürfen, was man denkt.«

»Ja, sagen, was du denkst, ist schon in Ordnung. Völlig daneben ist leider, was du denkst.«

Wir sitzen inzwischen seit einer Weile in unserer Lieblingscocktailbar. Ich liebe die Dekoration, die mich an ewige Sonne, lange Sandstrände und rauschende Wellen denken lässt. Tisch und Stühle sind aus dunklem Holz, das wirkt, als wäre es als Treibgut an Land gespült worden. Und die Cocktails sind absolut fantastisch.

Irgendwann einmal möchte ich in ein Land reisen, in dem es tatsächlich so aussieht wie in dieser Bar. Echte Palmen, exotische Tiere, gerne hohe Gipfel im Hintergrund. Meine Mutter wird einen Herzinfarkt bekommen, wenn ich das jemals erwähne.

»Man kann das, was man denkt, nicht ändern. Das ist eben so, wie es ist.« Es ist die ewige Diskussion zwischen den beiden. Fiona ist der festen Überzeugung, ihre Romantik sei angeboren und sie könne nichts dafür, und Amber meint, sie müsse einfach nur ihre Einstellung ändern.

»Vielleicht solltest du Max nächste Woche begleiten. Das würde dich ein für alle Mal von deinen Wahnvorstellungen Männer betreffend kurieren. Oder Max?«

Da wäre ich mir nicht so sicher. Denn ehrlich gesagt, ganz so schlimm ist es gar nicht im Jungsinternat. Noch hat mich niemand bedroht. Noch hat mich niemand angegriffen, auch wenn eine Person durchaus so aussieht, als wolle sie es liebend gerne tun. Außerdem habe ich längst den Eindruck, zumindest ein paar der Kandidaten haben mehr Angst vor mir als ich vor ihnen. Die Jungs stinken noch nicht einmal. Obwohl man natürlich schon merkt, wie sehr sie sich den ganzen Tag über körperlich anstrengen.

Ich zucke nur die Schultern. »Das ist aber nicht erlaubt.«

Amber zaubert ein kleines, gemeines Lächeln in ihr Gesicht. »Fiona, du könntest dich doch für Max von dem hübschen Paul beschlabbern lassen. Dann hättest du am eigenen Leib die Erfahrung gemacht, wie ekelhaft das ist, und Maxine ist ihn los, ohne sich selbst opfern zu müssen.«

Bei dem Vorschlag kreischen wir alle auf, sogar Fiona bricht in haltloses Lachen aus. So etwas kann sich auch nur Amber ausdenken.

»Eine Win-Win-Situation nennt man das«, grinst sie.

»Ich hatte niemals vor, mich beschlabbern zu lassen«, werfe ich ein, als ich nach meinem Lachanfall wieder Luft bekomme. »Ich dachte an eine Berührung am Arm oder so. Das muss doch reichen und ist schlimm genug.«

»Ja.« Auch Emily wischt sich Lachtränen aus den Augen. »Aber ich wette, Fiona dachte an beschlabbern.«

So langsam zeigt der Alkohol Wirkung, dabei sind wir bei unserem ersten Cocktail. Der allerdings mehr Wodka und Rum als Saft enthält.

»Ich dachte gar nicht an beschlabbern.« Fiona sieht uns eher besorgt als erbost an. »Außerdem nennt man das küssen, ihr Ahnungslosen.«

Himmel, wie habe ich diese Mädchen vermisst. Wie habe ich es vermisst, einfach reden zu können, ohne auf meine Worte zu achten, mich schwach zeigen zu können und zu jammern. Und vor allem mich wieder mal richtig totzulachen.

kapitel 8

Montagmorgen packe ich nicht nur meine üblichen Dinge für den Tag, sondern eine große Tasche mit Zahnbürste, Schlafsachen und Wechselklamotten für eine ganze Woche. Ich kann mir noch immer nicht vorstellen, dort fünf Tage am Stück auszuharren, aber ich halte mir auf diese Art immerhin alle Möglichkeiten offen. Heute bin ich also nicht nur müde, sondern noch dazu überfordert mit dem Gedanken, am Abend nicht nach Hause zu kommen. Eine tolle Kombination.

Meine Mutter wirft mir einen schwer zu deutenden Blick zu, als sie mich verabschiedet.

»Willst du jetzt doch nicht, dass ich dieses Projekt durchziehe? Das ewige Hin und Her bei euch Erwachsenen macht mich wahnsinnig«, motze ich ungehalten und merke, dass ich meine eigene Unsicherheit an ihr auslasse. Egal. Sie hat es mir doch eh eingebrockt, da kann sie ruhig etwas unter den Launen leiden.

»Das ist es nicht, Schatz. Ich merke nur, wie erwachsen du wirst. Daran muss ich mich erst gewöhnen.«

Mag ja sein. Für mich ist es eine immense Herausforderung, die Nacht nicht bei einer Freundin zu verbringen, sondern bei fünfzig riesigen, durchtrainierten Männern. Mit Mühe verkneife ich mir den bissigen Hinweis auf die nächtliche Gefahr und verlasse das Haus. Ich fühle mich dabei kein Stück erwachsen.

Wie immer ist das Training im vollen Gange, als ich auf den Sportplatz komme und ebenfalls wie immer fällt mein Blick als Allererstes auf die Laufbahn.

Den Sonntag habe ich selbst mit einem schönen, langen Lauf durch unsere Siedlung und den Park, der nicht weit vom Haus entfernt ist, begonnen. Das Wetter war herrlich und ich freute mich durchaus darüber, am nächsten Tag nicht in die Schule zu müssen. Ein nicht abzustreitender Vorteil meiner Aufgabe ist, jeden Tag draußen zu sein, und das ist bei der aktuellen Wetterlage nicht zu verachten.

Leider lief ich zu schnell.

Das kommt davon, wenn man eine ganze Woche gesehen hat wie leichtfüßig und in welchem Tempo die Jungs laufen. Widerwillig musste ich die Geschwindigkeit auf das übliche Niveau drosseln, denn meine Lungen kamen nicht hinterher. Nur ein paar Tempoläufe konnte ich mir nicht verkneifen.

Paul lässt den Speer fallen, den er gerade werfen wollte, und stürmt auf mich zu, sobald er mich erblickt.

»Wo hast du gesteckt? Warst du krank? Wir haben uns echt Sorgen gemacht. Wir haben schon gedacht, du kommst nicht mehr.« Seine Stimme ist eine Mischung aus Irritation und Erleichterung.

Ich verstehe kein Wort. Wo soll ich schon gesteckt haben?

»Es war doch Wochenende«, antworte ich vorsichtig.

»Was meinst du damit?«

»Na, Samstag und Sonntag halt. Da geht keiner arbeiten.«

Na gut, meine Mutter schon. Sie nutzt den Samstag entweder im Büro, um sich in Ruhe vorzubereiten, oder macht es von zu Hause aus. Manchmal aber auch nicht.

»Ach so.« Pauls Gesichtsausdruck ist zum Schreien komisch. »Dann kommst du immer nur in der Woche?«

Ich nicke, aber irritiert bin ich nach wie vor.

»Habt ihr trotzdem trainiert?«

»Ja, klar. Machen wir doch jeden Tag.«

Das wusste ich nicht. Ich ging wie selbstverständlich davon aus, dass am Wochenende auch hier Ruhe herrscht. Muss der Körper sich nicht hin und wieder erholen? Oder ist das bei Männerkörpern anders?

Paul macht nach wie vor keine Anstalten sich erneut seinem Speer zu widmen.

»Und was hast du dann gemacht? Am Wochenende meine ich«, fragt er mit großen Augen.

»Ach, eigentlich wie immer. Freundinnen getroffen, zum Beispiel. Ich war mit meiner Mutter am Meer.«

Ich zucke die Schultern. Nichts Besonderes alles in allem. Wie erwartet war es zu kalt zum Baden, aber eine Weile konnte man schon im Sonnenschein im Sand liegen und die restliche Zeit streiften wir durch die Dünen.

»Und wie ist das Meer so?«

Ich starre ihn an. Der stellt Fragen.

»Ähm. Ich bin echt gerne am Strand.« Kann es sein, dass Paul das Meer nicht kennt? So weit ist die nächstgelegene Küste nicht entfernt. Ich denke genauer darüber nach, während er mich gebannt ansieht und auf weitere Informationen wartet. Doch, das kann schon sein. Es wäre vielleicht etwas fahrlässig die Jungs ans Meer zu bringen.

»Das Wasser beherrscht den Horizont und wirkt, als wäre es endlos. Und bei schönem Wetter glitzert es faszinierend blau und die Wellen rauschen ewig und es ist so beruhigend.«

Ich könnte stundenlang über das Meer erzählen, wie ich es liebe, am Strand entlangzugehen und all die kleinen Dinge zu entdecken, die das Wasser anspült. Das Gefühl meiner bloßen Füße auf dem nassen Sand oder die Möglichkeit, die Zehen in den trockenen zu bohren. Der Salzgeruch und das monotone Rauschen der Wellen. Sogar das Geschrei der Möwen liebe ich.

»Muss toll sein.« Die Sehnsucht in seiner Stimme ist nicht zu überhören, und ich habe auf der Stelle ein schlechtes Gewissen. Obwohl es dafür keinen Grund gibt. Es erscheint mir trotzdem nicht angebracht, weiter vom Meer zu schwärmen.

»Und was machst du mit deinen Freundinnen, wenn ihr euch trefft?«, fragt er weiter.

Das ist echt nichts Spektakuläres. Aber ich bin inzwischen verunsichert. Kann ich von der Cocktailbar erzählen? So etwas kennt er doch genauso wenig. Unser Geheimversteck, der ausgemusterte Wohnwagen? Auch das ist für einen Jungen, der sein ganzes Leben in diesen vier Wänden verbracht hat, eindrucksvoller, als es für mich ist.

Ich gehe nicht ins Detail.

»Wir quatschen.«

»Und über was?«

»Über alles Mögliche halt«, winke ich ab. Unsere Unterhaltungen sind für mich witzig und wichtig und schön, aber sicherlich neutrales Gebiet. »Wir schimpfen über Lehrer, also zur Schulzeit, meine ich, jetzt eher über unsere Mütter. Wir erzählen uns, was wir den Tag über gemacht haben oder für die Zukunft geplant haben. Wir sagen uns, was wir so fühlen, wie es uns geht.«

Es ist doch kein neutrales Gebiet. Ich habe gesehen, wie Paul zusammenzuckte, als ich unsere Mütter erwähnte. Und mir ist ebenfalls aufgefallen, dass die Jungs sich kaum darüber unterhalten können, was sie erlebt haben und was sie für Pläne schmieden. Sie haben ja alle dasselbe erlebt. Und werden immer dasselbe erleben. Jeden Tag, immer wieder.

Ich muss auf den Boden blicken, denn den begierigen Gesichtsausdruck, den Paul jetzt zeigt, den ertrage ich nicht.

Bevor er weiter fragt und mich immer mehr in Verlegenheit und verwirrte Gedanken stürzt, unterbreche ich unser Gespräch.

»Und jetzt ab mit dir an den Speer. Ich habe dich noch nie Speerwurf trainieren sehen und ich wollte heute die ersten Entscheidungen fällen.«

Das macht ihm endlich Beine.

Mein schlechtes Gewissen macht es aber nicht besser.

Außerdem hat mich meine eigene Aussage etwas überrumpelt. Wollte ich tatsächlich heute die ersten Sportler aussortieren?

Zugegeben, es wird Zeit. Und ich habe mir schon Gedanken darüber gemacht. Es sind eben viel zu viele, und ich kämpfe nach wie vor mit dem Überblick. Alles spricht dafür.

Außer dem Wissen, dass ich den Traum von einigen damit beenden werde. Gnadenlos. Und gnadenlos bin ich nicht gerne.

Beim Mittagessen redet Paul weiter über mein Wochenende. Leider.

Ich muss das Meer diesmal ausführlicher beschreiben und bemerke bestürzt, dass nicht nur Paul an meinen Lippen hängt, sondern der Rest der Jungs in Hörweite ebenso. Auf der Stelle habe ich den Wunsch, sie alle mit zu Olympia zu nehmen, damit sie das Meer sehen. Das Meer und noch viel mehr von der Welt. Dabei wollte ich doch mit überhaupt niemandem zu diesem dämlichen Wettkampf.

Ein schlechtes Gewissen – auch wenn man selbst völlig unschuldig an der Situation ist – bringt einen leider auf die absonderlichsten Ideen.

»Und du wohnst wirklich mit deiner Mutter zusammen?«

Ich schlucke, denn die Faszination, die Pauls Frage da vermittelt, macht mich gleichzeitig traurig und hilflos. Also nicke ich nur.

»Wie ist das so?«

Ja, wie ist das?

»Meistens schon ganz in Ordnung, denke ich. Meine Mutter hat nicht viel Zeit, sie arbeitet eigentlich ständig. Und sie ist nicht so streng wie viele andere Mütter.«

Ich muss dringend das Thema wechseln. Und meine einzige Idee, diesen unangenehmen Fragen, die auf mich einprasseln, zu entgehen, ist den Spieß umzudrehen.

»Und wie ist das bei euch? Seit wann trainiert ihr für den Zehnkampf?«

Paul freut sich über mein Interesse. Er strahlt regelrecht. Es ist das erste Mal, dass ich bewusst eine Unterhaltung eingehe und Fragen ausführlicher beantworte, als ich es muss. Es ist weniger unangenehm als erwartet.

»Eigentlich schon immer, zumindest habe ich das Gefühl. Oder, Jungs?«

Es entbrennt eine Diskussion darüber, ab wann der intensive Sportunterricht, der hier für alle verpflichtend ist, sich auf die Zehnkampfdisziplinen konzentriert hat, und eine Weile genieße ich es, mal nicht im Mittelpunkt zu stehen, sondern nur zuzuhören.

»Ich habe früher lieber Handball gespielt«, sagt der Nörgler, den ich nach wie vor nicht so recht leiden kann.

»Ich mochte Handball nie, ich bin schon immer mehr gelaufen.«

Beim Thema laufen fällt mein Blick unbewusst auf Adrian, der mir wie gehabt gegenüber sitzt, obwohl nicht zu übersehen ist, wie sehr er das hasst. Natürlich beteiligt er sich nicht an der Unterhaltung. Natürlich starrt er wie immer stur auf seinen Teller und hat als Einziger nicht auf meine Schilderungen reagiert. Und natürlich überlege ich, ob ich ihn heute wieder zu einem Wutausbruch bringen könnte. Wahrscheinlich nicht.

»Fußball haben alle gern gespielt.«

Die Kommentare kommen von überall her und Paul grinst zu mir rüber. Sein Grinsen ist ansteckend, aber ich kann mich gerade so beherrschen und wende den Blick betont cool ab. Auf keinen Fall werde ich mich auf dieses allzu vertrauliche Benehmen einlassen, egal, wie sehr er sich bemüht, sympathisch zu sein, und egal, wie sehr ich mich inzwischen entspanne.

Er beugt sich trotzdem zu mir herüber. »Und du? Welche Sportart magst du am liebsten?«

»Ich laufe«, antworte ich reflexartig. Das hätte ich nicht sagen sollen, die Kandidaten müssen nichts über mich wissen, auch nichts über meine sportlichen Vorlieben. Ich ärgere mich über mich selbst, weil ich nicht nachdenke, bevor ich rede, und über Paul, weil er immer so indiskret ist.

»Dann kannst du ja mit uns laufen. Wir würden uns freuen.«

Das ist das Letzte, was ich jemals machen werde. Demonstrieren, dass ich nicht nur kleiner und schmächtiger bin, sondern auch noch langsamer als der ganze Trupp. Außerdem ist die Langdistanz eher meine Paradedisziplin, egal, wie sehr ich den Sprint liebe.

»So, dann machen wir mal weiter«, beschließe ich laut und betont munter und erhebe mich von meinem Platz. Das war eine anstrengende und verstörende Mahlzeit, und ich will nur noch weg. »Es stehen ja heute einige Entscheidungen an.«

Ich bringe mein Tablett zurück und Paul folgt mir auf dem Fuß.

»Sei nicht so streng mit uns. Wenn ein so hübsches Mädchen wie du zusieht, ist es viel schwerer, sich zu konzentrieren und die besten Leistungen zu zeigen.«

Das Tablett fällt mir fast aus den Händen. Sprachlos drehe ich mich um und starre Paul an.

»Wir sind das nicht gewohnt. Also, genau genommen meine ich mich. Beurteilt zu werden, bin ich gewohnt, aber dich eben nicht. Mich bringst du auf jeden Fall ganz schön durcheinander.«

Er sieht mich so treuherzig an, mit einem Blick, der viel zu intensiv ist und viel zu direkt und alles, was er nicht sein sollte. Es ist schrecklich und schön zugleich. Und ganz gewiss ist es nichts, was ich gewohnt bin, und ganz gewiss nichts, was ich jemals erleben wollte.

Abrupt drehe ich mich weg und fliehe aus dem Raum.

Während der nachmittäglichen Trainingseinheit halte ich

mich so weit von Paul entfernt auf, wie es nur möglich ist. Leider folge ich dadurch immer der Gruppe, in der ausgerechnet Adrian trainiert. Momentan komme ich eindeutig besser mit hasserfüllten Blicken klar, als mit Kommentaren über mein Aussehen.

Im Laufe des Nachmittags wird eines immer deutlicher: Es hat sich herumgesprochen, dass heute Abend die erste Entscheidung ansteht. Ich habe noch nie ein so mieses Training gesehen, auch nicht am ersten Tag. Die Nerven der Jungs liegen blank. Immer wieder stolpert einer von ihnen im Anlauf, die Bewegungen sind hektisch und fahrig und in Gedanken hake ich das Training ab. Allerdings wächst meine Befürchtung, dass sie dem Druck im Wettkampf nicht gewachsen sein werden.

Adrian bildet die Ausnahme. Wohl oder übel sehe ich heute jede seiner Übungen, und er scheint von meiner Anwesenheit und der bevorstehenden Bedrohung, das Team verlassen zu müssen, völlig unbeeindruckt. Er ist hochkonzentriert und alles, was er macht, ist – wie immer – hervorragend. Er wird mühelos jeden Wettkampf mit egal welchem Druck bestehen.

Versonnen schaue ich über den Sportplatz zu den Bäumen und Büschen, die den Platz begrenzen. In einer Lücke stehen zwei kleine Jungs, die mich mit großen Augen und offenem Mund anstarren. In ihren Händen halten sie jeweils einen Eimer und einen Spaten, sie sind dreckverschmiert und jäten Unkraut. Was sie bei meinem Anblick vergessen haben.

Unversehens fühle ich mich erneut wie eine Außerirdische. Es gibt schon eine Reihe von Frauen, die hier arbeiten, aber sie sind alle mindestens im mittleren Alter und ich bin mit Abstand die Jüngste. Ich passe eher zu den Schülern als zu den Lehrern und das reicht, um Aufsehen zu erregen.

Auf jeden Fall für die kleinen Jungs dort drüben. Es dauert nicht lange, bis ihre Gafferei auffällt und ein älterer Mann hinter ihnen erscheint. Er zieht sie grob an den Ohren weg.

Ich verziehe entrüstet das Gesicht.

Wir wechseln die Trainingseinheit und gehen zum Kugelstoßen. Kugelstoßen habe ich bisher nicht oft beobachtet. Als Erster nimmt Tobias die Kugel, konzentriert sich und stößt. Er ist wirklich verdammt gut, und das, obwohl auch er extrem nervös ist. Er ist momentan mein schwierigster Fall. Denn ein Zehnkämpfer ist er beim besten Willen nicht. Er ist zu kompakt und schwer, um schnell zu sein, nur sein Antritt ist ganz passabel. Bei den Hürden und beim Stabhochsprung ist er regelrecht katastrophal. Ich muss ihn heute ausmustern. Es macht keinen Sinn, ihn in der Gruppe zu lassen. Egal, wie gut er mit der Kugel ist.

Nun folgt Adrian. Kugelstoßen ist nicht seine Paradedisziplin, und im direkten Vergleich zu Tobias ist der Unterschied in Technik und Ausführung unübersehbar.

Die beiden stehen beieinander und beraten sich. Tobias korrigiert Adrians Armhaltung und demonstriert, wie er die Bewegung sauberer halten kann. Er zeigt ihm, wie mehr Kraft aus den Beinen kommen kann. Ich glaube, ich sehe zum ersten Mal, wie Adrian, der Einzelgänger, überhaupt mit jemandem redet.

Müsste Tobias Adrian nicht hassen? Ihm neiden, dass er ihn in allen anderen Disziplinen um Längen schlägt und ihn hier auflaufen lassen? Vor allem jetzt, da ich zusehe und die erste Entscheidung ansteht. Stattdessen hilft er ihm. Ich bin beeindruckt und einmal mehr verwirrt. Die Kandidaten erweisen sich als anders als erwartet, anders, als Männer mir immer beschrieben wurden. Ich habe grobe, brutale und selbstsüchtige Menschen erwartet. Menschen, denen der Kampf über alles geht. So sind sie nicht.

Und das entscheidet. Tobias bleibt. Er wird niemals ein Zehnkämpfer, aber rausfliegen wird er heute auf keinen Fall. Aufgrund seiner menschlichen Größe. Adrians Würfe werden besser und die beiden klatschen sich ab. Ich freue mich ebenfalls. Auch wenn ich es mir niemals anmerken lassen würde.

Wir wechseln zum Hürdenlauf und Tobias' Gesichtsausdruck wandelt sich von konzentriert zu verzweifelt. Diesmal ist es Adrian, der Tobias unterstützt und mit ihm die Bewegung übt, mit der man die Hürde überwindet. Der, der die Schritte mit ihm abzählt, die er zwischen den einzelnen Hürden machen muss. Sind Männer heute tatsächlich anders, als sie es früher waren? Ich weiß nicht mehr, was ich glauben soll.

Und dann bricht der Abend herein, und auf einen Schlag werde auch ich nervös. Ich habe mich schon längst entschieden, wer die Gruppe verlassen muss, das ist nicht das Problem. Aber die Stimmung unter den Sportlern, die von Minute zu Minute angespannter wird, schwappt auf mich über.

So etwas hasse ich. Da es keinen Grund gibt, es unnötig hinauszuzögern, steige ich rasch und entschlossen auf die kleine Mauer, die an einer Stelle die Laufbahn abgrenzt, und die Jungs versammeln sich ohne Aufforderung um mich.

Wohl fühle ich mich nicht. Glücklicherweise sehe ich wieder einmal von oben auf die Kandidaten herab, eindeutig ein Vorteil, wenn man kleiner ist und unangenehme Wahrheiten zu verkünden hat.

»Ihr wisst, dass heute die ersten von euch gehen müssen und ab morgen wieder am normalen Internatsleben teilnehmen werden.« Ich atme tief ein und wundere mich darüber, wie leise fünfzig Männer sein können, wenn sie atemlos lauschen und kaum wagen, Luft zu holen. Dann fällt mir auf, dass ich in Wahrheit keine Ahnung habe, was die Jungs im Internatsalltag machen. Trotzdem fahre ich fort. »Ich nenne einfach die Nummern, die nicht mehr dabei sind.«

Am Eingang zum Gebäude erscheinen Dr. Higgs und Thomas und bleiben mit etwas Abstand zu uns, aber durchaus in Hörweite, stehen. Auch die Trainer versammeln sich dort.

Das komische, kleine Gefühl in mir, das mir sagt, dass ich das hier nicht machen möchte, wird rigoros zur Seite geschoben. Spaß macht so etwas ja niemandem, also, Augen zu und durch und das am besten möglichst schnell. Ich nehme meine Liste und zähle laut und deutlich die Nummern auf, die ich mir schon im Laufe des Tages notiert hatte. Fünfundzwanzig Stück, genau die Hälfte. Alles Kandidaten, die in keiner Disziplin überragen und überall im Mittelfeld liegen. Paul und Adrian sind leider nicht dabei.

Mit den übrigen fünfundzwanzig Sportlern werde ich besser klarkommen. Das ist eine Menge, bei der man den Überblick behalten kann und trotzdem ausreichend Auswahl hat.

Vorsichtig lasse ich am Ende der Aufzählung meinen Blick über die Jungs unter mir schweifen und schaue in fassungslose Gesichter.

Noch immer herrscht atemloses Schweigen.

Soll ich ein paar aufmunternde Worte hinterherschicken? Aber was sollte das sein? Kopf hoch und das Leben geht weiter – so ein unaufrichtiger Scheiß? Ich habe keine rechte Lust, hohle Phrasen zu dreschen, und trösten kann ich dadurch eh niemanden.

Daher springe ich kommentarlos von der Mauer, um mich in mein Zimmer zurückzuziehen. Ich muss mich mitten durch die Gruppe zwängen, die einen Ring um mich bildet und nach wie vor reglos da steht und nicht weiß, wie sie reagieren soll. Ich sehe Tränen bei einem der Sportler, dessen Nummer ich genannt habe, und einen anderen, der ihm unbeholfen auf die Schulter klopft. Auch der Nörgler vom Mittagessen ist dabei und wahrscheinlich wird ihm in diesem Moment bewusst, dass er sich nicht mehr über zu harte Nudeln beschweren muss. Andere ringen mühsam um Fassung, kalkweiß, geschockt.

Erst jetzt geht mir auf, wie viel es den Jungs bedeutet, mit zum Wettkampf zu fahren. Allen, ohne Ausnahme.

»Warum?« Nummer sechs stellt sich mir in den Weg. »Warum ich?« Er zittert regelrecht.

Ich muss meine Liste konsultieren, denn weder seine Nummer noch sein Gesicht sind mir in Erinnerung geblieben.

Nummer sechs heißt Tim, ist im Vergleich zu den anderen mittelgroß, mittelschwer und in allem irgendwie mittel.

»Weil du in keiner Disziplin wirklich gut bist.«

»Ich bin aber auch nirgendwo wirklich schlecht. Warum kann Tobias bleiben? Der kommt noch nicht einmal über eine Hürde, ohne sie dabei umzureißen. Vom Stabhochsprung will ich erst gar nicht reden.«

»Aber er ist ein Genie beim Kugelstoßen. Du nicht.«

Jetzt werde ich wütend. Nicht darüber, dass er mich zur Rede stellt. Das ist sein gutes Recht und ich bewundere seinen Mut. Einen Kollegen so anzuschwänzen, ist dagegen richtig fies. Ich bin froh, Tim aussortiert zu haben.

Ich drehe mich einmal im Kreis und blicke mich um. Die Typen umringen mich, sie sind riesig und stark und gerade nicht allzu gut auf mich zu sprechen.

Trotzig hole ich einmal tief Luft.

»Hat sonst noch jemand Fragen?«

Wenn ich eines ebenfalls habe, dann ist es Mut. Und obwohl die Männer, die um mich herum stehen, mir durchaus Angst machen, denn ich bin ja nicht dumm und erkenne eine gefährliche Situation, lasse ich mir das auf keinen Fall anmerken.

Niemand meldet sich, die meisten Blicke weichen mir aus und ich zucke die Schultern. Sie machen mir wortlos Platz, als ich mich wieder in Bewegung setze.

Jetzt muss ich noch an Dr. Higgs, Thomas und den Trainern vorbei, die auch nicht allzu glücklich aussehen.

»Hätten Sie das nicht mit uns absprechen müssen?«

Dr. Higgs ist vor Zorn rot angelaufen.

»Wieso hätte ich das tun sollen?«

Jetzt bin ich einmal auf Konfrontationskurs. Mit den körperlich eindrucksvollen Männern bin ich gerade locker fertiggeworden, das Adrenalin peitscht nach wie vor durch mein Blut. Eine aufgebrachte Dr. Higgs ist dagegen ein Witz.

»Weil wir hier zusammen arbeiten.«

»Dr. Higgs, es steht Ihnen frei, jederzeit während des Trainings zu mir zu kommen und mir ihre Eindrücke mitzuteilen. Das haben Sie bisher nicht gemacht und es hatte nicht den Anschein, dass sie allzu interessiert an unseren Olympiachancen sind. Aber vergessen Sie nie eins: Ich fälle hier die Entscheidungen und mehr als eine beratende Funktion haben Sie nicht.« Ihre Antwort warte ich nicht ab, ich rausche an ihr vorbei und gehe eilig ins Gebäude und die Treppe hoch, die zu den Schlafräumen führt.

Dann bin ich in meinem Zimmer. Ich liege auf dem Bett und schließe die Augen. So übel hatte ich mir das nicht vorgestellt. Na gut, dass keiner der Sportler, die nicht dabei bleiben, darüber begeistert sein würde, war mir schon klar. Aber diese geschockten, entsetzten Reaktionen habe ich nicht erwartet. So dramatisch ist es ja auch nicht. Denn alle fünfundzwanzig hatten eindeutig nicht das Potential, bei dem größten Sportereignis weltweit mithalten zu können. Da treten nur die Allerbesten an, das sollte schon klar sein.

Hätte ich es anders angehen können? Jeden einzeln beiseitenehmen und ihm begründen, was an seinen sportlichen Leistungen nicht ausreicht? Aber ehrlich gesagt, ein Einzelgespräch mit einem Jungen, der mich eindeutig überragt, das traue ich mir einfach nicht zu. Nicht freiwillig.

Irgendwann hält es mich nicht mehr im Bett. Ich packe die Tasche aus und richte mich im Bad ein. Gerade ist es überaus verlockend, nach Hause zu fahren, mich in mein eigenes Bett zu retten und von meiner Mutter aufmuntern zu lassen. So aufgewühlt wie jetzt war ich noch an keinem Abend.

Im Spiegel blickt mir ein weißes, angespanntes Gesicht entgegen. Und dann fallen mir Pauls Worte ein, die er nach dem Mittagessen an mich richtete.

Mir hat noch nie jemand gesagt, dass ich hübsch sei.

Ich habe auch noch niemals darüber nachgedacht, ob ich attraktiv bin, nur darüber, ob ich professionell wirke, überzeugend, vertrauenerweckend.

Aber hübsch?

Will ich denn hübsch sein?

Ich weiß nicht, welchen Vorteil mir das bringen sollte. Und aktuell verstehe ich genauso wenig, warum ich darüber überhaupt nachdenke. Ob ich das bin? Ob Paul das wirklich findet oder ob er es nur gesagt hat, damit ich ihn nicht aussortiere?

Das ist doch absolut egal.

Nur weil er selbst so gut aussieht. Das bringt mich ja schon genügend durcheinander. Und natürlich seine Art, mich anzusehen, mich anzulächeln. Die Aussage, ich wäre hübsch, macht alles noch verwirrender.

Zu Hause würde ich mir jetzt die Laufschuhe anziehen und mich auf den Weg machen. So lange laufen, bis alle Gedanken zur Ruhe gekommen sind, bis mein Körper zu erschöpft ist, um weiter wirren Überlegungen nachzujagen.

Aber hier komme ich nicht aus dem Haus. Denn am Abend wird der Empfang geschlossen, und nur die leitenden Angestellten haben Schlüssel, um das Gebäude zu verlassen.

Die Laufschuhe stehen anklagend neben der Tür.

Ich werfe einen letzten Blick auf das angespannte Gesicht im Spiegel. Braune Locken, kaum zu bändigen, und Augen, die aussehen wir das Meer bei Sturm. Sagt meine Mutter zumindest.

Manchmal hasse ich die Locken, wenn ich befürchte, nicht seriös genug damit auszusehen, manchmal mag ich sie, weil sie genau meine Stimmung widerspiegeln. Heute verwirren sie mich, und ich binde sie ungehalten zu einem Zopf.

Hübsch, so ein Quatsch. Ich sehe so aus, wie Mädchen eben aussehen. Mit einer kleinen Nase und einem breiten Mund und heller Haut.

Ich muss laufen gehen. Und wenn nur die Laufbahn im Innenhof übrig bleibt, auf der ich Runden drehen muss, hier drinnen werde ich wahnsinnig. Um diese Uhrzeit ist eh niemand mehr auf dem Trainingsgelände und ich werde zumindest unbeobachtet sein.

Leise schleiche ich aus dem Zimmer. Kein Ton ist zu hören, obwohl ich weiß, dass die Räume der Sportler nicht weit entfernt von meinen liegen.

Es ist unheimlich. Draußen dämmert es und in den Flur fällt gerade so viel Licht, dass ich mich zurechtfinden kann. Möglichst unauffällig gehe ich Richtung Treppe, ich muss an den Sportlerunterkünften vorbei und das ist mir zu diesem Zeitpunkt verdammt unangenehm.

Einem der Jungs mag ich beim besten Willen nicht begegnen. Nicht in der Stimmung, in der ich sie verlassen habe. Und ganz bestimmt nicht allein in einem schlecht beleuchteten Flur.

Ich höre Stimmen, als ich mich den Zimmern nähere. Natürlich reden sie nach dieser Aktion. Ich schleiche am ersten Raum vorbei und vernehme nur leises Gemurmel. Im nächsten Zimmer dagegen klingt das Gespräch laut und angespannt, und ich werde langsamer. Die Tür ist nicht vollständig geschlossen, und durch den Spalt fällt heller Lichtschein auf den Boden vor mir. Ich sollte schnellstens hier verschwinden, aber leider bin ich neugierig. Denn die Stimmen kommen mir bekannt vor. Ich bin sicher, Paul zu erkennen, Tobias und diesen Rothaarigen, der mir beim Weitsprung aufgefallen ist.

Wenn ich mich nicht bewege und lausche, kann ich sie sogar verstehen.

Was ich nicht machen sollte. Es ist schließlich für mich und meine Entscheidungen völlig ohne Bedeutung, was die Jungs miteinander reden. Was sie denken und wie sie sich verhalten, alles ohne Belang.

Neugierde ist leider eine meiner großen Schwächen.

Außerdem fällt in dem Moment mein Name.

»Diese Miss Summer meint, sie ist was ganz Besonderes.« Irgendetwas wird zu Boden geworfen, ich höre einen dumpfen Knall. »Kommt hier an, arrogant und eingebildet, und denkt, sie wüsste genug, um schon nach einer Woche zu entscheiden, wer rausfliegt.«

»Das muss sie doch machen. Ob jetzt oder später ist auch egal.« Ganz meine Meinung. Ich schätze, es ist Paul, der mich verteidigt.

»Ich glaube kaum, dass es Liam und Peter egal ist, dass sie morgen schon behandelt werden. Und den anderen genauso wenig. Willst du es nicht auch um jeden Preis so weit aufschieben wie möglich.«

»Wer will das nicht.«

Die Stimmen werden lauter.

»Sie mussten auf der Stelle hier raus und in den Ärztetrakt. Das ist der Horror. Abgeführt wie Verbrecher.«

Ich bin irritiert. Ich habe nicht damit gerechnet, dass die Sportler auf der Stelle ausziehen. Und was passiert im Ärztetrakt? Mir wird bewusst, wie wenig ich über das Leben der Jungs hier im Internat weiß, über das Leben von Männern im Allgemeinen.

»Ich kann es nicht vergessen, ich habe ja die ganze Zeit die leeren Betten vor der Nase. Wer weiß, wann die nächsten dran sind. Vielleicht musst du schon morgen gehen, Tobias. Vor allem nachdem Tim Miss Summer mit der Nase darauf gestoßen hat, dass du kein guter Sportler bist.«

»Er ist sehr wohl ein guter Sportler«, ertönt Adrians raue Stimme.

»Bin ich nicht, lass gut sein, Adrian«, sagt Tobias, leise und verzweifelt. »Ich weiß selbst, dass ich nur Kugelstoßen kann, und ansonsten eine Niete bin.«

»Sie hat dich heute den ganzen Nachmittag beobachtet. Nicht nur beim Kugelstoßen, auch an den Hürden. Es wird schon einen Grund geben, aus dem du noch da bist.« Adrian klingt netter, als ich es je für möglich gehalten hätte.

»Während fünfundzwanzig Zehnkampftalente gehen mussten. Kugelstoßen interessiert kein Schwein, so viele Punkte gibt es dafür echt nicht.«

Die Stimmen werden hitziger und schwirren erneut wild durcheinander.

»Die Hälfte, Mann. Wieso so viele auf einmal? Damit hat doch keiner gerechnet. Wenn das in dem Tempo weitergeht, ist bald niemand mehr da.«

»Und wir wissen nicht einmal warum. Warum ausgerechnet diese fünfundzwanzig? Und warum nicht Tobias?«

»Echt, die ist knallhart. So viele auf einen Schlag ohne Begründung oder ein einziges nettes Wort in die Hölle zu schicken, das ist so abgebrüht.«

»Was hast du erwartet? Das ist eine Frau, für die sind wir nichts anderes als Tiere.« Auch durch die Tür ist der Hass in Adrians Stimme nicht zu überhören. »Denk nur an den ersten Tag. Da wurden wir vorgeführt wie Vieh. Da war doch schon klar, wie die drauf ist.«

»Jason musste sogar den Mund öffnen, um seine Zähne kontrollieren zu lassen.«

»Und du Tobias, musstest du nicht wie ein Zirkuspferd deine Muskeln zeigen?«

»Das war aber Dr. Higgs, die das wollte, nicht das Mädchen«, murmelt Tobias.

Ohne es zu bemerken, bin ich immer näher an die Tür gerutscht. Es ist nicht schön, all das zu hören, und ich bin regelrecht verletzt. Ich habe doch auch keine Wahl. Das Ganze war nicht meine Idee, im Gegenteil. Und jetzt bin ich diejenige, die es schuld ist.

Außer Paul und Tobias scheinen mich alle zu hassen.

Es sollte mir egal sein. Ich habe meine Aufgabe, die ich erfüllen werde, so gut ich es eben kann und ich bin nicht hier, um Sympathien zu gewinnen. Was also kümmert mich das Gerede der Jungs?

Es sind doch nur Jungs.

Ihre Meinung zählt nicht.

Und außerdem – wenn ich Politikerin werde, muss ich damit klarkommen, angefeindet zu werden. Es ist nie möglich, es allen recht zu machen, und meine Mutter erntet immer wieder Kritik und häufig sogar fiese, unangebrachte Kommentare. Es gehört zum Job, und ich muss lernen, damit umzugehen.

Trotzdem schmerzt es.

Ich bin zu nah an die Tür geraten. Bei einer unbeabsichtigten Berührung bewegt sie sich und schwingt ein wenig auf. Weit genug, um den Spalt zu vergrößern und mir den Blick auf Adrian freizugeben. Adrian, der durch das Geräusch aufgeschreckt genau in meine Richtung schaut und mir geradewegs ins Gesicht.

Auf der Stelle drehe ich mich um und renne so schnell es geht die Treppe hinab.

kapitel 9

Ich laufe. Wieder zu schnell.

Jetzt ist es mir egal, ich kann nicht langsamer werden, obwohl ich inzwischen zu unregelmäßig und hektisch atme und meine Lunge brennt.

Auch die Musik, die momentan durch die Kopfhörer irre laut in meine Ohren dröhnt, ist nichts, um mich langsamer werden zu lassen, der harte Beat gibt ein rasantes Tempo vor. Aber ich will eh nicht langsamer sein. Ich renne wie auf der Flucht und ich fühle mich genauso.

Ich hätte nicht lauschen sollen. Jetzt ist es zu spät und die Worte der Jungs hämmern mir durch den Kopf.

Mit der Ablehnung komme ich klar, meine Rolle ist mir durchaus bewusst. Aber bin ich tatsächlich so kalt und hartherzig, wie sie mich dargestellt haben? War es unsensibel direkt die Hälfte heute aus dem Team zu werfen? Natürlich hätte ich sie länger hierbehalten können, aber welchen Sinn macht es, wenn offensichtlich ist, dass das Talent nicht reicht?

Inzwischen ist es komplett dunkel, der Mond und der Lichtschein aus dem Gebäude reichen jedoch aus, um die Bahn erkennen zu können. Ich bin froh um die Nacht, die mich verbirgt, mich und meinen Frust und meine ganze Verwirrung.

Ich laufe lange.

Irgendwann werde ich ein wenig langsamer, finde mein Tempo und lasse alles raus.

Schließlich – und es kommt mir vor, als wäre ich seit Stunden auf der Bahn – brennen endlich meine Beine und ich fühle, dass mein erschöpfter Körper bereit ist zu schlafen. So einen langen Lauf habe ich schon ewig nicht mehr absolviert, aber eher aufhören ging einfach nicht.

»Lebst du noch?«

Am frühen Morgen weckt mich eine Nachricht von Emily.

»Bin mir gerade nicht so sicher«, antworte ich. »So wie ich mich fühle, könnte es durchaus die Hölle sein.«

»Damit macht man keine Scherze.«

Huch, die muss sich ja wirklich Sorgen um mich gemacht haben. Wie erwartet habe ich grottenschlecht geschlafen. Immer wieder hatte ich das Gefühl, ein nicht zu identifizierendes Geräusch von der Tür zu hören, jedes Mal, wenn ich fast eingeschlafen war. Dementsprechend gerädert fühle ich mich. Außerdem steckt mir der Lauf vom Vorabend in den Knochen, denn da habe ich definitiv übertrieben.

»Ich lebe noch«, schreibe ich brav zurück. »Ich habe nur mies geträumt.«

Von anklagenden Augen und Fingern, die auf mich zeigen. Von schreienden Jungs, die von maskierten Gestalten aus ihren Zimmern gezerrt werden, Jungs, die sich mit allen Mitteln festkrallen und wie um ihr Leben kämpfen.

Schon durch das Fenster ist der Regen zu hören, der für heute angekündigt war, und vertreibt auch die letzte Motivation aufzustehen. Ich will nicht mit den Sportlern frühstücken und ihre vorwurfsvollen Blicke ertragen. Wahrscheinlich redet inzwischen noch nicht einmal Paul mehr mit mir.

Was mir recht sein sollte.

Als ich schlussendlich doch nach unten gehe, ist der Essensraum leer, und ich bemerke, dass das Wetter noch übler ist, als ich dachte. Es schüttet regelrecht, und die schwere, geschlossene Wolkendecke lässt nicht erahnen, dass sich das heute noch ändern könnte.

Es ist das Wetter, bei dem man nicht einmal den sprichwörtlichen Hund aus dem Haus jagt, und es dauert eine Weile, ehe ich realisiere, dass die Sportler trotzdem draußen sind. Verwundert bleibe ich im Schutz des Flures stehen und sehe mir das Schauspiel an. Alle sind auf dem Trainingsplatz, genau wie die Tage davor, in denselben Klamotten wie zuvor und machen sich gemeinsam warm. Sie laufen Runde um Runde über die Bahn und legen regelmäßig Sprints durch die Pfützen, die sich längst auf der Bahn gebildet haben, ein. Bei dem Wetter ist es nicht möglich, zwischendurch nicht auszukühlen.

Auch aus der Entfernung ist zu erkennen, dass es deutlich weniger sind als gestern. Die riesige Meute ist zu überschaubaren Ausmaßen zusammengeschrumpft und trotz meines schlechten Gewissens gefällt es mir.

Mein Blick fällt auf Paul und Adrian, die wie üblich vorne laufen. Beiden klebt die Kleidung am Körper, das Wasser rinnt ihnen ungehindert über das Gesicht. Sie machen keinen glücklichen Eindruck, aber auch nicht aufsässig, wie ich es erwarten würde.

Mich würden bei diesem Regen keine zehn Pferde zum Training im Freien bewegen.

Kopfschüttelnd wende ich mich an Thomas. »Ich würde mir gerne die Einrichtung ansehen. Ist das möglich?«

Letzte Nacht habe ich beschlossen, dass ich mir ein genaueres Bild davon machen muss, wie die Jungs hier leben. Wie sie ihre Kindheit verbringen, worauf sie vorbereitet werden, was sie lernen. Und vor allem, was geschieht, wenn sie keine guten Sportler sind und von mir aussortiert werden.

»Selbstverständlich. Das mache ich gerne«, antwortet er zuvorkommend wie immer.

Diesmal wandern wir nicht einfach durch klinisch neutrale Flure, heute sehe ich Schlaf- und Aufenthaltsräume – alle wie ausgestorben, da die Kinder im Unterricht sind – Krabbelgruppen und Klassenräumen.

Irgendwann stehen wir im Babybereich. Die Babys liegen in ihren Bettchen, manche schlafen, eines weint. Einem wienenden Baby konnte ich noch nie widerstehen. Ich habe zwar keine Schwester, aber Sophie hat ungelogen fünf Stück. Alle kleiner. Ich liebe sie abgöttisch.

Das weinende Baby beruhigt sich auf meinem Arm auf der Stelle und nuckelt zufrieden an meinem Finger.

Es ist nicht zu erkennen, dass es ein Junge ist. Er ist genauso warm und weich und hinreißend wie Sophies Babyschwestern und ich kann mir nicht vorstellen, dass seine Mutter so ein wundervolles Geschöpf im Internat abgeben konnte. Ich weiß, dass es nicht anders geht, denn jede Frau muss ihre männlichen Kinder hier unter kompetenter Aufsicht erziehen lassen. Nur bis gerade eben war mir gar nicht klar, dass auch ein männliches Baby so ans Herz geht.

In diesem Augenblick beschließe ich, niemals Kinder zu bekommen. Niemals werde ich das mit einem Sohn machen können. Niemals. Und dann schlägt die Erkenntnis wie ein Hammer auf mich ein. Denn meine Mutter hat genau das erlebt. Eine Weile, bevor ich geboren wurde, hat sie als die vorbildliche Politikerin, die sie ist, einen Sohn zur Welt gebracht und ihren Beitrag zur zukünftigen Samenspende geleistet.

Dank der modernen Fortpflanzungsmedizin ist es glücklicherweise schon lange möglich, das Geschlecht eines Babys zu bestimmen. Obwohl uns inzwischen dieser erniedrigende Akt, der früher zu einer Schwangerschaft führte, erspart bleibt, ganz ohne Männer geht es eben nicht. Noch nicht. So, wie es aussieht, wird es nicht mehr lange dauern und ihr Beitrag wird bei der Fortpflanzung ersetzt werden können. Dann werden in diesem Land sicher keine männlichen Kinder mehr geboren.

Mit einem Mal liegen mir so viele Fragen auf der Zunge.

Das Baby, das entspannt und zufrieden auf meinem Arm eingeschlafen ist, macht mich ganz weich und bringt meine Welt noch mehr durcheinander, als der Haufen Jungs, der mich als hartherzig und arrogant bezeichnet.

Vorsichtig lege ich es wieder zurück in sein Bett und decke es sanft zu.

Wir gehen weiter.

»Die Sportler, die gestern das Team verlassen mussten, wo sind sie jetzt?«

»Im Ärztetrakt.« Thomas Stimme ist neutral wie immer und ermutigt mich weiterzufragen.

»Und warum mussten sie auf der Stelle gehen, noch vor der Nacht?« Ich mustere ihn.

»Das hat Dr. Higgs angeordnet, nachdem Sie gegangen sind.«

»Was passiert im Ärztetrakt mit ihnen?«

»Sie werden behandelt.«

Das ist genau das, was die Jungs gestern gesagt haben. Ich weiß nur nicht, was das bedeutet.

»Kann ich sie sehen?«

»Selbstverständlich. Wir können hingehen.«

Ich nicke. Mir ist nicht wohl bei dem Gedanken, den ausgemusterten Kandidaten, die sicherlich noch schlechter auf mich zu sprechen sind als der Rest, gegenüberzutreten, aber ich muss wissen, was mit ihnen geschehen ist.

Es ist nicht weit. Der Ärztetrakt ist zusätzlich gesichert, ohne Schlüssel kommt man nicht hinein. Thomas hat eine Zugangsberechtigung und das sind schon ziemlich viele Privilegien für einen Mann.

Heute haben alle Einzelzimmer. Ein Bett pro Raum, jeweils ein Junge, der apathisch mit einer Kanüle im Arm darin liegt, und per Monitor überwacht wird.

So als wäre er todkrank. Gestern war das nicht der Fall, da waren alle in Topform.

Es ist unheimlich.

Leise öffne ich die Tür zu einem der Zimmer und bleibe unangenehm berührt vor dem Bett stehen. Der Junge, ich glaube, er heißt Liam, sieht zwar auf, reagiert aber nicht auf mein Erscheinen. Noch nicht einmal mit Verunsicherung, wie sie es meistens machen. Aus dem Beutel, der neben dem Bett hängt, tropft langsam aber stetig eine Lösung in seine Armbeuge. Die Hälfte des Inhalts ist schon verbraucht.

»Hallo, Liam. Ich wollte sehen, wie es dir geht.«

Er reagiert nach wie vor nicht, starrt nur teilnahmslos an mir vorbei, als wäre er nicht ganz bei Sinnen. Sekunden später nickt er, dann schweift sein Blick wieder ab.

Schweiß steht auf seiner Stirn, sein Atem ist mühsam. Gut geht es ihm eindeutig nicht.

»Die Behandlung ist in diesem Alter anstrengend.« Thomas ist mir gefolgt. »Wissen Sie, Miss Summer, im Normalfall werden die Jungs schon deutlich früher behandelt und dann wird die Dosis langsam erhöht. Die Nebenwirkungen sind in diesem Fall nicht so gravierend. Aber da Liam und die anderen schon mindestens vier Jahre älter sind, muss die Erstmedikation so intensiv sein.«

»Wie alt ist er denn?«

»Liam ist neunzehn. Er ist einer der jüngsten, die älteren Sportler sind zum Teil schon zwanzig oder einundzwanzig.«

Wir unterhalten uns über seinen Kopf hinweg, als wäre er nicht da. Und das ist er irgendwie auch nicht.

Es ist absolut grauenerregend.

»Er wird sich schon wieder erholen. Es sieht jetzt schlimmer aus, als es ist.«

Mein Pokerface muss mich erneut im Stich gelassen haben, da Thomas es für nötig befindet mich zu trösten. Es ist absurd, dass er mir Mut zuspricht, denn mir steht so eine Behandlung ja nicht bevor.

Den Sportlern dagegen schon.

»Hat er Schmerzen?«, frage ich leise und fürchte mich ein wenig vor der Antwort.

»Nein, hat er nicht. Er fühlt sich nur müde und matt und erschöpft.« Thomas lächelt mich nach wie vor aufmunternd an.

»Was ist dieses Medikament überhaupt? Und was bewirkt es?«, erkundige ich mich peinlich berührt. Diese Frage ausgerechnet Thomas stellen zu müssen, einem Mann, ist echt unangenehm, aber Dr. Higgs ist keine Option. Leider ist mir allzu bewusst, dass Thomas selbst so behandelt wurde. Und wahrscheinlich noch immer wird.

»Es ist ein antiandrogenes Hormonpräparat.« Hormonpräparat sagt mir etwas, ich weiß ja, was Hormone sind. Aber der Rest? »Es unterdrückt die männlichen Geschlechtshormone.«

Thomas beantwortet die Frage ungerührt, trotz meiner Gegenwart, aber mir steigt die Hitze ins Gesicht. Es sich ausgerechnet von einem Mann erklären zu lassen, ist verstörend. Er redet völlig entspannt weiter. »Und damit ebenso den Geschlechtstrieb. Gleichzeitig wird die Aggressivität abgebaut und selbstverständlich die Möglichkeit, sich fortzupflanzen.«

Das sind mehr Infos, als ich jemals erhalten wollte. Und Wörter, die ich niemals hören wollte.

Während ich noch immer mühsam und Stück für Stück diese verstörenden Informationen verdaue, dämmert mir, was Thomas da gerade gesagt hat. Und was das im Umkehrschluss bedeutet. Mir wird eiskalt vor Schreck.

»Heißt das …«, ich muss schlucken, mit einem Mal ist mein Mund regelrecht ausgetrocknet. »Also, die Jungs, die Sportler, die noch im Team sind, sind die …? Die sind noch gar nicht behandelt? Also bisher?«

Thomas schüttelt den Kopf und sieht mich besorgt an. Der Schock steht mir ja auch ins Gesicht geschrieben.

»Noch nicht mal ein bisschen?«, frage ich ungläubig.

»Nein, sonst würden sie nicht diese sportlichen Leistungen bringen.«

Das mag so sein, aber Thomas nannte Worte wie Geschlechtshormone und Geschlechtstrieb. Die Vorstellung, dass all das bei den Männern, die immer nur durch einen winzigen Flur und eine viel zu dünne Tür von mir getrennt schlafen, ungehemmt vorhanden ist, ist absolut grauenhaft. Das war mir so nicht klar.

In dem Moment beginnt der Junge im Bett zu würgen und übergibt sich in die Schüssel, die er in den Händen hält und die ich bisher übersehen hatte. Er würgt und würgt, es kommt aber nur weißlicher Schaum heraus.

»Ja, den meisten wird erst einmal übel, wenn die Dosis so hoch ist, wie es hier notwendig ist.« Thomas bleibt gleichmütig. »In ein paar Tagen wird es schon weniger schlimm sein.«

Ich werfe einen letzten verzweifelten Blick auf Liam, den er nicht bemerkt, und verlasse fluchtartig das Zimmer.

Kein Wunder, dass die Sportler absolute Panik haben, ausgemustert zu werden. Die wissen haargenau, was ihnen bevorsteht. Und ich bereue meine Neugierde. Besser, ich hätte das nie so genau in Erfahrung gebracht. Das alte Halbwissen darüber, dass Männer halt irgendwie behandelt werden und dann alles gut ist, war so viel angenehmer. Und meine naive Annahme, die Sportler wären zumindest schon teilweise behandelt, ebenfalls.

Jetzt ist es zu spät.

»Was für Nebenwirkungen gibt es denn noch?« Ich will es nicht wissen, aber ich fürchte, meine Fantasie geht mit mir durch, wenn ich rate. Dann träume ich wieder von schreienden Jungs, die nur mit roher Gewalt aus dem Team entfernt werden können. »So auf Dauer, meine ich.«

»Am schlimmsten sind in der Tat die Apathie und Antriebslosigkeit, die vor allem am Anfang gravierend sind. Na ja, und Sie sehen es ja selbst, ich war früher auch schlanker. Und sportlicher.«

Der Bauchumfang von Thomas und den erwachsenen Trainern ist schon enorm.

»Manche Männer bekommen Depressionen, aber dagegen haben wir ebenfalls Medikamente.«

Jetzt lächelt Thomas mich freundlich an. Mich! Eine Frau. Eine von denen, die ihnen das antun. »Sie sehen, Miss Summer, so schlimm ist es dann doch nicht. Die Impotenz ist sogar von Vorteil.«

Ich weigere mich, über Dinge wie Impotenz nachzudenken. Und vor allem darf ich nicht darüber nachdenken, dass genau das bei meinen Sportlern nicht der Fall ist.

Wir haben den Ärztetrakt inzwischen verlassen und ich atme auf. Liam nicht mehr zu sehen, macht es logischerweise nicht besser, und vergessen werde ich das ebenfalls nicht. Es ist mir absolut schleierhaft, wie ich jemals wieder einen der Kandidaten aussortieren soll. Obwohl ich auf der anderen Seite am liebsten alle auf der Stelle behandeln lassen würde. Dann würde ich mich in ihrer Gegenwart wesentlich wohler fühlen. Ich bin nach meinen neuen Informationen ganz schön durch den Wind.

Still und leise gehen wir zurück zum Sportbereich. Ich bin so ernüchtert, so geschockt. Ich hatte mir das anders vorgestellt. Nein, das stimmt nicht. Ich hatte mir das nämlich nie vorgestellt. Meine Freundinnen und ich, wir haben niemals über Jungs und Männer nachgedacht. Wir waren einfach alle froh, in so einem modernen und fortschrittlichen Land zu leben. Froh, nie einem Mann begegnen zu müssen. Nie unterdrückt zu werden. Wir haben uns nie damit beschäftigen, was das umgekehrt für das andere Geschlecht bedeutet.

Die Kandidaten befinden sich nach wie vor draußen. Sie sehen mittlerweile noch jämmerlicher aus als vor meinem Rundgang.

Und sie wirken nicht wie die wilden Tiere, als die sie uns immer beschrieben wurden. Wilde Tiere, die sich gesteuert durch ihren unbehandelten Geschlechtstrieb auf der Stelle auf mich stürzen müssen. Ich glaube, so extrem, wie es uns gesagt wurde, ist es gar nicht. Bisher waren sie so normal, dass ich nie daran gezweifelt habe, dass sie zumindest teilweise behandelt wären. Ich beschließe, diese Tatsache zu vergessen. Und mich auf das Wesentliche zu konzentrieren. Meine Mutter hätte mich niemals hier hingeschickt, wenn es gefährlich wäre.

Bisher habe ich mich aus den Trainingsmethoden heraus gehalten, egal, wie merkwürdig sie mir vorkamen. Aber die aktuelle Situation geht definitiv zu weit, denn mein Mitleid mit den Sportlern überwiegt die Verunsicherung ihnen gegenüber. Energisch gehe ich zu den Trainern, die sich selbst vor dem Regen verstecken, und herrsche den Erstbesten an: »Ich brauche Ihre Trillerpfeife.«

Der schrille Ton lässt nicht nur mich zusammenzucken. Die Jungs kommen jedoch auf der Stelle angetrabt. Ich bin überaus angetan von der Wirkung.

»Ich halte Training bei diesem Wetter für absolut sinnlos«, entscheide ich, entschlossen die Regeln ab sofort zu ändern. »Geht rein und unter die Dusche. Werdet wieder warm. Wir treffen uns in einer Stunde in der Mensa.«

Verwirrte Blicke auf mich und fragende Blicke zu den Trainern folgen meiner Ansage. Das bin ich selbst schuld, weil ich mich bisher so zurückgehalten habe. Die Sportler wissen nicht, wem sie zu gehorchen haben.

In dem Moment bemerke ich Dr. Higgs Anwesenheit. Diese Frau hat ein Talent dafür, immer dann aufzutauchen, wenn ich beschließe, die Initiative zu ergreifen.

»Sie haben wohl nicht den Ehrgeiz, bei den Olympischen Spielen gute Ergebnisse zu erzielen?«, fragt sie mich mit beißendem Unterton.

»Ich habe den Ehrgeiz, morgen mit gesunden Sportlern weiter zu trainieren. Es ist nass, es ist kalt, und ich kann keine Erkältungen im Team gebrauchen.«

»Das hier sind Männer. Und keine Mädchen, wie sie es gewohnt sind. Denen macht der Regen nichts aus.«

Die Frau hat einen Knall. Logischerweise kenne ich mich nicht mit den Unterschieden zwischen Männern und Frauen aus, nicht so wie Dr. Higgs, die hier schon ewig arbeitet. Aber ich bin nicht blind, die Jungs zittern, sie sehen absolut erbärmlich aus und definitiv sind auch Männer weder vor Erkältungen noch vor Zerrungen oder anderen Sportverletzungen gefeit, die man sich bei solchen Witterungsverhältnissen leicht zuziehen kann.

»Dr. Higgs, da wir nicht bei den Schwimmwettkämpfen antreten, müssen wir niemanden mühsam an Wasser gewöhnen. Sie dürfen sich auf meinen gesunden Menschenverstand verlassen. Das Training ist für heute beendet.«

Demonstrativ laut pfeife ich noch einmal in die Trillerpfeife.

»Die Pfeife behalte ich.«

Der Trainer nickt nur und sieht mir unglücklich hinterher, als ich mit seiner Pfeife nach drinnen gehe und mich vor dem eisigen Wind rette. Denn ich fröstle schon, obwohl ich maximal zwei Minuten draußen stand.

kapitel 10

Eine Stunde später sitze ich mit meinem Laptop in der Mensa und schmolle.

Ich war in der Küche, um Gebäck, Tee und warmen Kakao zu organisieren, musste aber feststellen, dass es nichts davon gibt. Ich habe schon den Nachtisch beim Mittagessen vermisst, den ich aus der Schulkantine gewohnt bin, dass jedoch kein einziges Gebäckstück existiert, ist absolut unverständlich und in meiner aktuellen Verfassung sogar schrecklich. Dabei glaube ich, es hätte sowohl mir als auch den Jungs echt gutgetan, etwas Heißes zu trinken und dazu etwas Süßes zu genießen. Nach ihrer Quälerei im Horrorwetter und meinem Schock im Ärztetrakt definitiv.

Paul ist der Erste, der frisch geduscht hereinkommt, auf mich zu stürmt und mich wieder so strahlend anlächelt, dass mir regelrecht schwummerig wird.

»Danke für dein Erbarmen. Es war wirklich ein scheußliches Training.«

Ich nicke nur und blicke weiterhin intensiv auf den Laptop. Er ist nicht behandelt, schreit es laut und panisch in meinem Kopf. Du befindest dich ganz allein mit einem unbehandelten Mann in einem Raum. Besorgt versuche ich, den Blickkontakt zu meiden, denn ich darf ihn auf keinen Fall auch noch ermutigen. Glaube ich.

»Ich habe dich gestern laufen sehen.« Verdutzt schaue ich doch hoch. Paul lächelt. »Du hast einen tollen Laufstil. Es ist rund und entspannt und sieht echt locker aus. Und mit deiner Ausdauer kann wahrscheinlich niemand von uns mithalten.«

Auf Marathon trainiert auch keiner von den Jungs. Die längste Strecke beim Zehnkampf sind die 1500-Meter und das ist alles andere als eine Langdistanz. Pauls offener und ehrlicher Blick zeigt mir, dass das kein leeres Kompliment ist und weder Berechnung noch Anbiedern.

Und er stürzt sich nach wie vor nicht auf mich, obwohl wir aktuell völlig allein und unbeobachtet sind.

»Ich bin aber nicht so schnell wie ihr.«

»Man kann wohl kaum gleichzeitig schnell und ausdauernd sein. Wirst du auch bei Olympia antreten?«

Ich lache. »Nein, das war nicht geplant. Ich begleite euch nur. So gut bin ich wirklich nicht. Ich mache halt gern Sport, vor allem laufe ich gerne, aber mit Profisportlern kann ich nicht mithalten.«

Irritiert kneife ich die Lippen aufeinander. Seit wann rede ich freiwillig mit Paul? Mehr als einen Satz? Ich will das doch gar nicht. Ich will ihn doch nur so schnell wie möglich los--werden. Obwohl er mir nicht gefährlich vorkommt.

Paul hat null Ahnung, was ich über ihn denke und welche Sorgen ich mir wegen ihm mache. Und er scheint auch keine Probleme mit irgendwelchen Trieben zu haben.

»Ich hoffe, wir können es«, beschäftigt er sich weiterhin mit der Olympiateilnahme.

»Ich denke schon.«

Aber er hat recht, sicher bin ich mir nicht und keiner der Jungs hat die Erfahrung, bei internationalen Wettkämpfen an-zutreten. Noch schlimmer ist, dass sie rein gar keine Wett-kampferfahrung haben, nicht einmal innerhalb des Landes. Selbst wenn sie theoretisch gut genug sind, unter Wettkampf-bedingungen ist doch alles anders.

Der Laptop läuft und schnell entschlossen suche ich nach

Weltrekorden. Paul sitzt neben mir und gemeinsam vergleichen wir die Werte meiner Liste mit den gefundenen Angaben im Internet. Und die sind der Hammer.

Tobias ist bei den Kugelstoßern mit vorn dabei, aber er versagt ja leider bei allen anderen Disziplinen.

Die Angaben von Sebastian im Stabhochsprung können ebenfalls mit den Rekorden mithalten, zumindest wenn es glatt läuft.

Paul weist auf die aktuelle Bestmarke im Weitsprung.

»Andrew traue ich so eine Weite zu. Er ist phänomenal beim Weitsprung.«

Ich erinnere mich, ihn einmal dabei beobachtet zu haben. Seine roten Haare sind auffällig, ich wusste schon nach dem ersten Training, wer Andrew ist. Und er war selbstsicher und nicht ansatzweise so nervös wie der Springer vor ihm.

Wenn man aber all diese Rekorde zusammennimmt, dann kann im Zehnkampf keiner der Jungs mithalten. Nicht über alle zehn Disziplinen hinweg. Frustriert schließe ich das Fenster. Wir wollen nicht zu den Olympischen Spielen fahren und uns dort blamieren. Es werden so viele Augen auf uns gerichtet sein, da es seit mehr als fünfzig Jahren keine Sportler aus unserem Land bei Olympia gab. Wir dürfen uns einfach nicht lächerlich machen. Auf diese Art kann ich unsere Nation nicht positiv repräsentieren.

Tief in Gedanken blicke ich auf und bemerke, wie nah Paul mir gekommen ist, während er mir über die Schulter gesehen hat. Viel zu nah. Aber er berührt mich nicht. Noch kann ich nicht Zeter und Mordio schreien.

So nah wie jetzt war er mir bisher nie. Ich müsste mich bedroht fühlen, vor allem mit dem Wissen über seinen Körper. Seltsamerweise ist das nicht der Fall. Es könnte daran liegen, dass er selbst so bedrückt wirkt und die Schultern hängen lässt. Oder weil ich inzwischen begriffen habe, dass die Sache mit dem Geschlechtstrieb bei weitem nicht so unkontrollierbar und stark ist, wie man uns erzählt hat.

»Wir sind nicht gut genug«, murmelt er. »Wir werden uns im Zehnkampf bis auf die Knochen blamieren.«

Da hat er leider recht.

Meine Gedanken sind aktuell nicht mehr so ganz bei der Wettkampfproblematik. Pauls Nähe lenkt mich ab. Denn er könnte mich mit nur einer winzigen Bewegung berühren, und ich war nie so nah daran, ihn endgültig loszuwerden.

Er braucht nur einen allerkleinsten Anreiz, dann macht er es. Die Aufmunterung, vor der ich Sekunden zuvor noch Angst hatte. Aber was soll das sein? Wie bringt man einen Mann dazu, einem zu nah zu kommen? So etwas lernen wir modernen Frauen nicht.

Angestrengt denke ich an die albernen Liebesfilme. War da nichts Hilfreiches bei? Zu irgendetwas muss es doch nützlich sein, dass wir immer wieder Fiona zuliebe bei diesem Kram gelandet sind. Mir fällt aber nichts ein. Nichts außer Paul von unten tief in die Augen zu sehen und blöde mit den Wimpern zu klappern. Ich komme mir unendlich dämlich vor.

Außerdem bemerke ich dabei, dass seine Augen, die mich genauso intensiv mustern wie ich ihn, aus der Nähe wirklich absolut faszinierend sind. Strahlend hellblau mit einem noch helleren Kranz um die Iris. Und dass er überhaupt kein bisschen stinkt, im Gegenteil. Er riecht nach dezentem Duschgel und noch etwas anderem. Ich halte vor Aufregung den Atem an, vor Aufregung und nicht vor Angst.

Sein Gesicht rückt einen Zentimeter näher an mich heran und einen Augenblick befürchte ich, dass er versuchen wird, mich zu küssen. Aber dann stockt seine Bewegung und er schließt die Augen. Atmet einmal laut und heftig aus und rückt deutlich von mir ab.

Sein Blick, als er langsam wieder die Augen öffnet, ist schwer zu deuten. Ich finde, er wirkt traurig. Dabei bin ich diejenige, die traurig sein sollte. Denn schließlich hat mein Plan für heute versagt. Wie bringe ich bloß in Erfahrung, wie man einen Mann so weit in Versuchung führt, dass er Anstand und gutes Benehmen völlig vergisst. Müsste er nicht leicht zu beeinflussen sein? So wie es aussieht, haben wir nur Unsinn in der Schule gelernt. Ich schüttle entschlossen den Kopf. All meine Befürchtungen lösen sich endgültig in Luft auf.

Wenige Sekunden später öffnet sich die Tür zum Flur und der nächste Sportler kommt herein. Adrian. Der hat mir gerade noch gefehlt.

Hätte ich doch bloß eine Idee, wie ich mit einem Schlag Paul dazu bringe, mich zu berühren und Adrian gleichzeitig so wütend mache, dass er mich erneut beleidigt. Er zeigt sich weniger beherrscht als Paul, aber von einem wie auch immer gearteten Geschlechtstrieb ist bei ihm ebenfalls nichts zu erkennen.

Adrian zögert kurz an der Tür, entscheidet sich dann aber doch dafür, die Mensa zu betreten. Obwohl er eindeutig nicht mit mir zusammen in einem Raum sein möchte.

»Wir sind komplette Nieten.« Paul hat sich wieder im Griff und erinnert sich an unser ursprüngliches Problem. Die nicht ausreichenden Leistungen meiner Sportler.

»Sagt Miss Summer?« Adrians Stimme ist betont neutral. Ganz angestrengt nicht-unfreundlich.

»Sagt das Internet«, erwidert Paul gereizt und wirft ihm einen vorwurfsvollen Blick zu. Als ob mich die versteckte Botschaft irgendwie beleidigen oder auch nur interessieren würde. »Wir haben die Weltrekorde in allen zehn Disziplinen kontrolliert. Wir losen vollkommen ab.«

Adrian zieht die Augenbrauen hoch und kommt unschlüssig näher. Von mir aus kann er gerne an der Tür stehenbleiben.

»Du kannst keinen von uns im Zehnkampf zu Olympia schicken, nicht ohne dass wir uns und damit das ganze Land blamieren«, klagt Paul weiter.

»Das glaube ich nicht.« Adrian geht zwei zusätzliche Schritte auf uns zu. Ich bezweifle, dass es ihn kümmert, wenn er unser Land lächerlich macht. Aber für sich selbst sieht das wohl anders aus. »Du warst doch immer so zuversichtlich. Die Trainer auch.«

»Ja, aber jetzt habe ich gesehen, wie schnell der Weltrekordhalter im 100-Meter-Sprint ist. Nicht nur meine, sondern genauso deine Lieblingsdisziplin.« Paul lacht bitter auf. »Da musst du schon unter zehn Sekunden kommen. Schaffst du das?«

»Nein. Unter zehn Sekunden? Bist du sicher?« Wenige Augenblicke lang lassen sich echte Gefühle auf Adrians Gesicht ablesen, Entsetzen, Verzweiflung, Hilflosigkeit. Dann zeigt er erneut seine undurchdringliche Miene.

»Wir haben es gerade gesehen.« Paul lässt die Schultern hängen, er ist so unglücklich, dass ich ihn am liebsten trösten würde. So etwas sollte ich mir schleunigst aus dem Kopf schlagen. Wenn Paul von sich aus aufgibt, ist mein Problem ja gelöst.

»Möglicherweise schaffen wir es doch«, werfe ich trotzdem ein. Ich will genauso wenig mit einer miesen Mannschaft zu Olympia reisen. »Ich wollte eh euer Training ändern.«

»Ja, einfach noch etwas härter.« Der Sarkasmus ist schlecht kaschiert und Adrian liegen eindeutig weitere Worte auf der Zunge, nur mühsam schluckt er sie runter. Schade, ich hätte sie gerne gehört. Vor allem, wenn sie beleidigend gewesen wären. Er ist leider auf der Hut.

»Genau genommen glaube ich, dass ihr zu wenig Regenerationspausen habt« sage ich mit betont einfühlsamer, freundlicher Stimme. »Ich bin irritiert, dass am Wochenende trainiert wird.«

Die beiden zucken unisono die Schultern.

»Unter zehn Sekunden beim Zehnkampf. Das kann ich echt nicht glauben.« Adrian wirft einen begehrlichen Blick auf meinen Laptop, das ihm die Bestätigung liefern könnte. »Wie sind denn dann erst die Zeiten beim Einzelwettkampf?«

Stille breitet sich aus.

Ich komme mir plötzlich verdammt dämlich vor.

Wir haben uns nämlich die Zeiten der Einzelwettkämpfe angesehen und es liegt auf der Hand, dass ein Zehnkämpfer nicht in den Einzeldisziplinen Bestwerte bringt, sondern nur im gesamten. Die zehn Disziplinen sind zu unterschiedlich, ein perfekter Sprinter ist beim Speerwurf oder Kugelstoßen niemals wirklich gut und umgekehrt, wie vor allem Tobias uns so eindrucksvoll demonstriert.

Ich suche erneut und bin echt peinlich berührt. Da hätte ich selbst dran denken müssen und dass ausgerechnet ein Mann mich auf so etwas hinweist, ist extrem unangenehm.

Wie erwartet sehen die Zehnkampfrekorde anders aus, nach wie vor beeindruckend, aber machbar. Wir seufzen alle drei erleichtert auf.

Nach und nach schlendern immer mehr Kandidaten in den Raum. Paul bleibt an meiner Seite und verwickelt mich wieder in ein Gespräch, als wolle er auf diese Art verhindern, dass ich vergesse, warum ich ihn so dringend loswerden möchte.

»Hast du beim Laufen Musik gehört? Ich habe die Kopfhörer bemerkt.«

Ich brumme. Ein wenig wundere ich mich darüber, dass er zwar erwähnt, er habe mich laufen sehen, aber kein Wort über mein Lauschen verliert. Müsste er nicht versuchen, ihre Worte über mich zu verteidigen? Paul ist nicht der Typ, der etwas totschweigt, bisher hat er alles offen und ehrlich angesprochen, was ihm in den Sinn kam. Ob Adrian überhaupt nicht gesagt hat, dass er mich an der Tür erwischt hat?

»Welche Musik magst du?«, fragt er weiter.

»Beim Laufen mag ich Songs, die einen guten Beat vorgeben und mich anspornen.«

»Und sonst?«

Leider rede ich gerne über Musik. Meine Freundinnen finden es unverständlich, dass ich Musik aus dem Ausland mag und dann auch noch die Texte verstehe und mitsinge, wenn ich mich unbeobachtet fühle. Sie sind jedoch nicht so sprachtalentiert wie ich. Da ich also selten Gelegenheit habe über meinen Musikgeschmack zu sprechen, trifft Pauls Frage genau ins Schwarze, und ehe ich mich versehe, rede ich wieder mehr mit ihm, als ich jemals wollte.

»Ich liebe französische Chansons, die Sprache ist so weich und fließend und nimmt mich jedes Mal mit. Und auch die Musik ist anders als unsere, leichter, nicht so ernsthaft.« Ich hole Luft, um über spanische Lieder zu sprechen. Pauls Blick ist interessiert, nahezu gebannt, und ich vergesse, dass ich ja nicht mit ihm reden möchte.

Da verstummt schlagartig jede Unterhaltung um uns herum. Dr. Higgs hat den Raum betreten. Sie ist nicht allein. Hinter ihr folgt ein Mann, bei dessen Erscheinen alle Jungs genervt aufstöhnen. Die Frau ist nach wie vor stinksauer und bestätigt mich darin, weitere Veränderungen auf den Weg zu bringen. Es wird höchste Zeit, das Ruder in die Hand zu nehmen und alles zu ändern, was mir nicht gefällt. Denn Fakt ist – ich bin nachher diejenige, die ins Ausland fährt, um unser Land zu repräsentieren, und da will ich nicht unter den Fehlern leiden, die andere begangen haben. Wenn es schiefläuft, will ich es schon lieber selbst verbockt haben.

»Ich bin noch immer nicht damit einverstanden, dass ein wertvoller Tag vergeudet wird«, meckert die Internatsleitung auf der Stelle. Mich lässt das kalt, aber die Jungs sehen verunsichert aus. Im Normalfall müssen sie alles machen, was Dr. Higgs anordnet. Jetzt nicht mehr. Das haben sie noch nicht begriffen. »Ungeachtet dessen können wir die Zeit sinnvoll nutzen und die Haare schneiden. Du fängst an.«

Sie zeigt auf Adrian.

Ich sehe mich verwundert um. Die Haare der Jungs sind nicht lang. Auch für Männer nicht, ich kenne ja genug Liebesfilme, um das beurteilen zu können. Der Einheitslook der Jungs in diesem Internat ist mir schon aufgefallen. Nicht nur die Sportler haben diese kurzen, rasierten Haare ohne jeglichen Schnitt, alle kleinen Jungen, die ich bisher gesehen habe, ebenso.

Adrian will nicht. Kaum zu übersehen, da er unwirsch die Lippen aufeinanderpresst und einen Moment zögert. Ich möchte jetzt nicht in der Haut desjenigen stecken, der ihm die Haare schneidet. Und das liegt nicht nur daran, dass er ihn dabei berühren muss. Trotzdem setzt er sich auf den Stuhl, den Dr. Higgs mit einem lauten Knall in die Mitte des Raumes stellt. Alle Jungs sehen unglücklich aus und fahren sich frustriert über die Haare, die raspelkurz sind.

»Sechs Millimeter?«, fragt der Mann mit der Haarschneide-Maschine und Adrian stöhnt auf. Hat der ernsthaft gerade Millimeter gesagt? Das ist doch fast nichts, eher Glatze.

»Ich denke, wir gehen heute mal auf vier Millimeter«, erwidert Dr. Higgs. »Auf jeden Fall bei ihm. Er neigt dazu, ungepflegt zu wirken.«

Kurz stockt mir der Atem, und Adrian selbst steht die Wut deutlich ins Gesicht geschrieben. Er verharrt trotzdem auf dem Stuhl und verkneift sich jeden Kommentar. Was bleibt ihm auch anderes übrig?

Das habe ich allerdings nicht nötig.

Ich habe keine Ahnung, was da zwischen Dr. Higgs und Adrian läuft, es ist jedoch nicht zu übersehen, dass sie ihn nicht ausstehen kann. Das ist mir schon bei der ersten Begutachtung aufgefallen, aber da schob ich es darauf, dass er ein schlechter Sportler sein müsse. Jetzt weiß ich es besser. Adrian macht es einem allerdings auch leicht, ihn nicht leiden zu können.

Trotzdem geht es mir absolut gegen den Strich, wie diese Frau ihre Machtposition ausnutzt, um jemanden zu schikanieren, den sie nicht mag. Diese grässliche Person, die sich zufrieden an einer Haarsträhne zupft und sich sichtbar daran weidet, wie sehr Adrian gerade mit sich kämpft. Und wenn das bedeutet, dass ich diesen hasserfüllten Typen verteidigen muss, dann ist das eben so.

»Ich habe nichts dagegen, dass heute Haare geschnitten werden«, mische ich mich ein und lächle breit. »Aber nur bei jedem der Sportler, der das möchte.« Ich habe mich bei meinen Worten erhoben, einen Schritt in den Raum hinein gemacht und lasse den Blick jetzt durch die Mensa wandern. Die Mienen sind eindeutig, keiner möchte. »Wer also will einen neuen Kurzhaarschnitt? Durch den man definitiv die Kopfhaut sehen kann und sich beim nächsten Training einen Sonnenbrand einfängt.«

Niemand rührt sich, aber besorgte Blicke wechseln zwischen Dr. Higgs und mir hin und her. Einen winzigen Moment frage ich mich, ob ich nicht genauso bin wie diese Frau. Ich habe Adrian auch schon Gemeinheiten an den Kopf geworfen. Ich habe Pläne, mindestens zwei der Sportler aufgrund ihres Charakters auszusortieren und keine Skrupel, sie dafür reinzulegen.

»Das ist keine Frage der Ästhetik oder des Wollens, nicht hier. Wissen Sie, wie rasch man in so einem Haus eine Läuseplage hat. Die Hygiene steht in einem Jungeninternat an oberster Stelle. Läuse, Flöhe und anderes Ungeziefer breiten sich hier schneller aus, als man denkt.« Dr. Higgs funkelt mich wütend an.

Ich funkle gereizt zurück. Die subtile Unterstellung, Männer würden Ungeziefer anziehen, ist ausgesprochen fies. Nein, so hinterhältig wie Dr. Higgs bin ich nicht. Und ich habe schließlich gute Gründe, Adrian und Paul nicht im Team haben zu wollen.

»Wissen Sie was, ich habe es mir anders überlegt. Heute werden definitiv keine Haare geschnitten. Das möchte ich nämlich erst einmal erleben. Ich habe schon mein Leben lang Haare über Schulterlänge, meine Freundinnen ebenso und wir hatten nie Läuse.«

»Das ist nicht vergleichbar, Miss Summer. Der Hygienestandard zwischen Männern und Frauen ist zu unterschiedlich. Sie können das nicht beurteilen.«

Ich werde immer angepisster. Und verstehe mich selbst nicht so recht. Theoretisch könnte es mir egal sein. Die Haarlänge entscheidet ja nicht über die sportlichen Leistungen. Und mehr interessiert mich hier nicht. Vor allem Adrian, der nach wie vor mit blassem Gesicht auf dem Stuhl in der Raummitte sitzt und dessen Wut langsam Verwirrung weicht, kann mir gestohlen bleiben. Und dennoch rede ich weiter.

»Wir werden sehen, Dr. Higgs. Eventuell machen Sie eine ganz neue Erfahrung. Mit langhaarigen Männern, die trotzdem keine Läuse haben.«

Die Diskussion ist beendet. Ich sitze am längeren Hebel, auf jeden Fall bei den Jungs, die in meinem Team sind.

Das weiß Dr. Higgs genauso gut wie ich.

Sie kneift erneut die Lippen zusammen.

»Dann müssen Sie ab jetzt persönlich jeden Tag die Köpfe der Kandidaten kontrollieren. Ich kann es mir nicht leisten, Ungeziefer in meinem Haus zu haben.« Sie zeigt wieder auf Adrian. »Und am besten fangen Sie bei diesem da an.«

Dann rauscht sie mit hoch erhobenem Kopf aus dem Raum. Der Mann mit dem Haarschneider folgt schulterzuckend.

In der Mensa herrscht atemlose Stille.

Adrian sitzt nach wie vor auf dem Stuhl in der Raummitte. Ich gehe langsam einmal um ihn herum und mustere seinen Kopf aus der Ferne. Ich werde ganz bestimmt nicht seine Haare auf Kopfläuse kontrollieren.

Laut seufze ich auf. Diese Frau und die ewigen Machtkämpfe sind furchtbar anstrengend und nicht wirklich meins. Auf der anderen Seite bin ich unglaublich froh darüber, ihr überhaupt Kontra geben zu können. In der Haut der Jungs zu stecken, die zu allem Ja und Amen sagen müssen, ist für mich unvorstellbar.

»Ich halte es zwar für Schwachsinn, aber ihr könnt euch ja hin und wieder gegenseitig auf den Kopf schauen. Wäre natürlich blöd, wenn Dr. Higgs recht behält. Hatte schon einmal jemand Läuse?«

Alle schütteln den Kopf.

kapitel 11

»Der Tee ist zu heiß«, schimpft Emily.

»Tee muss heiß sein.«

Ich genieße nicht nur die Temperatur des Tees, sondern ebenso die Wärme der Decke, die auf mir liegt. Emily dagegen lässt Arme und ein Bein herausgucken und stellt die Tasse angewidert weg.

»Ich muss dir jetzt ganz sicher nicht mehr das Bein brechen?«, fragt sie und klingt dabei erschreckenderweise nicht nur ungläubig, sondern regelrecht enttäuscht. Seit ich ihr berichtet habe, dass es im Internat immer besser läuft, ist sie unleidlich. »Du hast freiwillig die Nächte dort verbracht und dich nicht gefürchtet?«

»Ich bin fit und ausgeruht, weil ich die elende Fahrerei spare. Das ist es doch wert.«

Obwohl ich Emily so gut kenne, wie sonst keinen Menschen, ist sie mir manchmal ein Rätsel.

Glücklicherweise kommen in dem Moment die anderen mit lautem Getöse an.

Dann vergesse ich meine Sorgen, denn Sophie hat Ingwerplätzchen dabei und ich muss neidlos anerkennen, dass sie die weltbesten Plätzchen macht. Nachdem ich fünf Tage null Zucker zu mir genommen habe, kann ich keine weitere Sekunde widerstehen und greife mit beiden Händen zu. Emily haut mir zwar auf die Finger, aber mehr aus Angst, selbst zu kurz zu kommen.

Im Anschluss liefere ich eine Zusammenfassung meiner Woche und den Veränderungen, die ich beim Training plane vorzunehmen. Es ist zugegebenermaßen nicht jedes Wort einwandfrei zu verstehen, da ich nicht bereit bin, auch nur eine Sekunde auf diesen herrlichen süßen und gleichzeitig herben Geschmack zu verzichten, und hemmungslos rede, obwohl mein Mund voll ist. Aber Manieren zählen in unserem Wohnwagen nicht, hier war schon immer alles erlaubt.

Zum ersten Mal ernte ich Lob dafür, so rigoros die Hälfte der Sportler aussortiert zu haben, und fühle mich auf der Stelle besser.

»Ich hätte es genauso gemacht«, muntert Amber mich auf.

»Ich denke, ich hätte gleich noch viel mehr weggeschickt.« Emily neigt aus Prinzip zu Übertreibungen. »Möglicherweise auf der Stelle alle.« Sie grinst ein bisschen.

Nur Fiona sieht mich besorgt an.

»Aber den schönen Paul hast du im Team gelassen, oder?« Wir stöhnen im Chor auf.

»Ja, er ist weiterhin dabei, er ist einfach zu gut. Und außerdem …« Seit ich gesehen habe, wie die Behandlung der Männer in Wirklichkeit aussieht, habe ich von Tag zu Tag größere Gewissensbisse. Ich schildere, wie elend Liam dran war, dass er mehr tot als lebendig auf diesem Bett lag. Ich weiß, dass diese Behandlung notwendig ist, es mit eigenen Augen gesehen zu haben, ist jedoch nicht spurlos an mir vorbeigegangen.

»Na und?« Emily funkelt mich böse an. »Ist doch egal, es sind Männer. Willst du auf die Behandlung verzichten und uns Frauen wieder unterdrücken lassen? Darauf läuft es dann nämlich hinaus.«

»Rede keinen Quatsch, Emily, das will ich nicht. Ich will aber auch nicht daran schuld sein, dass das mit den Sportlern geschieht.«

122

»Bist du so oder so nicht. Du bestimmst nur den Zeitpunkt und sonst nichts.« Amber mit ihrer kühlen, emotionslosen Logik, bringt mich wieder auf den Boden der Tatsachen. Ich habe nichts damit zu tun, was mit den Kandidaten im Anschluss geschieht, und ich darf mich davon nicht beeinflussen lassen. Paul ist und bleibt eine Gefahr, egal, wie freundlich er sich gibt.

»Ich brauche einen anderen Grund, um Paul loszuwerden«, lenke ich ein. Der ursprüngliche Plan, nur die Kandidaten zu behalten, die mir keine Angst machen, war gut. Ich darf mich nicht davon abbringen lassen, auch wenn ich mich dabei fühle wie Richter und Henker gleichzeitig.

»Ja, den Kuss-Grund.« Sophie klingt aufrichtig angewidert.

»Ich habe es ja versucht. Also, einen Kuss hätte ich niemals zugelassen, aber eine unaufgeforderte Berührung reicht ja aus. Er war einmal ganz kurz davor. Zentimeter quasi.«

Amber versteckt schaudernd ihr Gesicht in den Händen. Das klingt jetzt schlimmer, als es war.

»Es hat aber nicht geklappt«, seufze ich laut. »Obwohl ich mit den Wimpern geklimpert habe.«

»Du hast was?« Amber reißt die Hände wieder vom Gesicht fort. Sie sieht leicht angeekelt aus.

»Irgendetwas musste ich tun. Was Besseres fiel mir nicht ein. Und er hat mich trotzdem nicht angefasst«, jammere ich hemmungslos. Ich musste nun fünf Tage lang stark und unbeeindruckt sein und ich hatte wirklich einige verdammt heikle Situationen zu meistern. Im Kreis meiner Freundinnen kann ich mich endlich ungestört gehen lassen.

Ich klimpere mit den Wimpern, um zu demonstrieren, was ich gemacht habe, ernte aber nur spöttisches Gelächter.

»Das sieht dämlich aus, kein Wunder, dass er dich nicht anfassen wollte«, ist Emilys unverblümter Kommentar. Sie steckt sich einen Keks in den Mund und klappert so übertrieben mit den Wimpern, dass ich ebenfalls lachen muss. Hoffentlich habe ich nicht so ausgesehen.

»Das weiß ich selbst. Hast du eine bessere Idee?«

»Du täuschst eine Ohnmacht vor und lässt dich von ihm auffangen. Er hat doch bestimmt starke Arme.« Fionas Vorschlag ist schwachsinnig.

»Ja, dann muss ich ihn erst recht behalten. Er darf mich in dieser Situation wohl kaum fallen lassen. So eine Berührung kann man ihm nicht vorwerfen, im Gegenteil.«

»Du musst halt einfach unglaublich schön aussehen. Meine Oma hat immer gesagt, die Männer damals konnten besser gucken als denken.« Sophie benutzt wie üblich erst ihren Kopf, bevor sie redet.

Ich kichere ein wenig, bis mir wieder einfällt, wie Paul mir sagte, ich wäre hübsch. Und wie sehr mich das irritierte. Ich habe außerdem keine Ahnung, wie ich aus hübsch – wenn das überhaupt ehrlich war – unglaublich schön machen soll.

Trotzdem behalte ich die Information für mich. Es ist nämlich ausgesprochen peinlich. Sowohl meine Reaktion, als auch die Aussage an sich.

»Kannst du das nicht auf ausländischen Internetseiten nachlesen? Französische Mädchen machen so etwas doch bestimmt ständig.« Endlich mal ein sinnvoller Vorschlag. Ausgerechnet von der Frau, die mir bei nächstbester Gelegenheit ein Bein brechen möchte.

Wir googeln es sofort. Es gibt erschreckend viele Seiten zu genau diesem Thema. In Frankreich, in Deutschland und genauso in Spanien. Warum bloß?

Es kann ja nicht so schwer sein. Oder doch?

Die Tipps, die wir finden, sind teilweise absolut schockierend. Außerdem widersprechen sie sich hemmungslos.

In Spanien scheint es günstig zu sein, sich möglichst nackt zu präsentieren, und das ist das Allerletzte, was ich jemals in Erwägung ziehen werde. In Deutschland dagegen ist es geschickter, mit seinen Reizen zurückhaltend zu sein und nur vereinzelte Körperstellen leicht zu entblößen. Auch das werde ich auf keinen Fall tun. Weder bin ich bereit, ein kurzes Oberteil zu tragen, welches eventuell meinen Bauch zeigen könnte, noch werde ich hautenge Kleidung einpacken.

»Hier steht, du sollst ihn anlächeln«, weist Sophie mich auf einen Tipp hin.

Anlächeln? Pustekuchen, ich werde Paul definitiv nicht anlächeln, nie, wirklich nie, niemals.

So weit wird es nicht kommen, unabhängig davon, dass er selbst mich immer anstrahlt wie ein Honigkuchenpferd. Ich schüttle trotzig den Kopf und Sophie sucht weiter.

»Dann musst du ihm ein Kompliment machen.«

Darüber bin ich zumindest bereit nachzudenken.

»Und was soll das sein?« Ein Kompliment, das könnte ich durchaus schaffen. »Ich könnte sagen, dass er heute echt schnell gelaufen ist.«

»Aber das weiß er doch selbst. Außerdem bist du da, um genau das zu beurteilen.« Emily rollt mit den Augen, ausgerechnet Emily, die das Problem mit offensichtlichen und blutigen Verletzungen lösen würde. »Es muss etwas sein, das sein Aussehen betrifft. Du hast gesagt, er sieht gut aus.«

»Aber das kann ich ihm doch nicht ins Gesicht sagen.«

»Es wäre ein Kompliment.« Fiona nickt begeistert. »Hat er schöne Augen?«

Ja, das hat er. Absolut schöne Augen. Verboten schöne Augen. Dieses Blau. Ich wehre trotzdem bockig ab. Ich werde nicht vor meinen Freundinnen über diese Augen sprechen. Und auch nicht über sein Lächeln oder diese Grübchen, die er dabei in den Mundwinkeln hat.

Ich frage erneut das Internet: *Komplimente für Männer*

Jetzt wird es kompliziert. Ich wusste echt nicht, wie heikel es ist, jemandem ein Kompliment zu machen. Bei uns ist das simpel, ich sage meinen Freundinnen häufig etwas Nettes. Aber schon allein die Diskussionen darüber, ob ein Mann äußern darf, eine Frau habe schöne Augen, macht mich schwummerig. Dieser ganze Kram zwischen Männern und

Frauen ist unnötig, anstrengend und scheint kein Spaß zu sein. Warum lassen sie es nicht einfach? Wir leben doch vor, wie es perfekt laufen kann.

Da ich mich partout nicht auf ein Lächeln einlassen möchte – und das ist laut Internet der einfachste Weg, einen Mann anzulocken – werde ich Paul erklären, er hätte schöne Hände. Es spielt ja keine Rolle, was ich in Wahrheit denke, er soll im Anschluss nur mit genau diesen Händen etwas machen, was er nicht darf.

Entspannt seufze ich auf. Das werde ich wohl hinbekommen.

»Aber den finsteren Typen bist du ja jetzt los. Das ist doch das Wichtigste«, sagt Amber, die genauso erleichtert scheint wie ich, dass wir schon bald das Paul-Problem gelöst haben und dann hoffentlich das unappetitliche Thema wechseln können.

»Nein, auch nicht, er ist leider der Beste von allen. Ich konnte ihn nicht grundlos rauswerfen.«

Betroffenes Schweigen.

Ja, ich habe eindeutig einen Haufen Probleme und bei Adrian wird kein Kompliment der Welt helfen. Abgesehen davon, dass man an ihm nichts auch nur annähernd Positives finden könnte.

Wenn ich ihn bloß in den Ärztetrakt verfrachten könnte. Mit einer akzeptablen Begründung. Bei dem Typen würde es mir nicht leidtun, falls er apathisch und kotzend in einem Bett liegt. Es wäre eine absolute Erleichterung.

Wahrscheinlich auch für ihn. Wenn die Medikamente all den Hass aus seinem Körper spülen könnten, müsste es doch so jemandem ebenfalls besser gehen.

»Die Jungs haben gesagt, ich bin hartherzig und eingebildet. Weil ich so schnell so viele von ihnen aussortiert habe«, komme ich noch mal auf die Vorwürfe zurück.

Erst jetzt, als ich es wiederhole, fällt mir auf, dass mich die Aussage doch mehr getroffen hat, als ich dachte.

Ich ärgere mich über mich selbst.

»Das hast du gut gemacht.« Emily legt tröstend den Arm um mich. »Ich bin stolz auf dich.«

»Nicht arrogant?«

»Du musst schon arrogant sein. Im Internat musst du das. Sonst nimmt dich doch niemand ernst.«

Ich habe Emily vorhin von meinen Schwierigkeiten mit Dr. Higgs erzählt und sie meint, dass Arroganz genau das perfekte Mittel dagegen ist.

»Sei weiterhin arrogant, eingebildet und ein richtiges, kleines Miststück. Dann machst du alles richtig. Wenn du einknickst und nett wirst, so nett wie zu uns, dann breche ich dir doch das Bein.«

Das ist ein Argument. Ich beiße nachdenklich in das nächste Plätzchen und beschließe, Montagmorgen Süßigkeiten ins Internat einzuschmuggeln.

kapitel 12

Heute stehe ich zum ersten Mal am Stabhochsprung und bin fasziniert davon, wie die Sportler sich in diese schwindelerregende Höhe schrauben. Das ist die einzige Disziplin beim Zehnkampf, die ich selbst noch nie ausgeübt habe und mir ist absolut schleierhaft, wie das überhaupt vonstattengehen soll. Es sieht spektakulär aus.

Vor allem wirkt es kinderleicht, wenn einer der Sportler dran ist, der es wirklich kann. Gerade ist es Sebastian. Er ist ellenlang und dabei so dünn, dass er auch optisch den Eindruck erweckt, mühelos fliegen zu können. Und mühelos sieht es aus. Er hat sogar die dazu passenden Segelohren, und ich denke ein paar Sekunden ernsthaft darüber nach, ob diese Ohren nicht sein Geheimnis für den perfekten Flug sind.

Leider gibt es auch bei Sebastian ein Problem. Obwohl er regelmäßig Krafttraining betreibt, genau wie alle anderen, setzt er keine Muskeln an. Er bleibt so dünn, dass er genial beim Hochsprung und Stabhochsprung ist, aber sobald er etwas wirft, Speer oder gar diese verdammt schwere Kugel, wird es lächerlich. Was ich mit ihm und Tobias anstellen soll, bleibt ein ungelöstes Rätsel. Sie sind mir aber zu schade, um sie aus dem Zehnkampfteam zu nehmen.

Seit der Haarschneideaktion ist die Stimmung zwischen den Kandidaten und mir anders. Ich habe den Eindruck, dass sie mir ein wenig verziehen haben, wie unangekündigt ich die Hälfte von ihnen aus dem Team gekickt habe. Sebastian ist einer von den Jungs, die nach wie vor extrem schüchtern sind. Obwohl ich mich an diesem Nachmittag lange mit ihnen allen unterhalten habe, um sie nach ihren bisherigen Trainingserfahrungen zu befragen, sieht er weiterhin knapp an mir vorbei oder direkt auf den Boden. Also, genau so wie ich es am liebsten mag.

Dieser phantastische Flug, den er soeben absolviert hat, hat meine Neugierde geweckt. Ich gehe näher heran und sehe staunend zur Sprunglatte hoch, die sich mehr als fünf Meter über mir befindet. Das ist echt unwirklich weit weg.

Der Kandidat hat sich von der Matte aufgerappelt und sieht verlegen an mir vorbei. Er weiß nicht, wie er auf meine Anwesenheit reagieren soll, und am liebsten würde er die Flucht ergreifen. Gleichzeitig hat er Angst davor, unhöflich zu sein.

»Ich habe noch nie Stabhochsprung gemacht. Es sieht so beeindruckend aus«, sage ich freundlich und schaue vorsichtig in seine Richtung.

Er schluckt und wird rot. Ja, wenn Jungs so sind wie dieser, dann habe ich nichts gegen sie.

»Ehrlich, bei dir sieht es regelrecht leicht aus. Obwohl mir absolut klar ist, dass es das nicht ist.«

»Danke«, murmelt er, nach wie vor verlegen.

»Könntest du mir zeigen, wie es geht?«

Habe ich das wirklich gesagt? In dem Moment, in dem die Frage meinen Mund verlässt, bereue ich sie schon. Klar, ich will liebend gern in Erfahrung bringen, wie man den Stabhochsprung ausführt, und es ausprobieren will ich ebenso, aber ich will es doch nicht von einem Jungen gezeigt bekommen. Zu spät. Sebastian ist von der Frage genauso geschockt wie ich, leider nickt er trotzdem. Aus der Nummer kommen wir nicht mehr raus, ohne dass einer einen peinlichen Rückzieher macht.

»Welches Bein ist denn dein Absprungbein?«, fragt er, dann stockt er verwirrt. »Also, wenn du springst, meine ich, zum Beispiel beim Hochsprung. Oder Weitsprung. Oder vielleicht beim Tanzen? Wenn du das machst.« Plötzlich sieht er regelrecht verzweifelt aus. Ich kichere beinahe ein wenig. Logischerweise wissen die Sportler nicht, dass ich selbst ziemlich gut in all diesen Disziplinen bin. Woher auch.

»Ich springe links ab«, antworte ich, ohne mir meine Belustigung anmerken zu lassen. »Beim Hochsprung. Und Weitsprung. Und beim Hürdenlauf ebenfalls.«

Laut atmet er auf. »Prima, dann hältst du den Stab rechts, also gegenüberliegend. So wie ich.«

Er zeigt mir, wie die Hände an den Stab gehören, und demonstriert, wie biegsam und elastisch er ist.

Ich mache es ihm nach. Das ist ein faszinierendes Sportgerät, es schwingt, obwohl es lang und schwer ist.

Sebastian steht zwei Meter von mir entfernt und kneift die Augen zusammen, als könne er meine Hände aus der Entfernung nicht mehr klar erkennen. Näher kommt er trotzdem nicht. Wenigstens einer, der weiß, was sich gehört.

»Nimm die Hände etwas weiter auseinander.« Er nickt, als ich seinen Anweisungen folge. »Und jetzt drehst du beide Handrücken nach oben und läufst los.«

Wir testen die Bewegung mit dem Stab und messen die Schritte ab, so dass ich mit dem passenden Fuß ankomme. Dann versuche ich mich am Anlauf und am Einsetzen des Stabes in das Einstichloch. Es macht großen Spaß, endlich mitten im Geschehen zu sein und nicht nur der passive Zuschauer am Rand, denn so etwas war noch nie mein Fall.

So ein Glück, dass ich vor Ort Sportklamotten trage, da ich im Anlauf richtig Gas gebe. Außerdem ist es schwerer, als es bei Sebastian aussieht, und ich versuche es wieder und wieder, ehe ich das Gefühl habe, gleichzeitig den Stab unter Kontrolle zu haben, das Loch wie vorgesehen zu treffen und die Füße korrekt zu setzen.

Sebastian wird lockerer. Seine Gesichtsfarbe ist wieder normal, und mehrmals nickt er anerkennend. »Das klappt gut. Magst du es einmal versuchen?«

Ich sehe zu der Latte hoch, die unwirklich weit oben liegt, und wische mir den Schweiß von der Stirn. »Das hat wohl keinen Sinn.«

»Wir nehmen die Latte weg, damit sie dich nicht behindert. Außerdem greifst du den Stab weiter vorne und machst nur einen kleinen Hüpfer. So fängt man an und dann steigert man sich nach und nach, um das Gefühl zu entwickeln.«

Ich sehe mir die Matten an, die dick und weich gepolstert sind. Da kann kaum etwas schief gehen, egal, wie gefährlich es klingt. Während ich darüber nachdenke, ob ich mich traue, bemerke ich, wie genau wir beobachtet werden. Das gibt den Ausschlag, denn als feige darf ich auf keinen Fall dastehen.

Sebastian erklärt mir ein letztes Mal, wie ich abzuspringen habe und wie ich mich halten muss. Es klingt definitiv machbar, da ich ja in Sprungtechniken durchaus bewandert bin. Trotzdem bin ich nervös, als die Latte abgenommen wird und kein anderer auch nur vorgibt, selbst zu trainieren. Die meisten sind zwischenzeitlich näher gekommen, allen voran Paul, der völlig begeistert die Daumen-nach-oben-Geste macht.

Das ist mir überhaupt nicht recht. Ich würde sie liebend gerne wieder wegschicken, befürchte jedoch, dass es wie ein Zeichen der Schwäche wirkt.

Jetzt und hier muss ich beweisen, dass ich nicht nur am Rand stehen und gnadenlos aussortieren kann, sondern durchaus den passenden Background habe, um die Sportler zu beurteilen. Es wäre mir deutlich lieber, mein Können in einer mir bekannten Disziplin zu demonstrieren, leider komme ich hier nicht mehr raus, ohne mich zu blamieren.

Daher bin ich nach außen hin eiskalt wie immer und ignoriere die unwillkommene Aufmerksamkeit. Konzentriere mich nur auf mich. Genau genommen ist das die Coolness, die ich von meinen Sportlern erwarte. Ich nehme tief Luft und laufe los. Alle Schritte sind abgezählt, und der Stab wippt in der Luft, wie er soll.

Zugegeben, der Hüpfer ist nicht allzu hoch, aber ich bin mit dem Anlauf ausgekommen und auf der Matte gelandet. Ich glaube, das könnte mir echte Freude machen. Zufrieden grinsend rapple ich mich hoch und werfe einen Blick auf Sebastian, der genau neben der Auflage steht.

»Das war schon nicht schlecht, du hast eine echt tolle Körperspannung«, lobt er mich und lächelt dabei so stolz, als hätte ich gerade eine Medaille gewonnen. Unwillkürlich lächle ich zurück.

Es geht also doch. Man kann einen Jungen anlächeln. Einfach so aus Freude. Ohne dass etwas Schlimmes passiert, denn er stürzt sich nicht auf mich, sondern nimmt bloß den Stab auf und hält ihn mir hin.

»Magst du es noch einmal versuchen?«

»Ich glaube, für heute reicht es mir. Manchmal muss man Bewegungsabläufe erst etwas sacken lassen, aber morgen würde ich es gerne erneut testen.«

»Klar.«

Ich wage mich noch einmal an ein winziges Lächeln. Eben aus der Emotion heraus, war es ganz natürlich, aber jetzt fühlt es sich wieder gezwungen an.

»Und, Sebastian …«, füge ich hinzu. »Danke, ich fand es genial und du bist ein echt toller Lehrer.«

Jetzt wird er wieder rot.

Auch die Sache mit dem Kompliment ist theoretisch leicht.

Und kaum denke ich an Komplimente, steht das Komplimente-Problem höchstpersönlich neben mir und Sebastian, mit dem es so mühelos ist, verschwindet und widmet sich dem eigenen Training.

Lächeln ist auf der Stelle absolut unmöglich, obwohl Paul wieder einmal strahlt wie ein Irrer und mir hemmungslos seine Grübchen präsentiert.

»He, das war super, ich denke lieber gar nicht daran zurück, wie ich zum ersten Mal Stabhochsprung gemacht habe. Das war nämlich einfach nur peinlich.«

»Danke.«

Er hält den Diskus, mit dem er bis eben trainiert hat, in der Hand und das wäre die perfekte Gelegenheit, ihm das Kompliment mit den schönen Händen zu machen. Aber er steht mal wieder zu nah bei mir und irritiert mich. Ich riskiere einen Blick auf die Hände, die locker den Diskus umschließen.

Sie sind größer als meine, aber ich habe nichts anderes erwartet. Eindeutig kräftiger und völlig in Ordnung. Schön würde ich sie jetzt nicht unbedingt nennen. Ich versuche es trotzdem. In meinem Kopf formen sich die passenden Worte, so schwer ist der Satz nicht. Er kommt jedoch nicht über meine Lippen.

»Aber ich wusste ja schon, wie sportlich du bist.« Paul dagegen hat überhaupt keine Probleme, mir Komplimente zu machen.

»Du bist auch sehr sportlich.« Das ist jetzt das Nächstbeste, das an ein Kompliment herankommt und für mich aussprechbar ist. Es ist jämmerlich. Paul reagiert wie erwartet nicht geschmeichelt, sondern verwundert.

»Deshalb bin ich ja hier.«

Ich nicke. Ich bin wirklich katastrophal mit Komplimenten, aber ein Kommentar über seine Hände, die irgendwie normal sind, seine Augen, die faszinierend sind, oder ein anderes Körperteil kommt einfach nicht über meine Lippen.

Ehrlich, Körperteile eines Jungen, sind für mich absolut nicht kommentierbar. Frustriert seufze ich und schicke Paul wieder zu den Diskuswerfern zurück.

Am Abend übe ich es vor dem Spiegel. Zuerst setze ich mein freundlichstes Gesicht auf, dann hebe ich die Mund-winkel zu einem ganz kleinen Lächeln und schließlich hauche ich: »Du hast wirklich schöne Hände.«

Es klappt einwandfrei. Zumindest solange ich mich dabei

konzentriert im Spiegel betrachte. Sobald ich die Augen schließe und mir vorstelle, Paul gegenüberzustehen, der mich mit seinen blauen Augen fixiert, krächze ich nur noch. Nach einer Viertelstunde gebe ich auf.

Stattdessen stelle ich mir vor, Adrian gegenüberzustehen. Ich habe sein Gesicht klar vor Augen, diesen verkniffenen Mund, die schwarzen Augen und die ebenso schwarzen Augenbrauen, die wütend zusammengezogen sind.

»Du hast wirklich hässliche Hände. Und hässliche Augen. Und überhaupt – du bist hässlich.« Das kommt mir leicht über die Lippen, nur bei der Vorstellung, dass er dann auf mich losgeht und Thomas oder die Trainer mich retten müssen, wird mir etwas flau.

Für Mittwoch habe ich mir etwas Neues überlegt.

Das eintönige Training, das die Jungs Tag für Tag absolvieren, ist meiner Meinung nach nicht allzu zielführend. Der Körper braucht nicht nur Regeneration durch den trainingsfreien Sonntag, sondern ebenfalls regelmäßig neue Reize. Heute biete ich genau das. So ganz nebenher bietet es mir die Möglichkeit, mich selbst zu bewegen, ohne mich im Dunkeln nach draußen schleichen zu müssen.

Nach dem Frühstück puste ich in meine Trillerpfeife, die ich zufrieden um den Hals trage, seit ich sie dem Speerwurf-Trainer weggenommen habe.

Fünfundzwanzig Riesen versammeln sich auf der Stelle um mich und sehen mich erwartungsvoll an. Ich habe nicht angekündigt, dass etwas anders läuft, aber ich wette, die Eintönigkeit ihres Tagesablaufs geht ihnen genauso auf den Keks wie mir.

»Heute gibt es kein normales Training. Wir machen Lauftraining, allerdings einen langen, langsamen Lauf, um eure allgemeine Kondition zu erhöhen. Im Anschluss konzentrieren wir uns auf Sprints, dann wenn die Muskeln schön ausgepowert sind. Heute Nachmittag habt ihr frei.«

Dass ich nebenbei ausgiebiges Dehnen geplant habe, erwähne ich nicht, die Blicke sind jetzt schon irritiert. Glücklicherweise muss ich mich nicht rechtfertigen, ich kann anweisen, was ich will, und es wird gemacht. Es ist nicht richtig so, finde ich, hat aber enorme Vorteile.

»Wie lange sollen wir laufen? Und in welchem Tempo?« Paul ist mal wieder der Einzige, der sich traut, mit mir zu sprechen.

»Ich gebe das Tempo vor. Wir schauen mal, wie weit ihr kommt.« Ungläubige Blicke folgen, offenkundig hat mich an diesem einen Abend nicht jeder laufen sehen.

Ich setze mich in Bewegung. Schön gemütlich.

Da wir nur die Runden um den Sportplatz drehen können, wird es kein sonderlich interessantes Training. Ich bedauere, dass ich meine Kopfhörer nicht aufsetzen kann, wie ich das beim Laufen meistens mache. Das wäre unfair den Jungs gegenüber.

Es dauert nicht lange und Paul erscheint an meiner Seite.

Der Rest hat sich uns angeschlossen, und ich merke an den Bewegungen der Sportler, dass sie normalerweise nie so langsam laufen. Blicke fliegen hin und her, gelangweilte, zum Teil auch spöttische. Sie werden noch sehen, ich kann dieses Tempo nämlich verdammt lange durchhalten.

Direkt hinter uns läuft Adrian und der Rest folgt in einem Pulk. Adrian bemüht sich für gewöhnlich, mir aus dem Weg zu gehen, aber der Drang, vorne zu sein, ist stärker. Leider demonstriert er dadurch einmal mehr, dass er der perfekte Wettkämpfer ist.

Ich werfe einen Seitenblick zu Paul, er grinst mich an. Muss das sein? Wir sind jetzt seit zehn Minuten auf der Bahn und warm. Ich ziehe ein wenig das Tempo an. So macht das Laufen mehr Spaß.

Wir laufen und laufen.

Leider stelle ich fest, dass es ohne Musik und eine abwechslungsreiche Umgebung langweilig ist. Paul hat zwar einige Male versucht, mit mir zu reden, aber ich habe ihn relativ unfreundlich abgeblockt. Inzwischen laufen wir schweigend nebeneinander her.

Irgendwann merke ich, dass sich die Ersten nicht mehr locker bewegen, sondern sich regelrecht quälen. Allen voran Tobias, mein genialer Kugelstoßer. Kein Wunder.

»Halt das Tempo«, sage ich zu Paul und lasse mich nach hinten fallen, bis ich neben Tobias bin.

Er ist hochrot im Gesicht und sein Atem geht unregelmäßig, obwohl wir nicht schnell unterwegs sind. Laufen ist echt nicht seins, und ich befürchte, dass er jeden Moment zusammenklappt.

»Für dich reicht es für heute. Geh noch zwei Runden am Rand entlang und dann dehnst du dich.«

Jetzt weicht die rote Gesichtsfarbe panikartiger Blässe.

»Es ist alles in Ordnung, ich kann weiter laufen«, schnauft er mühsam. Eindeutig verdammt besorgt. Und ehrgeizig. Aber eben auch verdammt angestrengt.

»Glaub mir, es ist nicht mehr gesund für dich. Übertrainieren ist nicht unser Ziel.«

Ich ziehe locker an allen vorbei und setze mich wieder an die Spitze.

Paul sieht ebenfalls besorgt aus.

»Tobias ist vielleicht kein so guter Läufer, aber er hat andere Qualitäten.« Es gefällt mir, wie er versucht, seinen Kumpel zu verteidigen.

»Weiß ich«, antworte ich lapidar.

Tobias geht seine Runden und sieht todunglücklich aus. Versteht er nicht, dass ich es nur gut meine? Ich habe wirklich nichts Böses zu ihm gesagt.

Nach und nach schicke ich einen Sportler nach dem anderen von der Bahn, und niemand ist glücklich darüber. Aber heute ist das erste Mal, dass sie so lange am Stück unterwegs sind, und ich will auf keinen Fall jemanden überfordern. Das Ziel ist, ihre allgemeine Ausdauer zu verbessern, so ein Zehnkampf innerhalb von zwei Tagen ist schließlich kein Zucker-schlecken.

Irgendwann ist auch Paul am Ende seiner Kräfte, er versucht schon seit langem nicht mehr, mit mir zu reden, und unterdrückt seine unrunden Bewegungen so gut es geht. Es geht aber nicht gut genug.

»Zwei Runden gehen und dann dehnen«, sage ich zu ihm.

Erleichtert grinst er. »Ich sag doch, dass mit deiner Aus-dauer keiner mithalten kann.«

Außer Adrian möglicherweise. Er folgt mir nach wie vor äußerlich ungerührt. Es ist grässlich, dass er genau hinter mir läuft, ich fühle mich, als werde ich verfolgt. Daher entscheide ich mich für das kleinere Übel und lasse mich zurückfallen.

Nun laufen wir nebeneinander.

Das ist genauso unangenehm. Gleichzeitig ist es die per-fekte Gelegenheit, ihn erneut ein wenig zu provozieren. Oder auch ein wenig mehr. Hier kann er nicht weg, nicht ohne den Lauf abzubrechen und mich gewinnen zu lassen.

Ich überlege, womit ich ihn richtig wütend machen kann. Wütend ist er ja eh schon, wie immer, die Anstrengung scheint seine Emotionen kein Stück abzumildern.

Ich könnte ihn abermals aushorchen und nach seinem Privatleben fragen, aber inzwischen habe ich begriffen, dass es so etwas für die Jungs nicht gibt. Ich komme auf keinen einzigen Punkt, der nicht absolut schwachsinnig ist.

Meine Macht und Überlegenheit zu demonstrieren, indem ich ihm Befehle gebe, fällt ebenso flach, nachdem ich erlebt habe, wie Dr. Higgs ihn behandelt. Er ist es gewohnt, herum-geschubst zu werden. Ich brauche eine andere Strategie. Wir laufen schweigend weiter und werden dabei vom Rest der Sportler beobachtet.

Wieso hat er eigentlich eine so verdammt ausgezeichnete Grundausdauer? So viel besser als die der anderen? Ehe ich mich versehe, habe ich es ausgesprochen.

Adrian zuckt die Schultern.

Anstatt ihn hier zu provozieren, mache ich ihm jetzt Komplimente. Ich bin wirklich zu dämlich.

»Ich laufe immer länger als die anderen«, murmelt er dann. Seine Stimme ist ruhig, sein Atem absolut gleichmäßig. Der ist noch nicht einmal angestrengt.

»Warum?«

»Es macht mir Spaß.«

Oh, das könnte glatt als Unterhaltung durchgehen. Ich sollte schleunigst etwas Fieses sagen. Zum Beispiel den Satz mit den hässlichen Händen. Unauffällig betrachte ich seine Hände, die locker neben ihm hin und her schwingen. Leider sind sie nicht hässlich. Im Gegenteil. Er hat schmalere Finger als Paul, lange Finger, trotzdem kraftvoll. Es wäre lächerlich sie zu beschimpfen.

»Wir müssten hier mal raus. Draußen durch die Felder laufen. Das macht viel mehr Spaß.« Ich passe nicht auf, was ich sage. Und vor allem, dass ich überhaupt rede. Völlig unkontrolliert.

Adrians Gesicht hat sich bei meinen Worten verfinstert. Ah, ich könnte darauf herumreiten, wie wenig Möglichkeiten die Jungs im Internat haben. Dann würde er über kurz oder lang vor Wut explodieren. Aber das bringe ich aktuell nicht über mich. Das wäre unerträglich gemein. Und es tut mir von Tag zu Tag mehr leid, dass es so ist.

Unvermittelt habe ich keine Lust weiterzulaufen. Nicht, nachdem mich jetzt mein Gewissen fragt, ob es gerechtfertigt ist, dass die Jungs nie außerhalb dieser Mauern sind. Nicht einmal zum Joggen.

Irgendwie traurig beschließe ich, unseren Lauf abzubrechen.

»Noch ein Sprint bis zur Ziellinie«, sage ich und renne los, ohne auf seine Reaktion zu warten.

Nach nur zwei Sekunden zieht er schon an mir vorbei, mühelos, traumhaft elegant.

Hätte ich mir denken können.

kapitel 13

Ein paar Tage später bemerke ich erstaunt, dass wir schon Mitte April haben, und meine vierte Woche im Internat anbricht.

Die Zeit vergeht hier schnell, schneller als erwartet.

»Heute werde ich euch beim Training filmen«, eröffne ich den verbliebenen Wettkämpfern nach dem Frühstück.

»Warum?«, fragt einer von ihnen.

»Damit ihr euch selbst sehen könnt. Die eigene Wahrnehmung wird dadurch anders. Es ist irritierend, aber häufig überaus hilfreich. Ich spreche aus Erfahrung.«

Ich starte beim Diskuswurf und brauche drei Anläufe, bis ich ein aussagekräftiges Video habe. Das liegt nicht an meinen schlechten Videokünsten.

Der Kandidat, der sich so unbeholfen anstellt, ist eigentlich einer von den wirklich guten Zehnkämpfern, und ich bin frustriert, dass er sich dem Druck so eindeutig nicht gewachsen zeigt. Ich hatte durchaus Hoffnung, ihn mitnehmen zu können, nur der Diskus ist eben nicht seine Lieblingsdisziplin.

Beim ersten Versuch stolpert er während der Drehung und holt sich an seinem eigenen Sportgerät eine blutige Nase. Beim zweiten Mal fliegt der Diskus zwar, landet aber außerhalb des erlaubten Bereichs. Nach dem dritten Wurf, der zumindest ansatzweise gelungen ist, winke ich den Jungen zu mir. Er heißt Simon und hat ein merkwürdiges Gesicht. Dicke Augenbrauen, die sich fast in der Mitte treffen, darunter kleine Augen und eine unglaublich breite Nase, die nun zu allem Überfluss lädiert ist. Außerdem leuchtet sein Gesicht nach diesen missglückten Würfen leuchtend rot und macht alles noch schlimmer.

Er bleibt zwei Meter von mir und meinem Laptop entfernt stehen und sieht sich das Video aus dieser Entfernung an.

»Kannst du von da hinten irgendetwas sehen?«, frage ich ihn leicht verwundert.

Er nickt heftig mit dem Kopf.

Ich lasse das Video erneut laufen.

»Und, was meinst du?«, frage ich ihn. Er muss wahre Adleraugen haben, wenn er aus der Entfernung irgendetwas erkennen kann.

»Das war nicht so gut«, murmelt er und vermeidet, mich anzusehen. Himmel, für so eine Aussage brauche ich kein Video.

»Es geht ja darum, dass du siehst, was nicht gut war, und es dann besser machen kannst.«

»Ja, okay, das mache ich.« Ich fühle mich nicht angesprochen, denn er redet mit seinen Füßen. Aber ob es die so sehr interessiert, was er besser machen möchte?

»Was hast du erkannt?«

Jetzt habe ich ihn. Er hat nämlich überhaupt nichts erkennen können.

»Ich …, also …, ich habe mich schlecht bewegt.«

In diesem Augenblick taucht Paul an seiner Seite auf und schiebt ihn vehement nach vorne. So nah, dass er exakt vor dem Bildschirm landet und damit genau neben mir. Paul verdreht genervt die Augen und bringt mich fast zum Lachen.

Schnell starte ich das Video erneut und zwinge mich, wieder den nötigen Ernst zu zeigen. Die beiden analysieren gemeinsam den Bewegungsablauf und Simon trabt zurück zum Ring, um ihre Erkenntnisse umzusetzen. Ich nehme ein neues Video auf und merke erleichtert, dass die Panik der ersten Versuche nicht wiederkehrt.

Paul steht neben mir und betrachtet mich gebannt. Ich hätte gar nichts dagegen, wenn er diesen Zwei-Meter-Abstand zu mir einhalten würde, den Simon angemessen fand, aber leider fehlt Paul jegliches Gefühl für Distanz. Ich bemühe mich, seine Anwesenheit zu ignorieren, obwohl ich zugeben muss, dass er die Situation gerettet hat. Andernfalls würde Simon noch immer versuchen, den Weltrekord im Weitsehen zu brechen.

»Ich glaube, er ist in dich verliebt.« Geschockt fahre ich herum und starre perplex in Pauls blaue Augen. »Ich meine, wir sind schon alle irgendwie in dich verliebt, aber bei Simon ist es eindeutig schlimmer als bei dem Rest. So wie eben habe ich ihn noch nie erlebt.«

Ich muss mich zwingen, weiter zu atmen. Paul merkt davon nichts.

»Normalerweise ist Simon forsch und ich hätte erwartet, dass er begeistert von einer Videoanalyse ist. Aber du bringst ihn völlig aus dem Konzept. Er kann ja keine drei Worte mehr sagen.«

Paul grinst mich an, als müsste ich mich über seine Aussage freuen. Aber das tue ich nicht.

»So ein Glück, dass du umso mehr Worte sagen kannst«, erwidere ich und bin erleichtert, dass meine Stimme nicht zittert.

Er lacht. Das Glitzern in seinen Augen ist nicht zu übersehen und sein Blick, der auf mir ruht, ist fast liebevoll. So sollte ein Mann mich nicht ansehen.

»Scheinbar verliere ich nicht mein Sprachvermögen, egal, wie toll ich mein Gegenüber finde.«

Ich muss hier weg. Wortlos drücke ich Paul den Laptop in die Hand, er hat mich intensiv genug beobachtet, um jetzt allein damit parat zu kommen.

Das weitere Training schaue ich mir vom Rand des Sportplatzes an und grüble über Pauls Worte nach. Nach einiger Zeit übernimmt glücklicherweise mein Verstand wieder und der Schock weicht. Denn das ist absoluter Quatsch. Ich habe noch letzte Woche mit meinen eigenen Ohren gehört, wie ich als eingebildet und arrogant bezeichnet wurde. Inzwischen bin ich heilfroh, an diesem Abend gelauscht zu haben und die ungeschminkte Wahrheit zu kennen. Was auch immer die Aussage über das Verliebtsein bedeuten soll, es hat nichts mit mir zu tun. Denn auch wenn ich noch nie in jemanden verliebt war und es glücklicherweise nie sein werde, eines weiß ich genau: Man verliebt sich nicht in eine Person, die man nicht leiden kann. Und die Jungs hier können mich nicht leiden. Einer hasst mich sogar.

Aufatmend lehne ich mich zurück, schließe die Augen und genieße die Sonne, die ihre warmen Strahlen auf mein Gesicht sendet.

Am Abend sehe ich mir die Videos in Ruhe an. Offenbar war Paul nicht bewusst, dass die Laptopkamera nicht nur Bilder aufzeichnet, sondern ebenso den Ton, denn ich höre permanent seine Stimme, die die Sportler korrigiert und anfeuert. Seine Begeisterung ist ansteckend und gefällt mir richtig gut.

Bei einem Video hat er aus Versehen die Hauptkamera auf Frontkamera umgestellt und blickt verdutzt auf sein eigenes Gesicht. Wider Willen muss ich kichern.

Andrew taucht neben ihm auf.

»Was ist los? Ich denke, du willst meinen Stabhochsprung filmen.«

»Will ich schon. Aber gerade sehe ich nur noch mich. Guck doch selbst.«

Er fuchtelt mit dem Bildschirm vor Andrews Nase, mir wird ein wenig übel bei dem Gezappel. Jetzt ist Andrew in Großaufnahme zu sehen, man kann jede einzelne Sommersprosse erkennen, die sowohl auf seiner Nase als auch auf seinen Wangen sind.

»Ich sehe aber nicht dich. Sondern mich«, sagt er verwirrt und zieht die Augenbrauen zusammen. Augenbrauen, die genauso rot wie die Haare sind und schön geschwungen. Augen darunter, grau mit einem dunklen Kranz. Mir war bisher gar nicht bewusst, wie niedlich Andrew eigentlich ist. Aber eventuell ist er auch nur niedlich, wenn er verwirrt ist.

»Zeig.«

Pauls Gesicht schiebt sich daneben.

»Das ist seltsam. Ich schätze, wir müssen es nun anders herum halten. Warum auch immer es jetzt so ist.«

Andrew wird plötzlich unsanft aus dem Bild geschubst.

»Als ob ausgerechnet der Trottel hier helfen könnte. Zu blöd zum Lesen, aber mit Technik klarkommen wollen«, ertönt eine überhebliche Stimme. Im Hintergrund kann ich erkennen, wie Andrew rot anläuft und sich komplett zurückzieht, dann habe ich Nick im Bild. Nick ist mir bisher nie sonderlich aufgefallen. Seine Trainingswerte liegen im oberen Mittelfeld und gesprochen habe ich mit ihm kein Wort.

Wenn ich das nächste Mal Kandidaten aussortiere, ist er dank dieser fiesen Aktion dabei. Allerdings ist mir schleierhaft, wie ich das überhaupt jemals erneut über mich bringen soll. Das Wissen, was im Anschluss mit den Jungs geschieht, nagt nach wie vor an mir, egal, was meine Freundinnen davon halten.

Nick hat genauso wenig Ahnung, was er macht. Er zeigt zwar ein konzentriertes Gesicht und scheint seine Hände zu bewegen, aber schlussendlich legt er den Laptop ebenfalls entnervt weg. »Du musst es halt umdrehen. Hast du dir nur eingebildet, dass es vorher anders herum war.«

»Ach was, ich frag einfach Miss Summer. Sie ist doch irgendwo da hinten«, murmelt Paul leise, scheint aber nicht allzu begeistert davon zu sein, meine Hilfe zu benötigen.

Neben Pauls unglücklicher Miene erscheint das nächste Gesicht im Bild.

Ungerührt wie immer, missmutig und finster wie immer. Unwillkürlich seufze ich frustriert auf. Wüsste ich nicht, dass alles gut gegangen ist, da ich meinen Laptop heil in den Händen halte, wäre ich mir sicher, er hätte es kommentarlos zertrümmert.

Adrian sagt kein Wort. Er fixiert nur konzentriert die Tastatur. In der Realität bin ich seinem Gesicht nie so nahegekommen. Während er nach unten sieht, bemerke ich, wie lang seine Wimpern sind. Lang und rabenschwarz. Dann wirft er einen entschlossenen Blick auf den Bildschirm, Paul taucht wieder neben ihm auf.

»Da.«

Er deutet auf den unteren Rand des Displays. Auf der Stelle sind beide Gesichter verschwunden und ich kann wieder den Sportplatz erkennen.

»Oh, Gott sei Dank. Adrian, du bist meine Rettung. Es wäre so peinlich gewesen, damit zu Miss Summer zu rennen. Sie müsste uns ja für Volldeppen halten. Aber jetzt wird sie es nie erfahren.« Pauls Erleichterung ist nicht zu überhören und ich lache inzwischen herzhaft. Er hat wirklich keine Ahnung, dass das alles inklusive Ton aufgezeichnet wurde.

Am Wochenende begehe ich den unverzeihlichen Fehler und berichte den Mädchen von der Videoanalyse. Das Ganze ist Emilys Schuld, die mich fragt, wie die Woche so lief, und meine Unachtsamkeit, die bewirkt, dass ich mich völlig entspanne und nicht darauf achte, was ich sage.

»Videos?« Fiona wird vor Aufregung rot im Gesicht. »Wie herrlich. Endlich können wir mal sehen, was du die ganzen Wochen im Jungeninternat treibst.«

»Ich treibe gar nichts«, antworte ich empört. »Das ist harte Arbeit. Ich muss ständig darauf achten, dass ich seriös rüberkomme, und darf bloß keine Schwäche zeigen. Echt, das ist verdammt anstrengend. Kein Vergleich mit Schule. Oder vor dem anstehenden Praktikum noch einmal schön chillig rumzugammeln.« Ich werfe ihr einen vorwurfsvollen Blick zu. Sophie, der der Seitenhieb in ihre Richtung nicht entgangen ist, schnaubt nur.

»Ja, ja, schon okay, reg dich ab. Wir wollen ja nur die Videos sehen«, lenkt Fiona auf der Stelle ein. Das ist so typisch für sie. Für Fiona ist das ein weiterer romantischer Film, diesmal ausnahmsweise mit echten Jungs.

Ich schüttle den Kopf.

Wir schlendern gerade den Strand von Brighton entlang, in der einen Hand halte ich meine Schuhe, in der anderen einen Stil mit rosa Zuckerwatte. Eigentlich bin ich zu alt für so eine Kindersüßigkeit, aber heute war mir danach, jegliche Erwachsenenart abzulegen und mich wie ein Kind gehenzulassen. Diesen Ausgleich zu meiner Rolle im Internat habe ich bitter nötig, denn der Wechsel von Schulmädchen in meine aktuelle verantwortungsvolle Position ist nicht ohne.

Meine Haare flattern wie wild im Wind und ich muss höllisch aufpassen, dass sie nicht in der Zuckerwatte landen.

»Vergiss es Fiona. Außer dir will das eh niemand sehen. Das war nur, um das Training zu verbessern.« Ich klopfe mir in Gedanken selbst auf die Schulter. »Und ich muss sagen, es hat geklappt.«

Glücklicherweise ist Fiona die Einzige, die sich für diese schwachsinnigen Videos interessiert. Denke ich.

Denn dann werfen sich Amber und Emily verschwörerische Blicke zu. Amber räuspert sich. »Also, ehrlich gesagt, ich würde es auch gerne sehen.«

»Ich auch.« Emily zuckt peinlich berührt mit den Schultern.

»Wieso das denn?«

Sind die jetzt alle verrückt geworden? Wir finden Jungs abscheulich und vollkommen unnötig. Diese blöden romantischen Filme haben wir uns nur Fiona zuliebe angetan.

»Einfach so.« Zum ersten Mal in ihrem Leben ist Emily um Argumente verlegen.

»Haben die den Verstand verloren?«, frage ich Sophie, die sich als Einzige noch nicht geäußert hat.

Sophie sieht uns der Reihe nach an.

»Ich bin aber genauso neugierig. Weißt du, das kommt uns allen so unwirklich vor, dass du Tag für Tag da verbringst und richtige Jungs trainierst. Das würde es halt irgendwie realer machen.«

Immerhin hat sie Gründe auf Lager, unverständlich finde ich es aber nach wie vor.

»Ich bin sicher, du würdest es auch sehen wollen, an unserer Stelle«, fügt Amber hinzu.

Ich lasse meinen Blick über die Weite des Meeres schweifen. Würde ich das? Wenn sogar Amber neugierig auf die Kandidaten ist, dann bin ich mir plötzlich nicht mehr so sicher.

Eine Möwe fliegt laut kreischend an uns vorbei und scheint mich auszulachen. Weil ich so ein Theater mache? Oder lacht sie meine Freundinnen aus, weil sie so neugierig sind?

Wir kommen an einem Mann vorbei, der mit einem Müllsack bewaffnet den Strand abschreitet und einsammelt, was hier nicht hingehört. Er bewegt sich langsam und mühsam, sein Gesicht ist ausdruckslos und starr. Es macht mich traurig, ihn so zu sehen.

Bisher sind mir Männer zwar hin und wieder begegnet, aber ich habe sie nie wirklich wahrgenommen. Sie waren halt da und kamen ihrer Arbeit nach. Stumpfsinniger Arbeit, fällt mir nun auf. In ihrer Freizeit habe ich sie nie gesehen.

Auch der Zuckerwatteverkäufer war ein Mann. Alt, runzelig und so klein, dass er hinter seinem Stand kaum zu sehen war. Noch vor ein paar Wochen wäre er mir gar nicht aufgefallen.

»Aber nicht hier. Stellt euch vor, was die Leute sagen, wenn sie uns dabei erwischen«, knicke ich ein und gebe meinen Freundinnen und ihrem absonderlichen Wunsch nach.

Amber und Emily klatschen sich ab.

»Wir wollten doch eh bald zurückfahren. Dann machen wir einen Abstecher in den Wohnwagen, da haben wir Privatsphäre bis zum Abwinken«, schlägt Emily vor, und ich habe den Eindruck, dass das alles schon lange geplant ist. Dabei habe ich die Videos erst eben erwähnt.

Sophie hat uns hergefahren. Ihre Mutter hat nichts dagegen, wenn wir ihr Auto nehmen, um ans Meer zu kommen. Daher haben wir den Samstag mit einem ausgiebigen Bummel durch die verwinkelten Gassen begonnen, bevor wir uns am Strand niedergelassen haben. Langsam neigt sich dieser herrliche Tag leider dem Abend zu.

Trotzdem motze ich noch ein wenig herum.

»Und was ist mit dem Abendessen? Wir wollten doch essen gehen, ich verhungere, wenn wir das nicht machen.«

»Himmel, Maxine, wir besorgen eben auf dem Rückweg Pizza. Schmeckt eh viel besser, wenn wir unter uns sind.«

Ich behalte zwar mein bockiges Gesicht, aber nicht aus echtem Protest, sondern weil ich es mir unter der Woche einfach nicht leisten kann, mich unreif und kindisch zu benehmen. Heute kann ich es.

Da ich riesigen Hunger habe, denn so eine Wirkung hat die Meeresluft immer auf mich, und echte Sorge, im Wettessen mit Emily den Kürzeren zu ziehen, klappe ich den Laptop auf, sobald wir den Wohnwagen betreten haben. Ich starte die Videos, die nun der Reihe nach automatisch abgespielt werden, und stürze mich auf die Pizzakartons.

Meine Taktik geht auf, die anderen sind so abgelenkt von dem unerwarteten Schauspiel, dass ich mit beiden Händen zugreifen kann und rechts ein Stück Pizza mit Schinken und Pilzen festhalte, links eines mit Thunfisch. Beim ersten Bissen verbrenne ich mir den Mund, aber das ist es mir wert.

Die vier halten ihre Köpfe nah an den Bildschirm, ich kann nichts erkennen, aber das will ich auch gar nicht. Erst als ich meinen größten Hunger gestillt habe, werfe ich ihnen wieder einen Blick zu. Fiona kichert und macht große Augen. Ich schiebe mich näher heran und sehe, dass sie gerade Tobias beim Hürdenlauf beobachten. Amber schüttelt entsetzt den Kopf.

»Du willst wirklich mit dem zu einem Wettkampf? Wenn du das machst, fühle ich mich persönlich blamiert und verlasse nie wieder unser Haus.«

Fiona schlägt sie unwillig auf den Oberarm.

»Das ist nicht nett. Er gibt sich große Mühe. Und immerhin sind sie schrecklich hoch, diese Hürden. Da hüpft man nicht einfach so drüber.«

Ich verkneife mir jeden Kommentar, denn das nächste Video zeigt Jason beim Hürdenlauf.

»Oh«, quietscht Fiona. »Man hüpft doch einfach drüber.«

»Sag ich doch.« Amber schlägt Fiona unwillig zurück. »Schmeiß ihn sofort raus«, sagt sie dann zu mir und meint eindeutig Tobias.

Laut seufze ich und starte ein Video, welches Tobias beim Kugelstoß zeigt. Seine Muskeln sind auf dem Bildschirm überdeutlich zu erkennen, und als er die Kugel hochstemmt und in Startposition geht, bleibt Fionas Mund andächtig offen stehen.

»Wenn das alles so einfach wäre. Das, was er da macht, ist absolute Weltklasse«, erkläre ich mein Tobias-Problem. Er dreht sich und stößt und die Kugel fliegt. Es gibt beim besten Willen nichts an seiner Bewegung zu verbessern, und wenn er das macht, sieht er dabei regelrecht elegant aus.

»Aber es geht doch um Zehnkampf?«, fragt Emily.

Ich zucke nur unwillig mit den Schultern, denn ich bin trotzdem nicht bereit, so ein Talent auszusortieren.

Im Anschluss startet das Video, in dem Paul versehentlich die Kamera umgeschaltet hat. Seine Augen fixieren verwundert den Bildschirm und augenblicklich herrscht atemloses Schweigen im Wohnwagen. Ich lasse meinen Blick entnervt von Fiona zu Emily gleiten. Gut, dass Fiona so reagiert und absolut verzückt von Pauls Anblick ist, war zu erwarten. Nicht zu erwarten war jedoch die Reaktion der anderen. Selbst Amber, die immer so taff und logisch ist, starrt und kann sich von seinem Bild nicht losreißen.

Ich schnaube. So ein Glück, dass keines dieser Mädchen an meiner Stelle im Internat ist. Sie wären einfach nur peinlich. Plötzlich bin ich irre stolz auf mich, denn ich verhalte mich nicht so unsagbar dämlich, und das nicht einmal, wenn Paul mich mit seinem Grübchenlächeln und diesem Glitzern in den Augen persönlich ansieht.

Dann kommt Andrew ins Bild.

»Der ist aber auch niedlich«, haucht Fiona.

Sie kassiert keine blöde Bemerkung. Noch nicht einmal von Amber. Ein klein wenig mehr Körperbeherrschung hätte ich den vieren schon zugetraut.

Das Video läuft weiter und die unbeholfenen Versuche, die Kamera wieder umzuschalten, ernten keinen einzigen bissigen Kommentar. Wenn ich mich so dumm anstellen würde, ich würde für mein restliches Leben damit aufgezogen.

Ein bisschen ärgere ich mich darüber, dass Paul es sich leisten kann, so ungeschickt zu sein, und das nur, weil er solch faszinierend blaue Augen hat.

Nach ein paar Minuten erscheint Adrian vor der Kamera.

Emily reißt den Mund auf und schaltet auf Pause. Das Video hält an und die Gesichter von Paul und Adrian erstarren nebeneinander.

»Ich denke, es ist offensichtlich, wer die beiden sind«, sagt Emily mit ehrfurchtsvoller Stimme.

»Der schöne Paul«, haucht Fiona. »Der ist noch viel schöner, als du gesagt hast.«

»Und der finstere Adrian«, ergänzt Amber. »Und auch der ist schrecklicher, als ich dachte.«

»Ja«, Sophie holt einmal tief Luft. »Engelchen und Teufelchen.«

kapitel 14

Montag starte ich mit einer Ansage.

Nach dem allgemeinen Training winke ich Tobias heran und eröffne ihm, dass er sich ab morgen nur noch dem Kugel-stoßen widmen soll und die restlichen Übungen ersatzlos streicht. Er wird leichenblass bei meinen Worten.

»Aber warum denn?«, stammelt er.

»Weil es keinen Sinn macht«, antworte ich. Ich würde ihm gerne sagen, dass er sich keine Sorgen machen soll, da sein Kugelstoßen so sensationell ist, aber ich habe noch immer null Ahnung, was ich stattdessen mit ihm vorhabe. Wie soll ich ihm so aufmunternde Worte zukommen lassen?

»Aber ich kann mich mehr anstrengen«, fleht er regelrecht. »Bitte.«

Paul kommt mit eiligen Schritten dazu und er sieht eben-falls besorgt aus.

»Seit der Videoanalyse ist es doch besser geworden«, wirft er ein. »Wir schaffen das.«

»Nein.« Ich bleibe unnachgiebig. »Tobias wird nie ein Zehnkämpfer, egal, wie wir das Training anpassen.« Dann wende ich meinen Blick wieder auf den Kugelstoßer, der wie ein Häufchen Elend vor mir steht. »Wenn du nicht selbst trainierst, dann unterstützt du die anderen in deiner Disziplin. Da ist nämlich bei allen noch Luft nach oben.«

Tobias lässt resigniert die Schultern sinken und geht ins Gebäude.

»Dann muss er wenigstens noch nicht sofort gehen?«, fragt Paul mich mit hoffnungsvollem Blick.

»Nein, noch nicht sofort«, stimme ich ihm zu. Was auch immer aus Tobias wird, erstmal bleibt er dabei.

»Aber ich habe noch eine andere Frage«, halte ich Paul auf, der hinter Tobias her eilen will. »Was ist das Problem bei Andrew?«

Inzwischen sind alle Sportler in Richtung Duschen verschwunden, Paul und ich bleiben allein auf dem Sportplatz zurück. Noch vor kurzem hätte mir diese Situation große Sorgen bereitet, jetzt empfinde ich es als völlig normal.

»Was soll mit Andrew sein? Er ist ein toller Zehnkämpfer.« Paul runzelt die Stirn.

»Ich meine diese Sache mit dem Lesen.« Ich habe nicht vergessen, wie übel Nick ihn beschimpft hat, und ich will wissen, was da los ist.

Unwillig zuckt Paul die Schultern und will nicht so recht mit der Sprache rausrücken.

»Er muss für Olympia nicht super lesen können. Ist doch alles in Ordnung«, sagt er dann zögernd.

Irgendwie mag ich Paul lieber, wenn er so ist wie jetzt. Ernsthaft und besorgt und nicht so unerträglich strahlend und in Flirtlaune.

»Nein, er muss nicht super lesen können. Du musst nicht befürchten, dass ich ihn deshalb nicht dabei haben will. Ich will nur wissen, wenn es Probleme gibt. Und scheinbar gibt es eines zwischen Andrew und Nick.«

»Vielleicht besprichst du das lieber mit den beiden. Ich mag nicht hinter ihrem Rücken über sie reden.«

Ach, das ist ja mal was ganz Neues.

»Gut, dann gehe ich jetzt zu Andrew und frage ihn, ob er lesen kann. Und im Anschluss lasse ich ihn vorlesen. Ist das besser?«

»Nein.« Paul windet sich noch immer. »Das wäre ihm verdammt unangenehm. Er kann halt nicht lesen. Hat es nie kapiert und es hat nie jemanden sonderlich interessiert. Ist eh nicht wichtig, ob wir lesen können oder nicht.«

Zum ersten Mal habe ich den Eindruck, dass in dem, was Paul sagt, mehr mitschwingt. Eine Art Resignation. Oder Traurigkeit.

»Dann schick Andrew doch bitte nach dem Duschen in die Mensa. Ich möchte mit ihm reden. Und keine Sorge, er bekommt keinen Ärger.«

Zufrieden gehe ich in mein Zimmer. Ich habe den blöden Kommentar aus dem Video richtig interpretiert. Und es mag sein, dass es für Männer nicht wichtig ist, ob sie lesen können oder nicht, aber es will mir nicht in den Kopf, dass es für jemanden nicht möglich sein soll, es zu lernen.

Als Andrew eine halbe Stunde später mit hochrotem Gesicht in die Mensa geschlichen kommt, bin ich vorbereitet. Ich habe Bücher mit unterschiedlichen Schriftgrößen und Schwierigkeitsgraden mitgebracht und betrachte zufrieden ein Erstlesebuch. Hier sind die Wörter in Silben getrennt. Mit so einem Buch habe ich einmal mit einer von Sophies kleinen Schwestern lesen geübt.

Andrew bleibt mit gesenktem Kopf vor mir stehen und weiß eindeutig nicht, was er sagen soll. Diese Lesesache ist ihm in der Tat unsagbar peinlich.

Mein Blick auf seinen Kopf zeigt mir, dass die Haare der Jungs langsam aber sicher länger werden. Bei Andrew bewirkt es, dass die Haare beginnen, sich zu wellen. Wenn er sie weiter wachsen lässt, wird er einen wilden, roten Lockenkopf bekommen.

»Guck mal.« Ich halte ihm mein Buch entgegen. »Es ist zwar für kleine Kinder, aber immerhin geht es über Sport. Was Besseres habe ich nicht finden können.«

Endlich hebt er den Blick. Ich drücke Andrew das Buch in die Hand. Gehorsam setzt er sich neben mich.

So verbringen wir die nächste halbe Stunde. Andrew liest und ich versuche zu ignorieren, wie seltsam es wirkt, wenn ein so großer, muskulöser Mann, der in seinen Bewegungen beim Sport kraftvoll und schnell und elegant ist, sich mit einem Kinderbuch in der Hand durch die Buchstaben quält.

»Prima. Das machen wir jetzt jeden Abend und du wirst sehen, schneller als du denkst, klappt es mit dem Lesen«, freue ich mich, als wir das erste Kapitel des Buches geschafft haben. Dann winke ich mit einem der anderen Bücher. »Wenn du Fortschritte machst, darfst du bald Geschichten über Drachen lesen.«

Ich muss ein wenig kichern, denn auch aus dem Drachenalter sind wir längst hinaus, aber Andrews Mundwinkel zucken ebenfalls amüsiert.

»Danke.« Er steht auf und wendet sich zum Gehen. »Für die Nachhilfe, meine ich, und vor allem dafür, dass du mich nicht auslachst.«

Er geht und lässt mich ein wenig traurig zurück. Hätte ich mich im ersten Schuljahr beim Lesen ungeschickt angestellt, hätte meine Mutter sich jeden Tag die Zeit genommen, es mit mir zu üben. Ohne blöden Kommentar oder die Gefahr, ausgelacht zu werden. Für Andrew war niemand da.

Es dauert nur Sekunden, bis Andrews frei gewordener Platz erneut belegt wird. Paul, wer sonst. In diesem Augenblick ist er mir sogar willkommen. Nur zu gerne lasse ich mich von meinen betrübten Gedanken ablenken.

Er lächelt mich mal wieder strahlend an.

»Du bist echt toll. Noch nie war jemand so geduldig mit Andrew. Er hatte immer Ärger mit den Lehrern und hat nur gehört, wie dumm er ist. Wenn jemand es schafft, ihm lesen beizubringen, dann du.« Pauls Worte machen mich durchaus stolz, vor allem, da ich selbst erstaunt über mich bin.

»Eigentlich ist Geduld nicht meine Stärke. Aber ich weiß ja, dass Andrew nichts dafür kann.«

Paul blickt mich verwirrt an.

»Er ist halt nur ein Junge. Ihr seid nicht so intelligent wie Mädchen, da muss man schon etwas mehr Ausdauer haben«, erkläre ich.

Mein Blick fällt auf Adrian, der in diesem Moment an uns vorbeigeht und bei den Worten abrupt stehen bleibt. Die Wut, die in seinen Augen lodert, habe ich so noch nie an ihm gesehen. Weder bei unserer ersten Begegnung noch bei der Haarschneideaktion. Und das will schon was heißen.

Er macht drei schnelle Schritte auf mich zu, aber bevor ich Angst vor ihm und der plötzlich bedrohlichen Situation bekommen kann, dreht er sich wortlos um und rennt förmlich aus dem Raum. Die Tür schlägt mit einem lauten Knall ins Schloss.

Geschockt starre ich ihm hinterher.

»Was war das denn?«

Paul sieht genauso unglücklich aus, er schaut betreten zu Boden. »Du hast ihn beleidigt. Uns alle.«

Habe ich das? Das war nie meine Absicht.

»Niemand wird gerne als dumm bezeichnet, noch nicht einmal wir«, konkretisiert er seine Aussage.

»Entschuldige. Ich wollte euch nicht zu nahe treten«, sage ich irritiert. Nie wäre ich auf die Idee gekommen, dass diese simple Tatsache die Jungs verletzt.

»Macht ja nichts«, sagt Paul, was offensichtlich eine Lüge ist, denn er blickt mir nach wie vor nicht ins Gesicht.

Und dann weiß ich es plötzlich. Ich habe die ultimative Waffe gefunden, um Adrian loszuwerden. Diesmal habe ich ihn nicht einmal persönlich angesprochen, als ich Männer als weniger intelligent als Frauen bezeichnete, trotzdem war er kurz davor, mich anzugehen. Es wird nur ein paar wohlplatzierte Äußerungen benötigen, die ihm deutlich machen, dass ich gerade ihn als dumm bezeichne, und ich habe ihn.

Definitiv.

Ich habe die absolute Schwachstelle bei diesem Typen gefunden. Die kleine Stimme in meinem Kopf, die mich darauf hinweist, was mit Adrian geschieht, wenn ich ihn aus dem Team werfe, wird rigoros zur Seite geschoben. Ich muss nur an den Moment denken, in dem er auf mich losstürmte und mich fast attackierte, um mir bewusst zu machen, dass er gefährlich und nicht zu kontrollieren ist. Wenn es einer der Jungs nötig hat, behandelt zu werden, dann ist es Adrian.

Für ihn ist es ganz bestimmt besser so.

Während unseres Laufs am Mittwoch findet sich die perfekte Gelegenheit, Adrian in die Mangel zu nehmen, da er jedes Mal als Einziger bis zum Schluss durchhält und dann neben mir läuft – wohl oder übel.

Den gestrigen Tag hat er mich komplett ignoriert, aber das macht er ja immer. Trotzdem hatte ich den Eindruck, er war noch angespannter und hasserfüllter als sonst, obwohl er sich beim Mittagessen wieder stoisch mir gegenüber hinsetzte und keine Miene verzog.

Ich messe wie üblich die Zeit und stelle erfreut fest, dass meine Sportler schon eine bessere Grundausdauer bekommen haben, obwohl wir heute erst das dritte Mal gemeinsam unterwegs sind. Sogar Tobias ist fitter, und er läuft zehn Minuten länger, bis ich ihn wiederum als Ersten vom Platz schicke. Leider sieht er weiterhin verzweifelt aus, egal, wie oft ich ihn dabei freundlich anlächle oder ihm aufmunternd zunicke.

Und dann ist es soweit. Paul verabschiedet sich mit einem Nicken, und ich lasse mich zurückfallen, bis ich neben Adrian laufe.

Genauso wie letzte Woche, als wir währenddessen kein Wort miteinander gewechselt haben. Genauso wie beim allerersten Lauf, bei dem ich ihm aus Versehen Komplimente gemacht habe. Heute werde ich mit ihm reden, und ich weiß genau, was ich sage.

»Kannst du eigentlich lesen?«, leite ich die Attacke ein und versuche, meine Stimme leicht überheblich klingen zu lassen und die persönliche Anrede zu betonen. Er soll merken, dass ich an exakt seiner Intelligenz zweifle.

Er verkrampft bei meiner Frage, noch mehr als er eh schon ist, und es dauert eine Weile, ehe er antwortet.

»Ja.«

»Flüssig?«

»Ja.«

»Das musst du mir demonstrieren, ehe ich es glaube.«

Wie erwartet bekomme ich keine Reaktion, aber es war ja keine Frage. Und Adrian redet nur, wenn er unbedingt muss.

»Liest du in deiner Freizeit?«

Mir ist schon bewusst, dass keiner der Jungs liest, denn erstens haben sie gar keine Möglichkeit, an Literatur zu kommen, unabhängig davon, ob es sie interessiert oder nicht, und zweitens haben sie überhaupt keine Freizeit. Aber es ist eine herrliche Frage, um ihm deutlich zu machen, für wie ungebildet ich ihn halte.

»Nein.«

»Aha. Habe ich mir gedacht.«

Ein vorsichtiger Blick zu ihm hinüber bestätigt mir, was seine Stimme schon verrät. Die Hände sind zu Fäusten geballt, der Unterkiefer verkrampft.

Mein Plan läuft perfekt. Bleib ein Biest, Maxine, bleib ein Biest, sporne ich mich in Gedanken an. Bei Adrian muss es sein, denn er ist eindeutig gefährlich. Kraftstrotzend, schneller als alle anderen und in seiner Aggressivität kaum in Schach zu halten. Skrupel kann ich mir nicht leisten.

»Kannst du überhaupt schreiben?«

»Ja.«

»Kann man es lesen? Stimmt die Rechtschreibung? Zumindest einigermaßen.« Der letzte kleine Satz soll deutlich machen, dass ich an ihn als Mann ja schon gar keine großen Erwartungen hege. Ganz kurz warte ich, bis er seinen Mund öffnet, um mir zu vergewissern, dass er vernünftig schreiben kann, dann falle ich ihm ins Wort. »Ich möchte das sehen, bitte schreib mir bis nächste Woche einen Aufsatz über deine persönlichen Stärken und Schwächen beim Zehnkampf. Und den Grund, warum ich ausgerechnet dich mitnehmen soll.«

Er reagiert nicht mehr, sei es, weil ich ihn unterbrochen habe oder weil er vor Wut nicht sprechen kann.

Stattdessen wird er schneller. Nicht viel, wahrscheinlich auch nicht bewusst, aber offenkundig die einzige Möglichkeit für ihn, seinen Frust hinauszulassen.

Ich halte mühelos Schritt.

»Aber wenigstens das Einmaleins kannst du, oder? Das Kleine? Oder sogar das Große?«

Er antwortet nicht, kneift nur die Lippen hart gegeneinander.

»Also? Was kannst du?«, beharre ich.

»Beides«, knurrt er mich an.

»Fünf mal fünf?«

»Fünfundzwanzig.«

»Dreiundzwanzig mal siebzehn?«

Jetzt muss er rechnen. Ich dagegen habe die Frage vorbereitet und muss das Ergebnis nicht mühsam ermitteln.

Es interessiert mich zwar durchaus, ob er es korrekt berechnen kann, im Kopf während eines Laufes und wuterfüllt, wie er ist, aber mein Plan lässt keine Antwort zu. Kurz bevor er den Mund öffnet, um sein Ergebnis zu präsentieren, seufze ich demonstrativ laut und frustriert auf und schieße die nächste Frage ab.

»Schon mal was von Cosinus und Sinus gehört? Ableitungen? Integralrechnung? Nein, nach höherer Mathematik brauche ich gar nicht zu fragen. Vergiss es. Welche Sprachen sprichst du?«

»Unsere.« Inzwischen knurrt er nur noch vor unterdrücktem Zorn.

»Sonst keine?« Jetzt spricht der pure Unglaube aus meiner Stimme.

»Nein.«

»Das wird ja lustig bei den Olympischen Spielen in Deutschland, falls du mitkommen darfst. Du bist ja gar nicht in der Lage, dich mit anderen Menschen zu verständigen oder auch nur zu verstehen, was du wann machen sollst.«

Ich grinse und gebe zu, dass ich noch nie eine so gemeine Aktion wie diese durchgezogen habe. Logisch ist es nicht seine Schuld, wenn er keine Fremdsprache gelernt hat, er hatte nie die Möglichkeit dazu. Trotzdem macht es ihn immer wütender und fassungsloser, dass ich darauf herumreite.

Ich wünsche, Emily wäre jetzt vor Ort und könnte mich sehen. Sie wäre so stolz auf mich, denn ich bin gerade so fies und arrogant, wie es schlimmer nicht möglich ist.

Adrian verkneift sich mühsam jede Reaktion. Genau genommen sprechen die anderen Kandidaten auch keine Fremdsprache, aber er weist mich nicht darauf hin. Er sagt gar nichts. Das ist auch nicht nötig, denn mir ist bewusst, dass ich ihn inzwischen an die Grenze seiner Selbstbeherrschung gebracht habe.

Jetzt versetze ich ihm den Todesstoß. Er kocht eindeutig vor Wut, und diese letzte Äußerung, die ich geplant habe, ist so gemein, dass er damit auf keinen Fall klarkommt.

»Mir ist echt schleierhaft, wieso es politisch sinnvoll sein kann, so jemanden wie dich ins Ausland zu schicken. Das kann ja nur blamabel für unsere Nation werden«, sage ich mit zuckersüßer Stimme.

Gespannt betrachte ich ihn von der Seite und frage mich kurz, ob ich nicht besser Angst haben sollte.

Wir befinden uns am anderen Ende der Bahn, weit weg vom Rest der Truppe. Sollte er mich auf der Stelle tätlich angreifen, muss ich mich allein verteidigen. Möglicherweise war mein Plan zwar gut, aber das Timing nicht allzu clever.

Sein Schritt stockt und er stolpert. Ich bin mir sicher, dass er sich nun auf mich stürzt, und nehme die Hände in Verteidigungsposition, aber dann beschleunigt er einfach nur. Er läuft mir in einer unglaublichen Geschwindigkeit davon. Da komme ich nicht mehr hinterher und ich versuche es auch gar nicht erst.

»Was ist denn mit dem los?«, fragt Paul mich fassungslos, als ich bei ihm ankomme und neben ihm stehenbleibe. Wir starren Adrian hinterher, der in diesem irrsinnigen Tempo weiter Runde um Runde rennt, ohne dabei langsamer zu werden oder auch nur sichtbar außer Atem zu kommen.

Ich zucke nur demonstrativ mit den Schultern und versuche mich an einem unschuldigen Blick.

kapitel 15

Meine Mutter singt.

Ehrlich gesagt, grenzt es an Körperverletzung, wenn sie das macht, da sie keinen einzigen Ton trifft. Glücklicherweise geschieht es nur einmal im Jahr und ist daher auszuhalten.

»Happy birthday to you, happy birthday to you, happy birthday liebe Maxine, happy birthday to you.«

Grinsend schlage ich die Augen auf.

Ma sitzt am Bettrand und hat mich dieses Jahr zum ersten Mal in meinem Leben mit ihrem Gesang geweckt. An allen anderen Geburtstagen bin ich schon Stunden vorher aufgewacht und musste solange im Bett ausharren, bis sie mich endlich erlöste, denn in unserem Haus gibt es die absolut heilige Regel, dass das Geburtstagskind im Bett frühstückt und auf keinen Fall früher und allein aufstehen darf.

»Was möchtest du heute machen?«

Auch das ist Tradition. An meinem Geburtstag durfte ich mir schon immer alles wünschen. Ma nimmt Urlaub und mich aus der Schule, und wir verbringen den Tag gemeinsam. Egal, ob es eine Bootstour ist oder ein Ausflug ans Meer, eine Fahrt mit einem Heißluftballon oder eine Wanderung durch wilde, unberührte Landschaft. Alles ist möglich.

»Ich möchte shoppen. Etwas, das nichts mit Sport zu tun hat oder mit Männern. Einfach nur langsam durch die Innenstadt bummeln, essen gehen und Geld ausgeben für Klamotten, die wir nie im Leben brauchen werden.«

Ich kichere ein wenig, denn das ist uns schon häufiger passiert. Aber wer kann immer nur vernünftig sein?

Ich schaufle Rührei auf den Toast. Dabei fällt mein Blick auf ein kleines Paket, das auf dem Frühstückstablett liegt.

»Oh, was ist das?«, quietsche ich erfreut.

Ich liebe Geschenke, vor allem, wenn sie unerwartet kommen. Denn eigentlich ist der Tag an sich das Geschenk, das meine Mutter mir macht. Der Tag und meine unbegrenzten Möglichkeiten, egal, wie teuer es wird.

Aber über ein eingepacktes Präsent werde ich mich nicht beschweren.

Mein Frühstück ist vergessen, langsam und vorsichtig öffne ich die Schleife, sehr darauf bedacht, weder das Geschenkpapier noch die Deko daran zu zerstören. Schon allein die Verpackung ist nämlich ein kleines Kunstwerk. Auf dem Papier sind winzige Schlüssel gedruckt, alles in Gold und Silber und einfach nur perfekt.

Dann liegt ein kleiner Karton vor mir und darin finde ich eine zarte Kette mit einem traumhaft filigranen Anhänger. Es ist eine Scheibe, auf der sich ein mit dunklen Steinen besetzter Teil und einer mit hellen Steinen in Tropfenform umeinander winden. In der Mitte jedes Tropfens befindet sich ein silberner Kreis. Vorsichtig fahre ich mit den Fingern über die Steine, die sich rau und fein gleichzeitig anfühlen. Dann lege ich die Kette an und gehe zum Spiegel. Dies ist das erste Schmuckstück, das ich besitze, und ich bin selbst erstaunt darüber, wie viel es mir jetzt schon bedeutet. Es liegt kühl und trotz seiner Zartheit schwer auf meiner Brust, so als ob es dort hingehört.

»Danke, Ma, das ist wunderschön.«

»Es hat sogar eine Bedeutung«, freut sie sich über meine Begeisterung. »Der Anhänger symbolisiert Yin und Yang, das kommt aus dem Chinesischen.«

Erstaunt sehe ich zu ihr. Wir kümmern uns nicht um andere Länder, nicht nur das europäische Festland haben wir ausgeschlossen, sondern ebenso den Rest der Welt und vor allem solch weit entfernt liegende Kontinente wie Asien. Meine Mutter scheint es ernst damit zu meinen, sich der Welt gegenüber aufgeschlossener zu präsentieren.

»Und was bedeuten Yin und Yang?«

»Es sind Gegensätze, die sich gegenseitig beeinflussen, die nicht ohne das jeweils andere existieren können. Wie Licht und Schatten. Man kann es auf alles Mögliche beziehen.«

Mit dieser Erklärung gefällt mir der Anhänger noch mehr. Ich mag Dinge, die etwas bedeuten. Versonnen betrachte ich das Symbol, die Gegensätze, die sich aneinanderschmiegen, so als müssen sie zusammen sein. Licht und Schatten. Himmel und Erde. Feuer und Wasser. Und keines davon kann es ohne das andere geben.

Am frühen Abend kommen wir erschöpft, aber glücklich zurück. Auf dem Weg von der Haltestelle nähern wir uns unserer Festhalle, die heute von außen mit bunten Luftballons und Girlanden geschmückt ist.

»Sieh mal, eine Party. Das ist total schön dekoriert«, weise ich meine Mutter auf die Feier hin.

»Ja, allerdings. Lass uns nachschauen, wer da feiert. Wir sind ja schon passend gekleidet.«

Klar, passend für eine Feier definitiv, da wir unsere nagelneuen Kleider direkt im Geschäft angezogen haben, aber meiner Meinung nach nicht passend, um eine fremde Party zu crashen.

»Nein, auf keinen Fall. Das ist ja absolut peinlich«, protestiere ich laut.

»Vielleicht ist es jemand, den wir kennen.« Ma lacht mich aus und lässt sich nicht aufhalten. »Sieh mal, über dem Eingang hängt ein Schild.«

Ich verdrehe die Augen. Manchmal benimmt meine Mutter sich nicht wie eine Erwachsene, sondern wie ein quengelndes Kleinkind. Doch dann werden meine Augen groß und Ma kichert.

Denn auf dem Schild steht mein Name, zusammen mit einer riesigen goldumrahmten 19.

Oh!

Perplex lasse ich mich von meiner Mutter zum Eingang ziehen, aus dem laute Musik schallt. Die Party ist schon im vollen Gange, der Raum fast überfüllt und jeden einzelnen, der da ist, kenne ich. Viele meiner ehemaligen Mitschülerinnen sind anwesend, die komplette Leichtathletikgruppe mitsamt Trainerin, sogar ein paar Nachbarn. Die Dekoration von außen setzt sich im Inneren fort, außerdem blitzt ein Discolicht, obwohl es draußen noch taghell ist.

»Max ist da!«, erschallt in diesem Moment ein lauter Schrei und auf der Stelle verstummt die Musik, und alle Gesichter wenden sich mir zu.

Und dann bekomme ich ein Geburtstagsständchen, das eindeutig besser klingt, als das zwar liebevolle, aber musikalisch verunglückte Gequietsche meiner Mutter am Morgen.

»Alles, alles Liebe zum Geburtstag!« Emily fällt mir um den Hals und zerquetscht mich fast vor Begeisterung, dann fallen Sophie, Amber und Fiona ebenfalls über mich her.

Irgendwann löse ich mich völlig außer Atem aus dem Knäuel. »Habt ihr das hier organisiert?«

Blöde Frage, wer sonst? Sie grinsen nur.

»Du brauchtest dringend etwas Ablenkung von dem ganzen Mist da im Internat«, sagt Amber. »Wir waren echt besorgt, als du so gar nicht feiern wolltest.«

Sie zieht eine Schnute und sieht beleidigt aus.

Ich hatte in der Woche genug Aufregung, mich zu allem Überfluss mit einer Party zu belasten, war eben nicht drin. Aber nun mitten auf der eigenen Feier zu stehen, ohne auch nur einen Hauch von Arbeit damit gehabt zu haben, das ist mega.

»Ich liebe euch, ehrlich«, sage ich daher und habe vor Rührung fast ein paar Tränen in den Augen stehen.

Aber bevor ich sentimental werden kann, kommt eine meiner Tanten auf mich zu.

»Maxine, alles, alles Liebe zu deinem Geburtstag«

Sie küsst mich einmal rechts und einmal links auf die Wange. Ich habe keine Ahnung, woher sie diese skurrile Begrüßung hat, aber sie macht es seit Jahren.

Dann stürzt sich der restliche Pulk meiner Tanten und Cousinen auf mich, gratulieren, reden laut und aufgeregt durcheinander und machen mich schwindelig mit ihrem Geschnatter.

Ehrlich, aus welchem Grund auch immer meine Großmutter auf die absonderliche Idee kam, sich gleich sieben Töchter anzuschaffen, und diese sich dann ebenfalls lustig weiter fortpflanzen mussten, ist mir unbegreiflich. Jedes Mal, wenn all meine Tanten und Cousinen gesammelt auf mich treffen, bin ich kurz vor einem Nervenzusammenbruch.

So bald es möglich ist, rette ich mich aus dem Chaos, hole mir an der Theke einen Cocktail und leere mein erstes Glas in Rekordtempo.

»Na, da hat es aber jemand nötig.«

»Granny«, juchze ich und falle meiner Großmutter um den Hals. Abgesehen von ihrem unnatürlichen Fortpflanzungsbedürfnis ist mir meine Oma nämlich einer der liebsten Menschen. Da sie leider mitten auf dem Land lebt, in wirklich unmenschlicher Abgeschiedenheit, sehe ich sie viel zu selten.

»Wie kommst du denn hier hin?«

Ich schiebe sie kurz von mir weg, um mich zu vergewissern, dass sie real ist und keine Fata Morgana, und drücke sie dann erneut. Sie ist ohne Zweifel echt.

»Ach, eine deiner Tanten hat mich mit ins Auto gequetscht. Ich musste auf der Rücksitzbank zwischen Koffern sitzen und habe keine Ahnung, wer für ein kurzes Wochenende so viel Gepäck braucht«, schimpft sie ein bisschen.

Sie ist also bei Tante Therese mitgefahren, denn die kann sich nie entscheiden, was sie anzieht, und packt immer alles ein. Therese sieht auch jetzt aus, wie aus dem Ei gepellt, perfekt frisiert, perfekt gekleidet – mein Kleid verblasst daneben – und wirkt inmitten dieser lauten, ausgelassenen Party etwas deplatziert. Wir beobachten beide kurz, wie sie sich an ihrem Glas Sekt festhält und besorgt die Kinder meiner anderen Tanten fixiert, die schokoladenverschmiert und laut kreischend über die Tanzfläche hüpfen.

Ja, Granny hätte lieber zwischen chaotischen, hyperaktiven Enkelkindern gesessen und sich mit Süßigkeiten vollstopfen lassen. Sie selbst steht ständig unter Strom, auch jetzt noch mit über achtzig Jahren. Ich kann mir problemlos vorstellen, wie sie vor fünfzig Jahren kräftig bei der Revolte mitgemischt hat.

»Und du, meine Kleine, bist nun als Löwenbändiger im Testosteron-Zoo tätig?«, fragt sie mich mit breitem Grinsen und bringt mich zum Lachen.

»Sieht so aus. Bis zum brennenden Reifen haben wir es noch nicht geschafft, aber möglicherweise kommt eine Vorstellung zustande.«

Sie tätschelt meine Wange.

»Du schaffst das schon. Vergiss bloß nie, wen du da vor dir hast. Manche Löwen verkleiden sich gerne als Lamm.«

Kurz sehe ich die Sorge in ihren Augen aufblitzen, aber mehr wird sie mir von ihren wahren Gedanken nicht zeigen. Nicht an einem Abend wie heute. Sie hebt ihr Glas, in dem eindeutig jede Menge Gin sanft hin- und herschwappt, und prostet mir zu.

Plötzlich steht Amber breit grinsend neben uns. Sie hält ein Mikro in der Hand.

»Was hältst du hiervon? War eine Idee deiner Mutter.«

Oh nein.

Wenn sich meine Mutter und ein Mikrofon in einem Raum befinden, in dem keine Reden gehalten werden, endet es nicht gut. Sobald sie anfängt zu singen – und mir ist schleierhaft, wie ich die Karaoke-Maschine bisher übersehen konnte – ist diese Party vorbei. Ma nähert sich uns schon mit großen Schritten und einem erwartungsvollen Lächeln im Gesicht.

Granny ist schneller.

Sie reißt Amber regelrecht das Mikro aus der Hand und wir tauschen einen alarmierten Blick.

»So wie ich meine älteste Tochter kenne, hattest du heute schon das Vergnügen«, sagt sie zu mir und ich nicke heftig.

»Zweimal an einem Tag wäre wirklich Folter«, pflichte ich ihr bei.

Amber sieht nur verwirrt zwischen uns hin und her.

»Glaub mir«, weihe ich sie ein. »Du möchtest nicht, dass meine Mutter singt. Jeder andere, ehrlich, aber nicht meine Mutter.«

»So schlimm kann es doch nicht sein.« Amber glaubt uns nicht. »Sie hat eine schöne Sprechstimme, ihre Reden hören sich immer sehr gut an.«

Meine Großmutter umklammert das Mikro, als hinge ihr Leben davon ab.

»Ich möchte singen. Jetzt, auf der Stelle. Wo ist die Bühne? Ihr habt doch sicher Songs von Cyndi Lauper, ›Girls just wanna have fun‹ wäre jetzt ganz wunderbar.«

Den restlichen Abend sind Granny, ich, meine Tanten und je-der, der meine Mutter schon einmal singen gehört hat, damit beschäftigt, uns gegenseitig das Mikrofon zuzuspielen, um Schlimmeres zu verhindern.

kapitel 16

»Wie war dein Wochenende?«

Das fragt Paul mich jeden Montag mit aufrichtigem Interesse und vollkommen ohne Neid. Zumindest keinen, den man ihm anmerkt, denn dass er überhaupt kein Bedauern über den Unterschied in unserem Leben empfindet, kann ich mir einfach nicht vorstellen. Ich wette, er würde mir liebend gerne von seinem Wochenende erzählen, aber er hatte ja keines, auf jeden Fall keines, das irgendwie erzählenswert ist.

Wie üblich zucke ich die Schultern und halte mich so kurz wie möglich.

»In Ordnung, alles wie immer.«

Meinen Geburtstag und die supertolle Party, die erfreulicherweise ohne Gesangseinlage meiner Mutter über die Bühne ging, erwähne ich nicht. Stattdessen richte ich wie üblich meinen Blick auf das Mittagessen und hoffe, dass die Unterhaltung weitgehend an mir vorbei geht. Was mit Paul neben mir nie klappt.

Er deutet quer über den Tisch, an dessen anderem Ende Andrew sitzt.

»Andrew hat am Wochenende jeden Tag Lesen geübt, stundenlang«, informiert mich Paul. »Er wird von Mal zu Mal besser. Dank deiner Hilfe.«

Ich nicke verhalten. Eine recht unterkühlte Reaktion dafür,

dass ich mich echt darüber freue, aber Pauls ganze Art ist mir immer noch zu viel. Obwohl es mich nicht mehr so verschreckt, wie zu Beginn meines Internatsaufenthalts, hindert es mich effektiv daran, mich beim Mittagessen zu entspannen.

Neben neuen Büchern für Andrew hatte ich heute Morgen weitere Überraschungen im Gepäck und frage mich nach wie vor, wie ich es geschafft habe, das alles zu transportieren. Gestern hat mich nämlich doch die Geburtstagseuphorie gepackt – wenn auch etwas verspätet – und ich habe gebacken. Nun steht für jeden meiner Sportler ein Blaubeer-Muffin in Übergröße hinter der Essenausgabe, die sie bisher übersehen haben. Am liebsten würde ich sie ihnen als normalen Nachtisch unterjubeln, was in diesem Internat ein Ding der Unmöglichkeit ist. Nachtisch hat es hier noch nie gegeben.

Nach dem Mittagessen springe ich also über meinen Schatten und stelle mich hin, bevor die ersten ihre Teller wegräumen und verschwinden.

»Ich habe gestern gebacken, die Muffins stehen dort drüben, und es ist für jeden einer da.«

»Muffins?«

Ich nicke.

»Was ist das?«

»Eh, ist doch egal, sie hat gebacken gesagt, also ist es in jedem Fall gut.«

Ein paar der Jungs springen auf und holen sich, so schnell wie möglich, ihren Kuchen. Andere schleichen zögernd hin, als ob ich ihnen eine Falle stellen wollte.

»Was ist da drin?« Paul steht vor mir und zerpflückt vorsichtig und andächtig sein Gebäck.

»Blaubeeren.«

Er brummt anerkennend, als er den ersten Bissen probiert. »Ist da etwa auch Schokolade drin?«

Darüber muss ich lachen. »Na klar, Kuchen ohne Schokolade ist doch kein Kuchen. Auf jeden Fall nicht für mich.«

»Warum hast du das gemacht?«, mischt sich Andrew in das

Gespräch. »Also, ich will mich nicht beschweren, dieser Muffin ist so lecker, echt, ich habe noch nie etwas so Köstliches gegessen, aber es muss doch unglaublich viel Arbeit gewesen sein.«

»Ich backe gern. Und so viel Arbeit war es dann auch nicht«, wiegle ich ab.

Inzwischen kauen alle Jungs um mich herum an ihrem Kuchen und von allen Seiten prasseln begeisterte Kommentare auf mich ein. Es ist echt so leicht, sie glücklich zu machen, und ich beschließe, in Zukunft jeden Sonntag zum Backtag zu erklären. Mit so einer Reaktion ist es die Arbeit in jedem Fall wert. Logischerweise esse ich selbst auch einen Muffin, denn für Kuchen habe ich wirklich eine unmenschliche Schwäche.

»Außerdem hatte ich Geburtstag und wollte einen ausgeben«, stolpert ein Geständnis aus meinem Mund, das ich eigentlich für mich behalten wollte. Muss an der Schokolade liegen, die macht mich immer entspannt und unaufmerksam.

»Geburtstag?« Paul fixiert mich erneut. »Und wie alt bist du jetzt?«

»Neunzehn.«

Er nickt.

Seltsam, ich habe ja alle körperrelevanten Daten über meine Sportler, nur nicht ihre Geburtsdaten.

»Und du?«

»Zwanzig, fast einundzwanzig.« Er grinst. »Ich bin schon echt alt, Miss Summer.«

»Ich heiße Maxine«, rutscht es mir heraus. Das ist doch alles nur die Schokolade im Kuchen schuld.

»Maxine.« Paul grinst mich an wie ein Honigkuchenpferd. »Maxine ist wunderschön, das passt zu dir.«

Möglicherweise ist es unprofessionell, nicht mehr auf die förmliche Anrede zu beharren. Aber nachdem wir festgestellt haben, dass Paul älter ist als ich, kommt es mir unglaublich lächerlich vor, das weiter durchzuziehen.

Mein Blick fällt auf den Tisch mit den Kuchen und ich

sehe, dass einer übriggeblieben ist. Dabei waren sie abgezählt. Alle Jungs um mich herum sind mit ihrem Essen beschäftigt. Alle, außer einem. Wenig überraschend.

Adrian sitzt mit einem verbitterten Zug um den Mund an seinem Platz und rührt keinen Muffin an. Als er bemerkt, dass mein Blick auf ihm ruht, springt er auf und verlässt mit schnellen, harten Schritten den Raum. Mir kann ja völlig egal sein, ob er einen Muffin isst oder nicht, umso weniger verstehe ich, warum mich seine Reaktion plötzlich so zornig macht. Ich wusste doch von Anfang an, dass er ununterbrochen Probleme hat. Mit sich selbst, allen anderen und der ganzen Welt sowieso. Logisch, dass er auch Probleme mit Kuchen hat.

Am Abend steht unerwartet der kuchenhassende Adrian vor mir, als ich mich in mein Zimmer zurückziehen will. Ich zucke vor Schreck zusammen, denn an diesen finsteren Gesichtsausdruck werde ich mich nie gewöhnen.

»Miss Summer.« Er streckt mir einen Bogen eng beschriebener Seiten entgegen. »Hier bitte.«

Reflexartig nehme ich die Blätter an und sehe ihm verwirrt hinterher, als er wie immer aus dem Raum stampft. Ich werde ihn nicht darauf hinweisen, dass alle anderen mich inzwischen beim Vornamen nennen.

In meinem Zimmer setze ich mich an den Schreibtisch, vor mir liegen der verschmähte Muffin und das Bündel Papiere mit der Überschrift ›Warum ich ein guter Zehnkämpfer bin‹.

Das hatte ich vollkommen vergessen, denn es war nur dazu gedacht, ihn richtig wütend zu machen. So wütend, dass er sich vergisst und irgendeine Reaktion zeigt, die ihn auf der Stelle für die Olympischen Sommerspiele disqualifiziert. Leider hatte ich übersehen, dass er durchaus in der Lage ist, seine Emotionen durch körperliche Anstrengungen zu kompensieren, denn er ist gerannt, bis er am Rande der Bahn beinahe zusammenbrach und würgend in der Bepflanzung kniete.

Mal wieder ist einer der gut durchdachten, gemeinen Pläne gescheitert. Ich habe noch immer Engelchen und Teufelchen im Team und jeder meiner Versuche, sie in eine Falle zu locken, versagt.

Mit gemischten Gefühlen nehme ich den Muffin, zerteile ihn in kleine Stücke und stecke sie mir in den Mund. Ich liebe die Kombination aus Beeren und Zartbitterschokolade, den weichen Teig, der alles zusammenhält.

Ich sollte mich freuen, dass ein Kuchen übrig ist. Leider überwiegt mein Ärger über die Sturheit dieses Jungen.

Dann beginne ich zu lesen.

Möglicherweise sind Männer doch nicht dumm. Zumindest Adrian scheint es nicht zu sein. Er hat eine passable Schrift, klein und gestochen scharf, beherrscht die Rechtschreibung und kann sich ausdrücken. Besser hätte ich es auch nicht machen können und meinem ersten Impuls, den Aufsatz gnadenlos mit einem Rotstift zu korrigieren und ihm dann so arrogant wie möglich unter die Nase zu halten, kann ich leider nicht nachgeben. Disziplin für Disziplin geht er den Zehnkampf durch, in der Reihenfolge, in der es ausgeführt wird, beschreibt, was für Besonderheiten es zu beachten gibt, und folgt mit einem kurzen Statement, was er persönlich verbessern muss und wie er gedenkt, das zu erreichen. Er ist gnadenlos mit sich selbst und zwischen den Zeilen schimmert sein Ehrgeiz durch, obwohl er sich bemüht, so neutral zu schreiben, als ginge es um einen Fremden.

Auf der letzten Seite dagegen stehen nur zwei Sätze:

Warum Sie mich mit zu den Olympischen Sommerspielen nehmen sollten? Weil ich die Goldmedaille im Zehnkampf gewinnen kann.

Sprachlos schaue ich auf die ansonsten leere Seite.

Nachdem er den ersten Teil überaus korrekt und ausführlich bearbeitet hat, ist dies umso knapper. Ausgerechnet der Abschnitt, der am persönlichsten ist. Am interessantesten.

Und obwohl er bisher so selbstkritisch geschrieben hat, ist dies ein extrem starkes Statement.

Irgendwie gefällt es mir. Es ist selbstbewusst, ohne dabei arrogant oder überheblich zu sein und ohne andere schlecht zu machen.

Und wenn ich ehrlich bin, hat er durchaus recht.

Nachdem ich heute zwei meiner Riesenmuffins gegessen habe, überwiegt das Bedürfnis, mich zu bewegen, um all die Kalorien wieder loszuwerden.

Ich horche in den Flur. Wie üblich liegt er still und wie ausgestorben da. Dann schleiche ich in den Kraftraum, der sich im Keller befindet. Die Geräte sind ein wenig altmodisch, aber durchaus funktional und völlig ausreichend, um mich auszupowern.

Ich setze Kopfhörer auf und drehe die Musik schön laut. Es macht Spaß. Wenn ich bisher trainiert habe, war ich nie allein, denn im Fitnessstudio herrscht ständig Betrieb. Hier dagegen kann ich zwischen den einzelnen Sätzen unbeschwert tanzen und aus vollem Hals mitsingen. Und das nutze ich aus.

Tagsüber muss ich ununterbrochen kühl und beherrscht sein, hier fällt all das von mir ab und bin einfach nur ich. Laut, albern und ungehemmt.

Mitten in einem meiner Lieblingslieder – einem spanischen mit einer absolut mitreißenden Melodie, bei dem ich mich wild im Kreis drehe, die Locken fliegen lasse und die Hüften schwinge, wie ich es in dem Video zum Song gesehen habe – fällt mein Blick auf die Tür, die sich unbemerkt geöffnet hat und in der nun ein paar der Sportler stehen und mich mit offenem Mund betrachten.

Gott, ist das peinlich. Ich erstarre auf der Stelle und nehme die Kopfhörer ab. Niemand sagt ein Wort. Der Drang, wortlos die Flucht zu ergreifen, ist verdammt groß, aber die Jungs versperren mir den einzigen Ausgang.

Paul ist dabei und betrachtet mich mit einem so sehnsüchtigen Blick, dass mir regelrecht schwindelig wird. Simon, der angeblich in mich verliebt ist, starrt nicht besser und sogar

Andrew zeigt einen leicht belämmerten Gesichtsausdruck. Tobias, mein Kugelstoßer, und Leo sehen eher verwirrt aus, und nur Adrian schafft es, so ungerührt und desinteres-siert an mir vorbeizusehen, als wäre die Situation alltäglich.

»Stören wir?«, meldet sich Leo zu Wort. »Wir müssen nicht heute trainieren, wir können es verschieben.«

Leo ist ein Allroundtalent, keine Disziplin, die hervor-sticht, aber überall beeindruckend gut. Außerdem ist er selbst-bewusst genug, mit mir zu reden und mir dabei in die Augen zu sehen.

»Ihr stört nicht. Ist ja genug Platz für alle da«, sage ich und lege die Kopfhörer zur Seite. Die Sportler jetzt wegzuschicken ist mir zu blöd, abgesehen davon würde ich nach dem Schreck so oder so nicht mehr unbekümmert weitermachen.

»Was hast du gehört?« Paul hat sich wieder im Griff und lächelt mich an. »Welche Sprache war das?«

Ja, richtig, ich habe nicht nur getanzt, ich habe auch laut mitgesungen. Glücklicherweise treffe ich die Töne um Längen besser als meine Mutter.

»Spanisch«, murmle ich und versuche, meine Verlegenheit zu ignorieren.

»Kannst du den Text verstehen?«

Ich nicke.

»Wir freuen uns, wenn deine Musik weiterläuft«, wirft Leo ein. »Gerne laut.«

Da bin ich dabei. Bei lauter Musik fällt mir nicht mehr so sehr auf, dass ich allein mit den Jungs in einem Keller hocke, mir aber beim besten Willen nicht die Blöße geben will, jetzt zu verschwinden, ohne mein Training beendet zu haben.

Eine Weile trainieren wir schweigend. Die Musik bewirkt, dass ich wieder lockerer werde und leise mitsumme. Trotz-dem achte ich darauf, keine Tanzschritte beim Wechsel der Geräte einzubauen. Paul hat da weniger Hemmungen. Er dreht sich immer wieder und beweist, dass er sich nicht nur beim Sport bewegen kann. Rhythmusgefühl hat er ebenfalls.

Ein paar Songs lang geht das so. Paul fühlt sich sichtbar wohl, die anderen wirken gleichfalls immer entspannter, nur Adrian trainiert verbissen und in einem harten Tempo, als wolle er so schnell wie möglich alles hinter sich bringen.

Beim nächsten spanischen Lied steht Paul wieder vor mir.

»Du kannst das echt verstehen?«

Ich nicke.

»Auch sprechen?«

Ich nicke erneut, muss aber wider Willen etwas grinsen.

»Aussprechen? Diese merkwürdigen Töne!«

Er versucht, einen Teil des spanischen Textes nachzusprechen, und ich kann mich nicht mehr beherrschen. Laut lachend betrachte ich ihn, was ihn dazu bringt, es nachdrücklicher zu versuchen. Es klingt irrsinnig komisch, wie er sich bemüht das gerollte ›R‹ nachzumachen.

Grinsend spreche ich einen Teil des Liedtextes nach und übersetze es. Inzwischen steht nicht nur Paul neben mir und lauscht andächtig, der Rest der Sportler hat sich dazu gesellt. Außer dem einen, der prinzipiell gegen alles ist.

»Es ist so beeindruckend, dass du das kannst. Du könntest dich mit einem Spanier unterhalten, oder?«, fragt mich Andrew.

»Klar, ist keine große Kunst. Man muss ein paar Jahre Vokabeln lernen und die fremde Grammatik, aber schwer ist das alles nicht.«

Andrew sieht betreten zu Boden. »Für mich schon.«

»Für dich auch nicht«, antworte ich ungehalten. Wer hat diesem Jungen bloß eingetrichtert, er wäre unerträglich dumm? »Sag mal: Hola, como estas?«

Er wiederholt es, und es klingt einwandfrei. Ich zeige ihm meinen hochgereckten Daumen. »Das heißt: Hallo, wie geht es dir? Und du hast es absolut perfekt ausgesprochen.«

Andrew wird vor Freude rot.

Paul spricht die Worte nach, die anderen ebenfalls und sie grinsen vor Stolz.

Wir üben weitere kleine Sätze und den restlichen Abend reden sie nur spanisch miteinander, auch wenn sich dadurch die Unterhaltung auf ›Hola, como estas?‹ und ›Gracias estoy bien‹ beschränkt.

Adrian verschwindet im Laufe der Spanischstunde wort- und grußlos, wahrscheinlich um der fröhliche Atmosphäre zu entfliehen. Eventuell war auch einfach das Risiko zu hoch, sich ebenfalls wohlzufühlen, etwas, das dieser Junge konsequent und mit großem Talent vermeidet.

»Was heißt: Danke, für den schönen Abend?«, fragt Leo mich zum Schluss.

Andrew verdreht die Augen. »Danke heißt gracias, das wissen wir doch schon.«

Ich nicke ihm anerkennend zu. Er ist definitiv nicht dumm, obwohl er nicht lesen kann. Und sein spanisches ›R‹ klingt von allen am besten.

»Gracias por la noche maravillosa«, übersetze ich.

Leo verneigt sich ein wenig vor mir.

»Gracias por la noche maravillosa«, verabschiedet er sich und verlässt mit einem breiten Grinsen den Raum.

Die anderen folgen, alle mit demselben Satz und ich muss zugeben, dass auch ich es aufrichtig genossen habe. Und das hätte ich mir noch vor kurzem beim besten Willen nicht vorstellen können.

Paul bleibt übrig.

Er steht vor mir und sieht mir auf diese unnachahmliche Paul-Art in die Augen.

Das ist sie, die perfekte Gelegenheit, den Plan umzusetzen, den ich mit den Mädels ausgeheckt habe. Heute kann ich ihn unter Garantie so weit ermuntern, dass er die Grenze überschreitet. Er ist gut gelaunt und wir sind unter uns. Wenn er hier und jetzt nicht versucht, mich zu berühren, dann nie.

Streng erinnere ich mich an die eindringlichen Worte meiner Granny. Ich solle nie vergessen, dass sich manche der Löwen als Lämmer tarnen. Sie muss Männer wie Paul meinen, denn der hat es geschafft, mich fast davon zu überzeugen, dass er harmlos ist. Freundlich, nett und nicht zu fürchten – trotz seiner Größe und seines muskulösen Körpers.

Trotzdem passiert es in diesem Moment automatisch. Das Lächeln erstrahlt wie von selbst in meinem Gesicht und auch über das Kompliment muss ich nicht nachdenken.

»Das war für mich ein genauso schöner Abend, ich hatte so viel Spaß. Und ich bin sicher, dass ihr leicht Spanisch lernen könnt, ihr seid gewiss nicht dümmer als Mädchen.«

Paul holt tief Luft, kneift kurz die Augen zusammen und lächelt dann befreit zurück.

»Danke.«

Erneut stehen wir wortlos voreinander und ich warte gespannt auf das Ereignis, das jeden Augenblick folgen muss. Ich habe schließlich alles richtig gemacht.

In der erwartungsvollen Stille höre ich meinen eigenen Atem. Ich fühle, wie der Schweiß auf der Stirn trocknet. Pauls Blick ruht auf mir, eindringlicher als sonst.

Aber er macht nichts, nichts, was ich ihm vorwerfen könnte. Trotz meines Lächelns und der netten Worte. Nach wie vor ist seine Anwesenheit zu intensiv, seine Fragen zu persönlich und seine Komplimente zu irritierend. Und nach wie vor sind seine Augen zu blau und sein Lächeln zu entwaffnend und sein Körper zu schön, aber all das kann ich ihm nicht vorhalten. Nicht ohne mich komplett lächerlich zu machen.

Mein Plan, ihn dazu zu bringen, zu weit zu gehen, scheitert jeden Tag aufs Neue. Sogar jetzt. Entweder ist er zu gerissen, um auf die Tricks reinzufallen, oder Männer sind nicht so gefährlich, wie man uns immer gesagt hat. Möglicherweise hat meine Großmutter sich geirrt, möglicherweise sind die Männer unserer Zeit keine getarnten Löwen mehr?

Ich weiß einfach nicht weiter.

Er lächelt mich an und diesmal ist es nicht sein übliches strahlendes Lächeln. Diesmal ist es regelrecht traurig.

Und da kapiere ich es.

Da kapiere ich endgültig, dass das hier kein gefährliches Raubtier ist, das mich bei erster Gelegenheit anfallen wird. Das ist ein Mensch, der genau weiß, was sich gehört, und sich an Regeln und Anstand hält.

Ich gebe auf. Mein dämlicher Plan ist mir inzwischen eh unwichtig geworden. Ich habe gar nichts mehr dagegen, dass Paul bleibt. Bleibt und mit nach Olympia fährt.

Ohne nachzudenken, hebe ich die Hand und berühre sein Gesicht. Ich fahre sanft über die Bartstoppeln, die kaum sichtbar sind, nur aus der Nähe, und wundere mich darüber, wie anders sich Pauls Haut anfühlt.

Paul schließt bei der Berührung die Augen und atmet durch den leicht geöffneten Mund.

Dann erschrecke ich mich selbst über meine Dreistigkeit und den plötzlichen Wunsch, mehr von ihm zu berühren.

Ich ergreife die Flucht.

kapitel 17

Den Rest der Woche mache ich einen riesigen Bogen um Paul. Stundenlang konnte ich nach unserer Begegnung nicht einschlafen, meine Finger prickelten und ich fragte mich entsetzt, was diese Gefühle in mir für einen Sinn ergeben sollen.

Viel besser ist es noch immer nicht. Paul muss meine Verwirrung registriert haben, denn mehr, als mir sehnsüchtige Blicke zuzuwerfen, wagt er nicht.

Dementsprechend wortkarg und in Gedanken versunken bin ich, als ich mich am Samstag mit Emily und Amber treffe.

»Was ist los mit dir?« Emily stößt mich unsanft in die Seite. »Du bist heute echt langweilig.«

»Sie ist jetzt alt«, wirft Amber ein, die erst in einem halben Jahr neunzehn wird. »Da reicht die Kraft nicht mehr für allzu viel Action und die Party von letztem Samstag hat sie fertiggemacht.«

Emily schnaubt nur abfällig und wirft mir einen misstrauischen Blick zu.

»Hattest du eine miese Woche im Internat?«

»Nein, war alles okay.«

Es war ja auch alles okay, denn es ist definitiv nichts Schlechtes passiert. Mittlerweile brauche ich überaus dringend einen Rat, aber meine Freundinnen, egal, wie sehr ich sie liebe, werden mich nicht verstehen. Niemand wird mich verstehen, niemand, der Paul nicht kennt. Der nicht selbst die Erfahrung gemacht hat, dass diese Jungs keine Monster sind, die sich bei der erstbesten Gelegenheit auf ein Mädchen stürzen.

Wir schlendern entspannt durch den Hyde Park. Heute ist so einiges los, denn an einem Samstag im Frühling ist dies ein Besuchermagnet. Trotzdem finden sich ruhige Ecken, in denen man fast allein unterwegs ist.

Granny hat mir einmal erzählt, dass unsere Stadt vor der Revolution von Touristen aus aller Welt schier überrannt wurde und ließ deutlich durchschimmern, wie schrecklich sie das fand.

Aber die Vorstellung, dass nicht nur Frauen und Mädchen, die unsere Sprache sprechen, hier unterwegs sind, sondern ein buntes Gemisch aus den Sprachen aller Welt erklingt, ist für mich verlockend. Ich möchte unbedingt meine Spanisch-kenntnisse an einer Spanierin testen. Vielleicht bin ich ja gar nicht so gut, wie ich es mir einbilde, vielleicht ist auch mein Deutsch nicht ausreichend für eine echte Unterhaltung.

Bald werde ich Gelegenheit bekommen, mich zu beweisen.

»Holen wir uns eine Waffel?«

Amber macht sich glücklicherweise keine Sorgen um mich, sie ist der Meinung, wer Hilfe braucht, muss selbst den Mund aufmachen. Emily dagegen werde ich nicht so einfach abspeisen können.

»Kannst du wirklich den ganzen Tag essen?« Meine allerbeste Freundin runzelt ungehalten die Stirn. »Wir hatten doch gerade erst Fish und Chips.«

»Ja, kann ich«, erwidert Amber ungerührt. »Und Max kann es auch«, grinst sie, denn die Mengen, die ich an Essen verdrücken kann, sind unter meinen Freundinnen legendär.

»Klar, ich will auch eine Waffel. Ich habe eh Zuckerentzug, die Ernährung im Jungeninternat ist abscheulich gesund. Ich habe einen riesigen Nachholbedarf.«

»Siehst du«, wendet Amber sich an Emily. »Sie ist auf Entzug, deshalb ist sie so schlapp und energielos. Kein Wunder, ich würde gesunde Ernährung keine drei Tage ertragen.«

Emily glaubt ihr nicht, lenkt aber ein.

»Meinetwegen, lass uns Max mit Waffeln und anderem Süßkram füttern, bis ihr der Zucker aus den Ohren quillt und für eine weitere Woche reicht.«

Wenig später schlendern wir mit einer unverschämt großen Waffel mit Puderzucker am See vorbei. Hier ist der Lärm der Großstadt kaum zu vernehmen, wir verlassen den Weg und schlagen uns unter den dicht stehenden Bäumen durch. Außer uns ist hier niemand, denn die meisten ziehen es vor die befestigten Wege zu benutzen.

Amber niest. Eine weiße Wolke aus Puderzucker hüllt sie ein und hinterlässt eine helle Schicht auf ihrem Gesicht. Emily und ich halten uns den Bauch vor Lachen.

»Du siehst aus wie ein Gespenst«, japse ich und bin froh um die Ablenkung, die ihr Anblick mir bietet. »Wir können dich in der Geisterbahn als Kinderschreck abliefern.«

»Oder wir schlecken sie ab«, wirft Emily ein. »Sie sieht lecker aus.«

In der Nähe raschelt es in einem Gebüsch, und ich freue mich darüber, dass sogar Tiere hier unterwegs sind, Tiere, die groß genug sind, laute Geräusche zu produzieren.

Amber wischt mit dem Ärmel über das Gesicht, nun ist auch der Ärmel weiß und ihr Gesicht sieht noch wilder aus.

»Jetzt können wir dich als Zebra in den Zoo einweisen«, grinst Emily und schiebt die herabhängenden Äste einer Trauerweide zur Seite, damit wir vorbeischlüpfen können.

»Kann man auf einem Zebra eigentlich reiten?«, überlegt sie laut. »Ist doch auch ein Pferd, oder?«

Wir erstarren.

Hinter den Ästen hockt ein Junge und versucht, sich so klein wie möglich zu machen. Gesicht und Hände sind dreckverkrustet, seine Kleidung starrt ebenfalls vor Schmutz und ist zerrissen. Er ist erschreckend mager, die Augen in seinem spitzen Gesicht sind riesengroß und die dunkelblonden Haare hängen ihm wild und ungepflegt vor den Augen.

Verschreckt blickt er auf uns, einen Herzschlag lang, dann springt er mit einem Satz auf und rennt davon. Reflexartig jagen wir hinterher.

»Der muss ausgerissen sein«, keucht Amber und hält sich schon die Seite. Sie wird nicht lange mithalten können, das Tempo ist nichts für sie, auch wenn sie sich die Luft statt zum Reden zum Rennen sparen würde.

Die Äste der Bäume peitschen mir ins Gesicht, immer wieder bleibt mein Fuß im Gestrüpp hängen. Trotzdem komme ich schneller voran als meine Freundinnen, aber der Junge ist selbst ebenfalls verdammt flink. Außerdem ist er klein und wendig und scheint sich hier im wilden Teil des Parks bestens auszukennen.

Ich komme trotz meiner Schnelligkeit nicht näher an ihn heran, nur sein ausgeblichenes rotes Shirt leuchtet hin und wieder zwischen den Stämmen hindurch und weist mir den Weg. Ewig wird die wilde Flucht so nicht weitergehen, denn obwohl der Park groß ist, endlos ist er nicht.

»Bleib sofort stehen«, höre ich Amber brüllen. Ein Blick zurück zeigt mir, dass sie aufgegeben hat und sich keuchend nach vorne beugt. Sie ist aus dem Rennen.

Der Junge bleibt nicht stehen.

»Gib auf, das hat doch keinen Sinn. Du kannst nirgendwo hin«, versucht es auch Emily mit Vernunft. Aber das ist vergeblich, so viel ist mir klar. Ein einziger Blick in das verzweifelte Gesicht des Jungen hat mir gezeigt, dass er von jeglicher Einsicht weit entfernt ist. Er wird um keinen Preis aufgeben, daher unterlasse ich Zurufe und konzentriere mich aufs Rennen.

Wir erreichen den nächsten Weg, verlassen damit den unwegsamen, ursprünglichen Teil des Parks und ich sehe den Jungen über die freie Rasenfläche sprinten. Im Zickzack umläuft er die Besucher, die es sich hier gemütlich gemacht haben. Wie ein Hase schlägt er Hacken und weicht geschickt jeglichen Hindernissen aus.

Mädchen kreischen entsetzt auf, Mütter ziehen ihre Töchter eng an sich heran, um sie zu beschützen. Aber außer Emily und mir versucht niemand, ihn aufzuhalten oder zu verfolgen. Wir stolpern ungeschickt durch die Leute, den irren Zickzack-Kurs des Jungen können wir nicht einhalten, und mehr als ein Picknick wird unter unseren Füßen durcheinandergewirbelt. Ich sehe einige Personen, die zum Handy greifen, um Hilfe zu rufen.

Völlig außer Atem sinkt Emily neben einer Gruppe Teenager zusammen. »Lass es, Max, die Polizei wird ihn schon schnappen«, ruft sie mir hinterher, aber ich bin nicht zu stoppen. Ich bin noch lange nicht am Ende meiner Kraft und wider jeglicher Vernunft kann ich die Verfolgung nicht abbrechen. Obwohl mir schleierhaft ist, was ich mache, wenn ich ihn stelle.

Der Park endet, wird von einem hohen Zaun begrenzt, der von dem Flüchtigen unmöglich überwunden werden kann.

In Panik läuft er am Gitter entlang und sucht einen Ausgang. Ich denke, ihn bald in die Enge treiben zu können, denn mit meiner Ausdauer kann dieses magere Kerlchen wohl kaum mithalten. Dann aber taucht er in die nächsten Büsche ein und ich folge nur noch dem wilden Rascheln der Blätter.

Kurz darauf habe ich ihn verloren. Das rote Shirt ist nicht mehr zu sehen, die Bäume stehen hier dicht an dicht, das Unterholz ist fast undurchdringlich und hören kann ich auch nichts, obwohl ich still halte und mit klopfendem Herzen lausche.

Er ist wahrhaftig entkommen.

Mist!

Mein Herz kommt langsam zurück in seinen normalen Takt. Die Jagd ist vorbei, und ich habe verloren. Ich hasse es, zu verlieren.

Enttäuscht wende ich mich ab, um zurück zu Emily und

Amber auf die Rasenfläche zu gehen, da knackt ein Ast, und der Junge fällt von dem Baum hinab, auf dem er sich versteckt hat. Mit einem Aufschrei rappelt er sich auf, knickt jedoch mit dem rechten Bein ein, noch bevor er auch nur einen einzigen Schritt machen kann.

Jetzt habe ich ihn, denn so verletzt kann er nicht entkommen. Vom Rasen her höre ich laute Stimmen, die sich nähern, und ich atme erleichtert auf, weil ich mich in eine Situation manövriert habe, die mich planlos macht.

»Wir sind hier«, rufe ich so laut wie möglich. »Hier unter der großen Kastanie.«

Menschen kommen auf uns zu, der Junge versucht erneut wegzulaufen, aber er schafft nur zwei humpelnde Schritte. Ich sehe die Panik in seinem Gesicht und mit einem Mal bereue ich, dass wir ihn aufgestöbert und zur Flucht getrieben haben. Er hat so viel Angst. So viel panische Angst, als wäre er ein wildes Tier und wir die Monster.

Was ich nicht sehe, ist das Messer, das plötzlich in seiner Hand aufblitzt. Erst als der kalte Stahl an meinem Hals entlangfährt, realisiere ich, dass der Junge bewaffnet ist und mich aktuell in seiner Gewalt hat. Entsetzt keuche ich auf.

Zwei große, kräftige Frauen in Uniform, mit Schlagstöcken und Pistolen gerüstet, schieben sich ungelenk durch die Büsche, bleiben allerdings wie angewurzelt stehen, als sie uns erblicken. Erschreckend deutlich spüre ich den hektischen Atem des Jungen, heiß und unangenehm, genau da am Hals, wo auch das Messer sich in meine Haut drückt. Er ist so außer sich vor Angst, dass er vollkommen unberechenbar ist. Und damit extrem gefährlich.

Meine Beine drohen, unter mir wegzuknicken, nur mit Mühe halte ich mich davon ab, vor Angst zu schreien. Eine falsche Bewegung und er sticht zu. Ich darf jetzt keinen Fehler machen.

»Nimm das Messer weg«, brüllt eine der Frauen und fuchtelt wild mit ihrer Waffe in der Luft herum.

»Nimm die Knarre weg oder ich murkse sie ab«, schreit der Junge zurück, schrill und stoßweise. Ich traue ihm zu, seine Drohung wahrzumachen.

In diesem Moment stoßen Emily und Amber durch das Gebüsch und sehen uns.

Amber schreit.

Der Junge zuckt bei dem lauten Ton zusammen, und das Messer dringt in meine Haut. Ein wenig Blut läuft langsam herab und sickert in den Saum meines T-Shirts. Die Polizistin lässt bei dem Anblick wie gefordert ihre Waffe auf den Boden fallen, die zweite, die sich bisher zurückgehalten hat, tut es ihr gleich.

Dieser Junge, der hinter mir steht und vor Angst kurz und panisch keucht, ist einige Zentimeter kleiner als ich und fast noch ein Kind. Wahrscheinlich wäre er nicht einmal gefährlich, wenn er sich nicht so in die Enge getrieben fühlte. Gerade jedoch zittert er vor Angst, und sein Geruch nach Panik, nach altem Schweiß und dem Dreck der Straße steigt mir in die Nase.

»Geht weg«, brüllt er. »Geht alle weg.«

Die Polizistinnen sehen sich zögernd an. Sie wollen nicht zurückweichen und mich zurücklassen, haben aber nie gelernt, mit einer solchen Situation umzugehen. Einen bewaffneten Mann außer Kontrolle hat es schon seit Jahrzehnten nicht gegeben.

Sie weichen einige Schritte zurück, zögernd, langsam.

Der Junge zerrt mich rückwärts und ich lasse mich dirigieren, denn im anderen Fall dringt die Klinge tiefer in meine empfindliche Kehle.

Während ich mich panikartig frage, wie ich hier jemals herauskommen soll, ertönt ein lautes Rascheln in unserem Rücken und mein Angreifer fährt alarmiert herum. Das Messer weicht ein paar Zentimeter von meinem Hals und ich nutze die Chance.

Mit einer gleitenden Bewegung stoße ich den Ellbogen des

Jungen von mir, das Messer fällt ihm aus der Hand und ich rolle aus seiner Reichweite.

Er versucht wegzulaufen, aber sein Bein hält ihn nicht, und ehe ich mich versehe, sind beide Polizistinnen über ihm und fixieren ihn am Boden.

Schwer atmend fällt mein Blick auf die Elster, die auf einem niedrigen Ast gelandet ist und den Lärm verursachte. Jetzt beobachtet sie mit glänzenden, aufmerksamen Augen den Trubel, als ob sie genau wüsste, was sie bewirkt hat.

Eine Elster. Ich wurde von einer Elster gerettet. Ein hysterisches Lachen steigt in mir auf und ich bin außer Stande, es zu unterdrücken.

Noch während ich wie eine Irre mit diesem stockenden Gelächter kämpfe, stürzen sich Emily und Amber auf mich und halten mich mit Tränen in den Augen fest.

»Ich lasse dich nie, nie wieder in dieses Internat gehen«, jammert Emily in mein Ohr. »Männer sind Psychopaten, die sind gemeingefährlich, alle miteinander.«

Der Schreck sitzt mir so tief in den Gliedern, dass ich nicht einmal Einspruch erhebe. Apathisch und nach wie vor zitternd sehe ich zu, wie der Junge mit auf dem Rücken gefesselten Händen unbarmherzig hochgezogen und von den beiden Polizistinnen abgeführt wird. Tränen laufen ungehindert über sein Gesicht.

Dessen ungeachtet sitze ich zwei Tage später erneut im Zug und fahre aus der Stadt hinaus, wiederum beladen mit einem Stück Kuchen für jeden der Sportler, so als wäre nichts geschehen. Sogar meine Mutter hat in Erwägung gezogen, diesen ganzen Olympiaplan fallenzulassen, und noch vor kurzem wäre ich darüber unglaublich erleichtert gewesen. Das perfekte Aus, besser hätten Emily und ich es nicht planen können. Aber das Olympiafieber hat mich längst gepackt. Die jämmerliche Gestalt, die nach dem Angriff laut schluchzend aus dem Park abtransportiert wurde, an allen Gaffern vorbei, hatte plötzlich beim besten Willen nichts Gefährliches mehr an sich.

Trotzdem ist es heute anders, wieder zurück ins Internat zu fahren. Nicht weil ich Angst habe, nicht vor den Jungs. Sondern weil ich traurig bin. Und weil der Schreck und die Todesangst leider nach wie vor in meinen Knochen sitzen, egal, wie sehr ich versuche, es mir nicht anmerken zu lassen.

So ist es momentan um mich bestellt, ich bin gleichzeitig verschreckt, traurig und absolut fest entschlossen aufs Festland zu reisen und der Welt unsere Sportler zu präsentieren.

Paul hat bessere Antennen als jede meiner Freundinnen. Er lässt mich zwar den Tag über in Ruhe, am Abend steht er jedoch direkt nach dem Essen auf der Matte.

»Hey Maxine, hast du einen Augenblick Zeit für mich?«

Er hält einen größeren Abstand, als er es jemals für nötig hielt, und hat einen seltsam besorgten Ausdruck im Gesicht.

»Ja, klar.« Ich recke entschlossen das Kinn nach vorne. Ich bin hier nicht zu Hause, nicht unter Freunden, nicht da, wo ich schwach und verwundbar sein darf. Hier bin ich Maxine Summer, furchtlos, zielstrebig und knallhart. Egal, wie Paul das sieht.

»Ist alles in Ordnung zwischen uns?«

»Wieso sollte es das nicht sein?«

Pokergesicht, möglichst überheblich, das beherrsche ich doch so gut.

»Wegen… weil…« Paul stottert ein wenig herum. So verunsichert habe ich ihn noch nie erlebt. »Ich habe den Eindruck, du gehst mir aus dem Weg«, murmelt er schließlich unbeholfen.

Ich kichere innerlich ein wenig, hoffe jedoch, dass er es mir nicht ansieht. Ich gehe ihm seit unserer ersten Begegnung aus dem Weg, bisher hat er das aber nie zur Kenntnis genommen.

»Das tue ich nicht«, lüge ich ihm frech ins Gesicht. Jetzt und hier brauche ich Maxine, das arrogante Miststück. Ich will Paul zwar nicht mehr aus dem Team mobben, aber die

Grenze zwischen uns muss dringend neu gezogen werden. Kompromisslos, denn ich will nie wieder in Versuchung kommen, ihn zu berühren und mich zu fragen, wie sich der Rest seines Körpers anfühlt.

Mein Blick ist kühl, distanziert, von oben herab, obwohl ich dummerweise zu ihm hinaufblicken muss, und meine Stimme kalt wie Eis.

»Du bist einer der besten Zehnkämpfer im Team, nicht mehr und nicht weniger. Konzentrier dich auf dein Training, manchmal habe ich den Eindruck, du lässt dich zu leicht ablenken. Die mentale Stärke überzeugt mich bei einigen anderen weitaus mehr. Wenn du also deinen Platz im Team nicht gefährden möchtest ...«

Die Drohung lasse ich vage, aber es ist auch so klar, was ich meine.

Paul bleibt wie ein begossener Pudel stehen, als ich mit raschen Schritten den Raum verlasse.

Der Abend wird hart, denn leider spiele ich das ungerührte, abgekochte Miststück nur, und als ich allein auf dem Bett sitze, bröckelt die Fassade, die mich den Tag über zusammengehalten hat. Ohne es verhindern zu können, spüre ich erneut das Messer an meinem Hals. Tagsüber hatte ich einen leichten Schal übergelegt, so dass der Schnitt nicht zu sehen war, und mir geholfen hat, ihn zu ignorieren. Jetzt pocht er umso heftiger.

Leider brennen nun Tränen in meinen Augen und laufen mir schlussendlich über das Gesicht. Der Scheck sitzt tiefer, als ich dachte, und in diesem Moment, irritierend zeitverzögert, kommt alles hoch. Das macht mich gleichzeitig unglaublich wütend. Hätte ich nicht einen Tag früher heulen können, in den Armen meiner Mutter, die bei unserem Bericht den Schreck ihres Lebens bekommen hat. Da hätte ich Trost gehabt, inzwischen bin ich auf mich allein gestellt. Zornig ziehe ich Sportsachen an. Ich werde versuchen, mich beim

Laufen abzureagieren, besser als heulend auf dem Bett zu sitzen ist es allemal.

Unglücklicherweise passe ich nicht auf, als ich mit einem Ruck die Tür öffne, um das Zimmer zu verlassen. Denn genau da steht Paul, mit hängenden Schultern, unentschlossen und scheinbar im Begriff an meine Tür zu klopfen, und mir laufen nach wie vor Tränen über das Gesicht.

Einen Augenblick starren wir uns erschrocken an, dann nimmt Paul die Hand herunter, mit der er anklopfen wollte und wischt mir sanft eine Träne weg. Ohne ein Wort zieht er mich in die Arme und streichelt vorsichtig über meine Haare. Mein Kopf liegt an seiner Schulter, seine Umarmung ist so liebevoll und warm und tröstlich, dass mit einem Mal alle Dämme brechen und ich unkontrolliert weine.

»Alles ist gut«, murmelt er leise in meine Haare, sein warmer Atem streift mich und sein Geruch steigt mir in die Nase. Es ist anders als die Umarmungen meiner Mutter. Er ist groß, breit und beschützend. Ich fühle mich ein wenig wie ein Kind.

Lange stehen wir so da. Nach einer Weile werde ich ruhiger und bemerke, wie hilfreich das Weinen ist. Der Schreck ist nicht weg und ich habe auch nicht vergessen, wie gefährlich die Situation war. Nun aber überwiegt das Wissen, dass es gut ausgegangen ist. Die Tränen versiegen und ich werde mir immer bewusster, wie sich Pauls Körper an meinem anfühlt.

Unerwartet denke ich an diesen Film, den Liebesfilm, den ich mit den Mädels geguckt habe, und an den Kuss, den wir alle so ekelhaft fanden. Weil es so aussah, als wäre das Mädchen gefangen, als hätte sie keine Wahl. Paul hält mich jetzt genauso und trotzdem fühle ich mich nicht bedrängt, sondern geborgen. Er fühlt sich angenehm an, groß und warm. Außerdem liegen seine Hände leicht genug auf mir, behütend, aber beim besten Willen nicht einengend.

Langsam hebe ich das Gesicht und sehe zu ihm hoch.

Tausend Worte liegen mir auf der Zunge, Worte, mich für den Gefühlsausbruch zu entschuldigen, mich zu erklären und genauso auch Worte, die die Distanz zwischen uns wieder herstellen könnten. Aber nichts davon kommt über meine Lippen.

Stattdessen passiert etwas anderes. Ohne es zu planen, nähert sich mein Gesicht seinem. Paul bewegt sich nicht, nur seine Augen werden groß und sein Blick immer ungläubiger, je näher ich ihm komme.

Aber der Körper hat die Kontrolle über meinen Verstand übernommen, sein Mund ist wie ein Magnet, der mich unaufhaltsam an sich zieht. Und dann treffen seine Lippen auf meine, vorsichtig, zart. Wir wissen beide nicht, was wir machen, aber unsere Lippen, die sich zärtlich aufeinander- drücken und aneinander zupfen, wissen es scheinbar von allein. Es fühlt sich richtig an.

Und es hat keine Ähnlichkeit mit Beschlabbern oder dem Benagen von Knochen. Mir fehlen die Worte, es genau zu beschreiben. Aber es ist schön, schlicht und einfach schön.

kapitel 18

Später sitzen wir nebeneinander in der Mensa und mein Plan, mich beim Sport auszupowern, ist vergessen. Über den Kuss reden wir nicht. Mir zumindest fehlen in dieser Hinsicht die Worte.

Stattdessen erzähle ich, woher die Verletzung stammt. Als ich zu dem Teil komme, in dem der Junge sein Messer gegen meine Kehle drückt, zieht Paul laut hörbar die Luft ein.

»Das ist schrecklich, Maxine, es tut mir so leid, dass du das mitmachen musstest.« Vorsichtig berührt er den Schnitt, nimmt die Hand jedoch auf der Stelle wieder zurück. »Ich hätte nie gedacht, dass er so weit gehen würde.«

»Du kennst ihn?«

Paul nickt betreten. »Ja, Benjamin, er ist ein paar Jahre jünger als wir, aber hier kennt jeder jeden. Und sein Ausbruch war die absolute Sensation, das Gerede darüber ist sogar bis zu uns durchgesickert, egal, wie sehr man sich bemüht, uns von den anderen abzuschotten.«

Ich bin gar nicht auf die Idee gekommen, dass meine Sportler den geflohenen Jungen kennen könnten, dabei ist es so offensichtlich. Er muss ja aus dem Internat stammen.

»Was weißt du über ihn?«

»Es wurde erzählt, dass er aus dem Krankentrakt entkommen ist, aber niemand wusste wie. Entweder hatte die Behandlung noch nicht begonnen oder sie wirkte bei ihm nicht recht, weil er wegen einer chronischen Krankheit andere Medikamente bekam.«

Paul zuckt mit den Schultern. Er versucht, mir das ungerührt zu erzählen, aber seine Hände sind verkrampft und er dreht unablässig die Daumen umeinander, von Entspannung weit entfernt. »Das mit der Flucht müsste so drei Wochen her sein.«

Drei Wochen! Er war schon drei Wochen allein unterwegs. Ich frage mich, wovon er sich ernährt hat.

»Aber er hatte doch überhaupt keinen Plan. Er hat sich im Park versteckt und sah erbärmlich aus. Halb verhungert. Ich glaube nicht, dass er wusste, wo er hin wollte«, werfe ich ein.

»Wahrscheinlich nicht. Hauptsache weg.«

Ich hole tief Luft. Auf dem Flur erklingt das Geräusch von leisen Schritten, die vorbeigehen, ohne dass jemand die Mensa betritt.

»Kannst du ihn verstehen?«, frage ich und halte vor Anspannung die Luft an.

»Natürlich.« Pauls Stimme zittert auf einmal vor Sehnsucht.

»Dann würdest du auch die Flucht ergreifen?«

Er wirft mir einen Blick zu, einen Blick, der mir durch und durch geht, denn so habe ich Paul noch nie erlebt. So voller Verlangen und unterdrückten Gefühlen. Und so unglücklich.

»Ja«, sagt er dann, nach einer kurzen Pause, ein bisschen widerwillig. »Bei der erstbesten Gelegenheit. Das würde jeder von uns.«

Er ist verdammt ehrlich, viel ehrlicher, als er sein dürfte. Fliehen – das würde jeder von ihnen. Ich weiß nicht, was ich dazu sagen soll, mehrmals setze ich an, aber keines der Worte, die sich mir aufdrängen, passt.

Ich will ihm erklären, dass sie froh sein sollen, hier ein gutes Leben zu führen. Sie haben ein Dach über dem Kopf, haben es warm, bekommen genug zu essen. Man kümmert sich um sie und sie werden nicht schlecht behandelt. Außerdem gibt es keine Alternative dazu, angehende Männer von ihren Trieben zu befreien, denn sonst würde die Freiheit von uns Frauen auf dem Spiel stehen. So wie es Jahrtausende vorher war. So wie es in allen anderen Ländern der Welt nach wie vor ist. Neunzehn Jahre lang habe ich gelernt, warum das so sein muss, und jetzt fehlen mir die Worte, es zu rechtfertigen. Jetzt da ich vor einem der Leidtragenden sitze, der mir offen und geradeheraus ins Gesicht sagt, dass er so nicht leben möchte.

Die Tür wird aufgerissen, während wir noch schweigend nebeneinandersitzen.

»He, da bist du ja, Paul, kommst du mit in den Kraftraum?« Tobias steht in der Tür und bemerkt mich erst im Anschluss. Er schluckt und ringt sich dann zu einem vorsichtigen, verlegenen Lächeln durch. »Hallo Maxine. Du auch?«

Paul winkt ab. »Heute nicht.«

»Okay, dann bis später.«

Tobias verschwindet und hat aus irgendeinem Grund die erstarrte Stimmung nach Pauls Geständnis mitgenommen.

»Weißt du, was jetzt mit Benjamin geschieht?«, nehme ich die Unterhaltung wieder auf und verzichte darauf, Pauls Fluchtwünsche zu kommentieren.

»Er ist zurück im Krankentrakt. Sie haben schon gestern begonnen, ihn zu behandeln, und weder seine Krankheit noch seinen geschwächten Zustand beachtet.« Er beißt die Zähne zusammen. »Der wird nie wieder versuchen zu entkommen.«

Allzu deutlich habe ich die Panik im Gesicht des Jungen vor Augen. Panik, vor genau dem Schicksal, das ihn jetzt schon ereilt hat.

Paul fährt zu mir herum. »Es tut mir wirklich leid, dass er dich verletzt hat. Er ist eigentlich ein netter Kerl, ehrlich, das musst du mir glauben.«

Ich seufze laut. »Ich glaube dir, er hatte panische Angst. Da ist jeder in der Lage, ein Messer zu benutzen.«

»Der Samstag war wohl allgemein ein mieser Tag«, sagt Paul und lässt seine Schultern hängen, ausgerechnet Paul, der immer so positiv, so blendend gelaunt ist. Ich wusste nicht, dass er auch diese Seite in sich hat, die resignierte, hoffnungslose. »Hoffen wir, dass es besser wird.«

»Was ist passiert?«

»Ach!« Er verdreht die Augen. »Adrian hatte nur mal wieder einen dieser Tage und sich geweigert, die üblichen wöchentlichen Kontrollen vornehmen zu lassen.«

»Die üblichen Kontrollen?«

»Blut- und Urinproben halt, du weißt schon.«

Ich sehe ihn verwirrt an. Ich weiß nichts von regelmäßigen Proben, ich habe nur die Liste mit den Namen und den Zehnkampfdaten der Jungs.

Die verdammte Dr. Higgs.

Sie hält mich an der kurzen Leine und bis gerade eben ist es mir noch nicht einmal aufgefallen. Wut steigt in mir hoch.

»Dann hat er keine Proben abgegeben?« Typisch Adrian, denke ich träge, wenn es eine Gelegenheit gibt, Ärger zu machen, ist er an erster Stelle dabei.

»Ich habe mich falsch ausgedrückt. Er hat versucht, sich zu weigern, wollte ich damit sagen.« Paul reibt sich über die Augen und schüttelt dann den Kopf. »Ehrlich, ich verstehe es nicht. Er weiß haargenau, dass er keine Chance hat, und eigentlich dachte ich, er hat es endgültig kapiert. Das letzte Mal, dass er sich geweigert hat zu machen, was man ihm sagte, ist schon ewig her. Seit wir wissen, dass wir die Chance haben, zu Olympia zu fahren, gibt er sich Mühe und reißt sich zusammen. Eigentlich.«

Wenn der Adrian, den ich kenne, der ist, der sich Mühe gibt, will ich nicht wissen, wie es früher gewesen sein muss.

Ehrlich gesagt habe ich durchaus eine Vermutung, was ihn an diesem Wochenende zum Boykott aufgerufen hat. Ich persönlich habe ihn in der letzten Zeit mehrmals so provoziert, dass er sich nur mit größter Mühe im Griff hatte.

Irgendwann ist das Fass dann eben voll.

Paul macht ein gequältes Gesicht.

»Es war für uns alle schrecklich mit anzusehen, wie sie ihm die Proben mit Gewalt entnommen haben.« Er wirft mir einen hoffnungsvollen Blick zu. »Vielleicht kannst du mal mit ihm reden? Dass er das Theater sein lässt, wenn er es eh nicht ändern kann.«

»Ausgerechnet ich?« Ich lache laut auf. Falls ich etwas dazu sage, weigert er sich im Anschluss für immer. Obwohl es die Gelegenheit ist, ihn loszuwerden.

»Wer denn sonst?«

»Jeder andere. Adrian hasst mich wie die Pest.«

»Das glaubst du nur.« Paul lächelt ein verwirrendes Lächeln.

»Nein, ehrlich Paul, das weiß ich. Und es ist mir auch sehr recht.« Wütend schüttle ich den Kopf. Und wenn Adrian von nun an jedes Wochenende gequält wird, mir ist es egal. Er ist es ausschließlich selbst schuld. Aber dieser Sache mit den Proben und warum ich darüber nicht informiert bin, der werde ich nachgehen.

Um Paul nicht reinzureiten, gehe ich nicht direkt auf Konfrontationskurs. Unter Umständen hätte er mir die Sache mit den Kontrollen gar nicht erzählen dürfen.

Erst einmal befrage ich das Internet. Und siehe da, über die Abfrage nach Blut- und Urinproben bei Sportlern stoße ich auf die Dopingproblematik. Alle Alarmglocken schrillen bei mir, während ich lese, wie immer wieder Spitzensportler mit illegalen Substanzen gepuscht werden und ihnen zum Teil sogar im Nachhinein Medaillen aberkannt werden. Da meine Jungs sich selbst wohl kaum unerlaubt dopen, machen diese Untersuchungen nur Sinn, wenn sie von anderen gedopt werden. Von Dr. Higgs nämlich.

Ich muss diese Werte sehen. Und ich habe ein Recht darauf. Von Natur aus bin ich dafür, mit dem Kopf durch die

Wand zu gehen und klipp und klar zu sagen, was ich weiß und was ich befürchte. Das wäre zumindest das, was ich normalerweise machen würde, meinem Charakter entsprechend. Aber eine kleine Stimme in meinem Kopf warnt mich und weist mich darauf hin, dass Dr. Higgs nicht ohne Grund versucht, mich außen vor zu lassen. Sie wird diese Dopingsache wohl kaum zugeben. Wenn es dann während der Olympischen Sommerspiele auffliegt, bin ich es nämlich, die den Kopf dafür hinhalten muss, denn offiziell bin ich hier für alles verantwortlich. Ich brauche eine bessere Taktik.

Dr. Higgs hat sich seit einiger Zeit gar nicht mehr blicken lassen. Nicht wenn ich da bin, aber am Wochenende sieht es anders aus, das ist mir inzwischen klar. Und egal, wie gern ich diese Frau nie wieder sehen würde, jetzt komme ich um eine Begegnung nicht herum.

Am Dienstag nach dem Frühstück beiße ich also in den sauren Apfel und mache mich auf den Weg zu ihrem Büro.

Unterwegs begegnet mir eine Gruppe von kleinen Jungs im Grundschulalter. In Zweierreihen gehen sie den Flur entlang. Bei meinem Anblick bleiben die ersten abrupt stehen und der Rest läuft in sie hinein.

»Was soll das? Stellt euch ordentlich auf«, ertönt eine genervte Stimme von hinten. Die Kinder, die mich mit großen Augen anstarren, haben Angst vor mir, mehr als vor ihrer gereizten Aufsicht, und schieben sich so dicht an die Wand wie möglich, als ich vorbeigehe. Schon befremdlich, dass kleine Kinder Angst vor mir haben.

Erst als ich sie passiert habe, setzt lautes Geflüster ein.

»Das ist sie, hast du gesehen.«

»Die hab ich mir ganz anders vorgestellt.«

Verwirrt schüttle ich den Kopf, ich habe nicht erwartet, hier Gesprächsthema zu sein.

Kurz darauf klopfe ich entschlossen an Dr. Higgs Bürotür und stürme hinein, ohne eine Aufforderung abzuwarten. Die Zeit für Höflichkeiten ist vorbei.

Sie sitzt an ihrem Schreibtisch und zuckt bei meinem plötzlichen Auftauchen zusammen. Genau wie bei unserer ersten Begegnung ist sie sorgfältig zurechtgemacht, mit Dutt und neckisch geringelten Strähnen, mit viel zu viel Schminke und Schmuck. Ich habe mich an ihren Anblick jedoch längst gewöhnt.

»Miss Summer, welch unerwarteter Besuch.«

Sie fängt sich schnell, das muss ich ihr lassen.

»Ich brauche mehr Informationen über die Sportler. Mehr als Größe und Gewicht. Ich brauche ihre gesamten Daten, ihre Entwicklung, alles was Sie haben.«

Wenn ich alle Daten habe, kann ich diese Dopingsache kontrollieren, ohne sie mit dem Kopf darauf zu stoßen, wonach ich suche.

Dr. Higgs versucht, mich gespielt verwirrt anzusehen, aber ihr allererster, erschrockener Blick ist bei meinen Worten verräterisch zu einem Schrank zur Linken gehuscht. Da sind sie also, die verheimlichten Informationen. Ich verkneife mir ein triumphierendes Grinsen.

»Es gibt nicht mehr, als Sie haben. Wir dokumentieren nichts, mit Absicht. Wir wollen die Sportler durch Taten sprechen lassen und nicht durch Worte auf dem Papier, die falsch interpretiert werden könnten.« Damit habe ich gerechnet. Ausflüchte, Lügen, falsche Tatsachen.

»Nehmen wir zum Beispiel einmal Paul«, fährt Dr. Higgs mit einem angespannten Lächeln fort. »Sie müssen doch zugeben, dass es absolut unmöglich ist, sein Charisma zu beschreiben. Und deshalb versuchen wir es auch gar nicht erst. Wenn die Jungs als freie, behandelte Männer dieses Haus verlassen, sollen sie alle dieselben Chancen haben, unabhängig von eventuellen Jugendsünden.«

Ja, nehmen wir einmal Paul, schießt es mir durch den Kopf, ausgerechnet Paul.

Denn ich habe Paul geküsst. Immer wieder, auch in den unpassendsten Momenten, denke ich an diesen Kuss und ich muss mich dann mühsam erneut auf das konzentrieren, was ich eigentlich tue. So wie jetzt. Über diesen Kuss nachzudenken ist so oder so keine gute Idee, zu keinem Zeitpunkt.

Ich darf nicht zu schnell klein beigeben. Zwar habe ich die Information, die ich haben wollte, nämlich den Hinweis, wo die Daten versteckt sind, aber ich sollte diese Frau nicht misstrauisch machen.

»Sie müssen doch Geburtsdaten haben«, insistiere ich also.

»Ach ja, die sind durchaus gespeichert. Aber die unterliegen der Geheimhaltung.« Dr. Higgs versucht zwar, bedauernd auszusehen, sie freut sich jedoch diebisch, mich außen vor lassen zu können, und das sieht man ihr an.

»Ich sollte schon wissen, wie alt die Sportler sind«, sage ich unwillig.

»Das Alter kann ich ihnen durchaus mitteilen, denn das kennen sie selbst. Leider nicht den genauen Geburtstermin.«

»Und Informationen über die Herkunft der Jungs?«, beharre ich und ärgere mich jetzt doch. Sie kennt die exakten Geburtsdaten unter Garantie.

Mit einem Mal erhellt ein wissendes Lächeln das Gesicht der Internatsleitung. Langsam streicht sie sich eine Strähne hinter das Ohr und blickt mich ein wenig boshaft an.

»Es geht also um ihre Herkunft«, sagt sie gedehnt. »Das ist streng vertraulich. Und bei aller Liebe, diese Informationen übersteigen dann endgültig Ihre Kompetenz.«

Die Unterhaltung hat eine unerwartete Wendung genommen und ich komme gerade nicht ganz mit.

Warum hat Dr. Higgs jetzt Oberwasser? Welchen Fehler habe ich begangen? Ich halte mein Pokerface, weiß aber beim besten Willen nicht, wie ich reagieren soll.

Ich versuche es mit einem gelangweilten Schulterzucken.

»Wissen Sie, meine Liebe«, kostet sie die Situation sichtlich aus, »ich kann Ihre Neugierde ja verstehen und würde diese Interna liebend gerne mit Ihnen teilen«, jetzt lächelt sie mich an wie ein Raubtier, welches gerade sein Opfer unerbittlich in die Enge getrieben hat, kurz vor dem Todesstoß, »vor allem, weil es etwas zu wissen gibt. Aber da sind mir bedauerlicherweise die Hände gebunden.«

Plötzlich fügen sich die Puzzleteile in meinem Kopf zusammen. Die Herkunft der Jungs. Etwas, das es zu wissen gibt. Dr. Higgs unübersehbares Vergnügen, mir eins auswischen zu können.

Bevor ich die Fassung verliere, drehe ich auf dem Absatz um und verlasse ohne Gruß den Raum. Ich lasse eine triumphierende Internatsleitung zurück.

Beim Mittagessen halte ich eine Liste mit dem aktuellen Alter der Jungs in den Händen. Dr. Higgs hat es sich nicht nehmen lassen, sie mir persönlich vorbeizubringen, nicht ohne dabei einen gespielt bedauernden Blick über die Runde der versammelten Sportler zu werfen. Dann seufzte sie theatralisch auf, legte sich die Hand auf das Herz und flüsterte: »Es tut mir so leid.«

Die falsche Schlange.

Wenn ich nur einschätzen könnte, ob sie es wirklich weiß. Weiß, wer mein Bruder ist.

Denn nur darum kann es gehen. Ich bin noch überhaupt nicht auf die Idee gekommen, dass mein Bruder bei den Sportlern dabei sein könnte. Aber abwegig ist es nicht. Immerhin bin ich selbst echt sportlich und vom Alter her passt es auch, da die meisten Jungs ein bis drei Jahre älter sind als ich.

Mir schwirrt der Kopf. Denn eventuell weiß Dr. Higgs es nicht und hat nur die Gelegenheit genutzt, mich zu verunsichern. Möglicherweise hat sie geblufft und er ist gar nicht dabei. Oder ich habe ihn schon aussortiert.

An die letzte Möglichkeit wage ich gar nicht zu denken – dass er noch im Team ist und ich ihn kenne.

Es könnte Paul sein. Paul, den ich geküsst habe.

Es könnte Adrian sein, der mich abgrundtief hasst.

Tobias, der Kugelstoßer, der solche Angst hat, jederzeit gehen zu müssen.

Oder Nick, der so überheblich ist, dass ich ihn überhaupt nicht leiden kann.

Oder einer der anderen. Oder keiner von ihnen.

Beim Essen ist mir jeglicher Appetit vergangen. Ich stochere nur lustlos in meiner Mahlzeit und schiebe die Nudeln von links nach rechts. Schneide kleine Stücke vom Schnitzel und lasse sie zwischen den Nudeln verschwinden.

Dann sehe ich mich unter den Olympiakandidaten um. Sieht mir einer von ihnen ähnlich? Ist mir ein Charakter ähnlich?

Wie ist mein Charakter überhaupt? Leicht zu verunsichern bin ich nicht, das ist schon mal klar. Scheidet Tobias damit aus? Aber ich kann echt arrogant sein, auch wenn das hier vor allem gespielt ist. Also doch Nick?

Kann durchaus sein, dass mein Bruder mir überhaupt nicht ähnlich ist.

Was auch immer Dr. Higgs mit ihren blöden Andeutungen erreichen wollte, sie hat es geschafft. Ich bin so dermaßen verunsichert, wie keinen Tag zuvor, seit ich hier angekommen bin.

kapitel 19

Von meinen Plänen abhalten, lasse ich mich allerdings nicht. Jetzt noch weniger.

Daher warte ich am Abend, bis Ruhe im Haus eingekehrt ist und alle schlafen. Die Gefahr, selbst einzuschlafen, besteht nicht, ich bin nach wie vor aufgewühlt und vergleiche in Gedanken ständig mein Gesicht mit denen der Sportler.

Dann schlüpfe ich in dunkle Klamotten und fühle mich wie ein professioneller Einbrecher. Die Haare binde ich fest zusammen, die Schuhe haben leise Sohlen. Ich bin gerüstet und voll gespannter Aufregung. Was wohl in den Unterlagen steht? Kann ich feststellen, ob die Jungs gedopt sind? Und kann ich herausfinden, wer mit mir verwandt ist?

Der Korridor ist nicht beleuchtet, nur in unregelmäßigen Abständen fällt Mondlicht durch die Fenster und weist mir den Weg. Es ist anders als tagsüber. Abgesehen von der Dunkelheit ist es so still, dass man ein Blatt zu Boden fallen hören könnte, und leider bringt jede meiner Bewegungen die Kleidung zum Rascheln. Einbrecher ist keine überzeugende Zukunftsperspektive für mich, zumal mein Herz wie irre klopft und ich merke, wie viel Überwindung es mich kostet, trotz der Dunkelheit und der gespenstischen Stille weiterzuschleichen.

Ich komme nicht weit. Laute, deutliche Schritte nähern

sich mir, genau aus der Richtung, in die ich mich bewege. Hektisch sehe ich mich um, aber in diesem kahlen, schmucklosen Flur gibt es keine Möglichkeit, sich zu verstecken. Nun bemerke ich den Schein einer Taschenlampe, die den Boden beleuchtet, von rechts nach links wandert und nach und nach jeden Winkel unbarmherzig in Licht taucht.

Mist.

Ich stehe hier wie auf dem Präsentierteller.

Da ich nur langsam vorankomme, um bloß nicht gehört zu werden, kann ich nicht mal den Rückzug antreten. Ich wäre nicht rasch genug zurück in meinen Räumlichkeiten.

Mir bleibt nur eine Möglichkeit. Lautlos öffne ich die Tür zur Linken und schlüpfe leise in das Zimmer dahinter. Im ersten Moment weiß ich nicht, wo ich gelandet bin, aber dann höre ich laute Atemgeräusche. Ich bin nicht allein in diesem Raum. Mein Herz klopft noch wilder, wenn das überhaupt möglich ist.

Hier ist es dunkler als im Flur und meine Augen brauchen einen Augenblick, um sich an die veränderten Lichtverhältnisse anzupassen. Dann erkenne ich, dass nicht nur ein Mensch atmet, sondern mehrere, jemand schnarcht leise und regelmäßig, und insgesamt sechs Gestalten liegen in den Betten, die an den Wänden entlang aufgereiht sind.

Ich bin in einem der Schlafzimmer der Sportler gelandet, ausgerechnet.

Die schweren Schritte nähern sich, ich kann sie sogar durch die geschlossene Tür vernehmen. Die Wache gibt sich keine Mühe, leise und unauffällig zu sein. Stehenbleiben wie ein verängstigtes Reh kann ich auf keinen Fall, denn eine sorgfältige Aufsicht kontrolliert sicher die Zimmer der Jungs, und ich habe hier drin noch viel weniger verloren, als auf dem Flur. Ich sehe mich panisch nach einem Versteck um, dabei fällt mein Blick auf das Bett, welches sich der Tür am nächsten befindet.

Geöffnete Augen starren mich von dort an.

Fieberhaft suche ich nach einer Ausrede, irgendeinem Grund, aus dem ich mitten in der Nacht in diesem Zimmer stehe, der nicht absolut hirnrissig klingt. Mir fällt jedoch nichts ein. Überhaupt nichts, meine Redegewandtheit lässt mich im Stich, ausgerechnet jetzt, da ich sie am nötigsten brauche.

Die Gestalt im Bett ruft trotzdem nicht laut nach der Wache, die in diesem Moment vor der Tür haltmacht. Ich kann den Schein der Taschenlampe durch den Türspalt sehen, gleich stehe ich mitten im Licht, schwarz gekleidet wie ein Verbrecher. Die Person, die mich genau im Blick hat, weist unerwartet mit einem Finger unter ihr Bett und mein Körper reagiert, ehe der Verstand noch aus dem Staunen herauskommt. Flink schlüpfe ich darunter, es ist eng, ich passe nur mit Mühe hin und nur flach auf dem Rücken. Der Junge über mir ist nah an den Rand gerutscht, um das Bett möglichst wenig nach unten zu drücken, denn meine Sportler sind keine Leichtgewichte. Dennoch atme ich genau gegen die Matratze über mir.

Und doch habe ich es im letzten Augenblick geschafft. Langsam öffnet sich die Tür und der Schein der Taschenlampe wandert durch den Raum. Der Wachmann leuchtet jede einzelne Person sorgfältig an und kontrolliert die Anwesenheit. Unter die Betten schaut er nicht.

Leise fällt die Tür nach wenigen Augenblicken wieder ins Schloss, und die Dunkelheit kehrt zurück. Erst jetzt merke ich, dass ich den Atem angehalten habe, und hole tief Luft. Ich bin davon gekommen, in der letzten Sekunde. Dennoch bleibe ich liegen, ohne mich zu rühren, und lausche auf die sich entfernenden Schritte. In einem der Betten dreht sich einer der Schläfer, das Gestell quietscht und ich halte erneut den Atem an. Dann kehrt Ruhe ein, niemand wacht auf, die Kontrollbesuche der Wachleute sind hier Routine. Langsam nimmt auch mein Gehirn seine Arbeit wieder auf. Wer ist es? Welcher der Jungs hat mich gerettet? Von wem befinde ich mich jetzt in der Dunkelheit nur Zentimeter entfernt, nur durch eine dünne Matratze getrennt, durch die ich seine Körperwärme spüren kann?

Es kann nur Paul sein. Ich traue nur Paul zu, mich ohne Wenn und Aber zu verstecken, denn wenn ich aufgeflogen wäre, hätte er mit drin gehangen.

Die Erinnerung an Pauls Lippen auf meinen kommt wieder hoch, mit aller Macht, und malt mir ein Lächeln ins Gesicht. Sanft lege ich eine Hand gegen die Matratze, spüre den Körper über mir, der versucht, so leicht wie möglich zu sein, um mir mehr Platz zu geben, als da ist.

Dann rufe ich mich streng zur Ordnung. Jetzt ist der denkbar ungünstigste Moment an Küsse zu denken, die Wache hat ihre Kontrolle in diesem Bereich beendet und ich kann davon ausgehen, dass mein Weg zum Bürotrakt frei ist.

Entschlossen schiebe ich mich über den Boden unter dem Bett hervor, dankbar darüber, dass es hier so klinisch rein und sauber ist und ich mich nicht durch Schmutz wälzen muss. Ich will Paul leise meinen Dank zuflüstern und beuge mich nah an ihn heran, das Lächeln nach wie vor auf den Lippen.

Die Augen, welche mich jetzt wieder hellwach aus den Decken heraus ansehen, sind jedoch nicht blau und freundlich.

Ich stoße einen kleinen Schreckenslaut aus und schlage dann schnell die Hand vor den Mund. Es ist nicht Paul oder einer der anderen netten Jungs, Andrew oder Sebastian zum Beispiel.

Die Augen, die mich ansehen, sind dunkel, in diesem Dämmerlicht wie tiefe, schwarze Löcher. Es ist Adrian.

Adrian hat mich nicht an die Wache verraten.

Adrian hat mir gezeigt, wo ich mich verstecken kann, und mir eigens dafür Platz gemacht.

Sprachlos und geschockt drehe ich mich um und ergreife die Flucht. Ohne ein Wort, ohne mich wie geplant zu bedanken. Mechanisch schleiche ich weiter zu den Büroräumen, jetzt so in Gedanken und unaufmerksam, dass mich in diesen Augenblicken jede Wache erwischt hätte.

Glücklicherweise begegne ich niemandem.

Dann erreiche ich das Zimmer von Dr. Higgs, erleichtert, dass ich ohne weitere Zwischenfälle bis hier gekommen bin und werfe noch einen Blick nach links und rechts.

Mit einem Mal bin ich überzeugt, dass mich aus dem Schatten hinter mir ein Augenpaar beobachtet, genau registriert, was ich hier mache. Das kann nur Adrian sein. Natürlich ist er mir gefolgt, mir nachgeschlichen. Er hat mich nur nicht verraten, damit er mir hinterherspionieren kann, er will wissen, was ich mitten in der Nacht auf den Fluren verloren habe. Wütend kneife ich die Augen zusammen und mache ein paar rasche Schritte zurück, um ihn zur Rede zu stellen. Aber da ist niemand. Die Dunkelheit, meine Angst und die unheimliche Atmosphäre haben mir einen Streich gespielt.

Laut atme ich auf und will die Tür öffnen, um schleunigst vom ungeschützten Korridor wegzukommen. Ich drücke die Klinke nach unten, die Tür bewegt sich jedoch keinen Millimeter.

Frustriert rüttle ich am Türgriff, aber es nützt nichts. Es ist abgeschlossen. Ich lasse den Kopf gegen das Holz sinken, und ärgere mich über meine Dummheit. Logisch sind Dr. Higgs Räume nicht frei zugänglich, hier könnte ja sonst jeder die Nachtwache umgehen und sich Zutritt verschaffen. Ich bin so naiv.

Leider habe ich überhaupt keine Ahnung, wie man eine verriegelte Tür ohne passenden Schlüssel öffnet. Zähneknirschend mache ich mich auf den Rückweg, obwohl ich am liebsten die Tür mit roher Gewalt aufbrechen würde. Es ist einer dieser Momente, in denen jeder, der nur mein Äußeres sieht, erstaunt über meine Gelassenheit ist. Innerlich tobe ich vor Frust.

Auch jetzt erwarte ich hinter jeder Ecke und in jedem dunklen Winkel Adrian, der mir auflauert. Er ist optisch so düster mit seinen schwarzen Haaren und Augen, dass er mühelos mit dem Schatten verschmelzen kann, um mich plötzlich und unvorbereitet anzufallen. Ich traue ihm zu, genau das zu tun. Angespannt schleiche ich voran und versuche, in alle Richtungen gleichzeitig zu spähen. Ich darf mich bloß nicht überraschen lassen.

Als ich endlich am Schlafzimmer der Sportler vorbei bin und ohne Zwischenfall mein Zimmer erreiche, bin ich vor Angst schweißüberströmt. Und das Schlimmste ist, dass alles völlig umsonst war.

Ich bleibe planlos. Wie auch immer ich mir Zutritt zu dem Büro verschaffen soll, ist mir ein Rätsel, und so vergeht die Woche und ich bewege mich so missmutig wie nie zuvor durch das Internat. Natürlich halte ich die Augen nach einer Gelegenheit offen, aber es geschieht genauso natürlich kein Wunder.

Paul macht sich Sorgen um mich. Immer wieder wirft er mir diese Blicke zu, die mir auf der einen Seite gefallen, weil es schön ist, sich nicht so allein zu fühlen, die mir aber auf der anderen Seite unheimlich sind. Ich darf nicht vergessen, dass er ein Junge ist, genau genommen ein Mann, und ich mich möglicherweise doch in ihm täusche und er das Nette, Harmlose nur spielt. Meine Erziehung steckt mir tiefer in den Knochen, als es mir lieb ist, und das Misstrauen lässt sich nur schwer abschütteln.

Über Adrian denke ich wohlweislich gar nicht nach. Er ignoriert mich vollkommen, so wie vorher auch, und genauso halte ich es.

Donnerstagabend klopft es zaghaft an meiner Tür. Ich öffne nur widerwillig, die Sorge, es könnte Adrian sein, der mich erpressen will oder was auch immer, lässt es allerdings nicht zu, das Klopfen zu ignorieren.

Doch es ist Paul.

»Ist alles in Ordnung bei dir?«, fragt er mich. Sein Blick

wandert zu meinem Hals, die kleine Wunde ist jedoch längst verheilt. »Bist du noch immer aufgewühlt? Brauchst du Trost? Du gehst mir wieder aus dem Weg.«

Es ist wie am Montag, nur bin ich heute nicht den Tränen nah, sondern auf der Stelle in großer Versuchung, Paul erneut zu küssen. Aus genau diesem Grund bin ich ihm ja die ganze Woche aus dem Weg gegangen. Jetzt verharrt mein Blick auf seinem Mund, der mir so nah ist und der diese anteilnehmenden Worte spricht und der noch viel tollere Dinge kann. Mit Paul geschieht dasselbe, auch er zeigt diesen sehnsüchtigen Blick und kann die Augen nicht von meinen Lippen lassen. Zwei Sekunden können wir widerstehen, aber dann liege ich ihn seinen Armen. Heute ist der Kuss nicht so tastend und zaghaft, wir haben Erfahrungen gesammelt und unsere Lippen finden schnell einen Rhythmus. Ein leises Prickeln breitet sich in meinem Körper aus, mir ist schleierhaft, wie ich jemals denken konnte, dass Küssen nicht schön, sondern ekelhaft, ist.

Nach und nach verändert sich der Kuss. Pauls Lippen werden drängender, er küsst intensiver, die Hände, die bis gerade eben noch sanft auf meinem Rücken lagen, pressen sich stärker an mich. Und pressen damit meinen Körper näher an seinen, meine Brüste enger an seinen Oberkörper und ich fühle jeden seiner Atemzüge, die mittlerweile schneller kommen, so als ob er laufen würde. Er bewegt die Hände an meinem Rücken entlang und ich spüre seine Zunge an den Lippen, die sich einen Weg in meinen Mund hineinbahnt. Es ist noch immer schön, aber mit einem Mal auch ein wenig beängstigend. Mit so einer intensiven Reaktion habe ich nicht gerechnet.

Irgendwie fühlt Paul etwas, das ich nicht fühle. Mein Atem fließt entspannt und ich habe nicht das Bedürfnis nach Zungenkontakt. Außerdem hält er mich ein bisschen zu fest. Ich denke, ich habe ihn gefunden, den Unterschied zwischen Männern und Frauen.

Seine Hände sind jetzt an meinen Hüften gelandet, sein Mund, der sich heftig an meinen presst, ist leicht geöffnet und plötzlich stöhnt er auf.

Erschrocken reiße ich mich los.

Mit roten Flecken im Gesicht und einem veränderten Gesichtsausdruck steht Paul vor mir, dann wendet er sich wortlos ab und rennt weg.

Was war das? Habe ich ihm wehgetan? Gebissen, so fest, dass er vor Schmerz stöhnen musste.

In diesem Moment beschließe ich, Paul in keinem Fall erneut zu küssen, egal, wie schön es zumindest zu Beginn war. Ich will ihm nicht wehtun.

Außerdem darf ich nicht vergessen, dass er mein Bruder sein könnte.

kapitel 20

Am Freitag fahre ich mit einem unguten Gefühl nach Hause. Seit dem abgebrochenen Kuss habe ich mit Paul kein Wort mehr gewechselt. Das ist jedoch das kleinste Problem, das ich habe, denn momentan ziehe ich Probleme magisch an. Das Wissen, dass Dr. Higgs meine Abwesenheit nutzen wird, um hinter meinem Rücken weitere geheime Tests an den Sportlern durchzuführen, macht mir aufrichtig Sorgen. Vor allem da diese keine Möglichkeit haben, sich dagegen zu wehren. Aber so verrückt, ab jetzt pausenlos im Internat zu bleiben, bin ich dann doch nicht.

Ich bin mit den Mädels im Wohnwagen verabredet. Als ich eintreffe, liegt unser Geheimversteck still und verlassen da. Meine erste Aktion besteht darin, die Keksdose zu plündern, die dank Fiona und Sophie immer gut gefüllt ist. Heute sind es Schoko-Cookies, und ich stöhne leise vor Wohlbehagen.

Dabei ziehe ich einen irritierenden Vergleich. Unter Umständen signalisierte Pauls Stöhnen bei unserem Kuss keinen Schmerz, sondern Begeisterung. Die Vorstellung, für Paul ein Schoko-Cookie zu sein, behagt mir allerdings gar nicht.

Die Kekse krümeln. Ich habe Schokoflecken auf meiner Hose, als Fiona hereinkommt. »Du Verfressene, sind noch Cookies übriggeblieben?«, ruft sie anstatt einer Begrüßung.

»Das ist eine Frechheit. Mit der Menge, die ihr hier hortet, kann man eine Kompanie durchfüttern. Die könnten nicht einmal meine Sportler vernichten«, entgegne ich empört. Ich bin gar nicht so verfressen. Also, schon wenn es sich um Fionas Schoko-Cookies handelt, aber in den meisten anderen Fällen habe ich durchaus Tischmanieren.

»Meinst du, die würden meine Kekse mögen?«, fragt Fiona mit großen Augen.

»Sie würden sie lieben!«

Fiona strahlt vor Freude. »Ich backe eine Portion, wenn du sie dann mitnimmst.«

»Ja, klar, nehm ich die mit.« Ich rieche hingebungsvoll an einem Keks, bevor ich ihn mir in den Mund schiebe und mit vollem Mund weiterrede. »Falls du dir die Arbeit für völlig fremde Typen machen willst.«

»Ich habe sie ja schon auf dem Video gesehen.« Fiona lächelt und beißt versonnen in einen Cookie. »Paul darfst du gerne zwei geben.«

Das war ja klar. Der erobert die Frauen wirklich im Sturm und dazu muss er noch nicht einmal persönlich anwesend sein. Er kann definitiv nicht mein Bruder sein, denn mit seiner Ausstrahlung kann ich nicht mithalten.

»Adrian darf ich dann wahrscheinlich keinen geben«, kichere ich und Fiona wirft mir einen vorwurfsvollen Blick zu.

»Man kann doch niemanden ausgrenzen, egal, wie böse er ist. Eventuell leidet er ja einfach nur unter Zuckerentzug.«

»Eventuell. Aber er grenzt sich schon von allein aus, glaub mir. Er wird so oder so keinen Keks nehmen.«

Ich verziehe das Gesicht bei der Erinnerung, wie er meinen Muffin stehenließ. Wieso ärgert mich das bloß noch immer? Leider kann ich mir nicht vorstellen, dass es reicht, ihn mit Zucker abzufüllen, damit er entspannt und zufrieden wird. So viel Zucker gibt es auf der ganzen Welt nämlich nicht.

Amber platzt mit lautem Gepolter in den Raum, Emily und Sophie im Schlepptau.

»He, wieso esst ihr schon Cookies? Habt ihr keine Manieren und könnt warten, bis alle da sind?«

Ich zucke nur entschuldigend die Schultern.

»Zuckermangel«, erkläre ich mit vollem Mund. »Ich habe da momentan keine Kontrolle drüber.«

Dann wendet sich unser Gespräch ernsteren Themen zu und ich erzähle, was ich über den ausgerissenen Jungen erfahren habe, den wir letztes Wochenende im Park überrascht und gestellt haben. Dank Paul weiß ich jede Menge. Mitleid mit ihm hat außer mir aber keines der Mädchen.

»Wenn das nicht mal ein lebendes Beispiel dafür ist, wie Männer sind«, ereifert sich Amber. »Gemeingefährlich, unzurechnungsfähig und so. Sollen wir heute Abend eigentlich noch mal ins Underground gehen?«

Das Underground ist unsere Lieblingsdisco, denn dort läuft mit Abstand die beste Musik, das Ambiente ist absichtlich ein wenig auf heruntergekommen und schäbig getrimmt und die Drinks sind auch nicht zu verachten. Trotzdem ist Ambers Themenwechsel so abrupt, dass wir nur schleppend reagieren.

»Lust zu tanzen hätte ich schon«, sagt Sophie mit einem unentschlossenen Blick zu mir. »Aber wenn Max lieber hierbleiben möchte, ist das okay.«

Mich zu schonen, ist heute nicht nötig.

»Underground ist durchaus drin, ich kann ein paar Drinks gebrauchen. Aber ihr müsst mir erst bei einem Problem helfen.«

»Wirf ihn raus.« Amber klatscht theatralisch in die Hände. »Das kann doch nicht so schwer sein, Maxine, echt, du machst dir nur zu viele Gedanken.«

»Wen?«, fragt Fiona perplex. »Wen soll sie rauswerfen?«

»Ist doch egal.« Amber verdreht entnervt die Augen. »Wer auch immer das Problem ist, der fliegt raus.«

»Und wenn es Paul ist?«, ereifert sich Fiona, die wirklich einen Narren an ihm gefressen hat.

»Und wenn es Paul ist, der schöne Paul?«, äfft Amber sie nach. »Ist doch egal, jeder Junge weniger ist ein Gewinn, egal wer.«

Emily und Sophie mischen sich ein und mit einem mal reden alle durcheinander.

»Es ist nicht egal, wer es ist!«

»Rauswerfen ist doch keine Lösung für alles.«

»Aber Max macht sich wirklich zu viele Gedanken.«

Mir schwirrt der Kopf und kurz wünsche ich mich zurück ins Internat. »Stopp!«, brülle ich also in das Durcheinander. »Es ist kein Jungenproblem.«

Jetzt herrscht Ruhe und ich hole tief Luft. Dann schildere ich die Auseinandersetzung mit Dr. Higgs und meinen Plan, die Unterlagen über die Sportler zu stehlen. Dass ich nachts durch das Internat geschlichen bin und Adrian mich retten musste, verschweige ich und habe ein schlechtes Gewissen dabei. Ich verschweige meinen Freundinnen immer mehr.

»Ich weiß nicht, wie ich die verschlossene Bürotür unbemerkt öffnen kann«, schließe ich meine Erläuterungen.

»Warum forderst du sie nicht einfach ein?«, fragt Amber, die immer dafür ist, den leichtesten und geradesten Weg zu gehen. »Immerhin hast du ein Recht auf alle Informationen über die Sportler.«

»Weil diese Frau behauptet, es gäbe keine Unterlagen«, erwidert Fiona, leicht genervt, und perplex schauen wir sie an. Es passiert nie, dass Fiona cleverer ist als Amber und besser aufgepasst hat.

»Genau«, stimme ich ihr dann zu. »Ich muss sie mir heimlich besorgen. Und wenn ich sie habe, kann Dr. Higgs mich nicht einmal beschuldigen, sie geklaut zu haben, weil sie ja offiziell nicht existieren.«

Emily hat während unseres Geplänkels bereits das Internet befragt. Ich hoffe, sie findet diesmal bessere Vorschläge, als zu dem Zeitpunkt, zu dem sie beschloss, sie müsse mir das Bein brechen.

»Du kannst das Schloss aufbohren«, sagt sie.

Ich winke ab. »Zu laut.«

»Oder es mit einem Draht oder einer Kreditkarte aufhebeln.«

Mit großen Augen sehen wir uns ein Video an, in dem jemand demonstriert, wie verschlossene Türen zu knacken sind.

»Das ist nicht zu fassen, es gibt Videoanleitungen für Einbrecher«, staunt Sophie. »Ob es das auch für andere Verbrechen gibt?«

»Kreditkartenbetrug für Dummies«, schlägt Emily vor.

»Ja, oder: Der perfekte Mord – leicht gemacht.«

»Erschaffe deinen eigenen Serienkiller.«

Wir werden albern und überbieten uns in schwachsinnigen Anleitungen für absolut gruselige Verbrechen. Emily sucht nach ein paar der Ideen, wird aber glücklicherweise nicht fündig.

»Ich weiß nicht, ob ich das mit diesem Draht hinbekomme, leicht sieht es nicht aus«, jammere ich, als wir unseren albernen Anfall beendet haben.

»Du musst halt geduldig sein.« Emily wirft mir einen strengen Blick zu, aber sie weiß genau, dass feinmotorische Geduld nicht meine Stärke ist. Da ist eher sie der Fachmann.

»Kannst du nicht vorbeikommen?«, bettle ich sie also an. »Einen Schlüssel für die Tür nach draußen habe ich inzwischen.«

»Ja, mitten in der Nacht«, antwortet Emily leicht sarkastisch. »Das wird niemandem auffallen. Da kannst du genauso gut das Schloss aufbohren.«

»Oder du lässt dir von Paul helfen«, wirft Fiona ein. »Er macht einen sehr geschickten Eindruck.«

Wir stöhnen im Chor auf und beschließen, uns auf den Weg ins Underground zu machen.

Da kann Fiona tanzen und sich dabei ausmalen, in Pauls Armen zu liegen, so viel sie will. Reden kann sie dort nicht mehr darüber, die Musik ist für Gespräche definitiv zu laut.

Später auf dem Heimweg bin ich mit Emily allein. Nach dem wilden Durcheinander unseres Treffens im Wohnwagen und dem aufpeitschenden Lärm der Disco, genießen wir beide die Ruhe der Nacht.

Endlich noch einmal.

Wir schlendern im Dunkel von der Bahn nach Hause, nur der Schein des Mondes und der Straßenlaternen erhellt den Weg. Ich liebe diese Tageszeit. Es ist still und friedlich, keine geschäftigen Menschen, die zu ihrer Arbeit oder ihrer Freizeitbeschäftigung eilen, keine laut kreischenden, kleinen Mädchen, die Fangen spielen oder sich in einer Ecke Geheimnisse zuflüstern. Die perfekte Gelegenheit, im Schutz der Dunkelheit die Dinge auszusprechen, die mir nach wie vor peinlich und unerklärlich sind.

»Weißt du«, fange ich vorsichtig an. »Fiona hat schon recht.«

»Wie meinst du das?«

»Mit Paul«, sage ich leise und bin froh, dass Emily mein Gesicht im diffusen Licht nicht gut erkennen kann. Wahrscheinlich leuchte ich wie eine Tomate.

»Ist er handwerklich geschickt?«

Emily ist ein wenig begriffsstutzig. Wohl oder übel muss ich deutlicher werden.

»Nein, also, das heißt, keine Ahnung«, druckse ich herum. »Er ist ein besonderer Mensch, das wollte ich damit sagen.«

Von Emily kommt ein komischer, schnaubender Laut.

»Du jetzt also auch?«, sagt sie abfällig.

Mein Gesicht brennt inzwischen vor Verlegenheit, aber ich platze, wenn ich nicht darüber rede. Und da kommt eben nur Emily in Frage, obwohl sie noch nie Kontakt zu Männern hatte und nach wie vor der festen Überzeugung ist, dass sie Monster sind, die sowohl ihre Haft als auch ihre Behandlung verdienen.

»Was auch immer du damit meinst, aber ja. Ich auch. Die Jungs sind nicht so, wie man es uns gesagt hat.«

»Wie man ja letzten Samstag prima erkennen konnte.« Emilys Stimme ist voll Sarkasmus, sie hat erwartungsgemäß nur das Messer gesehen und die Panik des Jungen nicht wahrgenommen.

»Ich habe erlebt, was mit den Jungs passiert, Emily, und ich will nicht gutheißen, was er gemacht hat, aber verstehen kann ich ihn schon. Diese Behandlung, die sie über sich ergehen lassen müssen, ist echt übel. Das würde ich meinem schlimmsten Feind nicht wünschen.«

»Aber Männer sind unsere schlimmsten Feinde. Du willst doch nicht, dass sie uns unterdrücken, wie sie es früher taten, und ihre tierischen Triebe rücksichtslos an uns ausleben.«

»Ich weiß nicht, Emily, ich glaube ganz so, wie es immer dargestellt wird, ist es nicht.«

Ich bleibe stehen, genau unter einer Laterne. Das Licht beleuchtet mein Gesicht und ich sehe Emily fest an.

»Egal, wie befremdlich du das jetzt findest, aber die Wahrheit ist: Ich habe Paul geküsst und es war nicht ekelhaft.«

Emily starrt mich fassungslos an. »Hat er dich gezwungen? Du musst ihn loswerden.«

Ich schüttle den Kopf. »Nein, es war anders herum. Er hat nichts gemacht, gar nichts. Ich war es. Ich habe ihn geküsst.«

»Also, wie genau jetzt?«

»Ich habe meine Lippen auf seine gelegt und es hat sich schön angefühlt. Es ist wie…« Ich überlege lange, während Emily mich anstarrt, hin und her gerissen zwischen Faszination und Ekel. »Es ist wie eine Süßigkeit, nur nicht süß, aber du willst auf jeden Fall mehr davon«, beende ich die Überlegungen dann lahm. Ich weiß wirklich nicht, wie ich mein Gefühl bei dem Kuss beschreiben soll.

»Wie in dem Film?«

»Ja, irgendwie schon. Aber da wirkte es so gezwungen, so war es nicht.«

»Ich finde es ekelhaft«, sagt Emily dann entschlossen. »Egal, was du sagst.«

Schweigend gehen wir weiter.

»Wirst du ihn noch einmal küssen?«, fragt sie nach einer Weile.

»Nein, ich denke nicht«, erwidere ich und bin selbst etwas enttäuscht über die Entscheidung. »Er könnte mein Bruder sein. Ich muss dringend an diese Unterlagen kommen.«

kapitel 21

Irgendwie ist in der kommenden Woche der Wurm drin. An Fionas Schoko-Cookies liegt es eindeutig nicht, denn wie erwartet stürzen die Jungs sich darauf und überhäufen die Bäckerin so mit Komplimenten, dass Fiona noch wochenlang die Ohren klingeln werden. Ich drehe ein Video von ihrer Begeisterung, da Fiona es eindeutig verdient hat, das Lob möglichst naturgetreu mitzubekommen.

Aber danach geht alles schief. Ich schleiche in der Nacht abermals zum Büro, eine halbe Stunde später, um diesmal der Wache zu entgehen, und stelle fest, dass ich nicht in der Lage bin, die Tür zu öffnen. Weder mit einer Karte noch mit einem Draht, egal, wie oft ich mir dieses dämliche Video ansehe. Entweder ist die Anleitung zum perfekten Einbruch nicht echt oder ich bin einfach zu blöd.

Die Stimmung im Team ist ebenfalls angespannt. Ich habe den Verdacht, dass am Wochenende etwas vorgefallen ist, aber der Einzige, den ich fragen könnte, nämlich Paul, geht mir aus dem Weg. Ich sollte erleichtert sein. Endlich ist es umgekehrt. Endlich weicht er mir aus. Endlich ist es möglich, meine Ruhe zu haben. Ich bin aber nicht erleichtert, obwohl ich beschlossen hatte, ihn nicht mehr zu küssen, und es leichter ist, wenn die Versuchung sich nicht in allzu großer Nähe befindet.

Eine Erklärung wäre, dass Adrian wieder vollkommen ausgeflippt ist. Eine Weile beobachte ich ihn, aber diesem Jungen ist nichts anzumerken. Entweder steckt er so etwas weg wie nichts oder ich irre mich.

Mittwoch ist wie gehabt unser Ausdauer- und Entspannungstag. Das mit der Ausdauer klappt immer besser, sogar bei Tobias, der beim besten Willen kein Läufer ist und auch nie einer wird, aber von Entspannung sind wir weit entfernt.

Als ich am späten Nachmittag in die Mensa komme, herrscht so eine angespannte Atmosphäre, dass ich unauffällig in der Tür stehen bleibe.

»Ist ein Buch über Dinosaurier nicht zu spannend für dich, du Baby? Vielleicht solltest du lieber etwas mit niedlichen Häschen und Hundewelpen lesen.« Nick steht neben Andrew, der lesen übt, so wie er es mittlerweile in jeder freien Minute macht. Er lacht gehässig. »Obwohl, lesen kann man das Gestammel ja nicht nennen.«

Andrews Gesichtsfarbe konkurriert mit seiner Haarfarbe und das soll bei den flammend roten Haaren wirklich was heißen. Einige der anderen Sportler stehen um die beiden herum, darunter Paul und Adrian, und verbergen den Blick auf mich. Obwohl Andrews Hände vor Wut zittern, versucht er trotzdem, Nick zu ignorieren und sich einfach weiter seinem Buch zu widmen. Ein hoffnungsloses Unterfangen, aber ich rechne ihm den Versuch, cool zu bleiben, hoch an.

Ich selbst bleibe alles andere als cool.

Aber bevor ich mich bemerkbar machen kann, mischt Adrian sich ein.

»Noch ein Wort, du Arsch, und ich schlage dein Gesicht zu Brei«, knurrt er in Nicks Richtung.

»Ja, klar, so dämlich kannst auch nur du sein«, erwidert Nick unbeeindruckt. »Als ob du deine Olympiateilnahme gefährden würdest. Du bist doch bei Miss Summer schon fast zum Arschkriecher mutiert.«

Ich reiße ungläubig die Augen auf. Ausgerechnet Adrian

kann man diesen Vorwurf beim besten Willen nicht machen. Adrian ballt die Fäuste. Er ist wirklich leicht zu provozieren.

»Arschkriecher-Adrian«, lacht plötzlich ein Weiterer laut auf. »Und Analphabet-Andrew. Das passt so wunderbar zusammen, ihr solltet ein Liebespaar sein. Oder seid ihr es schon?«

Adrian knurrt, Paul fasst ihn hart am Arm und hält ihn zurück.

»Ignorier die Deppen einfach«, sagt er möglichst gelassen. »Ihr zwei zeigt auf dem Sportplatz, was ihr drauf habt, und könnt den Neid der Blödmänner locker wegstecken.«

Da ist was dran. Adrian und Andrew sind die mit Abstand besseren Athleten und wahrscheinlich steckt purer Neid hinter den dummen Sprüchen. Paul ist eindeutig beherrschter und intelligenter, als ich Männern zugetraut hätte.

Im Laufe des Wortwechsels haben sich zwei Lager gebildet. Keine Ahnung, ob diese Aufteilung schon immer existiert hat oder sich gerade spontan ergibt, aber es ist klar zu erkennen, wer zu Nick und seinen boshaften Provokationen steht und wer nicht.

Adrian beherrscht sich nur mit letzter Kraft und ohne Pauls festem Griff, läge er längst auf Nick.

Paul versucht, ihn aus dem Raum zu ziehen.

»Komm, wir gehen.«

»Genau, Muttersöhnchen, Higgs Liebling. Mach dich aus dem Staub, sobald mal klare Worte fallen. Ich kann euch echt nicht mehr sehen, der eine strohdumm, der andere ein weichgespülter Frauenversteher und der dritte ein masochistischer Perverser, dem einer abgeht, wenn er Prügel bezieht.«

Das war zu viel.

Egal, wie sehr Paul zieht, Adrian ist nicht mehr zu halten und stürzt sich auf Nick. Darauf haben die anderen nur gewartet und nun nehmen sie Adrian zu viert in die Mangel. Allerdings nicht lange, denn mit einem Mal mischt sich der Rest ein und ausnahmslos alle schlagen sich.

Ich bin fassungslos, schockiert und ein paar Minuten kann ich mir das Getümmel nur tatenlos ansehen. Fäuste fliegen durch die Luft, Körper gehen zu Boden und rappeln sich auf, hin und wieder ertönt ein Schmerzensschrei, aber niemand kommt zur Vernunft und entfernt sich aus dem Kampf.

Jason hat einen Schlag auf die Nase einstecken müssen und taumelt rückwärts in meine Richtung und erst das reißt mich aus der Erstarrung.

Ich blase in die Trillerpfeife, einmal, mehrmals, als keiner reagiert und erst als ich selbst fast taub von dem Lärm, den ich produziere, werde, hören mich die ersten Kämpfer und stellen nach und nach ihre Aktionen ein.

Mit wütend zusammengekniffenen Lippen gehe ich in den Raum hinein, der in atemloser, entsetzter Stille erstarrt ist. In der Mitte sitzt Adrian auf Nicks Oberkörper, die Faust zum Schlag erhoben. Er rührt sich nicht, sein Blick auf mir ist plötzlich nicht mehr wütend, sondern resigniert. Dann lässt er die Hand fallen und steht auf.

Ich schaue mich um und bin umringt von betretenen Mienen. Die meisten Jungs sehen zu Boden. Ich entdecke aufgeplatzte Lippen, Schürfwunden an den Händen, und ich bin mir sicher, dass sich da so einige blaue Flecken entwickeln werden.

Kurz schließe ich die Augen. Was für eine beschissene Woche ist das bloß?

Was soll ich mit den Jungs machen?

Alle aus dem Team werfen und die Olympiateilnahme abblasen? Verdient hätten sie es ausnahmslos.

Nick berappelt sich als Erster.

»Maxine, so ein Glück, dass du kommst, er hätte mich fast totgeschlagen.« Dabei weist er auf Adrian, der noch nicht einmal versucht, sich zu verteidigen. Abgesehen davon habe ich ihn in voller Aktion erwischt, was seine Möglichkeiten zur Verteidigung stark einschränkt. Er hält den Blick gesenkt, das Gesicht ausdruckslos, die personifizierte Schuld.

Ich seufze laut auf.

»Es ist nicht das erste Mal«, fährt Nick übereifrig fort und erhebt sich dabei langsam und mit übertrieben schmerzerfüllten Gesicht vom Boden. »Er hat schon immer zugeschlagen. Er hatte ständig nur Ärger. Den kann man unmöglich ins Ausland lassen. Und er da hat mitgemacht.«

Jetzt zeigt er auf Paul.

Bei Nicks Worten keimt langsam ein Verdacht in mir. Nick ist möglicherweise ebenfalls cleverer als erwartet, wenngleich auch nicht positiv clever, sondern intrigant clever. Er weiß schließlich haargenau, dass er im sportlichen Vergleich gegen Adrian und Paul keine Chance hat. Wenn beide weg sind, steht er bedeutend besser da.

Womöglich war das ganze Unterfangen in voller Absicht so inszeniert, dass ich die Schlägerei mitbekomme und mir nichts anderes übrig bleibt, als die Übeltäter rauszuwerfen.

Ich sehe Nick in die Augen, ein paar Sekunden halte ich wortlos seinen Blick, aber er knickt nicht ein. Keine Ahnung, was ich gemacht hätte, wenn ich wahrhaftig erst mitten in der Prügelei in den Raum gekommen wäre, denn so wie es sich eindeutig darstellt, ist Adrian der Schuldige, ein unkontrollierbarer Schläger, und mindestens Paul hängt mit drin. Ohne die beiden brauche ich allerdings gar nicht bei Olympia anzutreten, zumindest nicht, wenn wir da was erreichen wollen.

Paul sendet mörderisch wütende Blicke in Nicks Richtung, der sich das Blut von der Lippe wischt und nur mit Mühe ein schadenfrohes Grinsen unterdrückt. Dem immer redegewandten Paul fehlen momentan auch die Worte.

»Ich bin schon etwas länger im Raum«, sage ich langsam und warte auf Nicks Reaktion. Noch wirkt er nicht besorgt. »Länger, als du denkst.«

Kurz flackert eine erste Sorge in seinen Augen auf, er hat sich jedoch gut im Griff.

»Das tut mir leid zu hören, so eine Schlägerei sollte ein Mädchen nicht erleben müssen«, erwidert er aalglatt.

»Ein Mädchen sollte aber auch keine Worte wie ›masochistischer Perverser, dem einer abgeht, wenn er Prügel bezieht‹ hören«, sage ich betont freundlich.

Nick weicht die Farbe aus dem Gesicht und in Pauls Miene keimt ein Hoffnungsschimmer. Nur Adrian starrt nach wie vor zu Boden, als hätte er nichts mit der Situation zu tun. Ob Nick recht hat? Ich will es nicht ernsthaft wissen, aber der Verdacht drängt sich immerhin auf.

Unwillig schüttle ich den Kopf und richte meine Aufmerksamkeit wieder auf Nick und die Sportler, die ihn umringen und sich gegenseitig besorgt anblicken.

»Das musst du falsch verstanden haben«, sagt Nick schließlich. Eine äußerst lahme Ausrede, wie ich finde.

»Was habe ich denn noch alles falsch verstanden?« Ich lasse meinen Blick über die Jungs schweifen. »Die Info, dass Adrian ein Arschkriecher ist und Andrew ein Analphabet? Oder die Aufforderung an Andrew, Bücher über Häschen und Hundewelpen zu lesen?« Meine Stimme hat jegliche aufgesetzte Freundlichkeit verloren, sie klingt genauso kalt, wie ich mich fühle. »Du gehst jetzt auf dein Zimmer und packst deine Sachen. Du bist nicht mehr im Team. Und ich lasse dir die Wahl, entweder machst du es ohne Aufhebens oder ich gebe an die Internatsleitung weiter, aus welchem Grund du gehen musst.«

Nick wird bei meinen Worten erst blass, dann kriecht die Wut über sein Gesicht.

»Für euch gilt dasselbe.« Ich zeige auf alle, die sich Nick angeschlossen haben. Das sind so einige. »Denn es stimmt, wir präsentieren im Ausland nicht nur unsere sportliche Leistung, alles andere wird genauso im Fokus stehen und ich werde keine intriganten Lügner mitnehmen. Ich finde euch widerlich.«

Die Stille, die auf meine Worte folgt, ist atemlos. Nick und seine Verbündeten sehen fassungslos aus, wütend und ich habe keine Ahnung, welche Reaktion mich jetzt erwartet.

Eine erneute Meuterei?

»Das kannst du nicht machen«, sagt einer von Nicks Freunden schließlich. Bisher hatte ich ihn durchaus als netten Kerl eingestuft. »Wir sind gute Zehnkämpfer.«

»Aber schlechte Charaktere«, erwidere ich.

Nick zeigt auf Tobias. »Und was ist mit dem? Der wird eine Blamage fürs Land. Darf der etwa bleiben?«

Was haben die nur immer mit Tobias?

Der arme Kerl windet sich unter den erneuten Vorwürfen.

»Und Sebastian kann nur weit und hoch springen«, wirft ein weiterer ein. Henry, mir ist neu, dass auch er so ein Neider ist.

»Ich habe schon einige Male erklärt, dass Tobias Weltklasse ist. Und ihr seid nicht in der Position, Diskussionen mit mir zu führen. Verschwindet jetzt!«

Paul und Leo bauen sich rechts und links vor mir auf, als Schutz, in Angriffshaltung, und das macht endlich Eindruck.

Noch immer fassungslos und inzwischen laut murrend verlässt die Gruppe um Nick den Raum. An der Tür dreht Nick sich ein letztes Mal um.

»Das wird dir noch leidtun, mit der Losertruppe wirst du dich blamieren«, zischt er mich an.

Ich lächle nur müde. Mich kann man nicht so leicht provozieren.

»Bleibt bitte hier, bis sie weg sind«, weise ich die übrigen Sportler an. Es sind nur noch zehn.

Dann gehe ich, um Thomas zu suchen und ihn über die neuesten Entwicklungen zu informieren.

Als ich zurückkomme, sitzen meine zehn verbliebenen Sporttalente still und bedrückt im Raum.

Ich lasse den Blick über sie gleiten. Paul und Adrian, wie Engel und Teufel. Tobias, der Kugelstoßer, Sebastian, der Stabhochspringer, Andrew, der nur weit und hoch springen kann. Und schließlich Leo, Jason, Simon, Pascal und Patrick, die alle recht passabel im Zehnkampf sind. Das ist der mir verbliebene Rest von fünfzig Sportlern.

»Das war nicht schön«, sage ich und reibe mir müde mit der Hand durch das Gesicht. »Aber ich hoffe, dass so etwas nie wieder geschieht.«

Paul nickt, der Rest schweigt.

»Thomas sagt, ihr sollt alle in ein Zimmer ziehen. Es passt ja genau.«

»Klar, machen wir«, antwortet Andrew, der wieder sein Dinosaurierbuch in den Händen hält und es ruhelos hin- und herdreht. Er hat eindeutig etwas auf dem Herzen, trotzdem braucht er mehrere Anläufe, ehe er spricht.

»Es ist meine Schuld«, murmelt er. »Es ist nur passiert, weil ich zu blöd zum Lesen bin.«

»Das stimmt nicht«, fällt ihm Leo ins Wort.

»Nein, natürlich stimmt das nicht«, pflichte ich ihm bei. »Das ist geschehen, weil Nick einen Vorwand gebraucht hat, um euch zu provozieren.« Ich werfe einen wütenden Blick auf Adrian. »Und es hat nicht viel benötigt, um es eskalieren zu lassen. Das war wirklich extrem unclever.«

Adrian blickt weiterhin auf den Boden, ununterbrochen seit ich das Zimmer betreten habe. Es ist nicht zu erkennen, ob er sich schämt oder einfach bockig ist. Ich tippe auf Zweiteres.

»Abgesehen davon hast du tolle Fortschritte beim Lesen gemacht«, muntere ich Andrew auf und von allen Seiten ertönt zustimmendes Gemurmel. In dieser Gruppe ist eindeutig niemand, der Andrew deswegen runtermachen wird. Da sie alle zusammengehalten haben, kann ich davon ausgehen, dass sie sich gut verstehen, obwohl mir schleierhaft ist, wie Adrians Rolle im Team ist.

Ich habe den Rest der Schoko-Cookies mitgebracht, den ich mir für die Woche als eiserne Reserve zurückgelegt habe. Aber genau jetzt ist definitiv der richtige Zeitpunkt, sie zu opfern, denn wir brauchen alle dringend eine Aufmunterung.

Die Keksdose macht die Runde und die Jungs greifen zaghaft, gleichzeitig aber begeistert zu. Dann erreichen die Kekse Adrian. Er hält sie unentschlossen in den Händen und plötzlich finde ich die Situation höllisch interessant. Nach diesem ganzen Drama, vor allem um seine Person, kann er wohl kaum wütend aus dem Raum stürmen, nur weil ich ihm Kekse anbiete. Gespannt beobachte ich ihn.

Schließlich gibt er sich einen Ruck, nimmt einen Cookie und reicht die Dose weiter. Soll das eine Art Friedensangebot sein? Erleben wir jetzt und hier, wie sich sein widerspenstiger Charakter in einen zahmen, zuckerbesänftigten verwandelt? Ich müsste ein Foto machen und es an Fiona schicken, denn irgendwie ist das hier eine kleine Sensation.

Die Keksdose ist schneller leer, als mir lieb ist, die restliche Woche werde ich erneut mit null Zucker klarkommen müssen. Verzweifelt verziehe ich das Gesicht.

»Die anderen müssten jetzt weg sein.« Ich verschwende keinen Gedanken, daran, dass sie schon gleich alle an einer Infusion hängen und dieses ekelhafte Medikament verabreicht bekommen, so sauer bin ich über die fiese Intrige. »Am besten zieht ihr jetzt um und richtet euch ein.«

»Wir nehmen unser Zimmer, schlage ich vor«, sagt Paul. »Da sind ja eh schon fünf von uns drin.«

Die Kandidaten verlassen den Raum, aber ich halte Adrian mit einem Zeichen zurück.

»Warte, mit dir habe ich noch etwas zu bereden.«

Leo und Simon haben meine Aufforderung gehört, sie zögern und werfen Adrian warnende Blicke zu, bevor sie widerwillig die Mensa verlassen. Am liebsten würden sie wohl hierbleiben und darauf aufpassen, dass ihr Kumpel nicht wieteren Mist baut. Aber da muss er jetzt ohne ihre Hilfe durch.

Die Tür schließt sich hinter den beiden.

Wir bleiben zu zweit zurück und zum allerersten Mal bin ich ganz allein mit Adrian in einem Raum. Niemand ist hier, der uns im Auge hat und mich beschützen könnte.

Trotzdem stelle ich mich nah vor ihn und sehe zu ihm hoch, genau in seine schwarzen Augen. Jetzt kann er meinem Blick nicht mehr ausweichen. Zugegeben, es erfordert einigen Mut, aber ich bin nach wie vor aufgewühlt genug, um leicht mutig sein zu können. Leider ist er viel größer als ich, ich muss den Kopf in den Nacken legen und funkle ihn von unten an. Dann stemme ich die Hände in die Seite, um mich eindrucksvoller zu fühlen.

»Geht dir einer ab, wenn du Prügel beziehst?«, frage ich ihn kühl.

Er wird blass und schluckt.

So wirklich kann ich mit der Wortwahl nichts anfangen, ich habe zwar eine Vermutung, was das bedeuten könnte, aber sicher bin ich mir nicht. Trotzdem zitiere ich Nick wortwörtlich, ich hatte den Eindruck, Adrian kennt den Sinn genauer als ich.

»Ich will die Wahrheit hören, wenn du im Team bleiben willst, nur die Wahrheit und nicht, was du denkst, was ich hören will. Oder was besser klingt.«

Da ich seinen Blick nicht loslasse, bemerke ich, dass seine Augen kurz zur Seite zucken. Trotzdem sieht er mich weiter an.

»Nein.«

»Nein, was?«

»Nein, mir geht keiner ab, wenn ich Prügel beziehe«, sagt er leise mit kratziger Stimme. Muss ihm echt unangenehm sein, es so deutlich zu sagen.

»Warum machst du es dann? Immer wieder den Ärger provozieren.«

Das interessiert mich brennend.

Zwar habe ich keine Ahnung, was für einen Ärger sich Adrian im Laufe der Jahre eingehandelt hat, aber Nicks Vorwürfe waren präzise genug, um mich neugierig zu machen. Jedem der Jungs muss doch klar sein, dass es überhaupt keinen Sinn macht, aufzubegehren. Spätestens nach dem ersten gescheiterten Versuch muss es jeder kapieren. Adrian zuckt auch nur hilflos die Schultern.

»Du hast mir schriftlich ziemlich eindrucksvoll klarmachen können, wie du so als Sportler drauf bist und wo du hin willst. Guter Aufsatz übrigens.« Ich halte weiterhin seinen Blick, auch wenn es mir von Minute zu Minute schwerer fällt.

»Willst du lieber einen Text darüber schreiben, warum du dich immer wieder verprügeln lässt? Wenn du es schriftlich besser kannst als mündlich, kein Problem. Und am besten ebenfalls, bei was genau dir stattdessen einer abgeht.«

Ich gehe davon aus, dass ich auf diese Art herausfinde, was eigentlich damit gemeint ist.

Aber Adrian ist jetzt endgültig geschockt. Sprachlos starrt er mich an, dann überziehen hektische, rote Flecken sein Gesicht. Zum ersten Mal zeigt er eine andere Emotion als Wut oder diese aufgesetzte Ist-mir-alles-egal-Haltung.

»Ich gebe dir das Wochenende über Zeit dafür, genau wie beim letzten Mal.« Ich versuche es mit einem Lächeln, das mir wirklich nicht gut gelingt, so nah an diesem finsteren, aktuell leichenblassen Jungen, von dem ich beim besten Willen nicht weiß, was ich von ihm halten soll.

Rasch weiche ich einen Schritt zurück, überaus erleichtert, dieses Gespräch hinter mich gebracht zu haben, und will den Raum verlassen.

»Warte«, hält Adrian mich auf. »Ich …, ich kann das nicht. Ich kann darüber nicht schreiben.«

»Warum nicht?« Er schweigt. »Ich habe halt den Eindruck du kannst dich schriftlich besser erklären und ausdrücken als im persönlichen Gespräch. Das soll keine Strafarbeit sein, falls du das meinst, sondern eine Chance«, versuche ich, ihn aufzumuntern. »Ich zeige es niemandem.«

Dann nicke ich ihm entschlossen zu und ziehe mich auf mein Zimmer zurück. Für den heutigen Tag habe ich echt genug erlebt.

kapitel 22

Eine Woche später beobachtet Thomas gemeinsam mit mir das Training. Heute ist es bewölkt und diesig und wir sitzen am Rand in unsere Jacken gehüllt. Hier auf dem Trainingsgelände fällt noch viel mehr auf, wie klein meine verbliebene Gruppe ist. Es ist eh bedeutend ruhiger im Team. Zehn Jungs sind überschaubar und wir sind beim Essen alle an einen Tisch gerückt.

»Himmel, Sebastian, der Speer ist doch kein Stab, der ist vorne spitz. Pass auf, was du machst«, brüllt Paul quer über den Platz, als Sebastian mit der Speerspitze unbeabsichtigt Jasons Bein streift.

»Die verwechsle ich immer«, ruft Sebastian ungerührt grinsend zurück.

»Ich glaube, Sebastian wäre sogar mit dem Speer statt Stab genial im Stabhochsprung«, sage ich lächelnd zu Thomas, in Gedanken bei der Disziplin, in der Sebastians Stärke liegt und in der er mich mit seinen Anweisungen mittlerweile zu einer passablen Springerin gemacht hat. »Der fliegt einfach von allein.«

Thomas lächelt ebenfalls, mit Kommentaren zu den Sportlern hat er sich jedoch von Anfang an zurückgehalten. Mit einem Kommentar zu der unschönen Szene von letzter Woche genauso. Im Gegensatz zu Dr. Higgs, die mal wieder nachdrücklich versuchte, Adrian die alleinige Schuld in die Schuhe zu schieben, und mich dazu zwang, erneut jemanden zu verteidigen, der mich aufrichtig verabscheut und es mir Tag für Tag zeigt.

Mit dem Ergebnis dieser grausigen Woche bin ich durchaus zufrieden. Ich habe die Gruppe dezimiert, ohne eine unerträgliche Entscheidung fällen zu müssen, denn die Kanndidaten haben sich selbst aus dem Team gekickt. Und meine Favoriten sind weiterhin im Rennen. Wider Willen muss ich zugeben, dass ich mich sogar ein wenig an den Gedanken gewöhne, unter Umständen Adrian mitzunehmen. Schon allein, weil es eine ausgezeichnete Gelegenheit wäre, Dr. Higgs zu ärgern.

Nun wirft Sebastian den Speer, aber es ist alles in allem nicht seins. Da nützt kein Training der Welt.

»Wirf doch einfach den Stab«, witzelt Jason, der Sebastians Speerattacke unverletzt überlebt hat. »Vielleicht fliegt der bei dir ja weiter.«

»Du hast nur Angst vor mir, wenn ich bewaffnet bin«, sagt Sebastian und macht sich auf den Weg, seinen Speer einzusammeln.

Plötzlich steht Paul vor mir. Er ist mir in den letzten Tagen mal wieder aus dem Weg gegangen, nicht ohne mir dabei aus der Entfernung sehnsüchtige Blicke zuzuwerfen.

»Könnten wir noch mal diese Videoanalyse machen?«, fragt er hoffnungsvoll. »Sebastian muss seine Wurfbewegung selbst sehen, denke ich.«

Mir war schon klar, dass Paul dabei tierisch viel Spaß hatte, egal, wie ernsthaft er gerade versucht, seinen Wunsch zu begründen. Ich muss grinsen.

»Klar, du weißt, was du machen musst?« Ich halte ihm den Laptop hin. Er nickt so eifrig wie ein Hundewelpe. Wenn er so guckt und dieses begeisterte Funkeln in den Augen hat, kann ich ihm kaum was abschlagen.

Auf einmal ertönt ein penetrantes Klingeln. Thomas steht

auf und wühlt in seiner Hosentasche, dann präsentiert er mir ein kleines, schwarzes Gerät, welches den Lärm erzeugt. Mit einem Schulterzucken drückt er einen Knopf, der Ton verstummt und Thomas sagt: »Dr. Higgs ruft mich.«

Während er sich rasch entfernt, um der Internatsleitung bei was auch immer behilflich zu sein, und Paul glücklich mit seiner Beute abzieht, fällt mir ein Gegenstand auf dem Boden auf. Ein Schlüssel, an einem langen schwarzen Band.

Es muss Thomas Schlüssel sein, der ihm zusammen mit dem Piepser aus der Tasche gefallen ist. Ich überlege nicht lange. Thomas hat weitreichende Befugnisse und die Chancen stehen nicht schlecht, dass er überall Zugang hat.

Sogar zu Dr. Higgs Büro.

Mit flinken und vor Nervosität schwitzenden Fingern löse ich das Band von seinem Schlüssel und befestige es an meinem, das ergaunerte Objekt verberge ich tief in der Hosentasche. Dann laufe ich hinter Thomas her.

»Thomas, warten Sie, haben Sie den Schlüssel verloren?«, rufe ich atemlos.

»Oh, Miss Summer, das ist wirklich meiner. Vielen Dank.«

Jetzt kann ich nur hoffen, dass ihm nicht so schnell auffällt, dass sein Schlüssel nicht mehr überall passt und wenn, dass er bloß nicht den Zusammenhang sieht.

Mein Herz klopft vor Aufregung noch immer laut, als ich äußerlich ungerührt meinen Platz einnehme und mit einem Mal ungeduldig auf den Abend warte.

Als es endlich Nacht wird und entgegen meinen Befürchtungen noch niemand hysterisch einen verlorenen Schlüssel sucht, nutze ich meine Chance. Die Gefahr, dass der Schlüsseltausch auffliegt, steigt schließlich mit jeder Sekunde.

Meine Vorbereitung besteht darin, dass ich wieder in die Einbrecherkluft steige und mir schwöre, mich in dieser Nacht nicht so ungestüm durch das Haus zu bewegen, dass ich in Gefahr laufe, erwischt zu werden. Auf keinen Fall will ich noch einmal unter Adrians Bett landen. Nicht, wenn ich weiß, wer über mir liegt.

Ohne Zwischenfall komme ich in den Bürotrakt, schleiche an der Eingangshalle und dem Treppenaufgang vorbei und stehe vor der verschlossenen Bürotür. Mal wieder. Jetzt kommt es drauf an. Ist Thomas tatsächlich ein so enger Vertrauter von Dr. Higgs, dass er Zugang zu ihrem Büro hat? Genießt er so viel Vertrauen, obwohl er ein Mann ist?

Langsam hole ich den Schlüssel hervor und schiebe ihn ins Schloss. Ich muss mich regelrecht überwinden, ihn auch zu drehen, denn wenn er die Tür nicht öffnet, stehe ich wieder ganz am Anfang, vollkommen ohne Plan.

Aber das Wunder geschieht, Thomas Schlüssel entriegelt in der Tat lautlos und völlig unspektakulär die Tür. Erleichtert schlüpfe ich in den Raum und schließe schnell hinter mir ab.

Ich lasse den Blick durch das Büro schweifen. Es wirkt unverändert. Geräumig und ordentlich.

Der Schrank, der Dr. Higgs Augen auf sich zog und meiner festen Überzeugung nach alle Geheimnisse birgt, die ich wissen will, steht an Ort und Stelle. Das Licht, welches durch die unbedeckten Fenster fällt, reicht aus, um mich im Raum sicher bewegen zu können.

Entschlossen, keine Zeit zu verlieren, mache ich mich am Schrank zu schaffen. Hier bin ich richtig, das erkenne ich auf den ersten Blick, denn akkurat hängt hier Mappe an Mappe, und jede ist mit einem Jungennamen beschriftet. Mit der Hand fahre ich an ihnen entlang und suche. Sie sind alphabetisch sortiert, aber die Namen meiner Jungs sind nicht dabei.

Vorsichtig nehme ich eine Akte heraus und blicke hinein. Viel enthält sie nicht. Ein Foto eines kleinen Jungen, der ängstlich in die Kamera schaut, ein Geburtsdatum, ein paar Notizen nach dem Motto ›ist häufig schlecht gelaunt‹ oder ›weint viel‹. Der Junge, der Ado heißt, ist erst drei Jahre alt und somit meilenweit von meinen Sportlern entfernt.

Adrian müsste in seiner Nähe einsortiert sein, aber

Fehlanzeige. Frustriert schließe ich die Schublade und frage mich, ob ich diesen Blick falsch interpretiert habe.

Ein Geräusch, welches vom Flur bis in das Büro schallt, lässt mich zusammenzucken. Kurz starre ich erschrocken auf die Tür, aber sie ist natürlich nach wie vor verschlossen.

Leise schleiche ich zum Schreibtisch und gehe dahinter in Deckung. Kein umwerfendes Versteck, aber besser als keines.

Die Klinke wird hinuntergedrückt.

»Was hast du denn erwartet?«, höre ich eine gedämpfte Stimme hinter der Tür, die ich nur verstehen kann, weil ich vor Aufregung den Atem anhalte. »Hier ist doch immer abgeschlossen.«

»Wir müssen es halt kontrollieren«, erwidert der andere Wachmann genervt. »Auch wenn es schwachsinnig ist. Willst du lieber irgendwann einen Anschiss kriegen, weil du zu nachlässig warst?«

Schritte entfernen sich und ich atme auf.

Nein, ich eigne mich nicht für solche Aktionen. Es dauert ewig, bis mein Herz aufhört, wie irre zu rasen. Die schweißnassen Hände wische ich mir an der Hose ab. Ich mag gar nicht daran denken, was geschehen wäre, wenn ich nicht wieder abgeschlossen hätte.

Heute ist Vollmond. Das Licht, welches dadurch in den Raum fällt, ist weich und geheimnisvoll und lockt mich ans Fenster. Der Innenhof ist in dieser Beleuchtung schön und friedlich, die Bäume wiegen sich sanft im Wind, die Rasenfläche scheint zu glitzern. Dr. Higgs hat von ihrem Raum aus einen ausgezeichneten Blick auf ihr kleines Reich, kein Wunder, dass sie sich wie die Herrscherin fühlt.

Der Sportplatz dagegen ist von hier aus kaum zu erkennen.

Gerade will ich mich abwenden und meine Suche ausweiten, da nehme ich eine Bewegung an der hinteren Mauer wahr. Jemand schleicht dort entlang, unendlich langsam und vorsichtig, aber bei diesem Licht ist es nun mal unmöglich, absolut verborgen zu bleiben.

Eine Wache ist das nicht.

Es muss einer der Jungen sein.

Gespannt beuge ich mich näher ans Fenster, um die Gestalt bloß nicht aus den Augen zu verlieren. Das ist kein kleiner Junge, im Gegenteil. Derjenige ist gebaut wie ein Erwachsener, bewegt sich geschmeidig, anmutig und hat auch im schummrigen Mondlicht keine Probleme, sich zurechtzufinden. Jetzt kann ich erkennen, dass die Person an einem der Kellerfenster angelangt ist, und versucht, es zu öffnen. Sie rüttelt mit aller Macht, aber der Riegel gibt nicht nach. Dasselbe Spiel am nächsten Fenster, mit demselben Erfolg. Die Gestalt bewegt sich ein Stück weiter und wendet den Kopf in Richtung des Spielplatzes. Augenblicklich kann ich das Gesicht klar und deutlich sehen.

Dieses Gesicht habe ich in den letzten Wochen häufiger gesehen, als mir lieb ist.

Es ist Adrian.

Adrian schleicht mitten in der Nacht über das Außengelände und sucht einen Zugang zu den Kellerräumen. Das kann nur eines bedeuten: Er sieht sich nach einem Fluchtweg um.

Verstehen kann ich die Aktion nicht. Ich habe gesehen, wie es dem Jungen erging, dem die Flucht aus dem Internat geglückt war, und ich habe Paul davon erzählt. Adrian würde es draußen nicht besser ergehen und das sollte ihm durchaus klar sein. Aber genau genommen hat er bisher nie allzu viel Verstand gezeigt, wenn es darum ging, was das Beste, das Klügste für ihn wäre. Ich müsste ihn für unglaublich beschränkt halten, würde ich definitiv, wäre da nicht der Aufsatz, den er geschrieben hat und der wirklich ausgezeichnet war. Durchdacht, gut formuliert und auf den Punkt.

Adrian ist am nächsten Kellerfenster angelangt, sein Gesicht liegt erneut im Schatten verborgen. Er rüttelt und zerrt und mit einem Mal gibt das Fenster nach und öffnet sich. Mit einer gekonnten Bewegung, als würde er jeden Tag in Gebäude einsteigen, schwingt Adrian sich hindurch und ist verschwunden. Ich warte einige Minuten ab, aber er kommt nicht zurück.

Als gewissenhafte Betreuerin müsste ich jetzt Alarm schlagen und im Anschluss Dr. Higgs erklären, was ich nachts in ihrem Büro zu suchen habe. Aber erstens will ich mir diese Peinlichkeit ersparen und zweitens bin ich noch nicht fertig. Ich bin sicher, dass ich keine weitere Chance bekomme, mich in diesem Büro umzusehen. Entweder ich finde jetzt heraus, was hier gespielt wird, oder nie.

Es muss mir also egal sein. Dann ist Adrian eben weg. Ein Problem weniger für mich und ein Kandidat weniger, den ich aussortieren muss. Im Prinzip ist das sogar positiv, denn ich habe mit Paul nach wie vor einen hammerguten Zehnkämpfer im Team. Adrian dagegen ist und bleibt eine tickende Zeitbombe.

Achselzuckend wende ich mich wieder dem Schrank zu, denn es gibt eine weitere Schublade, die ich bisher nicht durchsucht habe. Leider ist sie versperrt.

Frustriert lege ich meinen Kopf in die Hände, ich bin so nah dran. Unter Garantie ist das die richtige Stelle. Ich versuche mit Gewalt, den Kasten mit einem Ruck zu öffnen, aber wie erwartet erzeuge ich dabei nur Lärm und sonst nichts.

Es war alles vergeblich. Der ganze Aufwand, meine Furcht, das Risiko entdeckt zu werden, alles völlig umsonst. Nur wegen so eines dämlichen Schlosses, welches nicht einmal allzu robust aussieht. Gleichwohl habe ich nach wie vor den Draht dabei, mit dem ich vergeblich versucht habe, die Bürotür zu knacken. Nicht sonderlich enthusiastisch stochere ich mit dem Draht im Schloss und habe keine Ahnung, was ich hier eigentlich mache. Oder wie es funktionieren könnte. Der Schließmechanismus einer Tür wurde im Video ausführlich gezeigt und erklärt, und trotzdem habe ich dort heillos versagt. Dieser Verschluss ist anders. Wütend haue ich den Draht tief hinein, mit meiner Feinmotorik ist es nicht weit her.

Und mit einem Schlag löst sich die Schublade und geht auf. Überrascht von der plötzlichen Bewegung falle ich und lande auf meinem Hintern.

Aber ich habe es geschafft. Ich habe ein Schloss geknackt. Man braucht gar keine Technik, rohe Gewalt ist völlig ausreichend, und die Erkenntnis gefällt mir ausgezeichnet. Rohe Gewalt ist nämlich eher mein Ding als Feinmotorik. Breit grinsend mache ich mich an die Durchsicht des Inhalts.

Volltreffer.

Viel ist hier nicht versteckt. Nicht viel, aber genau das, was ich suche. Fünfzig Mappen mit fünfzig Namen, genauso beschriftet wie die Unterlagen der kleineren Jungs und in zwei Bereiche getrennt. Die aussortierten Sportler, die inzwischen alle schon behandelt wurden, und meine zehn übriggebliebenen. Rasch werfe ich einen Blick in die Mappe von Liam, den ich im Ärztetrakt besucht habe. Als Erstes sehe ich sein Gesicht, er blickt mit ernster Miene in die Kamera und gibt sich Mühe, seriös und professionell zu wirken.

Dahinter finde ich eine Analyse seiner Blutwerte und einen Arztbericht über den Erfolg der Behandlung. Laut Bericht geht es ihm inzwischen bedeutend besser, und er ist kurz davor, aus dem Internat entlassen zu werden. Ich habe keine Ahnung, wohin er dann gehen wird, bin aber erleichtert darüber, dass er das Schlimmste überstanden hat.

Die Mappen meiner aktiven Sportler nehme ich entschlossen aus dem Schrank. Es ist mir egal, ob Dr. Higgs ahnt, wer sie hat. Verwundert betrachte ich Adrians Akte, die dicker ist, als die der anderen neun zusammen. Theoretisch kann ich sie hier lassen, denn er hat ja offensichtlich das Internat verlassen und ist nicht mehr im Team. Dann überwiegt die Neugierde darüber, wie er es geschafft hat, so eine umfangreiche Dokumentation zu erhalten. Ich packe alles ein, schließe die Schublade und bemerke erfreut, dass das Schloss einrastet, als wäre nichts passiert. Von außen ist mein Eindringen nicht zu erkennen.

Auf dem Rückweg überdeckt der Stolz über den geglückten Einbruch die Angst vor den dunklen Fluren, und ich habe die ganze Zeit ein triumphierendes Lächeln auf den Lippen. Weder eine Wache noch weitere Jungs auf der Flucht begegnen mir, und ich erreiche unbehelligt mein Zimmer.

Mit sinkendem Adrenalinspiegel kommt die Müdigkeit durch. Langsam schlüpfe ich aus den schwarzen Einbrecherklamotten und verstaue sie unten in meinem Koffer. Sie schreien laut und deutlich Diebin. Es ist inzwischen mitten in der Nacht, einen allerersten Blick in die Unterlagen kann ich mir jedoch nicht verkneifen.

Ich beginne mit Paul. Sein eindrucksvolles Gesicht sieht mir von der ersten Seite entgegen, mit einem feinen Lächeln auf den Lippen und diesem Strahlen in den Augen, das sogar auf dem Foto nicht zu übersehen ist. Der Junge ist nicht nur atemberaubend attraktiv, er ist auch äußerst fotogen. Und trotzdem darf ich nicht mehr an seine Lippen denken. Ich rufe mich selbst streng zur Ordnung.

Dann blättere ich die Unterlagen durch. Aber außer dem Geburtsdatum finde ich keinen Hinweis auf seine Herkunft, weder den Namen seiner Mutter, den ich erwartet und erhofft habe, noch die Info, aus welcher Gegend er überhaupt stammt. Es ist enttäuschend. Irgendwo muss es diese Informationen geben, denn ich glaube nicht, dass Dr. Higgs Anspielung ein Bluff war.

Frustriert kontrolliere ich die Ausdrucke der Blut- und Urinuntersuchungen, muss aber feststellen, dass ich hiervon nichts verstehe. Leider steht nirgendwo schwarz auf weiss: Dieser Sportler ist erfolgreich gedopt oder eben das Gegenteil. Ich brauche den Rat eines Fachmanns.

Schneller als gedacht wandelt sich das Triumphgefühl in Enttäuschung, da ich nicht die Hinweise finde, die ich so dringend benötige. Todmüde und frustriert verstecke ich die Unterlagen unter meiner Matratze.

kapitel 23

Am nächsten Morgen schwankt meine Laune noch immer zwischen Stolz, weil ich es geschafft habe, Dr. Higgs eins auszuwischen, und Frustration, da das erhoffte Ergebnis fehlt.

Eher missmutig stolpere ich in die Mensa, die Nacht war zu kurz und ich bin todmüde. Hoffentlich kann eine große Tasse Kaffee mich beleben und meine Lebensgeister wecken. Ich trinke selten Kaffee, eigentlich mag ich ihn nicht besonders, aber manchmal ist er eine Wunderwaffe gegen bleierne Müdigkeit.

Die Sportler sitzen schon gesammelt am Tisch und stärken sich für die nächste anstrengende Trainingseinheit. Es dauert einige Sekunden, ehe ich stutze und mir verwundert über die Augen reibe.

Adrian hockt mitten drin, als wäre nichts passiert. Dabei hatte ich ihn in Gedanken schon aussortiert. Er hat doch in der vergangenen Nacht die Flucht ergriffen und müsste in diesem Moment planlos durch die Gegend irren. Aber nun sitzt er an seinem Platz, als wäre es nicht erst einige Stunden her, dass er durch den Innenhof schlich und sich Zutritt zum Keller verschaffte. Er sieht nicht einmal müde aus. Im Gegensatz zu mir.

»Morgen Maxine, hast du nicht gut geschlafen?«, begrüßt Leo mich freundlich und ich lasse mich neben ihm nieder.

»Eher nicht«, antworte ich und füge in Gedanken hinzu: Weil ich die halbe Nacht über meinem Zweitjob als Einbrecher nachgegangen bin. Das folgende Gähnen kann ich nicht unterdrücken und Leo lacht.

»Leg dich doch einfach wieder hin. Wir versprechen dir, dass wir uns auch ohne deine Aufsicht Mühe geben«, sagt er mit einer Wärme in der Stimme, die ich von ihm so nicht gewohnt bin.

Es ist echt angenehm, dass es nur noch zehn Jungs sind. Und es ist angenehm, dass es diese zehn sind. Trotzdem winke ich ab. Ich werde mir keine Sonderbehandlung zukommen lassen, und solange ich nicht ohnmächtig zusammenbreche, bringt niemand mich tagsüber ins Bett.

»Mühe geben schon«, flachse ich, »aber ohne meine anspornende Ausstrahlung habt ihr doch keine Chance.«

Der Kaffee schmeckt wie erwartet scheußlich und ich verziehe das Gesicht.

»Stimmt auch wieder«, erwidert Leo grinsend. »Wenn du allerdings einschläfst und von der Bank fällst, lassen wir dich so liegen.«

»Bin ich mit einverstanden. Nur wenn ich laut schnarche, möchte ich lieber geweckt werden.«

Ein kleines Lächeln schiebt sich in mein Gesicht, dann lasse ich einen verstohlenen Blick zu Adrian wandern. Wieso ist der nicht müde? Wieso ist er überhaupt hier? Hat er aus dem Keller keinen Weg auf die Straße gefunden? Damals war der Kellerbereich extrem schlecht gesichert, damals, als Emily und ich uns hier rein geschlichen haben. Aber das ist ewig her. In diesem Augenblick bewundere ich Adrians Talent, dieses ausdruckslose Gesicht beizubehalten, egal, wie frustriert er gerade sein muss. Ich selbst sollte mich ebenfalls etwas zusammenreißen.

Wir räumen unsere Frühstücksreste zusammen und bringen die Tabletts zur Theke. Die Sportler poltern laut zur Tür hinaus, ehrgeizig und motiviert wie jeden Tag, nur ich bleibe zurück und gähne noch einmal ausführlich und unbeobachtet. Der Kaffee hat heute absolut versagt, ich bin nämlich kein bisschen munterer als beim Aufstehen.

»Maxine, können wir reden?« Paul ist zurückgekehrt, steht mit unsicherem Gesichtsausdruck vor mir und druckst herum. Augenblicklich bin ich hellwach. Das, was der Kaffee nicht geschafft hat, bewirkt Pauls Gegenwart sofort. Zwischen uns steht eine unsichtbare Mauer, mit der ich nicht umzugehen weiß.

Paul holt tief Luft. »Ich muss mich bei dir entschuldigen«, sagt er beklommen. »Mir ist klar, dass ich zu weit gegangen bin und ich ...«

Einen Augenblick sehe ich in perplex an, aber dann dämmert es mir. Er redet von dem Kuss, der ein so abruptes Ende fand.

»Nein, Paul, das stimmt so nicht«, unterbreche ich ihn. »Ich muss mich bei dir entschuldigen. Ich wollte dir nicht wehtun. Habe ich dich gebissen?«

Paul sieht verwirrt aus. »Gebissen? Wann solltest du mich gebissen haben?«, fragt er langsam.

Ich muss es ihm erklären. Schon allein, damit ich selbst nicht immer wieder in Versuchung komme.

»Wir können uns nicht mehr küssen«, sage ich und klinge entschlossener, als ich mich fühle. »Es ist nicht richtig und außerdem ...«, stottere ich unentschlossen. Ich kann ihm ja wohl kaum meine Bedenken bezüglich einer eventuellen Verwandtschaft mitteilen.

Pauls Miene zeigt eine eigentümliche Mischung aus Enttäuschung und Erleichterung und spiegelt meine eigenen Gefühle eins zu eins wieder.

Dann nickt er.

»Das ist sicher besser so«, erwidert er entschlossen. »Du hast mir übrigens nicht wehgetan, es war nur ...« Er überlegt. »... zu viel für mich. Zu intensiv. Das hat mich echt aus der Bahn geworfen.«

Zu viel? Zu intensiv? Das sind Worte, die ich im Zusammenhang mit Paul nachempfinden kann.

Ich lächle ihn an und merke, dass die Erleichterung überwiegt. Meine Entscheidung war nicht verkehrt. Die Stimmung zwischen uns war nicht mehr leicht und locker. Nicht so, wie es mal war.

»Okay. Dann können wir wieder Freunde sein? Uns wieder einfach so unterhalten, ja? So wie vorher.« Denn so wie es vor dem Kuss zwischen uns war, war es gut. Auch wenn mir das zu dem Zeitpunkt noch nicht klar war, denn da hätte ich nie geahnt, dass man mit einem Mann befreundet sein kann.

Paul nickt.

»Ja, ich denke, das wäre toll. So wie es war.« Er grinst ein wenig. »Ich ignoriere einfach, dass du ein Mädchen bist. Und dass du so weiche Lippen hast. Und so hübsch bist.«

Ich dagegen bezweifle, ignorieren zu können, dass er ein Mann ist und damit anders als ich. Laut meiner Oma wäre das auch nicht allzu clever. Instinktiv berühre ich ihn leicht am Arm, lasse die Hand kurz dort liegen und merke, dass es sich nicht fremd anfühlt, sondern ehrlich und natürlich. Trotz allem.

»Das ist ein großes Glück, denn ich brauche hier drin echt einen Freund.«

»Das bin ich.« Paul lächelt mich an, wieder mit der Unbeschwertheit und der Wärme, die mich von Anfang an so an ihm fasziniert hatten. »Ich bin dein Freund, definitiv.«

Er will sich schon abwenden, um sich den anderen anzuschließen.

»Warte Paul, ich habe eine Frage. An einen Freund.«

Irgendwie ist mir das jetzt unangenehm. Es kann doch nicht sein, dass ich Redewendungen nicht kenne, die hier geläufig sind. »Das, was Nick da gesagt hat, also zu Adrian meine ich.« Ich hole tief Luft, so schwer ist es doch gar nicht. »Er sagte, Adrian würde bei Prügel einer abgehen. Was bedeutet das eigentlich?«

»Es ist …, es bedeutet, …« Paul stockt peinlich berührt, dann lacht er ein wenig. »Himmel, wir sind Freunde. Und Freunde können sich alles sagen, oder? Auch wenn es befremdlich ist. Auch wenn du ein Mädchen bist.«

Ich nicke zaghaft.

»Also, Nick hat angedeutet, dass es Adrian erregt, wenn er Schläge bekommt.«

»Oh!«, stoße ich erschrocken aus.

So etwas gibt es? Das war mir nicht klar. Ich hatte vermutet, es ginge darum, was einem gefällt, aber die wahre Bedeutung ist erschreckender. Männer und ihr Gefühlsleben sind definitiv absolut unbekanntes Terrain. Und sollten es besser bleiben.

»Ich wusste nicht, dass es etwas Sexuelles ist«, sage ich leicht pikiert.

Paul lacht. »Deshalb war es Adrian so unangenehm. Vor allem, weil du es gehört hast.«

Das kann ich mir allerdings vorstellen.

»Aber er hat ja gesagt, dass es nicht so ist«, stelle ich klar.

»Woher weißt du das?« Paul sieht überrascht aus. »Man könnte manchmal wirklich ins Zweifeln kommen.«

Ich gucke ihn groß an.

»Sag bloß, du hast ihn gefragt?«, sagt er mit einem Lachen in der Stimme.

»Ich wusste ja nicht, was es bedeutet«, murmle ich etwas verlegen.

Paul lacht noch viel mehr.

»Er muss gestorben sein vor Scham.«

»Er wollte keinen Aufsatz darüber schreiben«, seufze ich. »Das kann ich jetzt durchaus nachvollziehen.«

Als ich mittags in mein Zimmer komme, trifft mich der Schlag. Es ist von oben bis unten auf den Kopf gestellt.

Da ich das Schlafzimmer immer abschließe – nachts, wenn ich schlafe, genauso wie tagsüber, wenn ich nicht da bin – und das Schloss nicht gewaltsam aufgebrochen wurde, war jemand mit einem Schlüssel hier drin.

Mein Koffer ist durchwühlt und niemand hat sich die Mühe gegeben, die Klamotten wieder ordentlich einzuräumen. Der Schreibtisch ist verschoben, im Bett liegt die Matratze schief auf dem Rahmen, mein Schlafanzug hängt halb auf dem Boden.

Es ist offensichtlich, was geschehen ist. Dr. Higgs hat gemerkt, dass die Unterlagen der Sportler fehlen, und hat mich im Verdacht. So ein Glück, dass ich vorsichtig genug war, die Mappen nicht unter dem Bett liegenzulassen, sondern sie zu meinem Laptop in den Rucksack zu packen, den ich ununterbrochen bei mir trage.

Diese Aktion zeigt mir, wie unbedingt sie die Unterlagen zurückhaben will. Sie müssen in der Tat brisant sein, obwohl ich nicht ansatzweise verstehe, aus welchem Grund. Erschreckenderweise hat die Frau keine Bedenken, mich wissen zu lassen, dass sie nicht davor zurückschreckt, in meine Privatsphäre zu dringen. Ich sollte mir Sorgen machen.

Seufzend schiebe ich die Matratze wieder an ihren Platz und beginne, den Koffer neu und ordentlich einzuräumen. Dabei fällt mein Blick auf ein Stück Papier, welches heute Morgen definitiv nicht im Raum war. Es liegt auf dem Boden neben dem Eingang, so als ob jemand es unter der Tür hindurch geschoben hat. Interessiert hebe ich das Blatt auf.

Es ist jedoch nicht, wie ich zuerst befürchte, ein Drohbrief von Dr. Higgs, doch sofort die Mappen wieder herauszugeben. Es ist Adrians Aufsatz, der diesmal nur eine einzige Seite umfasst.

Ich setze mich auf das Bett und lese:

›Warum mein Verstand nicht ausreicht, mich vor Ärger zu bewahren‹

Das hat er absolut treffend beschrieben, besser als ich es gemacht habe und ich muss widerwillig grinsen. Dabei denke ich an den Ordner über Adrian, in den ich noch keinen Blick geworfen habe. Dort ist dokumentiert, welchen Ärger er im Laufe seines Lebens so hatte, denn nur aus diesem Grund kann eine solche Masse an Informationen zusammengekommen sein.

Laut seufzend lese ich weiter, aber viel Text erwartet mich nicht.

›Diese Frage kann ich beim besten Willen nicht beantworten, Miss Summer. Ich will keine Strafen bekommen. Ich will nicht geschlagen werden und ich stehe auch nicht auf Schmerzen. Aber wenn die Alternative ist, klein beizugeben, dann schaffe ich es nicht. Dann verliere ich immer wieder die Nerven und lasse es eskalieren. Ohne dass ich es erklären könnte.‹

Das ist nicht die Aussage, die ich erwartet und erhofft habe. Ich muss allerdings zugeben, dass es aufrichtig klingt. Aufrichtiger und detaillierter, als alles, was Adrian mir in gesprochener Form sagen könnte.

Ich bin ein wenig verlegen, als ich die nächste Überschrift lese, denn er hat mich, beziehungsweise Nicks Worte, glücklicherweise nicht zitiert, sondern es nur mit ›2. Frage‹ betitelt. Ich werde diese Formulierung kein weiteres Mal benutzen.

Auch hier ist die Antwort kurz und knapp.

›Wenn die Bedingung für die Olympiateilnahme lautet, meine sexuellen Präferenzen offenzulegen, dann mache ich es, denn das bedeutet mir mehr als alles andere auf der Welt, inklusive meines Stolzes. Gibt es aber nur eine allerkleinste Chance, dass es nicht notwendig ist, dann bitte ich aufrichtig darum, es nicht aufschreiben zu müssen.‹

Kurz verstecke ich das Gesicht in den Händen. Ich habe diesen Typen wirklich in allergrößte Verlegenheit gebracht, auch wenn das niemals meine Absicht war.

Ob er versucht hat, das Internat zu verlassen, um diesen Aufsatz nicht schreiben zu müssen? Eventuell war die nächtliche Aktion nur meine Schuld.

Ich antworte schuldbewusst unter seiner Bitte:

›Adrian, es tut mir wirklich leid. Ich wusste nicht, was diese Worte bedeuten, sonst hätte ich so einen Aufsatz nie gefordert. Ich dachte, es *geht darum, was man mag, wie zum Beispiel Schokolade. Ich muss mich tausendmal entschuldigen, dich in solch eine Verlegenheit gestürzt zu haben. Es wird nicht wieder vorkommen.‹*

Er hat mich erneut mit ›Miss Summer‹ angesprochen, obwohl alle anderen längst zu meinem Vornamen übergegangen sind. Entschlossen unterschreibe ich mit:

›Maxine‹

Vielleicht versteht er ja den Wink mit dem Zaunpfahl, wenn er wie in diesem Fall schriftlich formuliert ist.

Sorgfältig falte ich den Brief zusammen, schleiche rüber ins Jungenschlafzimmer, das um die Zeit völlig verlassen ist, und lege den Zettel unter Adrians Bettdecke.

Wenn ich mit diesem Jungen mündlich so kommunizieren könnte wie schriftlich, glaube ich, dass wir uns in der Tat verstehen könnten. Im Text offenbart er einen völlig anderen Charakter als im realen Leben und macht mich neugierig.

Welcher ist der echte Adrian?

kapitel 24

Ich schlendere durch den Sonnenschein.

Die Mittagspause hat meine Laune beträchtlich gehoben und die Müdigkeit ist ebenfalls endgültig besiegt. Es ist nicht auszuschließen, dass es an dem Wissen liegt, Dr. Higgs so weit auf die Palme gebracht zu haben, dass sie sich nicht anders zu helfen weiß, als mein Zimmer zu durchwühlen. Eventuell liegt es aber an dem Briefwechsel mit Adrian, der zum ersten Mal ein menschliches Gesicht gezeigt hat.

Sebastian steht am Stabhochsprung und sieht mit Stab in der Hand um Längen glücklicher aus als mit dem Speer. Übermütig pikst er Jason in die Seite, der gerade an ihm vorbeigeht. Der schreit erschrocken auf.

»Bist du bescheuert?«

Sebastian windet sich vor Lachen.

»Sei kein Baby, diesmal gibt es keine Spitze.«

Jason schlägt ungehalten den Stab zur Seite.

»Witzig ist es aber nicht.«

»Komm her, ich mache es wieder gut und verbessere deine Absprungtechnik«, lenkt Sebastian ein.

»Aber ich wollte zum Diskuswurf«, mault Jason, scheint jedoch nicht abgeneigt.

»Wie du meinst.«

Jason verzieht einmal mehr unwillig das Gesicht, dann aber

widmen die beiden sich einträchtig dem Stabhochsprung. Ich gehe langsam weiter und beschließe, mich gleich selbst erneut in dieser Disziplin zu versuchen. Mit Sebastians Anleitung und Hilfe gelingt es mir inzwischen, über eine Latte zu springen. Ich muss jedoch zugeben, dass diese Latte lächerlich weit unten liegt. Das sollte sich durchaus verbessern lassen.

Die Vögel sind heute so laut wie nie zuvor. Die Bäume, die einen Teil der Laufbahn begrenzen, müssen ein toller Nistplatz sein, denn dort herrscht ein Kommen und Gehen und ein überwältigendes Geträller. Eine Weile lasse ich Sportler Sportler sein und beobachte stattdessen die eifrigen Vögel, die mit dem Bau ihrer Nester eine Heidenarbeit haben. Wenn man hier steht und in die Bäume schaut, bemerkt man nicht, dass der gesamte Platz von einem Gebäude umgeben ist und wir alle eingesperrt sind. Seit ich einen Schlüssel habe, fühle ich mich eh nicht mehr wie in einem Käfig.

Apropos Schlüssel. Ich habe nach wie vor Thomas Exemplar und keine Ahnung, wie ich wieder zurücktauschen soll. Es ist nicht zu erwarten, dass sich so eine einmalige Gelegenheit erneut ergibt. Ich weiß auch nicht, ob Thomas inzwischen gemerkt hat, dass mit seinem Schlüssel etwas nicht stimmt.

Hinter mir bereiten ein paar der Jungs sich auf ein Rennen vor, ich drehe mich um und bemerke, dass sie sich an die 1500-Meter wagen. Das lasse ich mir nicht entgehen, denn noch immer bin ich hin und weg, wenn ich sie laufen sehe. Vor allem, wenn ich Adrian laufen sehe, wie ich mir eingestehen muss.

Unauffällig schlendre ich Richtung Ziellinie, damit ich den Zieleinlauf genau vor Augen habe und keine Sekunde verpasse. Dort lehne ich mich möglichst lässig gegen die Mauer und gebe vor, nur mäßig interessiert zu sein. Schließlich bin ich der oberste Coach und nicht ein Fan, obwohl ich manchmal selbst an mir zweifle.

Die Startpistole knallt und die Jungs rennen los. Adrian setzt sich bereits in der ersten Runde deutlich ab, und wenn ich es nicht besser wüsste, wäre ich sicher, er würde sich schon zu Beginn übernehmen. Aber das macht er nie, er schafft es sogar, noch in der letzten Runde sein Tempo zu steigern und den Rest gnadenlos abzuhängen.

Während ich beobachte, wie Adrian seinen Vorsprung weiter ausbaut und sein Tempo immer mehr steigert, bin ich mit einem Mal heilfroh, dass er in der Nacht nicht entkommen ist. Ich glaube, ich möchte ihn unbedingt mit zu den Olympischen Spielen nehmen, trotz seines Sozialverhaltens. Nur um ihn dort laufen zu sehen. Unter Wettkampfbedingungen ist alles anders. Und der 1500-Meter-Lauf ist die letzte Disziplin nach zwei harten, unbarmherzigen Tagen, an denen die Athleten alles gegeben haben. Ich kann nicht erwarten zu sehen, wie Adrian sich dabei nach einem kompletten Wettkampf schlägt. Ob er auch da in der Lage ist, sich seine verbliebene Kraft optimal einzuteilen? Ich traue es ihm zu.

Selbstverständlich kommt er als Erster ins Ziel, sinkt auf die Knie und krümmt sich schwer atmend zusammen. Wie immer hat er absolut alles aus sich herausgeholt. Obwohl er den anderen schon längst weggelaufen war. Nein, der Typ macht keine halben Sachen.

Nach und nach trudelt der Rest ein, ebenfalls am Limit. Mit dem Willen und dem Ehrgeiz meiner Sportler kann ich auf jeden Fall zufrieden sein.

Für gewöhnlich ignoriert Adrian mich ja komplett. Jetzt jedoch, nachdem er wieder zu Atem gekommen ist und sich aufrichtet, wirft er mir einen Blick zu. Ausnahmsweise lauert hinter seiner ausdruckslosen Mimik Verzweiflung. Ihm muss klar sein, dass ich in der Pause den Aufsatz gefunden habe. Paul würde mich direkt darauf ansprechen, aber Kommunikation ist nicht Adrians Stärke. Dabei will ich ihm nicht mangelnden Mut unterstellen, im Gegenteil, Mut hat er wohl mehr als genug.

Er will sich schon abwenden, wie erwartet, und senkt den Blick.

Im letzten Augenblick jedoch fährt er zurück, seine Augen werden groß und er rennt los. Genau auf mich zu. In dieser irrsinnigen Geschwindigkeit, in der er den Sprint absolviert. Mein Herz bleibt vor Schreck stehen, denn es sieht aus wie ein Angriff. Es muss ein Angriff sein, aus heiterem Himmel und völlig unerwartet, und anstatt mich zu verteidigen oder die Flucht zu ergreifen, wie es sinnvoll wäre, bleibe ich stocksteif stehen und rühre mich nicht. Weglaufen könnte ich ihm eh nicht.

»Maxine!«, gellt da ein Schrei durch die Luft. Vermutlich um mich vor Adrians Attacke zu warnen, aber es ist zu spät.

Adrian wirft sich im vollen Tempo und mit seinem kompletten Körpergewicht auf mich, ungebremst gehe ich zu Boden und schlage hart auf. Ich höre mich schreien, im selben Augenblick fallen von allen Seiten Gegenstände auf uns nieder und die Welt versinkt in einer Staubwolke. Ich schreie nicht mehr. Der Staub nimmt mir die Luft zum Atmen, das Getöse ist so laut und erschreckend, dass ich mich zusammenrollen und schützen will, aber ich kann mich nicht bewegen.

Dann wird es still, beängstigend still, und ich schlage die Augen auf. Meine Lage verändern kann ich noch immer nicht, denn Adrian liegt weiterhin so auf mir, dass er mich komplett bedeckt und es mir unmöglich macht, mich auch nur einen Millimeter zu rühren. Seine Oberarme befinden sich links und rechts neben meinem Kopf, klemmen ihn ein und ich bin ein völlig hilfloses, ausgeliefertes Bündel.

Es dauert einige Augenblicke, bis ich weitere Details wahrnehmen kann, dann aber realisiere ich als Erstes Adrians Körperwärme. Er liegt schwer auf mir, verschwitzt vom Lauf, mit irrsinnig pochendem Herz und lautem Atem. Ich müsste mich winden vor Ekel. Tue ich aber nicht. Seine Wärme ist angenehm, sein Körper auf meinem nicht bedrohlich, sondern nur schwer und intensiv, und dann steigt mir sein Geruch in die Nase. Ich wusste nicht, dass ein Mann so riechen kann. Es ist eine Mischung aus frischem Schweiß und etwas anderem, das ich unmöglich benennen kann, das mir aber den Atem nimmt. Mit nichts auf der Welt vergleichbar. Eine endlose Weile lasse ich mir von seinem Geruch den Kopf vernebeln und habe gar nicht mehr das Bedürfnis, hier wegzukommen.

Dann hebt Adrian den Kopf.

»Bist du okay?«, fragt er. In seinem Blick zeigen sich derselbe Schreck und die Verwirrung, die auch ich empfinde.

Langsam nicke ich.

Ich denke, ich bin okay. Schmerzen habe ich keine, allerdings fühle ich momentan kaum meinen eigenen Körper, ich fühle nur den Kontakt zu Adrian. Aber ich glaube, das bedeutet, dass ich okay bin.

Er hat mich nicht angegriffen, die Erkenntnis sickert nur langsam in mein Gehirn, das nach wie vor geschockt ist und nur träge arbeitet. Was auch immer er getan hat, ein Angriff war es nicht. Sein Gesicht ist mir so nah. Ausnahmsweise ist es nicht wuterfüllt und abweisend, ein leichter Schweißfilm liegt auf der Haut und der Mund zittert. Dann realisiere ich langsam seinen Gesichtsausdruck, denn obwohl er versucht, es zu überspielen, ist er schmerzverzerrt. Noch bevor ich ihn fragen kann, ob er verletzt ist, läuft ein Blutrinnsal an der Schläfe entlang und über seine Wange Richtung Mund.

Wir brauchen Hilfe.

Adrian versucht, sich von mir hinunterzurollen, aber auch er ist nicht in der Lage, sich zu bewegen.

Ich möchte ihm das Blut aus dem Gesicht wischen, wenigstens das, aber meine Hände sind unter seinem Körper eingeklemmt und ich bin absolut wehrlos.

Der Staub hat sich in der Zwischenzeit gelegt und ich höre laute Stimmen.

»Maxine? Adrian? Scheiße, wir holen euch da raus.« Das ist Paul. Dann erkenne ich die Stimmen von Leo und Sebastian, die sich gegenseitig Anweisungen geben, wo sie anpacken und was sie anheben wollen. Alle Jungs schwirren inzwischen um uns herum und helfen, uns aus den Trümmerteilen zu befreien. Die ganze Zeit über sieht Adrian mir in die Augen.

Als sie schließlich zu zweit Adrians Gewicht von mir nehmen, setze ich mich mühsam auf und sehe mich entsetzt um. Ich sitze inmitten einer Anhäufung von Steinen und Mauerteilen, und erst als ich das ganze Szenario überblicke, realisiere ich das Ausmaß dieses Unfalls. Langsam lasse ich den Blick an der Mauer emporwandern. Es ist klar zu erkennen, von wo die Mauerstücke abgegangen sind. Nur wie das überhaupt geschehen konnte, ist mir unbegreiflich, denn das Gebäude wirkt massiv und sicher und beim besten Willen nicht baufällig.

Unvermittelt und wie ein Schlag kommt der Schock durch. Ich lasse den Kopf in die Hände sinken und kann das Zittern nicht mehr unterdrücken, welches die Kontrolle über meinen Körper übernommen hat. Paul reibt mir über die Arme und murmelt beruhigend auf mich ein. Worte wie ›es ist schon gut‹ und ›das wird schon wieder‹ machen nicht wirklich Sinn, sind aber tröstlich. Langsam lässt das Zittern nach und ich komme wieder zu mir.

»Was ist passiert?«, frage ich.

»Das war ein Unfall«, antwortet Paul und sieht irritiert an der Wand empor. »Ein Teil der Mauer hat sich gelöst.«

Und Adrian, der das gesehen hat, hat sich auf mich geworfen, um mich zu schützen. Ich brauche lange, ehe mein Verstand das im gesamten Ausmaß erfasst hat und ich zu diesem Schluss komme.

Wahrscheinlich hat Adrian mir das Leben gerettet.

Aber wie geht es ihm selbst?

Ich habe ihn nicht mehr gesehen, seit sie ihn von mir runtergezogen haben, und ich habe das Blut in seinem Gesicht noch deutlich vor Augen.

Erschrocken hebe ich den Blick.

»Wo ist Adrian?«, frage ich Paul atemlos. »Er ist verletzt.«

»Er ist im Ärztetrakt«, antwortet Paul. »Mehr weiß ich nicht.«

»Ich muss zu ihm.« Bei diesen Worten versuche ich aufzustehen, auf der Stelle erfasst mich jedoch ein Schwindel und ich muss mich an Paul festhalten.

»Du musst dich erst einmal selbst untersuchen lassen«, sagt Paul fest. »Adrian konnte gehen, es kann nicht allzu schlimm sein.«

»Ich bin okay«, beteure ich. »Das war nur der Schreck.«

Schnell taste ich über meinen Körper, ich bin eindeutig nicht verletzt. Ein paar blaue Flecken werde ich sicherlich von dem Sturz davontragen, aber das ist absolut nichts im Vergleich zu dem, was hätte passieren können. Wenn Adrian mich nicht geschützt hätte. Mit seinem eigenen Körper, der nun statt meinem verletzt ist.

Ich muss wirklich sofort in den Ärztetrakt.

Paul will mich nicht gehen lassen, er sieht mich finster an.

»Was genau willst du da bewirken? Du bist keine Ärztin. Erhol dich lieber erst mal selbst von dem Schock.«

Die Sportler haben das Training eingestellt und sitzen nicht weit von uns in enger Runde beisammen. Leo, der gesehen hat, wie ich versuche, mich von Paul zu lösen, eilt auf uns zu. »Wie geht es dir, Maxine?«

Ich schnaube nur. Ich lag unten, da ist kein einziger Stein hingekommen. Für Adrian sieht das anders aus.

»Thomas ist bei Adrian«, beruhigt Leo mich. »Er wird gleich kommen und sagen, ob er verletzt ist.«

»Er hat geblutet.« Ich werde das Blutrinnsal, das über sein Gesicht lief, nicht so schnell vergessen.

»Das war nur eine kleine Kopfwunde, die bluten doch immer wie irre, auch wenn sie harmlos sind. Adrian ist ein wenig gehumpelt, aber ehrlich, er ist auf seinen eigenen Beinen mitgegangen.« Zögerlich berührt Leo mich am Arm. »Es wird schon alles in Ordnung sein. Du weißt doch, Unkraut vergeht nicht.«

Wider Willen muss ich ein wenig kichern. Der Vergleich ist irgendwie passend und ich weiß, dass Leo es nett gemeint hat und bestimmt nicht gehässig.

Ein wenig beruhigt setze ich mich wieder hin, und die Jungs umringen mich. Leise unterhalten sie sich, aber mir ist nicht nach reden.

Dafür kommt eine andere Erinnerung hoch. Nämlich die, wie gut sich Adrians Körper angefühlt hat. Und wie gut er gerochen hat. Ein Typ, der so abweisend ist, so hasserfüllt. Das ist mehr als verstörend, und ich würde es am liebsten auf der Stelle aus dem Kopf bekommen. Paul roch nicht so gut. Also, er roch nicht schlecht, ganz nett eigentlich, aber eben nicht so überwältigend. Unauffällig drehe ich den Kopf in Leos Richtung, der neben mir sitzt, nah genug, dass ich an ihm schnuppern kann. Ich bin mir selbst peinlich, die Neugierde ist jedoch stärker. Sein Körpergeruch ist neutral, dezent nach Sport und Schweiß, aber eben nicht faszinierend.

Diese Erkenntnis hilft mir auch nicht weiter.

Die friedliche, abwartende und zuversichtliche Atmosphäre wird unvermutet gestört. Thomas kommt auf uns zu, im Laufschritt und völlig außer Atem. So aufgelöst habe ich ihn noch nie gesehen.

»Miss Summer, kommen Sie doch bitte mit in den Ärztetrakt. Sie sollten sich auf jeden Fall dringend untersuchen lassen. Möglicherweise sind Sie verletzt.«

Er winkt mich zu sich, außer Hörweite der Jungs.

Ich runzle irritiert die Stirn.

Hier stimmt was nicht. Klar, sinnvoll ist es schon, dass ein Arzt sich vergewissert, dass ich wirklich okay bin. Das wollte ich im Laufe des Tages durchaus machen lassen, aber das erklärt nicht, aus welchem Grund Thomas in so großer Eile zu mir gerannt ist. Er hat sich mehr beeilt, als jemals in den letzten Jahren, denn er ist verschwitzt und ringt mühsam nach Luft.

Er drückt mir seinen Schlüssel in die Hand.

»Gehen Sie schon mal vor, am besten schnell, innere Verletzungen sollte man nicht auf die leichte Schulter nehmen. Ich komme nicht so rasch mit.«

Ja klar, er befürchtet, ich habe innere Verletzungen und schickt mich deshalb allein und zu Fuß in den Ärztetrakt. Diese Begründung ist so abwegig, dass bei mir alle Alarmglocken schrillen. Denn eindeutig geschieht aktuell etwas, was Thomas mir nicht sagen darf. Ohne ein weiteres Wort oder noch mehr Zeit zu verlieren, renne ich los.

Ich bin schnell, definitiv schneller als Thomas, der mir in seinem Tempo folgt und auf dem Weg tausche ich geistesgegenwärtig unsere Schlüssel.

Dann schließe ich den Ärztetrakt auf, mit zitternden Händen. Sobald ich die Tür öffne, weiß ich, wo mein Ziel ist. Aus einem der hinteren Räume ertönt Gebrüll und es klingt wie ein Tier in der Falle, nicht wie ein Mensch. Trotzdem ist mir klar, dass es ein Mensch sein muss. Nicht irgendein Mensch, sondern Adrian.

Ich finde ihn auf einer Liege, an Armen und Beinen festgeschnallt, während er verzweifelt versucht, sich loszureißen. Ein hoffnungsloses Unterfangen, breite Lederriemen halten ihn und er erreicht nur, dass sie tief in sein Fleisch schneiden. In seiner rechten Armbeuge steckt eine Kanüle, eine Frau in weißem Kittel bereitet eine Infusion vor und scheint absolut taub gegenüber seiner Verzweiflung.

Langsam kommt Sinn in die Schreie, denn sie ergeben immer wieder das Wort ›Nein‹.

Der Liege entgegengesetzt steht Dr. Higgs und beobachtet Adrians hilflose Befreiungsversuche mit einem triumphierenden Lächeln. Sie hat die Arme vor dem Körper verschränkt, und es ist nicht zu übersehen, wie sehr sie die Situation genießt.

Die Ärztin hat ihre Vorbereitungen beendet, gerade als ich mir innerhalb von Sekunden ein Bild der Lage gemacht habe, und will die Infusion am Zugang in Adrians Arm anbringen.

Seine Schreie werden noch lauter, verzweifelter, aber er kann nur den Kopf bewegen, den er in Panik hin- und herschleudert wie ein wildes Tier.

»Stopp!«, brülle ich, so laut ich kann, und im ersten Augenblick befürchte ich, dass meine Stimme im Gebrüll untergegangen ist. Ich trete vor und packe die Frau am Arm, um sie an ihrer Aktivität zu hindern.

Irritiert sieht sie mich an. Auch Adrians Blick fällt auf mich, und er hört auf zu schreien. In der plötzlich einsetzenden Stille rauschen meine Ohren. Unter der Oberfläche koche ich vor Wut, und ich weiß, dass sie irgendwann herausbrechen wird, aber solange ich das noch zu verhindern weiß, bin ich wie immer die kühle, beherrschte, überlegene Maxine Summer. Adrians Kopf sinkt zurück auf die Liege. Er schließt die Augen. Vor Erschöpfung? Erleichterung? Resignation? In seiner Miene ist alles enthalten.

»Ach, Miss Summer, wie nett. Sie wollen eine Behandlung live miterleben?« Dr. Higgs lässt sich nicht anmerken, inwieweit sie durch mein Erscheinen gestört ist. »Schön ist das nicht, ich gebe es zu, aber die anderen Männer lassen sich normalerweise nicht so gehen wie dieser.«

»Ich möchte keine Behandlung live erleben«, stelle ich mit eiskalter Stimme richtig und hoffe, dass man mir die Verachtung anhört. »Ich will wissen, wieso Sie einen meiner Sportler ohne meine Anweisung behandeln.«

Dr. Higgs lächelt mich überlegen an.

»Weil er jetzt wertlos ist.« Sie deutet auf Adrian. »Er hat sich verletzt und ist für den Wettkampf nicht mehr in optimaler Verfassung. Ich wollte es Ihnen nur leichter machen.«

Sie blickt auffordernd die Ärztin an, die nach wie vor mit der Infusion unschlüssig neben der Liege steht. Sie sieht aus wie eine Frau mit einer geladenen Waffe und rasch nehme ich ihr den Beutel aus der Hand.

»Erklären Sie doch Miss Summer, welche Verletzungen dieser da hat. Sie wird es schon einsehen.«

Wie sie über Adrian spricht, ist widerlich. Und möglicherweise liegt da der Grund, aus dem Adrian immer wieder ausflippt. Nicht dass ich ihn da verstehen würde, aber irgendein grundlegendes Problem gibt es zwischen den beiden.

»Er hat Schürfwunden und Prellungen am ganzen Körper, fünf Wunden, die ich nähen musste«, sagt die Ärztin mit professioneller Stimme. Sie hat wohl kein persönliches Problem mit Adrian, für sie ist er einfach nur einer der Jungen, die zum ersten Mal behandelt werden und davor tierische Angst haben. »Die Kopfwunde an der Seite ist geklebt und blutet nicht mehr. Aber mit all den Verletzungen am Körper wird er sich die nächste Zeit nur unter großen Schmerzen bewegen können, wenn überhaupt. Es ist nicht möglich, Leistungssport weiterhin auszuüben.«

Ich kenne Adrian inzwischen, nicht gut, aber das eine weiß ich über ihn: Egal, wie sehr sein Körper schmerzt und wenn er überall nur offene Wunden hätte, er wird sich nicht davon abhalten lassen, im Training und im Wettkampf alles zu geben. Das ist es ja, was ihn zu so einem überragenden Athleten macht.

»So übel kann es wohl kaum sein«, erwidere ich unbeeindruckt.

»Zeigen Sie es Ihr, Dr. Parker«, sagt Dr. Higgs und langsam hört man den Unmut über die Verzögerung in ihrer Stimme.

Dr. Parker nimmt eine Schere und schneidet Adrians T-Shirt auf.

Zugegeben, sein Oberkörper sieht schlimm aus, vor allem an den Seiten, die nicht mich berührten, sondern dem Steinschlag schutzlos ausgeliefert waren. Zwei der genähten, blutigen Wunden sind nicht zu übersehen. Auch an den Händen kann ich einige blutende Risse erkennen und ich erinnere mich, dass er mit seinen Händen unsere Köpfe geschützt hat.

»Die meisten Verletzungen hat er auf dem Rücken und auf der Rückseite der Oberschenkel, aber ich kann die Fixierung nicht lösen, ohne dass er auf uns losgeht.«

Dr. Higgs nickt wild.

»Sehen Sie ihn sich doch an, er ist wie ein Tier, nicht zu bändigen. Ich wollte ihn von Anfang an nicht im Sportteam haben.« Ja, das war nicht zu übersehen. »Seien Sie einfach froh, dass Sie ihn endlich los sind.«

»Binden Sie ihn los«, weise ich die Ärztin an.

Dann drehe ich mich zu Dr. Higgs.

»Sie rühren nie wieder ohne meine ausdrückliche Anweisung einen meiner Sportler an, habe ich mich klar ausgedrückt? Über meinen Kopf hinweg passiert hier gar nichts.«

Ich lege all meine Wut, meine Verachtung in meinen Blick und meine Stimme und nach kurzer Zeit knickt Dr. Higgs ein und wendet sich ab.

Sie ist Widerworte und einen Machtkampf in ihrem Haus nicht gewohnt.

Dr. Parker rührt sich nicht, sie starrt sprachlos zwischen mir und der Internatsleitung hin und her.

»Und für Sie gilt dasselbe. Die Jungs unterstehen meiner Leitung und niemand sonst entscheidet, was mit ihnen geschieht.«

Ich halte nach wie vor diesen dämlichen Infusionsbeutel in der Hand, als ich mich jetzt zu Adrian an die Liege stelle. Er hat die Augen geöffnet und sieht mich an, sein Blick wandert von meinem Gesicht zu der Infusion und wieder zurück. Auch wenn er sich nicht mehr bewegt und sich nicht mehr wehrt, die Angst ist nach wie vor in seiner Miene.

Mit all meiner Kraft schleudere ich den Beutel in eine Ecke, so dass er aufplatzt und sein widerlicher Inhalt sich über den Boden verteilt.

»Kann ich dich losmachen?«, frage ich ihn. Ob er sich soweit unter Kontrolle hat, niemanden anzugreifen?

Er nickt.

Und ich löse eigenhändig die Gurte.

Mit einem Schaudern kauert Adrian sich zusammen, schlingt die Arme um die Beine, macht sich ganz klein, dann reißt er mit einem Ruck den Zugang aus seinem Arm, so dass ein weiteres Blutrinnsal den Arm hinabläuft.

Auf dem Rückweg geht er vor mir, mühsam und humpelnd, obwohl er sich bemüht, sich seine Schmerzen nicht anmerken zu lassen. Er trägt das zerschnittene T-Shirt in der Hand und ich kann ungehindert seinen Rücken betrachten. Ja, er ist wirklich übel zugerichtet, jede kleine Bewegung muss eine Qual sein. Beim Training noch tausendmal mehr.

Leider komme ich nicht umhin zu bemerken, wie attraktiv sein Oberkörper trotz der Schnitte und Wunden ist. Breitere Schultern, als ich es kenne, schmalere Hüften und dazwischen Muskeln, die sich bei jeder Bewegung leicht zusammenziehen.

Und da sagt noch einmal jemand, Männerkörper könnten nicht schön sein.

kapitel 25

Erst am Abend mache ich Inventur, was meinen eigenen Körper betrifft. Ich stehe nackt im Bad und betrachte mich von allen Seiten. Auf dem Rücken, der auf den Boden aufgeschlagen ist, finde ich ein paar Kratzer und zwei Stellen, die beginnen sich zu verfärben, an der Wade ist ein kleiner Riss, den ich mit einem Pflaster versorge. Aber ansonsten bin ich völlig unversehrt, Adrian hat absolut alles abgefangen. Ich kann nach wie vor nicht fassen, dass er sich ohne zu zögern so in Gefahr begeben hat. Ausgerechnet er. Noch nie habe ich einen so widersprüchlichen Charakter getroffen und ich bezweifle, dass ich ihn jemals verstehen werde.

Leider komme ich nicht umhin, meinen Körper mit seinem zu vergleichen. Er ist der erste Mann, den ich so entblößt gesehen habe. Mehr als Knochen und grobe Umrisse gab es im Biologieunterricht nie.

Ich bin groß für eine Frau, er ist deutlich größer. Ich habe durch den Sport breitere Schultern und mehr Muskeln als meine Freundinnen, nichts im Vergleich zu ihm. Außerdem ist mein Bauch nicht so flach und so durchtrainiert hart und mir ist schleierhaft, wie um Gottes Willen er es erreicht hat, so einen Körper zu haben.

Der Vergleich verwirrt mich. Vor allem da mir klar ist, dass ich die Körperstellen, die sich noch viel deutlicher von meinen unterscheiden, nicht gesehen habe. Mit einem Mal brennt mein Gesicht vor Verlegenheit, obwohl ich allein im Raum bin. Schnell ziehe ich mich wieder an.

Als ich das Bad verlasse, fällt mein Blick auf ein Blatt Papier, welches unter der Tür durchgeschoben wurde.

Rasch hebe ich es auf, denn es ist klar, von wem die Nachricht ist, und ich platze vor Neugierde.

Es ist Adrians Aufsatz mit meiner Antwort und darunter ist etwas hinzugefügt:

›Ich muss zugeben, diese Schoko-Cookies waren lecker. Ich mag also Schokolade.‹

Ich grinse.

Für Adrians Verhältnisse ist das ein höchst intimes Geständnis. Schnell schreibe ich darunter:

›Ich gebe das Kompliment an Fiona, die Bäckerin der Kekse, weiter. Meine Muffins sind übrigens auch mit Schokolade!‹

Dann schleiche ich vorsichtig rüber zum Schlafzimmer der Sportler, um den Zettel unter der Tür zurückzuschieben. Da es früh am Abend ist, haben die anderen Jungs sich in der Mensa versammelt, nur Adrian hat sich mit all seinen Verletzungen zurückgezogen. Nach der Aufregung und der Panik und seinem Ausraster muss er absolut am Ende sein.

Mit einem leichten Lächeln gehe ich zurück in mein Zimmer. Es wird höchste Zeit, sich mit den Unterlagen genauer zu befassen, denn obwohl ich zuerst enttäuscht war und keinen Hinweis auf meinen Bruder gefunden habe, heißt das nicht, dass sie wertlos sind. Die Mappen müssen mehr Geheimnisse enthalten, als man auf den ersten Blick erkennt, und ich bin fest entschlossen, sie aufzudecken.

Ein leises Geräusch auf dem Flur zeigt, dass sich jemand meinem Raum nähert. Schnell laufe ich zur Tür und reiße sie auf, gerade als derjenige, der sich anschleicht, davor stehenbleibt. Wie erwartet ist es Adrian, der wie ertappt zusammenzuckt. Er hält unsere Korrespondenz in der Hand.

Er trägt wieder ein T-Shirt, und auch wenn der Anblick

seines nackten Oberkörpers absolut ansehnlich war, bin ich heilfroh darüber.

Ich lächle ihn an und merkwürdigerweise fällt es mir noch nicht einmal schwer.

»Es gibt da etwas, das ich dir persönlich sagen muss.« Ich sehe ihm fest in die Augen. »Danke.«

Ja, das musste wirklich gesagt werden. Obwohl es mir nach wie vor unbegreiflich ist, dass er sich für mich, die er doch so offensichtlich hasst, geopfert hat.

Er nickt.

»Ich muss dir auch etwas persönlich sagen«, erwidert er leise, seine Stimme ist noch immer heiser von all den Schreien, die er im Ärztetrakt ausgestoßen hat. »Ebenfalls danke und«, ein kurzes Zögern, dann ein betretener Blick, »… es tut mir leid.«

Adrian drückt mir den Brief in die Hand, wendet sich ab und geht zurück zum Jungenschlafzimmer. Sprachlos sehe ich ihm hinterher. Dann verstecke ich kurz mein Gesicht hinter den Händen und atme tief durch. Dieser Junge bringt mich ganz schön aus dem Konzept. Seine Entschuldigung aus heiterem Himmel hat mich echt überrumpelt, denn obwohl er an der Situation zwischen uns nicht unschuldig ist, habe ich mich ihm gegenüber viel schlimmer betragen. Ich habe bisher keine Gelegenheit ausgelassen, ihn zu provozieren und zu demütigen und dazu zu bringen, sich selbst für Olympia zu disqualifizieren.

Leicht beschämt werfe ich einen Blick auf unseren Briefwechsel.

»Okay. Ich habe es kapiert«, steht dort.

Dann wird es höchste Zeit, neue Muffins zu backen. Ich entschuldige mich lieber durch Taten als mit Worten.

Ich nehme mir Adrians Mappe als erste vor. Mit etwas Glück finde ich dort einen Hinweis, der diese Widersprüche erklärt. Oder zumindest den Hass der Internatsleitung.

Adrians Foto ist eindeutig nicht mit seinem Einverständnis aufgenommen. Er sieht zwar direkt in die Kamera, aber sogar auf dem Papier wirkt er, als würde er sich jeden Augenblick auf den Fotografen stürzen.

Der Militärlook, den die Jungs zu diesem Zeitpunkt trugen, macht es nicht besser. Ich bin heilfroh, dass sie sich inzwischen die Haare wachsen lassen, denn sogar Adrian sieht mittlerweile weniger angsteinflößend aus.

Ehrlich gesagt ist er mit den längeren Haaren auch deutlich attraktiver. Genau wie die anderen Jungs. Ärgerlich schüttle ich den Kopf über diese Gedanken. Mein Job ist ja schließlich nicht, das Aussehen der Sportler zu kommentieren oder gar zu verbessern. Sonst könnten wir ja wirklich bei einer Modenschau antreten.

Ich bin im Internat keinen guten Einflüssen ausgesetzt, jeden Tag entwickle ich mich weiter weg von dem Mädchen, das ich einmal war. Hoffentlich äußere ich so einen Schwachsinn nie laut in Gegenwart meiner Freundinnen.

Entschlossen blättere ich um. Die Ergebnisse der Urin- und Blutproben sagen mir nichts, und es gibt keinen Hinweis darauf, warum sie überhaupt gemacht wurden.

Mein Handy meldet eine neue Nachricht. Emily, mein Wachhund, muss auf eine unheimliche Art Schwingungen aufgefangen haben, die ihr verraten haben, welche peinlichen Gedanken ich in diesem Moment hatte.

»Wie sieht es aus?«, fragt sie. »Bist du in der Nacht erwischt und gefeuert worden?«

Nein, bin ich nicht, egal, wie gern sie das hätte.

»Ich habe die Unterlagen«, schreibe ich zurück.

Den Fehler ihr von Adrian zu erzählen, begehe ich nicht. Auch den Unfall erwähne ich mit keinem Wort.

Adrians Geburtsdatum ist angegeben. Erstaunt sehe ich, dass er zwei Wochen vor mir Geburtstag hat, er ist fast genau ein Jahr älter. Unwahrscheinlich, dass er mein Bruder ist. Vermutlich habe ich ihn an diesem Tag beleidigt oder als dumm bezeichnet oder was auch immer ich noch so alles in dieser Zeit mit ihm gemacht habe. Frustriert seufze ich auf. Egal, was zwischen uns beiden weiterhin passiert, ich werde mich auf keinen Fall erneut in das abgebrühte Miststück verwandeln, das ich zu Beginn gegeben habe. Dazu stehe ich inzwischen viel zu weit in seiner Schuld.

Nun komme ich zu dem Abschnitt der Mappe, in dem die Entwicklung und das Sozialverhalten dokumentiert sind, und das ist der Teil, der bei Adrian ganze Bücher füllt.

Je mehr ich lese, umso kälter wird mir.

Es selbst hatte es lapidar als Ärger bezeichnet, den er immer wieder hatte, aber das trifft es nicht ansatzweise.

»Und?«, kommt eine neue Nachricht. Emily kann sogar mit einem einzigen Wort ihre ungeduldige Unzufriedenheit kundtun.

»Könntest du dir vorstellen, dass man dir im Unterricht auf die Finger schlägt?«, schreibe ich meiner Freundin.

»Wie kommst du denn darauf??? Ich schätze, ich würde zurückschlagen. Und im Anschluss eine Anwältin einschalten.«

»Das haben sie hier mit Adrian gemacht.«

»Dann hatte er es verdient.«

Unwillig schüttle ich den Kopf. »Weil er Widerworte gegeben hat? Weil er nachgefragt hat?«

Die Schule der Jungs scheint sich elementar von unserer zu unterscheiden. Wir Mädchen werden dazu angehalten, nachzudenken und alles kritisch zu hinterfragen. Hier gilt genau dasselbe Verhalten als Aufbegehren, und ich bekomme immer mehr den Eindruck, dass Adrians Hauptproblem ist, für einen Jungen in dieser Einrichtung zu intelligent zu sein und nicht abgeklärt genug, es hinzunehmen und zu schweigen.

Wenn es nur bei Schlägen auf die Finger geblieben wäre. Kein Wunder, dass er irgendwann alles verweigert hat, egal, welche Konsequenzen er tragen musste.

Ich mag gar nicht weiterlesen, was dieser Junge mitgemacht hat.

»Gibt er noch immer Widerworte? Ich dachte, er spricht gar nicht mit dir? Ich will auch nicht, dass er mit dir spricht! Der ist gefährlich.«

So gefährlich, dass er sich für mich opfert? Emily hat keine Ahnung, wovon sie redet.

Er hat es Thomas zu verdanken, dass er in die Leichtathletikmannschaft kam. Seitdem lief es deutlich besser. Obwohl er da vor allem von mir in den letzten Wochen so einiges einstecken musste.

Inzwischen verstehe ich diesen Jungen besser, aber der Konflikt mit Dr. Higgs ist mir weiterhin nicht klar. Sie kann ihn doch nicht nur hassen, weil er nicht bedingungslos nach ihrer Pfeife tanzt. Da muss mehr dahinterstecken.

Ich gehe die wesentlich dünneren Akten der anderen Sportler durch, schlauer bin ich danach jedoch nicht.

kapitel 26

Adrian bewegt sich auch am nächsten Tag mühsamer als sonst, schon zum Frühstück erscheint er ungelenk und ohne seine übliche Eleganz.

»Du machst heute einen Tag Pause«, entscheide ich.

»Das ist nicht nötig«, erwidert er, ohne mich anzusehen.

»Doch, ist es.«

Nach dem Studium seiner Akte bin ich darauf vorbereitet, dass er sich weigert zu machen, was ich ihm sage. Denn das ist wohl einfach sein Charakter.

Umso erstaunter bin ich, als er nach kurzem Zögern nur die Schultern zuckt und einlenkt. Entweder hat er doch größere Schmerzen, als ich vermute, oder er kommt so langsam zu Vernunft.

Später am Tag betrachte ich die Unfallstelle. Die Steine und Mauerreste sind weggeräumt, auf dem Boden ist nicht mehr zu erkennen, was hier geschehen ist. Aber der Blick am Gebäude empor enthüllt eindeutig, dass nichts davon Einbildung war, denn dort oben fehlen große Teile der Fassade.

Adrian, der den Tag bisher dazu genutzt hat, seinen Teamkollegen Tipps für ihr Training zu geben, gesellt sich zu mir.

Freiwillig.

»Du stehst häufig an genau dieser Stelle«, sagt er und betrachtet nur die Mauer vor uns.

Ich sehe ihn mit misstrauischem Blick an und wundere mich darüber, wie er das bemerken konnte, während er mich konsequent ignoriert. Hier ist die Ziellinie aller Läufe und laufen ist nach wie vor meine größte Leidenschaft. Außerdem bietet der leichte Vorsprung des Daches Schutz bei Regen und Schatten bei Sonne.

»Stimmt«, pflichte ich ihm bei, lasse ihn aber nicht aus den Augen. »Sieht eigentlich nicht marode aus.«

Eine vorsichtige Andeutung. An mehr wage ich mich nicht.

»Nein«, erwidert er. »Hier ist noch nie irgendetwas hinabgestürzt. Ist ja nicht alt oder minderwertig ausgeführt.«

Adrian hat also auch den Eindruck, dass mehr hinter dem Unfall steckt. Dass es nicht nur ein unglücklicher Zufall war, dass plötzlich ein Teil der Fassade nachgibt und ausgerechnet ich genau darunter stehe.

Schon merkwürdig, wie viel an diesem einen Tag geschehen ist, nachdem ich die Unterlagen über die Sportler gestohlen habe. So naiv anzunehmen, dass kein Plan dahinter steckt, dass alles reiner Zufall ist, bin ich nicht, nur geschockt darüber, dass Dr. Higgs bereit ist, so weit zu gehen. Ärgerlicherweise habe ich noch immer keine Ahnung, welch brisante Informationen ich in der Hand halte.

Ich werfe einen prüfenden Blick auf Adrian. Auf irgendeine Art hat er etwas damit zu tun. So schnell, wie Dr. Higgs die Gelegenheit ergriffen hat, ihn zu behandeln, ist er kein unbeteiligtes Opfer. Außerdem hat sie von Beginn an jede Möglichkeit genutzt, Adrian schlecht zu machen oder vorzuführen. Die erste Begutachtung. Die Haarschneideaktion. Alles, um mir zu demonstrieren, dass man diesen Querulanten nicht mitnehmen kann.

Schweren Herzens entscheide ich mich dazu, das Internat nicht mehr zu verlassen. Ich kann die Jungs unmöglich zwei ganze Tage in Dr. Higgs Gewalt lassen. Jetzt, nachdem ich weiß, wozu sie in der Lage ist.

Ohne Zucker überstehe ich dieses Wochenende allerdings nicht. Daher bettle ich am Telefon Emily an, mich besuchen zu kommen – mit allem, was süß ist. Es dauert eine halbe Ewigkeit, bis sie nachgibt, und ich bemerkte erstaunt, dass ich in eine Argumentation für die Schule noch nie so viel Arbeit investieren musste. Wenn es um das eigene Überleben geht, ist man zu größeren Leistungen in der Lage.

Am Sonntag setzt Emily endlich ihr Versprechen in die Tat um und erscheint im Internat, schwer beladen mit mehreren Kilogramm Süßigkeiten, Eiern und Mehl, Zucker, Schokolade und allen anderen Backzutaten.

»Ich fasse es noch immer nicht, dass ich tatsächlich hier bin«, begrüßt sie mich. »Ich habe über eine Stunde in dieser dämlichen Bahn gesessen. Und das an meinem freien Tag.«

»Ich weiß es wirklich zu schätzen.« Ich nehme sie fest in den Arm, denn eine Umarmung habe ich nach dieser Woche bitter nötig. Emily jobbt seit einiger Zeit in einer Werbeagentur, um die Phase bis zum Studienbeginn zu überbrücken, und ich weiß, wie anstrengend das für sie ist. Ich bin daher doppelt dankbar, dass sie den Weg auf sich genommen hat.

»Dann zeig mir mal deine Prachtexemplare«, sagt Emily und zieht eine Grimasse.

Ich reiße überrascht die Augen auf.

»Oh, Fiona, du bist es. Ich hatte dich bis gerade eben mit Emily, der Männerhasserin, verwechselt.«

Sie streckt mir die Zunge raus, verzichtet aber auf eine Antwort. Wir schleppen die Einkäufe in die Küche, die um diese Zeit wie ausgestorben daliegt.

»Die backen hier echt nie? Nie, nie, nie?«, fragt sie entsetzt. »Weder an einem Sonntag, noch einem Feiertag oder bei Geburtstagen?«

Ich zucke die Schultern und beginne, in den Rezepten zu blättern.

»Die Jungs wissen gar nicht, wann sie Geburtstag haben«, antworte ich. »Ich weiß es jetzt allerdings schon.«

»Sagst du es ihnen?«

»Wozu?«, entgegne ich resigniert. »Es interessiert ja trotzdem niemanden. Wie sollen sie auch ohne Kuchen Geburtstag feiern?«

Wir einigen uns auf eine riesige Anzahl Muffins, die mindestens für vier Tage reichen sollten, und machen uns an die Arbeit. In einer Großküche zu backen, ist ein völlig anderes Gefühl als zu Hause, denn wir kommen uns vor wie professionelle Köchinnen. Es macht Spaß, daher dauert es nicht lange, bis wir herumalbern. Emily imitiert eine eingebildete Sterneköchin und übernimmt das Kommando. Ich gebe gehorsam die Küchenhilfe, die ihr nichts recht machen kann.

»Non, non, du untalentiertes Mädchen, du kannst die Eier und den Zucker nicht einfach ineinander mischen, das muss mit Leidenschaft geschehen«, sagt sie mit künstlichem französischen Akzent, der bei ihr furchtbar klingt, und fuchtelt theatralisch mit den Händen in der Luft. »Ohne Leidenschaft gelingt das nicht, dann wird das nur Klump.«

Sie rührt schwungvoll in der Schüssel, so übertrieben, dass Teig umherfliegt und auf meiner Nase landet. »Siehst du, so geht das, immer nur links herum.«

Ich lache Tränen, während ich versuche, mit genauso viel Elan zu rühren, und noch mehr Teig fliegt durch die Luft. Wer auch immer die Küche nachher putzen muss, wird ganz schön sauer auf uns sein.

Plötzlich verstummt Emily und verkrampft. Ich drehe mich um. In der Tür steht Paul und beobachtet uns mit einem breiten Grinsen.

»Hallo«, sagt er. »So viel Spaß hat diese Küche noch nie erlebt.«

»Woher willst du das wissen?«, frage ich. »Du bist doch nie in der Küche.«

»Aber ich musste früher oft genug hier helfen«, erwidert

er. »Gemüse putzen und klein schneiden, den Abwasch machen. Dabei müssen alle der Reihe nach mitmachen. Wir sind erst raus, seit wir im Olympiateam sind.«

Er lächelt Emily an, die ihn nach wie vor misstrauisch betrachtet, dann kommt er langsam auf uns zu.

»Ich bin Paul«, sagt er freundlich und will ihr schon die Hand entgegenstrecken. Als er ihren Blick bemerkt, lässt er sie auf der Stelle wieder sinken.

»Ja, ich weiß«, erwidert Emily kühl.

Oh Gott, wie peinlich. Paul muss denken, ich habe über ihn geredet. Na gut, das habe ich, aber er muss es ja nicht unbedingt wissen.

»Also, auf Handlangerdienste verstehe ich mich. Auch in der Küche. Wenn ihr Hilfe gebrauchen könnt, ich mache alles«, sagt er ein wenig zaghaft, zaghafter als ich ihn kenne. Emily scheint ihn mehr einzuschüchtern, als ich es jemals konnte.

Ob er sie auch hübsch findet? So wie mich. Genau genommen muss er das. Denn sie hat mandelförmige grüne Augen, momentan leider abweisend zusammengekniffen, ein faszinierendes Gesicht und weiche, seidige Haare in einem tiefen Dunkelbraun, die ihr bis zur Taille reichen. Ich finde sie umwerfend schön und denke, das muss jedem so gehen.

Ich werfe ihr einen fragenden Blick zu.

Sie zuckt nur die Schultern, freundlich oder gar einladend ist es nicht.

»Gut, dann kannst du die Schokolade hacken. Das ist eine undankbare Aufgabe«, sagt sie und klingt, als wollte sie ihn damit abwimmeln.

Paul lässt sich nicht abschrecken. Er strahlt Emily an, als hätte sie ihm gerade eine Belohnung in Aussicht gestellt. Ich grinse innerlich und bin gespannt, wie lange Paul braucht, um auch diese Frau um den Finger zu wickeln. Ohne weitere Anweisungen macht er sich an die Arbeit und gibt tatsächlich sogar in der Küche eine passable Figur.

»Was musstet ihr noch erledigen? Außer Küchendienst«, frage ich neugierig.

»Eigentlich alles, abhängig vom Alter. Die Wäsche machen, im Garten mit anpacken, Flure und Badezimmer putzen.«

»Klos putzen«, fügt Emily spitz hinzu.

»Auch das. Obwohl das meistens Adrians Job war.«

»Warum das denn? Ich denke, ihr habt euch abgewechselt. Ist ja schließlich die fieseste Sache«, wundere ich mich.

Paul blickt von der Schokolade hoch.

»Er hat sich die Toiletten fast immer als Strafarbeit eingehandelt.«

Ich verdrehe die Augen. Das steht zwar nicht in seiner Akte, ich hätte es mir trotzdem denken können.

Emily hat ihre Meisterköchinnennummer eingestellt und arbeitet schweigend. Hin und wieder erwische ich sie dabei, wie sie Paul Blicke zuwirft. Leider werde ich aus ihrer Miene nicht schlau. Sieht sie ihn an, weil er ihr gefällt? Oder weil ich ihn geküsst habe?

Paul und ich unterhalten uns weiterhin. Ich versuche, Emily in das Gespräch einzubeziehen, aber sie bleibt wortkarg. So wortkarg, wie ich sie noch nie erlebt habe.

Schließlich sind die Muffins im Backofen und Paul macht sich ohne Anweisung an den Abwasch. Ich betrachte einen Augenblick unser Werk, denn das rettet eindeutig mein Wochenende. Und hoffentlich genauso die kommende Woche.

»Warum bist du so schweigsam?«, flüstere ich Emily zu. Paul befindet sich am Spülbecken einigermaßen außer Hörweite.

»Ich überlege nur die ganze Zeit, mit welchem Verteidigungsgriff ich am besten einen Angriff abwehre«, erwidert sie. »Du weißt, dass Ji-Jitsu nicht meine Paradedisziplin ist und der Typ ist größer und muskelbepackter, als ich jemals vermutet hätte.«

Sie sagt das so ernsthaft, als wäre von Paul tatsächlich jederzeit ein Angriff zu erwarten.

Ich kichere. »Und warum genau sollte Paul dich angreifen?«

Sie sieht mich absolut ungläubig an.

»Weil er ein unbehandelter Mann ist, ein Tier, völlig unberechenbar. Du bist ja nur so entspannt, weil du die Königin im Ji-Jitsu bist und auch im Judo einen schwarzen Gürtel hast. Du zerlegst den in Sekunden in seine Einzelteile.«

Ich verdrehe die Augen.

»Ich bin so entspannt, weil ich die Jungs kennengelernt habe. Sie sind nett und rein gar nicht wie gefährliche Tiere. Ich habe keine Ahnung, warum wir in der Schule so einen Schwachsinn gelernt haben.« Es ist das erste Mal, dass ich es laut ausspreche, aber bewusst ist es mir schon lange. »Ehrlich Emily, ich habe mit ihnen gelacht und herumgealbert.« Spanisch geredet, Lesen geübt und über Musik diskutiert, füge ich in Gedanken hinzu. Genauso wie mit den Mädels.

»Ja, klar.« Emilys Sarkasmus ist nicht zu überhören und ich kann es ihr nicht verdenken. So leicht schüttelt man nicht das ab, was man sein Leben lang eingetrichtert bekommen hat.

Laut seufzend schnappe ich mir ein Küchenhandtuch, stelle mich neben Paul und trockne ab, während ich Emilys angespannte Blicke im Rücken spüre.

Später bringen wir die Kuchen in die Mensa.

Wir sitzen am Tisch, als die Jungs nach und nach den Raum betreten. Ich frage mich, was Paul ihnen erzählt hat, denn ihre Blicke auf Emily sind unbeschreiblich amüsant.

Entsetzt und interessiert zugleich.

Andrew wagt sich vorsichtig näher.

»Hallo«, sagt er schüchtern zu Emily. Er ist normalerweise offen und selbstbewusst, aber Emilys Blick ist alles andere als einladend.

Sie mustert ihn abschätzend, vor allem seinen Körper, die anderen Sportler im Raum, die unentschlossen an der Tür stehen und uns somit den einzigen Ausgang versperren. Dann wandert ihr Blick zu den Fenstern, die vergittert sind.

Schließlich faucht sie Andrew an: »Setz dich hin und iss den Kuchen.«

Er gehorcht sofort und nimmt Platz. Im Anschluss starrt er Emily an und bewegt sich nicht mehr.

»Das ist meine Freundin Emily«, rufe ich laut und winke die Sportler heran. »Wir haben gebacken, also kommt her und bedient euch.«

So langsam habe ich die Meute noch nie gesehen, sie schleichen um Emily herum, als wäre sie eine geladene Waffe und könnte jederzeit hochgehen.

»Das ist ein sehr leckerer Kuchen«, sagt Leo vorsichtig.

»Ich kenne jetzt das Rezept.« Paul grinst stolz, dann jedoch fällt sein Blick auf Emily und er schließt schnell den Mund.

Ich lasse die Augen am Tisch entlangwandern. Adrian sitzt am anderen Ende und hat erneut sein unbeteiligtes Gesicht aufgesetzt. In diesem Moment hebt er den Kopf und begegnet meinem Blick. Auffordernd mache ich eine Geste zu dem Muffin, der noch immer unberührt in der Tischmitte steht. Dann formen meine Lippen unhörbar das Wort »Schokolade«.

Ein paar Sekunden bewegt er sich nicht, hält aber den Blickkontakt und schließlich greift er langsam nach dem Kuchen. Zieht ihn zu sich heran und beginnt zu essen.

Nach und nach entwickelt sich ein Gespräch, was vor allem Paul und Leo zu verdanken ist. Aber immer wieder begegnet mein Blick Adrians, der mich, verborgen hinter seinen langen, schwarzen Wimpern, unauffällig mustert, während er langsam den Muffin isst.

kapitel 27

»Du musst aufpassen«, sagt Emily eindringlich, als sie sich von mir verabschiedet.

Sie hat recht, nachdem Dr. Higgs Trümmer auf mich hat fallen lassen und ihr Plan versagt hat, wird sie nicht einfach so aufgeben. Ich bin im Internat geblieben, um auf die Jungs aufzupassen, aber ich selbst schwebe eindeutig genauso in Gefahr.

»Ich weiß, ich werde vorsichtig sein. Dieser Frau ist alles zuzutrauen.«

»Wieso Frau?« Emily blickt mich verständnislos an. »Welche Frau?«

»Ich meine Dr. Higgs.« Langsam habe ich den Eindruck, wir reden aneinander vorbei.

»Maxine, du bist verrückt. Es sind diese Männer, die mir Sorgen machen. Und egal, wie gut du bist, niemals wirst du mit zehn von ihnen gleichzeitig fertig. Sicher mit einem, vielleicht mit zweien oder dreien, wenn du Glück hast und einen guten Tritt landest, aber das war es dann auch. Und du setzt dich mitten unter sie, als wäre es nichts.«

»Emily, keiner dieser Männer«, ich betone das Wort genauso dramatisch wie sie, »hat mich jemals bedroht oder auch nur schief angesehen.« Na gut, Adrians Verhalten zu Beginn lasse ich jetzt mal dezent unter den Tisch fallen. »Dr. Higgs dagegen hat versucht, mich zu verletzen, und dabei sogar meinen Tod in Kauf genommen.«

Ich habe Emily inzwischen von dem Unfall, der keiner war, erzählt. Leider ist sie weder angemessen überzeugt von Dr. Higgs Schuld noch angemessen beeindruckt von Adrians Rettungsaktion.

»Das vermutest du nur, Beweise hast du keine«, erwidert sie und rollt die Augen.

»So dumm, Beweise zu hinterlassen ist sie nicht.«

Ich habe mir die Stelle, von der die Fassade abgegangen ist, angesehen. Sie ist leicht über ein Fenster zu erreichen.

Dr. Higgs hatte genug Zeit, dort einen Sprengsatz zu deponieren. Schwarze Rückstände auf der Mauer sprechen eine klare Sprache.

Emily schüttelt entnervt den Kopf. »Versprich mir eins. Nimm dich in Acht. Meinetwegen vor dieser Frau, aber bitte genauso vor den Sportlern. Die sind absolut gruselig.«

Ich verspreche es ihr. Schließlich weiß ich, wie ich mich zu Beginn des Projekts gefühlt habe, und verstehe, dass man Zeit braucht, um Vertrauen aufzubauen. Mehr Zeit als einen einzigen Nachmittag.

Am Montag erhalte ich den zweiten geplanten Besuch.

Carmen ist die beste Freundin meiner Mutter, meine Patin und unsere Hausärztin. Ich kenne sie schon mein ganzes Leben lang. Wenn ich jemandem vertraue, dann ihr.

»Das ist Dr. Fitzgerald«, stelle ich sie den Jungs vor. »Sie wird heute eine letzte Untersuchung vornehmen. Nächste Woche geht es los und wir wollen optimal vorbereitet sein.«

Meine Sportler zucken nicht mit der Wimper, sie sind Check-ups eindeutig gewohnt, auch wenn sie bisher hinter meinem Rücken stattgefunden haben.

Ich bin leider nicht so abgebrüht. Denn ich habe nicht damit gerechnet, dass sie ohne Zögern ihre T-Shirts ausziehen, um sich der Reihe nach von Carmen abhören zu lassen. Mit einem Mal bin ich von halb nackten Männern umgeben, deren Muskeln so leider nicht mehr zu übersehen sind, und merke, wie ich blass werde.

Als ich Adrians Oberkörper gesehen habe, war er an eine Liege geschnallt, hilflos und völlig aufgelöst, und machte mir keine Angst. Das hier ist einschüchternd, denn die anderen sind ähnlich gebaut. Mein erster Eindruck, Wochen schon ist es her, körperlich so dermaßen unterlegen zu sein, kommt mit einem Schlag zurück.

Carmen dagegen lächelt unverbindlich jeden Jungen an, untersucht ihn gründlich, nimmt Blut ab und schickt ihn schließlich mit einem Becher los, um eine Urinprobe abzugeben. Als würde sie genau das jeden Tag machen. Bei Männern. Ich weiß, dass das nicht der Fall ist, ihre Patienten sind vorwiegend Frauen und Mädchen, und ich bin beeindruckt, wie souverän sie das hier meistert.

Adrian wartet bis zuletzt. Er hat sich nicht ausgezogen. Stattdessen beobachtet er abwechselnd das Geschehen, als ginge es ihn nichts an, oder sieht gelangweilt aus dem Fenster. Ich befürchte erneut einen Boykott.

»So, dann fehlst nur noch du«, sagt Carmen freundlich zu ihm. Es folgt keine sichtbare Reaktion und innerlich seufze ich auf. Langsam gehe ich einen Schritt auf Adrian zu und fange seinen Blick auf.

»Bitte«, sage ich leise.

Sein Gesichtsausdruck ändert sich, nur unmerklich, aber dennoch erkennbar. Dann zieht er das T-Shirt aus und geht brav zu Carmen hinüber. Erleichtert atme ich auf. Ich will ihn wirklich bei Olympia dabeihaben. Eine Sache, die nicht möglich ist, wenn er sich immer wieder verweigert.

»Du weißt schon, dass du dich bei den Olympischen Spielen vorher einer Dopingkontrolle unterziehen musst?«, fragt Carmen, der Adrians Zögern ebenfalls zu denken gibt.

»Ja, weiß ich«, antwortet er. »Ich werde es machen.«

Carmen schaut mich an, Zweifel in den Augen. Dann fällt

ihr Blick auf Adrians Rücken, der inzwischen in allen Regenbogenfarben leuchtet.

»Was ist da passiert?«, fragt sie schockiert.

»Es ist nichts, war nur ein Unfall«, antwortet er abweisend.

»Das stimmt nicht«, widerspreche ich. »Es war zwar ein Unfall, aber eigentlich müsste ich jetzt so aussehen.«

Ich habe Carmen nicht erzählt, was letzte Woche geschehen ist, und meiner Mutter genauso wenig, denn ich traue ihr zu, mich vom Projekt abzuziehen, wenn sie den Eindruck hat, ich sei hier in Gefahr.

»Adrian hat mich gerettet«, füge ich hinzu.

»Tatsächlich?« Carmen ist erstaunt. Ja, die kurze Zeit, die sie vor Ort ist, hat schon ausgereicht, um Adrian in einem unguten Licht dastehen zu lassen.

»Tatsächlich«, bestätige ich mit fester Stimme.

Carmen hat ihre Untersuchung beendet und nimmt eine Blutprobe. Ich kann nicht hinsehen, während sie die Nadel in Adrians Armbeuge schiebt, er kann es. Er war sogar in der Lage, sich die Infusionsnadel selbst herauszureißen.

Sie räumt alle Proben in ihre Tasche und holt dann eine Tube hervor, die sie mir in die Hand drückt.

»Das ist zwar kein Wundermittel, sollte aber die Verletzungen schneller abheilen lassen und vor allem die Schmerzen erträglicher machen«, erklärt sie dazu.

»Ich habe keine Schmerzen«, widerspricht Adrian.

»Doch, wenn du nicht vollgepumpt mit Drogen oder Medikamenten bist, was ich bezweifle, dann hast du höllische Schmerzen«, sagt Carmen mit Nachdruck. Sie wendet sich wieder an mich. »Reib ihn damit ein, zweimal täglich sollte reichen. Und ich mache mich mal auf die Suche nach dieser Internatsleitung. Mal sehen, was die so treibt.«

Gegebenenfalls verplappert Dr. Higgs sich ja in Gegenwart einer anderen Ärztin, in der sie eine Verbündete wittert, und ich komme endlich auf den Trichter, was hier eigentlich das Problem ist.

Carmen packt ihre Sachen zusammen und verlässt den Raum. Und ich stehe allein vor Adrian, halte unentschlossen die Tube mit der Salbe in der Hand und weiß beim besten Willen nicht, was ich nun damit mache. Ich kann ihn doch unmöglich einreiben. Denn dabei müsste ich seinen nackten Oberkörper berühren.

Adrian sieht mich mit unbewegtem Gesicht an, dann hält er mir auffordernd die Hand hin. Dankbar gebe ich die Tube an ihn ab und beobachte, wie er sich selbst behandelt. Das Problem ist damit nicht gelöst. Er kommt zwar an die Verletzungen an der Seite heran, aber bis zum Rücken reichen seine Hände nicht.

»Das genügt schon«, sagt er. »Ist wirklich nicht schlimm.«

Ich schäme mich. Adrian hat mich mit seinem Körper beschützt, nur aus diesem Grund sieht er jetzt aus wie überfahren, und trotzdem bin ich nicht in der Lage, ihn wenigstens einzureiben, um die Schmerzen zu betäuben.

Wütend über mich selbst reiße ich ihm die Creme aus der Hand.

»Halt still«, fahre ich ihn an und stelle mich hinter ihn. Hier bin ich wenigstens nicht mehr seinem prüfenden Blick ausgesetzt. Dann drücke ich die Creme aus der Tube, direkt auf die Haut. Mit einem unhörbaren Seufzer fasse ich mir ein Herz und fahre mit meiner Handfläche vorsichtig über seinen Rücken.

So schlimm ist es gar nicht. Haut ist Haut und abgesehen davon, dass sein Körper groß ist und ich jeden Muskel fühle, ist es nur ein menschlicher Rücken.

Adrian rührt sich nicht. Ich habe den Eindruck, er hat das Atmen eingestellt, aber das kann ich von meiner Position aus nicht sicher sagen.

Ich treffe Carmen eine Stunde später in meinem Zimmer.

Sie lässt den Blick durch den Raum schweifen.

»Sehr spartanisch eingerichtet«, kommentiert sie dann.

»Im Vergleich zu den Sportlerunterkünften ist es Luxus«, werfe ich ein. »Und ich habe Privatsphäre, das ist das Wichtigste. Was hast du herausgefunden?«

Carmen wiegt den Kopf hin und her.

»Schwer zu durchschauen, deine Dr. Higgs. Ich habe mich im Vorfeld ja schlaugemacht. Sie ist eine renommierte Psychologin und leitet diese Einrichtung schon lange.«

»Aber was denkst du? Sie testet die Jungs hinter meinem Rücken. Aus welchem Grund?«

»Ich habe sie wie geplant nicht direkt darauf angesprochen. Nur allgemein gefragt, wie sie die Sportler so untersucht und beurteilt. Und da sagte sie nur, das wäre ja schließlich deine Aufgabe und nicht ihre.«

»Ja, schön, wenn sie es endlich einsieht«, motze ich. »Aber sie hat dich angelogen. Sie hat heimliche Akten über alle angelegt.«

»Bist du dir sicher?« Carmen zieht fragend die Augenbrauen in die Höhe.

Jetzt muss ich mich entscheiden. Gebe ich zu, dass ich die Akten geklaut habe, und bekomme einen Expertentipp, oder wahre ich mein Gesicht. Aber es ist nicht der richtige Zeitpunkt für Eitelkeiten. Daher packe ich die Unterlagen aus dem Rucksack und halte sie ihr hin. Carmen blättert sie perplex durch.

»Woher hast du die? Sagtest du nicht, Dr. Higgs boykottiert dich.«

Ich setze mein Pokergesicht auf. »Was glaubst du?«

»Das, was ich glaube, traue ich dir zu, Maxine. Du warst schon immer durchsetzungsstark, auch wenn es bedeutet, nicht alle Regeln einzuhalten.«

Ich gucke offenbar entsetzt aus der Wäsche, denn Carmen lacht laut auf. Ist es wirklich so offensichtlich? Eigentlich dachte ich immer, die kleinen Regelverstöße waren geschickt genug, um nicht aufzufallen.

Ich habe sogar schon einmal zuvor einen Einbruch

begangen. Und dabei rede ich nicht von Emilys und meinen Einstieg in dieses Internat. Wir waren ungefähr zwölf und Fiona hatte im letzten Jahr einige Kilo zugenommen. Dementsprechend war sie das einzige Mädchen in unserem Jahrgang, welches schon Brüste hatte, die ihr unheimlich peinlich waren. Etliche MKS-Sitzungen waren diesem Thema gewidmet. Dramatisch wurde es allerdings erst, als Patricia, eines dieser super arroganten, zickigen Mädchen, mit denen keiner von uns etwas anfangen konnte, ein Foto von Fiona in der Sportumkleide machte, welches zeigte, wie sie hilflos mit dem Kopf und einer Schulter in einem viel zu kleinen Oberteil steckte und ihr BH verrutscht war. Und da kam der Einbruch ins Spiel. Irgendwie musste ich ja unbeobachtet an dieses Handy kommen, um das Foto zu löschen. Okay, verprügelt habe ich sie im Anschluss auch, aber das nur am Rande. Fiona hat nie erfahren, was passiert ist, nur dass das Problem ein für alle Mal aus der Welt geschafft war. Ich muss zugeben, kriminelle Energie ist durchaus vorhanden.

Meine Ärztin hat sich inzwischen in die Unterlagen vertieft.

»Also, die Blutbilder sind alle in Ordnung, es ist aber nicht zu erkennen, warum die jede Woche neu gemacht werden. Für die Dopingkontrolle muss ich meine Proben jedoch anders auswerten. Da wirst du dich noch gedulden müssen.« Jetzt liest sie in Adrians Akte. »Bei diesem Jungen hier muss ich Dr. Higgs allerdings recht geben. Den kannst du nicht mitnehmen.«

»Er ist ein begnadeter Zehnkämpfer.«

»Was nützt das, wenn er dir dann vor Ort außer Kontrolle gerät. Das Risiko ist einfach zu groß. Sieh dir nur seine Strafakte an.«

»Ziemlich drakonische Maßnahmen, oder?«

Sie brummt nur.

»Dr. Higgs hat sich noch deutlicher ausgedrückt. Sie beschreibt ihn als chronischen Straftäter, dem man nicht über den Weg trauen darf. Gewaltbereit, ungehorsam, nicht zu kontrollieren. Und sie hat große Bedenken, dass du dir dessen nicht bewusst bist.« Sie blickt mich eindringlich an. »Egal, was diese Frau sagt, Maxine, ich weiß, dass du nicht naiv bist.«

»Was hat sie wirklich über mich gesagt?«

»Nur, dass sie sich Sorgen macht. Weil du so jung und unerfahren bist. Und den Umgang mit Männern nicht gewohnt. Sie befürchtet, dass du dich von Äußerlichkeiten beeinflussen lässt. Oder dich sogar in einen der Jungen verliebst.«

Diesmal schaffe ich es, mir meinen Schock nicht anmerken zu lassen. Hat Dr. Higgs etwa von dem Kuss erfahren? Paul wird es ihr wohl kaum erzählt haben. Aber möglicherweise waren wir doch nicht so unbeobachtet wie gedacht. Noch ein Grund mehr, es niemals wieder dazu kommen zu lassen.

»Ach Carmen, logisch bin ich jung und unerfahren.« Ich schlage denselben Tonfall an, den meine Mutter in Diskussionen verwendet. Ruhig, überlegt und gleichzeitig einfühlsam. »Aber das war ja von Anfang an klar und ich bin jetzt lang genug im Internat, um so einiges verstanden zu haben. Die Sportler wollen alle einfach nur eins, ihre beste Leistung zeigen und mit zu den Olympischen Spielen fahren. Sorgen mache ich mir nur über die Motive der Internatsleitung.«

Carmen lacht herzhaft auf.

»Maxine, du bist einhundert Prozent die Tochter deiner Mutter. Das hätte jetzt auch von Anne kommen können.«

Ich zucke die Schultern. Es gibt schlimmere Vergleiche.

kapitel 28

Langsam wird es ernst.

Ich habe nur noch zehn Jungs am Start. Zehn Jungs, die ich eventuell zu den Olympischen Sommerspielen schicke, bei denen die besten Leichtathleten der Welt gegeneinander antreten. Zehn Jungs, die noch nie an einem Wettkampf teilgenommen haben.

Und nur eine Woche Zeit.

Plötzlich wird mir das ganze Ausmaß dieser Aktion bewusst, und ich bekomme Herzrasen bei dem Gedanken. Mit einem Mal bin ich mir sicher, mich übernommen zu haben. Das Projekt war vielleicht nicht meine Idee, na ja, definitiv nicht meine Idee, aber so nach und nach habe ich Blut geleckt und bin inzwischen Feuer und Flamme. Wenn nur die anderen Länder nicht wären. Und die unbekannte Konkurrenz. Und das Wissen, jede einzelne Sekunde unter genauester Beobachtung zu stehen.

Ich beschließe, zumindest das Problem der mangelnden Wettkampferfahrung anzugehen. Mit einem Wettkampf. Und da ich keine anderen Athleten ähnlichen Niveaus aus dem Hut zaubern kann, muss ich mich an das halten, was ich vor Ort habe.

Beim Abendessen zwei Tage später erhebe ich mich und mache meine Ankündigung.

»Jungs, morgen und übermorgen spielen wir einen Zehnkampf nach. Genauso wie es dann unter Realbedingungen ablaufen wird. Der Zeitplan wird eingehalten, die Reihenfolge ebenso. Ihr tretet gegeneinander an und ich muss nicht betonen, wie wichtig es für jeden Einzelnen ist, hierbei gut abzuschneiden.«

Zehn angespannte Gesichter starren mich an. Ich finde es nicht schön, sie gegeneinander aufzuhetzen und diesen Druck zu erzeugen, aber so wird es nun mal bei Olympia sein. Das wird kein Kuschelkurs, kein Teamwettkampf. Da heißt es dann jeder gegen jeden.

Ich lächle noch einmal in die Runde und lasse im Anschluss die Bombe platzen.

»Außerdem werden wir Zuschauer haben. Das Fernsehen wird ebenfalls da sein.«

Keine Ahnung, ob es übertragen wird, aber meine Mutter hat mir versichert, dass ein Kamerateam kommt und den Wettkampf von Anfang bis Ende aufzeichnet. Trotz allem haben wir keine Zuschauermassen und kein Stadion, aber zumindest den Rand des Sportplatzes werden wir mit unseren Bekannten und Freunden füllen und damit die Atmosphäre vor Ort deutlich ändern.

Die zehn Gesichter, die mich anvisiert haben, sind in Schockstarre eingefroren.

»Zuschauer?«, stammelt Sebastian. »Was denn für Zuschauer?«

»Leute, die vorbeikommen und sich euren Wettkampf ansehen halt.« Die Reaktion der Jungs ist ähnlich irritiert, wie ich befürchtet habe. Das wird wahrhaftig der erste Test, ob sie überhaupt eine Chance haben, unter Echtzeitbedingungen ihre Leistungen abzurufen.

»Von draußen?«, fragt Paul ungläubig.

Ich nicke.

»Frauen?«, stammelt Patrick.

Ich nicke erneut möglichst gleichmütig, als wäre es das

Normalste der Welt. Denn im Ausland werden Frauen im Publikum sitzen. Und Männer. Und ich befürchte, dass sie nicht durch Gitter voneinander getrennt sind.

Egal. Das ist nicht mein Problem. Mein Problem sind zehn Jungs, die es nicht gewohnt sind, vor gemischtem Publikum zu stehen. Und das ist nur eines der Dinge, die sie nicht gewohnt sind.

Der nächste Tag wird sehr aufschlussreich.

Am Morgen schwirren die Jungs durcheinander wie ein Haufen durchgedrehter Hummeln. Beim Frühstück bekommt außer Adrian keiner was runter, egal, wie nachdrücklich ich ihnen ins Gewissen rede.

»Wie wollt ihr den Vormittag ohne eine anständige Grundlage durchstehen? Ein 100-Meter-Sprint auf nüchternen Magen kann nicht gut werden.«

»Mir ist übel«, antwortet Andrew und seine Gesichtsfarbe bestätigt das.

»Versuch es wenigstens«, sage ich und wedle mit einer gebutterten Toastscheibe vor seiner Nase. Ich denke, das sollte sogar ein nervöser Magen schaffen. Andrews Gesichtsfarbe wechselt von blass zu grün, wortlos springt er auf und rennt hinaus. Ich vergrabe das Gesicht in den Händen. Das kann ja heiter werden.

Paul nimmt den Toast und beißt heldenhaft einen winzigen Bissen ab. Aber sogar er ist nervöser, als ich ihn jemals gesehen habe, und mehr als dieses Stück würgt auch er nicht hinunter. Wenigstens von Paul hatte ich mehr erwartet. Er wirft mir ein gequältes Lächeln zu.

»Jungs, raus mit euch und macht euch warm. Bisher ist niemand da, womöglich hilft die Bewegung, euch zu entspannen. Und ich sorge dafür, dass den ganzen Tag über Essen bereitsteht«, scheuche ich sie nach draußen. Ich sehe das Fiasko schon auf mich zukommen. Meine Sportler werden sich blamieren, noch bevor wir überhaupt bei Olympia sind, indem sie vor die Zuschauer kotzen oder entkräftet in Ohnmacht fallen.

Eine Weile sitze ich deprimiert am Frühstückstisch und suche die ideale Lösung gegen Nervosität, aber es fällt mir partout nichts ein. Außer sie alle unter Drogen zu setzen.

Danach sehe ich ihnen beim Aufwärmen und Dehnen zu, an meiner Frustration ändert das leider nichts, denn sie sind un-konzentriert und fahrig und blicken sich die meiste Zeit nur panisch um.

Schließlich erscheinen die ersten Zuschauer. Es sind mehr, als ich erwartet habe, meine Mutter hat sich echt ins Zeug gelegt. Ich hatte mit einer Ansammlung von Bekannten und Freunden gerechnet, aber hier sind mit einem Mal Leute, die ich noch nie gesehen habe. Und selbstverständlich sind es Frauen. Sie erscheinen laut redend, verteilen sich am Rand der Laufbahn und scheinen sich zu amüsieren. Jetzt schon. Unauffällig mische ich mich unter sie.

»Guck mal, der da«, zischt eine zu der Frau neben ihr, beide im mittleren Alter mit betont sportlichem Outfit. »Der Kleine, Dicke. Den will ich laufen sehen, das wird bestimmt ein Heidenspaß.«

Ihre Freundin interessiert sich nicht für Tobias, der gerade tapfer Probestarts aus dem Startblock macht und sich bemüht, die Zuschauer zu ignorieren. Sie lässt stattdessen den Blick über das Gelände schweifen.

»Wo sind denn die Wachleute?«, fragt sie mit schriller Stimme. »Ich hatte einen Zaun erwartet, aber wir sind völlig ungeschützt.«

Die erste Frau zuckt die Schultern. »Ich schätze mal, sie haben Scharfschützen auf dem Dach postiert. Oder ein kaum zu sehendes Gitter, um uns abzuschirmen«, erwidert sie unbesorgt. »Stell dich nicht so an, Stella. Wir sind nicht in Gefahr.«

Scharfschützen? Ein Zaun? Die spinnen doch.

Dann schießt mir Emilys angespannte Reaktion auf die Sportler in den Sinn. War ich eigentlich auch so? Habe ich auch ernsthaft damit gerechnet, dass diese Jungs mich bei der erstbesten Gelegenheit attackieren? Ich kann mich nicht mehr erinnern, aber möglich ist es schon.

Mit einem faden Geschmack im Mund gehe ich weiter.

Eine Mutter beobachtet mit verkniffenen Lippen ihre beiden halbwüchsigen Töchter, die sich gegenseitig in die Rippen stoßen und bei jedem Blick auf die Sportler in haltloses Gekicher ausbrechen. Eine Gruppe junger Frauen zeigt ungeniert mit ihren Fingern auf die Jungs und geben sich Tipps, wo man bei einem Angriff am besten hinschlagen oder treten sollte.

Die Frauen benehmen sich grässlich. Wenn Männer in der Öffentlichkeit ständig einem solchen Verhalten ausgesetzt sind, kann ich verstehen, warum sie sich nie blicken lassen, auch wenn sie erfolgreich behandelt wurden und theoretisch eingeschränkte Freiheiten genießen. Noch nie war mir so bewusst, wie stark ich mich in den letzten Wochen verändert habe. Denn wenn ich aufrichtig ehrlich bin, muss ich zugeben, dass ich vor meiner Zeit im Internat ähnlich reagiert hätte. Wieso sollte man Männer wie Menschen behandeln, wenn man doch weiß, dass sie nichts anderes als unkontrollierbare Tiere sind.

Für die Zuschauer ist das wie ein Besuch im Zoo.

Unglücklich bewege ich mich durch die Menschenmenge und hoffe, doch wenigstens irgendwo ein paar nette Kommentare zu hören.

Schließlich stoße ich auf einige meiner ehemaligen Schulkameradinnen.

Leider.

»Hi Maxine«, flötet Patricia mir gekünstelt entgegen. Wir konnten uns noch nie leiden. Schon vor ihrer fiesen Aktion gegen Fiona war sie mir zuwider, und seit ich ihr danach ein blaues Auge verpasst habe, hat sie mich schlechtgemacht, wo es nur ging. Wenn sie jetzt gegen meine Jungs stänkert, schlage ich wahrscheinlich wieder zu.

»Patricia, ich bin erstaunt, dich hier zu sehen«, erwidere ich kühl. »Dass du deine kostbare Zeit opferst, um unser Projekt zu unterstützen, hätte ich nicht erwartet.«

»Das Schauspiel konnte ich mir doch nicht entgehen lassen«, grinst sie mich fies an. »Wie machst du das gleich? Treibst du sie mit einer Peitsche an oder bekommen sie Stromstöße, wenn sie nicht parieren?«

Reflexartig ballen sich meine Hände zu Fäusten.

»Du irrst dich«, zische ich sie an. »Das sind Profisportler, die wollen nichts weiter, als uns bei den Olympischen Spielen würdig zu vertreten.«

»Na klar«, mischt sich Patricias beste Freundin ein. Sie heißt Maude und ich bereue gerade, dass sie meine Fäuste noch nicht gespürt hat. »Als ob die verstehen können, was das bedeutet. Du musst die doch in die richtige Richtung drehen, bevor sie loslaufen.«

Die beiden kichern hämisch.

In dem Moment spüre ich einen Arm, der sich schwer auf meine Schulter legt.

»Du schließt schon wieder von dir auf andere, Maude.« Es ist Amber, die gerade rechtzeitig gekommen ist, um mich und meine mühsam aufrecht erhaltene Coolness zu retten. Ich hätte den Jungs mit einer Schlägerei kein passendes Vorbild geliefert. »Nur weil du dumm wie Brot bist, sind andere es nicht auch.«

»Das sagt ja die Richtige«, faucht Maude zurück. Mehr fällt ihr dann allerdings nicht dazu ein, denn an Ambers Intelligenz kann niemand zweifeln, der mit ihr zur Schule gegangen ist.

Ich blicke mich um. Neben Amber sind Emily, Sophie und Fiona da und umringen mich wie ein Schutzschild. Ich befürchte, dass sie nicht mich beschützen wollen, sondern eher alle anderen vor mir.

»Die Sportler sind übrigens schlauer als ihr zwei Schnepfen zusammen. Haltet mal lieber den Mund und schaut euch an, was hier gleich abgeht«, mischt sich Emily ein.

Dann verdreht sie genervt die Augen und zieht mich weg.

»Warum redest du auch mit den Dumpfbacken?«, fügt sie laut genug hinzu, um sicher von allen gehört zu werden.

»Danke«, flüstere ich ihr zu. »Hast du deine Meinung über die Jungs geändert?«

»Das war nur dir zuliebe«, flüstert sie zurück. »Ich weiß bisher nur, dass sie, ohne zu krümeln, Kuchen essen können und sich dazu eignen, den Abwasch zu machen.«

Ich muss kichern. Typisch Emily. Viel zu ehrlich, aber loyal bis zum Abwinken.

»Das mit dem Abwasch sollte man nicht unterschätzen«, antworte ich.

Ich begleite meine Freundinnen in die Nähe der Ziellinie und suche ihnen da einen Platz in der ersten Reihe, ein Stück vom Gebäude entfernt. Ich muss mich zwingen, nicht zur Fassade hinaufzusehen, denn wir sind unweit der Stelle meines Unfalls.

»Von hier habt ihr den besten Blick. Gleich geht es los.«

Fiona quietscht auf. »Ich bin ja so aufgeregt.«

Wie immer bringt es ihr ein genervtes Augenrollen von Amber ein.

Aktuell bin ich heilfroh, dass Fiona so ist, wie sie ist. Möglicherweise ist sie doch die Schlaueste von uns allen. Auf jeden Fall ist sie die Einzige, die die Jungs mit neutralen Augen sieht und ihnen überhaupt eine Chance gibt. Ich nehme sie fest in den Arm und drücke sie.

»Die Jungs sind toll, ehrlich«, flüstere ich dann in ihr Ohr. »Sie werden dir gefallen.«

Das Fernsehteam ist inzwischen ebenfalls eingetroffen. Mit viel Brimborium, damit sie nicht übersehen werden, rennen sie über den Sportplatz und testen die Lichtverhältnis der verschiedenen Perspektiven. Zwischendurch werden immer wieder die Sprint- und Starttests der Zehnkämpfer gefilmt, bisher aus gebührendem Abstand, aber es reicht, um sie alle der Reihe nach zum Stolpern zu bringen.

Schnell verlasse ich meine Freundinnen und gehe zum Kamerateam, um größeres Unheil zu verhindern.

»Guten Morgen, schön, dass Sie da sind. Ich bin Maxine Summer und leite das Training und das Auswahlverfahren.«

Der übergewichtige Mann hinter der riesigen, schweren Kameraausrüstung nickt mir zu, die Reporterin, die mit einem Mikrofon bewaffnet, vor der Kamera posiert, mustert mich gelangweilt.

»Können wir ein Interview haben?«, fragt sie, ohne mich zu begrüßen. Sie ist mir auf der Stelle unsympathisch. »Die Zuschauer wollen näher an die Kandidaten ran, hören ob sie sich einigermaßen verständlich ausdrücken können.«

Wenn ich die Jungs jetzt bitte Interviews zu geben, drehen sie völlig durch.

»Ich sehe, was ich machen kann«, erwidere ich unverbindlich. »Jetzt müssen sie sich erst auf ihre Leistung konzentrieren.«

»Nun gut.« Zufrieden ist sie nicht. »Dann sollten wir loslegen. Unsere Zeit ist zu kostbar, um hier untätig herumzustehen.«

Ich drehe mich kommentarlos um und verziehe das Gesicht, wohlweislich so, dass sie es nicht sieht. Blöde Wichtigtuerei. Dann mache mich auf den Weg zu den Kandidaten, die inzwischen mit ihren Vorbereitungen zum 100-Meter-Sprint fertig sind, sich zusammen geschart haben und allesamt versuchen, sich innerhalb der Gruppe zu verstecken.

»Ich kann das nicht. Ich bin krank.« Pascal ist leichenblass und sieht in der Tat krank aus. Gestern Abend vor meiner Ankündigung war er allerdings noch topfit.

»Wenn du das hier nicht schaffst, dann brauchst du nicht an eine Olympiateilnahme zu denken«, sage ich freundlich. Er war der Kandidat, den ich beim allerersten Training im Weitsprung beobachtete und auch da waren seine Nerven am Ende. »Pascal, du bist gut. Du schaffst das schon.« Ich sehe mich im Kreis um. »Das gilt für euch alle. Ihr seid verdammt gut. Blendet alles andere aus und konzentriert euch nur auf euch und das was ihr macht. Das hier ist ein Probedurchlauf, das echte Ereignis wird noch viel größer und eindrucksvoller. Ihr müsst lernen, alles andere zu ignorieren.«

Pascal schüttelt vehement den Kopf. »Ich mach das nicht.«

Mitleidig sehe ich ihn an. »Der erste Lauf dauert kaum mehr als zehn Sekunden. Danach wirst du dich besser fühlen.«

»Ich bin raus. Lieber tausend Behandlungen als das hier«, krächzt er panisch.

Paul fasst ihn am Arm. »Mann, Pascal, das ist nicht dein Ernst. Du läufst links neben mir, schau nur auf mich, dann siehst du die Zuschauer gar nicht.«

»Genau«, stimmt Sebastian ihm zu. »Nimm die Innenbahn, da bist du von allen weit weg. Du darfst auf keinen Fall einfach so aufgeben.«

Ich lasse meinen Blick zu den Zuschauern wandern. Wir haben keine Tribüne und die Menschen sind nicht weit von den einzelnen Sportzonen entfernt. Der Geräuschpegel ist nicht allzu hoch, die meisten unterhalten sich jedoch und die Aufmerksamkeit fast aller ist dabei auf unsere kleine Truppe gerichtet.

Mir macht das nichts aus, ich bin allerdings auch nicht so abgeschottet aufgewachsen wie die Jungs. Außerdem habe ich schon Wettkämpfe absolviert und da waren immer haufenweise Familienangehörige dabei.

Fiona fängt meinen Blick auf und winkt wie wild. Dann reckt sie den Daumen nach oben. Sie sieht süß aus. Ihre Haare hat sie zu zwei Kleinmädchenzöpfen geflochten, ihre großen, blauen Augen strahlen um die Wette mit ihrem Lächeln. Sie ist kein Zuschauer, der einem Angst macht.

Vehement drehe ich Pascal in ihre Richtung.

»Sieh mal, die Blonde da, das ist Fiona, sie ist eine meiner Freundinnen. Und sie ist ein absoluter Fan von euch.«

Fiona winkt noch enthusiastischer. Das muss doch auch einem hypernervösen Pascal Mut machen. Aber sein Blick

287

gleitet an ihr vorbei und bleibt an Emily hängen. Emily winkt nicht. Sie hat die Arme vor dem Körper verschränkt und wirkt distanziert und abweisend.

»Okay, die Blonde kann bleiben«, flachst Leo mit unsicherer Stimme. Alle Kandidaten haben inzwischen ihre Augen auf meine Freundinnen gerichtet, leider sieht außer Fiona niemand Mut machend aus. »Aber auf den Rest kann ich verzichten. Von deiner Freundin Emily habe ich noch immer Alpträume.«

Ich verziehe gequält das Gesicht. Dann versuche ich, mimisch zu signalisieren, dass die Mädels mal etwas freundlichere Mienen aufsetzten sollen, bewirke aber nur, dass Amber mich missversteht und Grimassen schneidet. Fiona hüpft inzwischen auf und ab.

»Wenn du gehst, gehe ich auch.« Entsetzt sehe ich mich um. Das ist Patrick. Pascal und er hängen immer beieinander.

Bricht jetzt alles zusammen? Geben jetzt alle freiwillig auf, nur weil sie realisieren, dass echter Wettkampf nicht auf einer abgeschiedenen Bahn stattfindet?

»Ihr gebt nicht einfach auf.«

»Lasst uns jetzt nicht im Stich.«

»Ihr müsst es wenigstens versuchen.«

Die aufgeregten Stimmen der Sportler schwirren durcheinander, Pascal und Patrick haben allerdings nur noch Augen füreinander.

»Würdest du das wirklich für mich machen?«, fragt Pascal und alle anderen scheinen nicht mehr zu existieren. Patrick nickt.

»Ohne dich macht das hier eh keinen Sinn. Die Behandlung stehen wir gemeinsam durch und ob jetzt oder später ist doch auch egal.«

Fassungslos höre ich zu, wie die beiden ihre Entscheidung fällen, unbeeindruckt von den fast panischen Aufmunterungen der anderen und den möglichen Konsequenzen, die das Verlassen des Teams nach sich zieht.

Ich lasse meinen Blick ein weiteres Mal über die wartende Menge schweifen, die allmählich unzufrieden wird. Das Kamerateam schleicht unauffällig näher, Neugierde in den Augen der Reporterin, die schon eine aufregende Story wittert.

Verzweifelt winke ich Thomas zu uns heran.

»Die beiden wollen das Team verlassen. Pascal ist dem Druck nicht gewachsen«, sage ich leise zu ihm und hoffe darauf, dass er eine Lösung bietet. Oder Einfluss auf die beiden hat oder was auch immer. Ist Thomas nicht derjenige, der Wunder vollbringen kann? Sei es durch einen verlorenen Schlüssel im richtigen Moment oder einen panikerfüllten Sprint, um einen Jungen, den niemand mag, vor der Behandlung zu retten.

Thomas reagiert nicht verwundert. Er kennt meine Sportler schon ihr ganzes Leben. Hat er es kommen sehen?

»Und Patrick macht ohne ihn nicht weiter«, fasst er zusammen, fast emotionslos, und ich bin sprachlos, wie selbstverständlich diese Entscheidung für ihn ist. Heute wird es kein Wunder geben.

Was ist das mit Pascal und Patrick? Irgendetwas habe ich mal wieder nicht mitbekommen, etwas, das diese Freundschaft betrifft, und das jeder andere einfach so versteht und akzeptiert.

»Wenn sie sich sicher sind, begleite ich sie jetzt zurück aufs Zimmer«, sagt Thomas bedauernd, aber gefasst und es ist offensichtlich, dass nichts mehr zu machen ist.

Ich nicke also wie in Trance. Dann folgen meine Augen den dreien, die den Sportplatz verlassen, ohne einen einzigen Blick zurückzuwerfen.

Mit allem habe ich gerechnet, aber damit nicht.

Mein Team besteht auf einen Schlag nur noch aus acht Jungs.

Acht Jungs, die nun in einem einzigen Lauf gegeneinander antreten können, da es für acht Konkurrenten ausreichend

Bahnen gibt. Der Tag wird schneller vorbeigehen als erwartet, was allerdings genauso bedeutet, dass die Ruhepausen zwischen den einzelnen Disziplinen kürzer werden.

»Sonst noch einer?«

Meine Stimme klingt vor Schock über die unerwartete Wende kalt und hart und schon allein damit könnte ich weitere Kandidaten abschrecken. Alle schütteln den Kopf, mit verunsicherten Mienen zwar, aber wild entschlossen, sich dieser Herausforderung zu stellen.

kapitel 29

Acht Jungs.

Mehr sind es nicht.

Acht Jungs, die sich jetzt mit gesenkten Köpfen an die Startlinie stellen und angestrengt versuchen, nicht in die Menge zu sehen, die auf einen Schlag leise wird und ihre Aufmerksamkeit komplett auf die Sportler und den bevorstehenden Start richtet. Acht Jungs, die sich verzweifelt bemühen, einigermaßen cool rüberzukommen, obwohl sie am liebsten in Panik die Flucht ergreifen würden.

Ich sehe Paul auf der Außenbahn, der noch einmal tief Luft holt und seine Beine ausschüttelt, ohne ein Zwinkern in die Menge, wie ich es insgeheim erwartet und erhofft hatte. Adrian daneben, der äußerlich scheint wie immer. Liebend gerne würde ich wissen, wie es in seinem Inneren aussieht. Ist er tatsächlich kein bisschen nervös? Als einziger?

Leo klopft noch einmal aufmunternd Tobias auf die Schulter, dem jetzt schon der Schweiß von der Stirn läuft. Er weiß, dass er gleich mit großem Abstand als Letzter über die Ziellinie laufen wird. Trotzdem steht er am Start und will es irgendwie hinter sich bringen.

Ich bin irrsinnig stolz auf ihn.

Jason und Andrew werfen sich einen Blick zu und tauschen ein paar Worte, die ich nicht hören kann. Auf den

Innenbahnen versuchen Sebastian und Simon, sich hinter den anderen zu verstecken.

Ich pfeife einmal in meine Trillerpfeife. Das Signal, dass es losgeht. Die Trainer nicken mir zu und machen sich bereit für die Zeitmessung.

Unglücklicherweise geht mir nun das Kamerateam dazwischen. Sie schreiten die Ziellinie ab, von außen nach innen, und halten die Kamera in Großaufnahme auf jeden der Läufer, während die Reporterin laut die Nummer und den Namen des Sportlers verkündet. Paul schlägt sich noch wacker und bemüht sich, in die Kamera zu grinsen, und Adrian versteckt sich wie üblich hinter einem desinteressierten Blick. Der Rest sieht leider aus wie eine Herde verschreckter Rehe. Vielleicht trainieren wir in den letzten Tagen vor der Abreise In-die-Kamera-Gucken, denn das ist die Disziplin, in der sie alle jämmerlich versagen.

Ich spreche ein leises Gebet. Und tatsächlich – nachdem das Fernsehteam durch ist, habe ich nach wie vor acht Jungs an der Startlinie. Noch verunsicherter, aber immer noch an Ort und Stelle. Es ist ein Wunder.

In diesem Augenblick bin ich selbst so nervös, dass ich schreien könnte, viel schlimmer als bei meinen eigenen Wettkämpfen. Tatenlos danebenstehen ist schrecklich. Ich schließe die Augen, während die Läufer in die Hocke gehen und sich für den Startschuss bereitmachen, und bete inbrünstig dafür, dass niemand von ihnen hinfällt und sich komplett blamiert. Sämtliche mögliche Katastrophen ziehen vor meinem inneren Auge vorbei. Sportler, die sich beim Start gegenseitig umreißen, sich dabei die Beine brechen oder einfach ohnmächtig zusammensinken. Ich traue ihnen alles davon zu.

Der Schuss fällt, während meine Augen nach wie vor geschlossen sind. Als mir bewusst wird, wie schnell der Sprint vorbei sein wird, reiße ich die Augen wieder auf. Gerade rechtzeitig, um zu sehen, wie Adrian mit deutlichem Vorsprung über die Ziellinie fliegt, Paul ihm folgt und der Rest nach und nach eintrudelt.

Fiona klatscht laut, stößt unsanft Amber in die Rippen und meine Freundinnen schließen sich ihr an. Zögernd applaudieren immer mehr Zuschauer. Keine Ahnung, ob sie beeindruckt sind oder es aus Höflichkeit machen. Immerhin kommt so etwas wie Stimmung auf.

Die Reporterin marschiert mit eiligen Schritten und wehenden Haaren entschlossen auf die Kandidaten zu, das Mikrofon wie eine Waffe nach vorne gestreckt. Das kann nicht gut gehen. Ich renne los.

Sie hält das Mikro direkt vor Adrians Gesicht, genau als ich bei ihr ankomme und sie am Arm zurückreiße.

»Was haben Sie vor?«, japse ich.

»Ein Interview mit dem Sieger natürlich«, antwortet sie pikiert und schüttelt ungehalten meine Hand von ihrem Arm.

»Das geht nicht«, sage ich mit Nachdruck.

Ein Interview mit Adrian ist das Letzte, was ich erleben möchte. Adrian, der dabei voraussichtlich wie ein Massenmörder aussieht und beleidigend wird. Jetzt gerade gibt er vor weder mich noch die Kamera zu bemerken und entfernt sich in aller Seelenruhe vom Ziel.

»Sie können die Sportler zu diesem Zeitpunkt nicht aus ihrer Konzentration reißen. Das ist bei keinem Wettkampf erlaubt«, behaupte ich frech, obwohl ich nicht weiß, ob das stimmt.

»Ich kann kein einziges Interview während des Wettkampfes führen?« Der pure Unglaube in der Stimme der Reporterin. Sie dreht sich wieder um, aber Adrian ist nicht mehr zu sehen. »Was mache ich dann hier?«, schimpft sie.

Das frage ich mich auch, der Kameramann, schweigsam und hinter seiner schweren Ausrüstung kaum zu erkennen, hätte mir völlig gereicht.

»Die sportlichen Leistungen sind leider wichtiger«, sage ich so freundlich wie möglich und jetzt deutlich entspannter.

Jetzt, da der miesepetrige Sieger des Sprints nicht mehr in unmittelbarer Nähe ist. »Das sehen Sie doch sicher auch so. Und es muss leider alles genau so laufen wie beim echten Wettkampf. Es ist ja eine Generalprobe.«

Sie schnaubt unwillig auf.

»Dann bekomme ich ein Interview mit dem Sieger nach der letzten Disziplin, keine Diskussion. Wie beim echten Wettkampf. Ein Exklusivinterview.«

Ich muss ein Lachen unterdrücken. Exklusiv! Außer ihr ist niemand hier. Leider ist es ein etwas hysterisches Lachen, denn ich bin der festen Überzeugung, dass der Sieger Adrian sein wird und dieses Interview damit eine einzige Katastrophe.

Verdammt, ist das anstrengend. Ich fühle mich wie ein Zirkusdirektor, der gleichzeitig die Zuschauer bei Laune halten, die nervösen Artisten beruhigen und die wilden Tiere unter Kontrolle halten muss. Ich bin mir nur unsicher, wer was ist.

So läuft es weiter. Ich renne völlig von Sinnen durch die Gegend, versuche, die Jungs davon zu überzeugen, endlich mal etwas mehr zu essen, als ein paar Bissen Toast, die Reporterin von ihnen fernzuhalten und die blöden Kommentare der Zuschauer zu ignorieren.

Der Weitsprung geht auf diese Weise vorüber und Adrian führt nicht mehr das Feld an, da Andrew ihn punktemäßig überholt und kurz ziehe ich in Erwägung, ein Interview mit ihm zuzulassen. Er würde es möglicherweise passabel machen, da er freundlich und aufgeschlossen ist.

Möglicherweise.

Eine Weile gönne ich mir während des Kugelstoßens eine Auszeit und stelle mich neben Emily. Sie betrachtet die Punktetafel, die Thomas organisiert hat, und auf der die Kandidaten in der Reihenfolge ihrer aktuellen Platzierung aufgelistet sind. Momentan liegen Adrian und Paul knapp hinter Andrew.

Tobias betritt zum ersten Mal den Kreis für das Kugelstoßen. Wie erwartet belegt er aktuell mit Abstand den letzten Platz.

»Warum ist er immer noch dabei? Bei den letzten acht«, fragt Emily mich irritiert, allerdings ohne die Verachtung, die bei den abfälligen Kommentaren der aussortierten Sportler immer mitschwang.

»Sieh es dir selbst an«, antworte ich.

Tobias nimmt Schwung, dreht sich mehrmals und stößt die Kugel, als hätte er nur auf meine Ansage gewartet. Er ist der Letzte der Jungs, der stößt, und er schlägt die Längen der anderen um ungelogen mehr als fünf Meter. Es ist, als würde ein echter Sportler Kindern zeigen, wie es richtig geht. In keiner anderen Disziplin ist der Unterschied zwischen meinen Zehnkämpfern und einem Einzelkämpfer so eklatant. Wahrscheinlich liegt es auch daran, dass er als einziger diese komplizierte Drehtechnik beherrscht. Die anderen drehen sich nur ein halbes Mal, wie es bei Zehnkämpfern so üblich ist.

Fiona stößt einen tiefen Seufzer aus. Meine Mädels haben Tobias schon auf dem Video gesehen, aber das hier ist etwas anderes. Das ist live.

»Hm«, sagt Emily.

»Das hat schon was«, gibt Amber zu und klingt fast andächtig. Amber, immer allen überlegen und schwer zu beeindrucken, aber jetzt ist sie es. Ich kann mein triumphierendes Grinsen nicht verbergen.

Es sind nicht nur meine Freundinnen, die Tobias nun mit anderen Augen sehen. Die Sportler absolvieren noch zwei Durchläufe und jede von Tobias' Kugeln fliegt durch die Luft, als hätte sie ein anderes Gewicht.

Das Gemurmel um mich herum ist eindeutig schwer begeistert, ich höre Sätze, die mehrfach das Wort »Muskeln« beinhalten und der Applaus ist zum ersten Mal laut und aufrichtig.

Beim Mittagessen hat sich die Aufregung der Jungs soweit gelegt, dass sie in der Lage sind, feste Nahrung zu sich zu nehmen. Die Stimmung ist eine verwirrende Mischung aus Anspannung und leicht überdrehter Euphorie und bei mir überwiegt die Erleichterung, dass sie sich mit der Situation einigermaßen arrangiert haben.

Am Nachmittag gehen Hochsprung und der 400-Meter-Lauf reibungslos über die Bühne und ich könnte heulen vor Freude, als die Zuschauer und das Kamerateam endlich den Sportplatz verlassen.

In der letzten Diskussion mit der Reporterin, die noch einmal versucht hat, hinter meinen Rücken ein Interview mit Adrian zu führen, habe ich ihr immerhin eine Liste mit Fragen abschwatzen können, die sie gedenkt dem Sieger zu stellen.

Morgen.

Und das bedeutet, dass mein Tag noch nicht zu Ende ist.

Am Abend bedeute ich Adrian, in der Mensa zu bleiben, als die anderen sich zurückziehen.

Ich habe nicht mehr mit ihm gesprochen, seit ich seinen Rücken eingecremt habe und einen Augenblick lang kann ich nur daran denken, wie sich seine Muskeln unter meiner Hand anfühlten. Schnell schüttle ich den Gedanken ab.

»Wirst du morgen gewinnen?«

Er führt die Rangliste wieder an, nach dem letzten Lauf sogar mit deutlichem Vorsprung und eigentlich ist diese Frage nur theoretisch zu verstehen.

»Das habe ich vor«, antwortet er knapp.

»Der Sieger muss ein Interview mit der Reporterin führen. Vor der Kamera, wahrscheinlich wird es sogar im Fernsehen gesendet«, sage ich mit einem leisen Seufzer. »Ich habe die Fragen hier, wir sollten sie durchgehen, damit du vorbereitet bist.«

Da mir mein Blick in Adrians Gesicht verrät, dass er sich mal wieder jegliche Reaktion verkneift, hole ich den Zettel hervor und lese die erste Frage vor.

»Was ist Ihre Motivation hier teilzunehmen?«

Gut, das sollte einfach sein.

»Ich will gewinnen.«

Frustriert reibe ich mir mit der Hand über das Gesicht. Diese Antwort wird unsere Reporterin nicht zufriedenstellen. Es ist zu kurz. Zu knapp. Zu unfreundlich. Alles so, wie Adrian eben ist.

»Geht das auch etwas ausführlicher?«, frage ich.

»Nein.«

»Warum nicht?«

»Weil es der Grund ist.«

Ich weiß, dass er lügt. Ansehen kann man es ihm zwar nicht, trotzdem weiß ich, dass es so ist. Natürlich stimmt es auch in gewisser Weise, gewinnen will er auf jeden Fall. Aber es steckt mehr dahinter, denn es geht ihm nicht um Ruhm und Ehre. Die Anerkennung seiner sportlichen Leistung von anderen ist ihm völlig gleichgültig.

»Versuch es mal mit der Wahrheit«, sage ich in scharfem Ton. Könnte man dieses Interview nicht schriftlich mit ihm führen? Das wäre wahrscheinlich die einzige Chance es vernünftig hinzubekommen. »Warum bist du hier?«

Sekundenlang rührt er sich nicht. Er starrt nur mit diesem harten Blick, der mich noch immer so nervös macht, in meine Augen.

Obwohl es inzwischen nicht mehr vor Angst ist.

»Weil jeder Tag hier bedeutet, einen weiteren Tag als Mensch zu erleben. Ein Tag mehr, in dem ich nicht ein kotzendes, apathisches Wrack bin, ohne Motivation, mich zu bewegen, ohne Willen, auch nur irgendetwas im Leben zu erreichen oder zu tun. Ist das genug Wahrheit? Ist das eine bessere Antwort?«, bricht es·schließlich aus ihm heraus. »Oder ist das nicht eher die Art Antwort, für die ich Schläge kassiere, bis ich bewusstlos auf dem Boden liege.«

Sprachlos und geschockt starre ich ihn an. Denn er hat recht. Da ist sie, die Wahrheit, und es ist keine Wahrheit, die er laut aussprechen darf.

Und ich weiß nicht, was ich darauf erwidern soll.

Nach Sekunden, die in der Stille zwischen uns zerrinnen und mir fast körperliche Schmerzen bereiten, hole ich tief Luft.

»Es tut mir leid.«

Er schließt die Augen. Es ist eine schwache Entschuldigung für das Leben, das er führen muss, und das einzige Leben, welches ihm bevorsteht, aber mehr kann ich nicht bieten. Zumindest ist es aufrichtig gemeint.

»Darf ich also bei meiner Antwort bleiben?«, fragt er leise.

»Wie wäre es mit: Weil ich es nicht erwarten kann, mein Land beim größten Ereignis der Welt zu vertreten, und alles dafür geben werde, eine Medaille heimzuholen und meine Landsleute stolz zu machen«, formuliere ich eine der glatten Politikerantworten, die mir so leicht fallen.

»Das wäre gelogen«, stellt er richtig und sieht mir dabei wieder geradewegs in die Augen.

»Ich weiß«, stimme ich ihm zu. »Aber kein Mensch will deine Wahrheit hören, da hast du recht. Und ich weiß, dass du hervorragend lügen kannst.«

Er zieht die Augenbrauen zusammen, nahe dran an seinem finsteren Blick, und fragt sich, wieso ich das über ihn weiß.

»Gut, dann nehme ich deine Antwort«, lenkt er schließlich ein.

Schnell konzentriere ich mich auf die nächste Frage, denn wenn ich jetzt nicht weiter im Text mache, dann denke ich über seine ehrliche Antwort nach und das will ich in diesem Augenblick auf keinen Fall. Obwohl mir klar ist, dass ich heute Abend im Bett an nichts anderes mehr denken werde.

»Wie schätzen Sie Ihre Chancen bei einem solchen Großereignis wie den Olympischen Sommerspielen ein?«

»Gut«, sagt er lapidar und ich lache laut auf.

Dann verdreht er die Augen. »Meinetwegen, wie ist deine Version?«

»Meine Version ist länger und verhindert, dass du wie ein arroganter Kotzbrocken wirkst«, antworte ich grinsend und bin froh, dass wir so schnell über seinen Gefühlsausbruch hinweggekommen sind. Dann setze ich mein Politikergesicht auf. »Sie wissen selbst, dass uns allen der Vergleich und die Erfahrung im internationalen Wettkampf fehlt. Aber ich werde es durch Zielstrebigkeit, Kampfgeist und Leidenschaft wettmachen. Ich kann es nicht garantieren, ich werde jedoch alles geben, um mit einer Medaille nach Hause zu kommen.«

»Leidenschaft?«, fragt er mit einem spöttischen Ton und zieht eine Augenbraue hoch.

»An deiner Leidenschaft zweifle ich nicht«, antworte ich und merke, wie mir die Hitze ins Gesicht steigt. Worüber reden wir hier eigentlich?

Ich erwische Adrian, wie sein Blick zu meinen Lippen wandert und schnell wieder hoch zu meinen Augen. Dann sieht er mit unbewegtem Gesicht zur Tür.

»Sind es noch viele Fragen?«

Verlegen zwinge ich meine Augen zurück auf den Zettel. Auch ich konnte mir einen Blick auf seinen Mund nicht verkneifen, und das verwirrt mich mehr, als alles, was ich jemals für Paul empfunden habe.

Denn Paul ist freundlich und witzig und sieht verboten gut aus.

»Wie schätzen Sie die anderen Kandidaten ein? Wer ist nicht dazu geeignet, zu den Olympischen Spielen zu reisen?«

Eine fiese Frage. Ich hole tief Luft, um Adrian eine vorgefertigte Antwort zu geben. Aber er ist schneller.

»Es sind alles hervorragende Sportler, jeder einzelne. Jeder von ihnen macht mich stolz darauf, zu ihrem Team zu gehören, und ich verdanke ihnen alles, was ich kann. Wir sind nur im Team so stark, wie wir sind, und ausnahmslos alle haben es verdient mitzukommen.«

Ich sehe ihn an. »Du kannst es ja doch.«

»Ich kann es ja doch«, stimmt er mir zu und in seiner Stimme klingt eine Bitte mit. Eine, die er nicht ausspricht. Die Bitte, alle acht mitzunehmen?

Verwirrt schaue ich nach der nächsten Frage, denn Adrians Antwort ist perfekt, so wie sie ist.

»Was empfinden Sie dabei, in wenigen Tagen schon ins Ausland zu reisen?«

Er verdreht die Augen.

»Sag du es mir.«

»Vor allem großen Stolz, mein Land vertreten zu dürfen«, erwidere ich für ihn.

Diese schmalzigen Lügen sind nicht seine Stärke. Er kann nur mit Hingabe seine Kameraden verteidigen.

»Ist das nicht zu knapp?«, fragt er amüsiert.

»Nein, in diesem Fall ist es so pathetisch, dass es reicht. Allerdings wäre ein Lächeln hilfreich.«

Adrian runzelt die Stirn.

»Das ist kein Lächeln«, korrigiere ich ihn.

Ich bekomme kein Lächeln, egal, wie lange ich ihn auffordernd ansehe. Dann versuche ich es selbst. Ich versuche, Adrian, den Finsteren, anzulächeln, mit dem ich schon seit geraumer Zeit allein in einem Raum stehe.

Es klappt nicht.

Ich merke selbst, dass es eine Grimasse ist, und Adrians Mundwinkel zuckt.

»Na gut«, gebe ich zu. »Lächeln ist nicht so leicht. Versuch einfach, einigermaßen freundlich zu gucken.«

Die letzte Frage, die die Reporterin gedenkt zu stellen, lese ich schnell vor, um mich von dem missglückten Lächelversuch abzulenken. »Wie können Sie garantieren, unsere Nation im Ausland nicht durch das typische, unkontrollierte und triebhafte Benehmen ihres Geschlechts bloßzustellen?«

Scheiße, hätte ich mal vorher leise für mich gelesen.

Adrians Miene wird wieder so verschlossen und abweisend wie eh und je, und ich ärgere mich über meine Unvorsichtigkeit. War doch klar, dass da eine Spitze hinterherkommt.

»Ich werde diese unverschämte Frage untersagen«, sage ich zu ihm. »Man muss sich echt nicht alles bieten lassen.«

Er nickt, aber die Anspannung weicht nicht aus seinen Schultern.

»Dann bist du jetzt gut vorbereitet?«, frage ich.

»So gut es geht, wahrscheinlich.« Adrian zuckt unbestimmt die Achseln. »Ich will dieses Interview lieber nicht geben. Die ehrlichen Antworten sind nicht so leicht zu unterdrücken.«

»Ich weiß, aber ich kann ihr leider nicht alle Interviews abschlagen.« Ich seufze laut. »Sie wollte dich schon nach dem 100-Meter-Lauf sprechen. Außerdem wird das im Wettkampf auch so sein, ihr werdet Interviews geben müssen.«

Adrian will sich schon abwenden und die Mensa verlassen, dann dreht er sich zu mir zurück.

»Paul könnte das gut. Wahrscheinlich sogar ausgezeichnet«, sagt er.

»Denke ich auch«, stimme ich ihm zu.

»Kann er es nicht machen?«

»Ja, klar. Lass Paul gewinnen. Dann kann er es machen.«

Ich bin gespannt, wie er sich entscheidet.

kapitel 30

Natürlich lässt er Paul nicht gewinnen.

Obwohl er drüber nachdenkt. Ich sehe es jedes Mal, wenn seine heimlichen Blicke zur Reporterin wandern und er in Gedanken immer wieder diese letzte Frage hört, die ich sie nicht stellen lassen werde.

Trotzdem wächst sein Vorsprung von Disziplin zu Disziplin und egal, was er macht, er gibt einhundert Prozent.

Alles andere hätte mich auch enttäuscht.

An diesem zweiten Wettkampftag haben wir noch mehr Zuschauer als am Tag zuvor, sei es, weil unsere Gäste zufrieden vom Spektakel waren und sich das herumgesprochen hat, sei es, weil an einem Freitag mehr Menschen Zeit dazu finden.

Paul stiehlt Adrian trotz dessen Leistung die Show. Er hat sich endlich akklimatisiert und schafft es, sowohl in die Kamera als auch in die Zuschauermenge zu grinsen und zu winken. Als er nach dem Hürdenlauf im Ziel wieder zu Atem kommt, winkt er meinen Freundinnen, die sich auch heute an der Ziellinie postiert haben, zu und ruft laut: »Hey Emily, es sind leider keine Muffins mehr übrig, die waren einfach zu genial. Aber vielleicht magst du am Sonntag noch einmal vorbeikommen und diesmal deine tollen Freundinnen mitbringen?«

Fiona fällt bei seinen Worten fast in Ohnmacht, Amber starrt nur mit großen Augen, es hat ihr eindeutig die Sprache verschlagen.

Ausgerechnet Sophie bleibt cool und ruft zurück: »Hängt davon ab, wer die Arbeit macht und wer dann die Kuchen isst.«

Paul reckt den Daumen hoch. »Die Kuchen essen wir gemeinsam und ich mache alles, was ihr wollt.«

Die Menge, die gespannt gelauscht hat, kichert und Paul muss sich sputen, da der Wettkampf beim Diskuswurf weitergeht.

Während des Stabhochsprungs direkt nach dem Mittagessen bemerke ich meine Mutter und Carmen in der Menge. Mit den beiden habe ich nicht gerechnet, da ich weiß, wie angefüllt mit Arbeit ihre Tage sind. Trotzdem freue ich mich irrsinnig und stürme direkt hin.

»Ma, Carmen, ist das toll, dass ihr da seid.« Ich falle ihnen um den Hals.

»Das konnten wir uns doch nicht entgehen lassen«, sagt meine Mutter breit grinsend und Carmen fügt hinzu: »Ich habe die Praxis früher geschlossen. Freitagnachmittag kommen eh nur die kleinen Wehwehchen, die Angst vor dem Wochenende haben.«

Ich weiß nicht, ob das so stimmt, aber es ist mir auch egal.

Gerade schraubt sich Andrew in die Höhe, nach Sebastian der beste Springer. Ich stoße meine Mutter in die Rippen.

»Sieh mal hin, hab ich dir erzählt, dass ich das inzwischen auch kann?«

»Stabhochsprung?«

»Ja, Sebastian, das ist der lange, dünne Kerl dort drüben, hat es mir beigebracht«, erzähle ich glücklich.

Meine Mutter sieht nicht erfreut aus.

»Ist das nicht gefährlich?«, fragt sie besorgt.

»Sich von einem Jungen, Sport beibringen zu lassen?«, missverstehe ich sie absichtlich. Ich bin zwar nicht mehr sauer wegen ihrer Projektidee, aber den kleinen Hinweis, dass sie mich gezwungen hat, Kontakt zu Männern zu haben, kann ich mir nicht entgehen lassen.

Mein Kommentar bringt mir einen bösen Blick ein, sonst nichts.

»Sind doch überall Matten, richtig dicke Matten. Außerdem mache ich bisher nur kleine Hüpfer, die Latte liegt noch nicht viel höher als beim Hochsprung«, gebe ich dann zu.

»Erzähl mir, wer wer ist«, fordert meine Mutter mich auf. Und das mache ich gerne. Es fällt mir leicht, da ich inzwischen jeden der Jungs echt gut kenne und nicht umhinkomme, alle in den höchsten Tönen zu loben. Auch Adrian.

»Adrian merkt man seine Verletzungen nicht mehr an«, bemerkt Carmen, nachdem mein Spitzensportler die aktuelle Höhe mühelos überwunden hat.

»Da hast du uns wohl doch eine Wundersalbe gegeben«, erwidere ich lässig. Ich merke, dass sie noch mehr zu dem Thema Schwer-kalkulierbares-Risiko sagen will, es sich dann aber verkneift. Gerade muss ich mich zusammenreißen, um nicht wieder daran zu denken, wie ich seine Haut berührte. Unter ihrem prüfenden Blick werde ich leider trotzdem ein wenig rot.

Meine Mutter bemerkt nichts. Sie lässt ihre Augen über die Jungs wandern, intensiv, so als suche sie nach etwas. Dann seufzt sie auf.

»Waren es nicht eigentlich zehn?«, fällt meiner Hausärztin auf. Ich erzähle vom Drama des letzten Tages, davon, wie Pascal und Patrick freiwillig das Handtuch geschmissen haben. Ich weiß, dass sie momentan schon an der Infusion hängen, ich habe sie heute Morgen besucht. Sie sahen zwar erbärmlich aus, aber tapfer und gefasst. Vermutlich, da es ihre eigene Entscheidung war, das Team zu verlassen.

»Ich habe die Proben übrigens getestet«, sagt Carmen aus heiterem Himmel und ich fahre zu ihr herum. Jetzt ist er da, der Moment der Wahrheit. Was mache ich, wenn sich herausstellt, dass sie gedopt sind? Niemanden interessiert, dass das gegen ihren Willen und ohne ihr Wissen geschehen ist. Wenn sie unerlaubte Substanzen im Körper haben, werden sie nicht antreten dürfen. Und damit ist das Projekt auf der Stelle beendet und alles war umsonst.

Mir wird schwummerig, als mir klar wird, was das für die Jungs bedeutet. Denn dann gibt es keinen Grund, sie nicht auf der Stelle behandeln zu lassen – und das ist nicht mehr ihre Entscheidung oder meine.

Carmens Miene wechselt von ernst zu strahlend.

»Alle kerngesund, wie schon gesagt. Und kein Hinweis auf verbotene Mittel. Ich habe mich informiert, wie vor Ort kontrolliert wird, und ich kann dir versichern, dass sie vollkommen clean sind.«

Erleichtert schließe ich die Augen. Sie sind alle clean. Was auch immer Dr. Higgs in den Mappen versteckt, Doping ist es nicht.

Irgendwann neigt sich auch dieser Tag dem Ende zu und der letzte Akt des Wettkampfes bricht an: der 1500-Meter-Lauf.

Unauffällig stelle ich mich zwischen Emily und Amber direkt an die Ziellinie und genieße den Anblick einfach nur als Zuschauerin.

Ich kann meinen Blick nicht von Adrian abwenden. Bei dieser längeren Distanz ist sein Laufstil noch schöner als beim Sprint, wie ein Raubtier in freier Wildbahn, und außerdem habe ich mehr Zeit, ihn anzustarren und zu bewundern. Erst, als ich einen spitzen Ellbogen in die Rippen bekomme und die Worte »Hör auf zu sabbern!« vernehme, versuche ich, zumindest meinen andächtigen Gesichtsausdruck unter Kontrolle zu bringen. Weggucken kann ich trotzdem nicht und leider sind vier Minuten viel zu schnell vorbei.

Emily ist wütend. Ich realisiere es, als Adrian im Ziel ist und erschöpft zu Boden sinkt und ich kontrollieren kann, wer mich da so unsanft zur Vernunft hat bringen wollen.

»Haben die dir hier eine Gehirnwäsche verpasst?«, zischt sie mich an.

»Wieso?«

»Du bist wie eine hirnlose Tussi aus einem Liebesfilm. Ich habe noch nie etwas so Peinliches gesehen.«

Das macht mich nachdenklich. »Bin ich schlimmer als Fiona?«

»Viel schlimmer. Fiona ist ein Eisberg gegen dich.«

Ich kichere und Emily wird noch wütender. Warum stört mich ihre Aussage nicht einmal? Ich mag die Jungs. Das ist die Wahrheit, ich mag sie wirklich und es ist mir nicht mehr ansatzweise peinlich.

Tobias kommt laut keuchend und völlig am Ende seiner Kraft im Ziel an und sieht aus, als würde er jetzt tot zusammenbrechen. Ich hätte ihm das Laufen gern erspart, aber mit noch weniger als acht Wettkämpfern wäre diese Veranstaltung lächerlich geworden. Glücklicherweise hat er beim Kugelstoßen so viele Fans gewonnen, dass er auch jetzt keine hämischen Kommentare erntet, sondern aufrichtigen Applaus, und mit einem Mal bin ich einfach nur glücklich und optimistisch, wenn ich an unsere bevorstehende Reise denke.

Es ist alles geklärt, es ist alles perfekt. Keiner der Jungs ist gedopt und alle sind nach diesen zwei Tagen in der Lage, sich vor Zuschauern zu präsentieren.

Meine Zufriedenheit löst sich jedoch in dem Moment in Rauch auf, indem ich das Kamerateam in Richtung Ziellinie marschieren sehe. Mist, ich habe das Interview vergessen.

Und ich bin zu weit weg, um das Schlimmste zu verhindern. Trotzdem renne ich los. Die verständnislosen Blicke der Zuschauer, die sich langsam von ihren Plätzen lösen und sich in kleinen Gruppen zusammenfinden, folgen mir.

Ich traue Adrian zu, schon alles verbockt zu haben, ehe ich auch nur in der Nähe bin. Schon mit dem ersten Blick und dem ersten Wort.

Aber das Schicksal hat ein Einsehen. Denn die Reporterin,

deren Namen ich noch immer nicht kenne, stürzt sich nicht auf Adrian, der unbewegt wie eine Statur dasteht, ohne ein sichtbares Zeichen der Freude über seinen Sieg, sondern auf Paul, der ausgelassen auf der Ziellinie feiert. Ich sehe, dass er Tobias wild auf die Schulter klopft und ihn umarmt. Dann bemerkt er mich und brüllt: »War das nicht sensationell? Das war das Ausdauertraining, das du mit uns machst, so schnell war Tobias noch nie. Und ich auch nicht.«

In dem Moment taucht wie aus dem Nichts das Mikrofon vor seinem Gesicht auf.

»Sie sind nur Zweiter, Paul! Wie sehr ärgert Sie das?«

Diese blöde Frau. Nicht nur, dass sie den Falschen interviewt, sie stellt auch andere Fragen als abgemacht. Und das ist eine unangenehme Frage, eine fiese, provokante, abwertende.

Aber Paul ist nicht umsonst der Sonnyboy schlechthin, er lächelt sein strahlendes Lächeln mitten in die Kamera, zwinkert der Reporterin verschwörerisch zu und sagt:

»Ich sollte natürlich unglaublich geknickt sein, zweiter Sieger darf niemandem genug sein, niemandem, der mit zu Olympia fahren will. Aber ich habe nun mal gegen Adrian verloren, und der ist eben unschlagbar. Sie haben es ja selbst gesehen.«

Er ist ein Naturtalent. Die Reporterin ist Wachs in seinen Händen, ihr Blick wird weich und sie erwidert sein Lächeln. Er wickelt sie genauso mühelos ein wie jeden anderen. Ich atme erleichtert auf und lege den restlichen Weg in entspanntem Tempo zurück.

»Wen außer sich selbst und dem Sieger sehen Sie denn noch im olympischen Team?«

»Uns alle acht, ohne Frage. Aber es ist nicht meine Entscheidung und auch der erste oder zweite Sieg ist nicht ausschlaggebend für ein Weiterkommen. Miss Summer hat alle Aspekte, auf die es ankommt, im Blick.«

»Aber es sind nur fünf Kandidaten für eine Teilnahme vorgesehen«, beharrt die Reporterin.

Ich schalte mich ein.

»So ist es. Acht sind noch da und geplant wurde mit fünfen. Sie werden sich überraschen lassen müssen.«

Sanft drehe ich sie von Paul weg, Richtung Ausgang, und hoffe, dass sie zufrieden ist und Feierabend macht. Dann sind wir gut weggekommen.

»Werden Sie den Wettkampf auch senden? Oder war das nur ein Testdreh?«, frage ich. Wenn ich Glück habe, zieht mein Ablenkungsmanöver.

»Natürlich wird es gesendet, eine sehr ausführliche Zusammenfassung«, sagt sie pikiert. »Ich selbst wäre doch sonst gar nicht vor Ort, für einen Testlauf hätte es auch eine unerfahrene Reporterin getan.«

Ich habe sie unauffällig in Richtung der Zuschauer gezogen, meine superwichtige Reporterin, aber leider ist sie nicht so leicht abzulenken.

»Dann fehlt mir noch das Interview mit dem Sieger«, sagt sie entschlossen und ich stöhne innerlich auf.

Adrian steht nach wie vor an Ort und Stelle, wartet resigniert auf das unwillkommene Gespräch, kommt uns jedoch nicht freiwillig entgegen.

»Wen nehmen Sie jetzt also mit?«, fragt mich die Reporterin, während sie entschlossen auf Adrian zu marschiert.

»Ich entscheide es Anfang nächster Woche.«

»Das glaube ich ihnen nicht. Nach diesem Wettkampf ist doch eindeutig, wer das Zeug dazu hat und wer nicht.« Sie wirft mir einen empörten Blick zu.

Selbstverständlich lüge ich, ich weiß längst, was ich mache. Aber auf keinen Fall werde ich dieser Frau meine Entscheidung mitteilen, bevor die Jungs es selbst von mir gehört haben.

»So eindeutig, wie Sie denken, ist es nicht. Ich muss ja auch das bisherige Training im Blick haben. Und noch so einiges mehr.«

Damit habe ich sie neugierig gemacht, aber mehr wird sie

nicht bekommen. Ich lächle mein geheimnisvollstes Lächeln und hoffe, sie erstickt daran.

Wütend über mich und meine offensichtliche Abfuhr, steckt sie ohne Vorwarnung Adrian das Mikro mitten ins Gesicht, viel zu nah, und stellt die erste Frage.

Ohne mit der Wimper zu zucken oder einer anderen Regung, gibt er brav unsere vorgefertigte Antwort. Leider merkt man es. Er sieht aus, als lese er die Antwort von einem Zettel ab, was nicht der Fall ist, aber er ist so hölzern und unecht, dass ich mich regelrecht winde. Außerdem ignoriert er sowohl die Kamera als auch die Reporterin und sieht auf den Boden, alles in allem wieder der größtmögliche Kontrast zu Paul.

Ich kassiere einen erbosten Blick der Frau mit dem Mikro, der nun klar ist, warum sie die Fragen im Voraus angeben sollte. Aber mit Adrians Version einer Antwort wäre sie auch nicht zufrieden gewesen.

Mit schmalem Mund stellt sie die zweite Frage und bekommt die nächste eingeübte Äußerung. Auswendig lernen kann er, aber als Schauspieler versagt er leider völlig.

Die Reporterin hat keine Lust mehr auf das Theater, das wir bieten. Sie wendet sich mit verkniffenem Gesicht ab und will das Interview abbrechen. Ich atme erleichtert auf. Im letzten Augenblick dreht sie sich aber doch zurück und stellt mit eiskalter Stimme diese eine Frage, die ich um jeden Preis verhindern wollte.

»Wie können Sie uns garantieren, unsere Nation nicht im Ausland durch das typische, unkontrollierte und triebhafte Benehmen ihres Geschlechts bloßzustellen?«

Adrian wird blass und ich rot vor Wut, Wut, weil ich es nicht habe kommen sehen. Ich wollte sie doch abwürgen, bevor sie diesen Scheiß sagt, aber sie hat mich komplett überrumpelt.

Das Mikrofon schwankt wie eine angriffslustige Wespe vor Adrians Mund, der Kameramann kommt näher und hat sein Gesicht in Großaufnahme im Bild.

»Gar nicht«, knurrt er und sieht aus, als wolle er seine Worte direkt in die Tat umsetzen.

Ich reiße ihm das Mikrofon vom Gesicht, schiebe ihn aus dem Bild und übernehme seinen Platz. Zu spät, ich kann nur Schadensbegrenzung betreiben.

»Meine Sportler sind ausnahmslos wunderbare Menschen, die jeden Tag nicht nur herausragende sportliche Leistungen vollbringen, sondern auch in ihrem Umgang mit anderen ein absolutes Vorbild sind. Sie werden mich und uns alle im Ausland mehr als würdig vertreten.«

»Aber sie sind nicht behandelt«, erwidert die Reporterin triumphierend. Ich glaube, sie wollte schon die ganze Zeit vor allem auf diesen Umstand hinweisen.

»Stimmt, das sind sie nicht. Und trotzdem, haben Sie sich in irgendeinem Augenblick hier unwohl gefühlt? Ich nämlich nicht.« Ich recke angriffslustig mein Kinn in die Kamera und blicke eindringlich genau hinein. »Ich fühle mich allein zwischen all diesen Männern absolut sicher, und ich kenne sie jetzt mehrere Monate. Sie werden uns im Ausland stolz machen, jeder einzelne von ihnen.«

»Jeder einzelne?«, wirft die Reporterin ein. »Oder lassen Sie jemanden hier, der zwar sportlich gut ist, aber eben nicht das soziale Vermögen hat mitzureisen?«

Es ist offensichtlich, auf wen sie anspielt.

»Jeder einzelne!«, bekräftige ich, aber das Unheil ist angerichtet.

»Vielen Dank für das überaus aufschlussreiche Interview«, beendet sie zuckersüß. Dann geht sie mit schnellen, glücklichen Schritten Richtung Ausgang, der Kameramann mit seiner schweren Ausrüstung kommt kaum hinterher.

»Ich habe es verbockt, oder?«, fragt Adrian, der leise hinter mich getreten ist.

Ich zucke die Schulter.

»Ich hatte dir versprochen, dass sie diese Frage nicht stellt«, antworte ich.

»Ich wollte mir trotzdem eine vernünftige Reaktion darauf überlegen«, sagt Adrian. »Das heißt, ich habe es versucht. Mir ist aber nichts eingefallen.«

»Es ist auch eine saublöde Frage. Die kann man nicht überzeugend beantworten«, erwidere ich müde. Dann sehe ich zu ihm hoch. »Glückwunsch übrigens, das war ein hervorragender Wettkampf.«

»Tja, ich sollte einfach weiterhin machen, was ich kann. Laufen und die Klappe halten.«

Minutenlang sehen wir uns in die Augen. Und hier im hellen Tageslicht bemerke ich es zum ersten Mal. Seine Iris ist gar nicht rabenschwarz. Sie ist nur sehr, sehr dunkel.

Außerdem es ist wahr, was ich vor der Kamera gesagt habe, ich habe nicht nur keine Angst mehr vor ihm, ich vertraue ihm sogar. Er würde mir niemals etwas antun.

Eine Stunde später liegt das Gelände erneut wie ausgestorben vor mir, alle Besucher sind weg und es ist eine angenehme, friedliche Stille, die herrscht.

Ich bin ausgesprochen zufrieden. Die Jungs haben sich nach den Startschwierigkeiten super geschlagen, den Test in jeder Hinsicht bestanden und meine Entscheidung, wer mitkommt, ist endgültig gefallen. Außerdem habe ich Dr. Higgs schon einige Tage nicht gesehen, und das ist ein echt positiver Zustand. Warum auch immer sie sich die Gelegenheit entgehen ließ, sich vor den Zuschauern und der Kamera zu profilieren, weiß ich nicht, beklagen werde ich mich darüber nicht.

Nach diesen höchst anstrengenden zwei Tagen, die hinter uns liegen, müssen die Kandidaten absolut erschöpft sein. Ich bin jedoch der Meinung, dass sie sich eine Siegesfeier verdient haben. Daher schnappe ich mir Thomas und wir dekorieren die Mensa mit bunten Luftballons, Luftschlangen und die Tische mit Konfetti. Zugegeben, es sieht eher nach Kindergeburtstag aus als nach einer Siegesfeier für Olympiateilnehmer, aber Dekoration war noch nie meine Stärke und mehr ist bei mir einfach nicht drin. Kein Wunder, dass meine Freundinnen die letzte Party übernommen haben.

Dann kontrolliere ich die Playlist und beschließe, sie so zu lassen. Wie üblich enthält sie haufenweise ausländische Musik. Da wir aber schon in wenigen Tagen auf all diese Nationen treffen, finde ich es absolut passend.

Zum Schluss wird das Essen geliefert und es ist ein Essen, welches die Jungs so definitiv noch nie gehabt haben. Ich habe die sichere Variante gewählt und die Auswahl meiner Party übernommen und auch eine kleine, vertretbare Menge an Alkohol geordert. Ein paar Liter Bier, ein paar Cocktails. Nicht genug, um sich zu betrinken, aber gegen einen kleinen Schwips heute Abend ist wohl nichts einzuwenden.

Meine überaus überraschten Gäste treffen gemeinsam ein. Sie haben das übliche Abendessen zur üblichen Zeit erwartet und machen Augen wie staunende Kinder.

»Warst du das?« Paul und Andrew stehen mit breitem Grinsen neben mir.

»Ja«, gebe ich zu. »Ich weiß, dass ihr für die Deko zu alt seid, aber als Eventmanagerin bin ich eine Katastrophe.«

»Du bist genial als Eventmanagerin«, sagt Andrew aus tiefster Überzeugung und deutet staunend herum. »Was auch immer eine Eventmanagerin ist, du bist toll.«

Zufrieden lache ich auf. Sie sind so leicht glücklich zu machen. Ich werfe einen unauffälligen Blick auf Adrian. Er nimmt versonnen eine Luftschlange vom Tisch und bewegt sie zwischen den Händen hin und her. Seine Miene ist so entspannt, wie ich sie noch nie gesehen habe.

»He, das ist spanisch«, kommentiert Leo den Song, der gerade läuft. Er wendet sich an mich: »Hola, como estas?«

Breit grinsend antworte ich: »Gracias, estoy bien.« Ich bin hocherfreut, dass er sich an die spanischen Sätze erinnert. »Ich dachte, ihr habt euch ein bisschen Spaß wirklich verdient.«

Paul wagt sich an ein paar Tanzschritte. Dann wirft er die

Arme in die Luft und ruft: »Wir haben eine Party. Ein Hoch auf Maxine.«

»Ein Hoch auf Maxine«, schallt es mir von allen Seiten entgegen und das ist mir verdammt unangenehm. Nicht ich bin heute der Star des Abends.

»Ein Hoch auf euch«, rufe ich zurück. »Ihr habt es toll gemacht. Alle. Absolut alle. Ich bin so stolz auf euch. Das hier ist euer Abend und eure Party.«

Dann stürzen wir uns auf die Mahlzeit. Die Jungs essen so viel, wie ich noch niemals jemanden habe essen sehen. Natürlich haben sie sich die letzten Tage über alle Maßen hinaus angestrengt und ausgepowert und dafür der Aufregung wegen viel zu wenig zu sich genommen. Auf der anderen Seite ist das Essen wirklich fantastisch und ich nehme ebenfalls mehr, als gut für mich ist.

Danach mische ich mir einen Cocktail. Normalerweise würde ich all die überschüssige Nahrung wegtanzen, aber als einziges Mädchen zwischen Jungs kommt mir das noch immer falsch vor.

Leo stellt sich zu mir und beäugt den Cocktailshaker.

»Magst du einen Cocktail trinken? Ich kenne nur simple Rezepte und die sind alle recht süß. Ich gebe auch nicht so viel Alkohol rein.«

Er guckt mich skeptisch an.

»Ich denke nicht, dass wir Alkohol trinken sollten.«

»Ich habe nicht viel hier, nur eine Kleinigkeit zum Anstoßen auf eure tolle Vorstellung. Als Sportler sollte man vor einem großen Wettkampf selbstverständlich nicht viel trinken.«

»Genau genommen meinte ich, dass wir das grundsätzlich nicht dürfen. Regeln für Männer«, sagt er langsam. Zögernd genug, um mir zu zeigen, dass er in Wahrheit schon gerne probieren würde.

Irritiert kneife ich die Augen zusammen. Regeln für Männer kenne ich nicht.

»Ich mache hier die Regeln. Zumindest für euch. Und das ist die Party, die ihr verdient habt, und wenn ihr Alkohol trinken wollt, dann macht ihr es«, entscheide ich leicht genervt von diesen dämlichen Regeln für Männer.

Ohne seine Reaktion abzuwarten, fülle ich den Drink in ein Glas und reiche es ihm. Ich mische mir einen neuen und stoße mit ihm an.

»Prost, Leo. Auf euch!«

»Prost, Maxine«, erwidert er und nippt an seinem Getränk. »Es ist wirklich sehr süß«, stellt er fest.

»Was ist süß?« Paul kommt neben uns zum Stehen, nachdem er tanzenderweise durch den Raum gehüpft ist. Dann wirft er mir erneut einen dieser Vor-dem-Kuss-Blicke zu. »Maxine?«

Ich pruste in mein Glas. Süß wollte ich wirklich noch nie sein.

Leo hält Paul sein Getränk hin.

»Das hier«, sagt er grinsend.

Paul probiert und verzieht das Gesicht. »Allerdings. Ist das Limonade?«

Ich kichere. »Nein, ein Cocktail. Ich flöße Leo gerade gegen seinen Willen Alkohol ein.«

»Oh, na dann bin ich nicht mehr allzu traurig, dass Alkohol für Männer verboten ist.«

Entnervt verdrehe ich die Augen. Ich finde meine Mixtur gelungen, auch wenn die Cocktaildeko etwas dürftig ist.

Entschlossen reiche ich den beiden ein Bier. »Vielleicht ist das eher nach eurem Geschmack.«

Leo nippt genauso skeptisch wie an dem Cocktail. Dann grinst er. »Eindeutig besser.« Er nickt Paul zu. »Das kannst du bedenkenlos trinken.«

Als ob mein Cocktail Bedenken verdient hätte. Entschlossen nehme ich einen großen Schluck. Es ist wirklich kaum Alkohol drin, und es besteht keine Gefahr, gleich allzu albern zu werden.

Wir verteilen Bier an die anderen. Es herrscht allgemein Unentschlossenheit wegen des Alkohols darin, aber widerstehen kann keiner. Und mögen tun sie es alle. Eventuell bloß, weil es etwas Verbotenes ist. Es ist ein toller Abend. Wir sind entspannt und werden durch den Alkohol gelöster und ein klein weniger beschwipster, als ich geplant hatte.

Paul macht mir wieder schöne Augen, aber jedes Mal, wenn mein Blick auf ihn fällt, sage ich in Gedanken: »Bruder, Bruder, Bruder«. Das vertreibt zuverlässig die Erinnerung an unseren Kuss.

Einmal passt er mich unter vier Augen an den Getränken ab.

»Weißt du noch nicht, wen du mitnimmst?«, fragt er und die Sorge, die in seiner Stimme mitklingt, macht mich fast weich. Denn ich weiß, dass er sich nicht um sich selbst sorgt.

»Ich weiß es schon«, antworte ich. »Ich sage es euch am Montag.«

Ich werde meine Entscheidung erst kurz vor der Abreise verkünden, da ich mir sicher bin, damit weiteren Ärger auszulösen. Je weniger Zeit Dr. Higgs hat, um mir Probleme zu bereiten, umso besser. Das Risiko, dieser Frau neue Gründe für zusätzliche Intrigen zu geben, darf ich nicht eingehen, obwohl mir klar ist, wie sehr die Jungs zittern.

»Aber Paul …« Ich sehe ihm tief in seine umwerfend blauen Augen. »Mach dir keine Sorgen.«

Damit habe ich schon mehr gesagt, als ich sollte. Muss am Alkohol liegen. Schnell stelle ich den Cocktail weg, den ich gerade gemischt habe und nehme mir stattdessen ein Wasser.

Irgendwann kommt die Erschöpfung des hinter uns liegenden Wettkampfes durch. Jason gähnt laut in die Runde und löst damit großes Gelächter aus.

»Du hast ja recht, das war ein langer Tag«, gebe ich zu.

»Und zwei üble Nächte, in der niemand von uns geschlafen hat«, stimmt Andrew mir zu. »Ich bin genauso platt, wie Jason sich anhört.«

Leo nickt und wendet sich mir zu. »Wir ziehen uns zurück.« Dann lächelt er breit. »Gracias por la noche maravillosa.«

Ich freue mich. Spanisch ist toll. Die Jungs sind toll. Und am tollsten ist, dass ich bald Spanisch und alle anderen Sprachen, die ich spreche, im Original hören werde.

»Morgen schlaft ihr aus. Es ist trainingsfrei«, rufe ich den Jungs hinterher.

Das haben wir alle nötig.

kapitel 31

Gerade als ich mich fürs Bett zurechtgemacht habe, bekomme ich von Amber eine Nachricht mit einem Link.

»Sieh dir diese Kuh an«, schreibt sie und ich wundere mich. Aus dem Alter, uns lustige Kuhvideos anzusehen, sind wir längst heraus.

Trotzdem starte ich das Video.

Es ist natürlich keine Kuh, keine echte. Es ist Dr. Higgs, die in ihrem Büro sitzt, genauer gesagt thront. Hinter ihrem pompösen Schreibtisch wirkt sie erschreckend professionell.

Sie gibt der Reporterin ein Interview. Die beiden verstehen sich bestens, sie sitzen sich gegenüber wie Vertraute und nicken sich permanent bestätigend zu. Schon ihre Gesichter machen mich aggressiv, obwohl Dr. Higgs bisher nur von ihrer unglaublichen Verantwortung in diesem Internat schwadroniert.

Dann geht es los. Wirklich los. Mit dem einzigen Thema, das die Leute interessiert.

»Was halten Sie, als die Person, die Männer im Allgemeinen und die Sportler im Besonderen am besten kennt, von der Olympiateilnahme dieser unbehandelten Männer?«

Dr. Higgs wiegt gewichtig und nachdenklich den Kopf auf und ab. Ich könnte sie schon allein wegen dieser Geste schlagen.

»Das ist eine heikle Angelegenheit. Ganz heikel. Denn wissen Sie, garantieren kann man da nichts. Die Sportler sind komplett unbehandelt, was leider für dieses Leistungsniveau nicht anders möglich ist, und das bedeutet, dass sie noch vollständig unter dem Einfluss ihrer männlichen Triebe stehen.« Dr. Higgs zieht eine besorgte, bekümmerte Miene. »Nicht wirklich zu kontrollieren. Wir können nur hoffen, dass alles gut geht.«

»Und was halten Sie von Maxine Summer, die die Sportler coacht und über die Teilnahme entscheidet?«

Dr. Higgs lächelt, ein strahlendes Lächeln. Kann nur ich sehen, wie falsch es ist?

»Sie ist ein ganz entzückendes, junges Mädchen. Wirklich wundervoll.« Etwas offensichtlich Schlechtes kann sie wohl kaum über mich sagen. Aber dezent darauf hinweisen, wie unerfahren ich bin, das kann sie durchaus. Und das macht sie geschickt. »Diese jugendliche Unbekümmertheit ist wirklich hinreißend. Sie macht das alles ganz, ganz toll.«

»Sehr schön«, sagt die Reporterin und zieht ein Gesicht wie eine Zitrone. Sie hätte lieber offen über mich gelästert. »Wen würden Sie nach Olympia schicken? Als Expertin.«

Dr. Higgs lächelt geschmeichelt.

»Mrs. Davies, dazu sage ich lieber nichts.« Ich finde es aufschlussreich, dass Dr. Higgs den Namen der Reporterin kennt, die es nicht für nötig erachtete, sich mir vorzustellen. »Aber man darf nicht nur die sportliche Leistung beurteilen, da ist durchaus hochgefährliches Material dabei. Sportlich am beeindruckendsten, menschlich jedoch überaus brisant.« Theatralisch seufzt sie auf. »Ich möchte diese Entscheidung nicht fällen müssen.«

Oh doch, das will sie unbedingt. Und dann läge Adrian auf der Stelle wieder festgeschnallt auf einer Liege und sie würde ihm die Infusion höchstpersönlich verabreichen. Sie hätte ihn genauso gut namentlich nennen können, so eindeutig war ihre Ansage.

Wütend knalle ich den Laptop zu.

Ich kann dieses dämliche Interview nur ignorieren und hoffen, dass uns die Berichterstattung bei Olympia wohlwollender gesonnen ist. Schlafen kann ich nach diesem Video auch nicht mehr. Ich bin zu aufgebracht. Und im Gegensatz zu den Jungs bin ich nicht ausgepowert, zumindest nicht körperlich.

Entschlossen ziehe ich Laufsachen an und schleiche mich aus dem Zimmer. Der Flur liegt wie immer um diese Uhrzeit in Dunkelheit und absoluter Stille vor mir. Trotzdem patrouillieren regelmäßig Wachleute entlang und heute wird es keine Ausnahme geben. Ich schleiche also. Natürlich habe ich jedes Recht, mich durch das Haus zu bewegen, ausnahmsweise will ich ja keine Unterlagen aus einem verschlossenen Büro stehlen. Trotzdem möchte ich niemandem begegnen und ziehe es vor, nicht erklären zu müssen, was ich vorhabe.

Lautlos bewege ich mich am Zimmer der Sportler vorbei. Kein Lichtschein dringt unter der Tür hindurch, sie schlafen sicherlich längst alle. Ich lächle bei dem Gedanken an unsere Siegesfeier. Es hat irren Spaß gemacht, ihnen etwas anderes als das ewige Einheitsessen zu bieten. Obwohl es nicht mehr verkocht ist wie zu Beginn meines Aufenthalts, wirklich gut ist das Essen noch immer nicht.

»Gracias por la noche maravillosa«, flüstere ich leise in Richtung Tür.

Dann bleibe ich verwundert stehen.

Hinter der Tür herrscht nämlich nicht die erwartete Stille, die nur von Schlafgeräuschen unterbrochen wird. Ich höre Stimmen. Aufgeregte Stimmen, die durcheinanderreden.

Vorsichtig presse ich mein Ohr gegen die Tür. Warum schlafen die nicht? Verstehen kann ich kaum etwas. Nur die Atmosphäre erreicht mich und die ist nicht so, wie ich erwartet habe. Sie sollten zufrieden sein, entspannt, vielleicht sogar glücklich. So wie ich es auch war, bevor mir das ärgerliche Interview die Laune verdorben hat.

Drinnen wird eine hitzige Debatte geführt und das Einzige, das ich hin und wieder verstehe, ist ein aufgebrachtes »Sei leise!«.

Ich könnte hineingehen. Einfach die Tür öffnen und fragen, was los ist. Warum nur bin ich mir sicher, sie würden es mir nicht sagen? Ich dachte, wir vertrauen einander inzwischen. Da habe ich mich wohl getäuscht. Denn die Jungs vertrauen mir eindeutig nicht. Die Enttäuschung darüber brennt regelrecht in mir.

Noch nie habe ich mich so ausgegrenzt gefühlt. Es gab auch nie einen Grund. Emily kenne ich bereits mein Leben lang, da schon unsere Mütter seit der Schulzeit befreundet sind. Und Amber, Sophie und Fiona sind in der ersten Klasse dazugestoßen und seitdem halten wir zusammen wie Pech und Schwefel. Definitiv, ich war immer mittendrin.

Die Unruhe hinter der Tür nimmt zu, dunkel bleibt es allerdings auch weiterhin.

»Ich gehe vor«, höre ich plötzlich eine Stimme direkt an meinem Ohr und zucke erschrocken zurück.

»Nein, Adrian kennt den Weg. Er geht vor und sieht nach, ob alles frei ist und wo die Wache entlang schleicht.«

Die Wache schleicht nicht, die kann man schon aus einem Kilometer Entfernung hören, denke ich noch, aber dann realisiere ich, was die Jungs vorhaben.

Sie wollen das Zimmer verlassen.

Und ich stehe mit dem Ohr an ihrer Tür und lausche.

Mit einem Ruck drehe ich mich um und renne davon. Zurück zu meinem Zimmer. Wirklich leise bin ich dabei nicht, dafür fehlt mir die Zeit, wenn ich nicht erwischt werden will.

Und dann lehne ich von innen an der Zimmertür und wundere mich über mich selbst. Warum habe ich mich versteckt? Ich kann sie daran hindern, was auch immer sie vorhaben. Ich kann laut zu ihnen hingehen und mit ihnen reden. Ich kann sie in ihrem Zimmer einschließen lassen oder eine Wache dort postieren, wenn es nötig ist. Ich habe alle Möglichkeiten, sie an ihren geheimen Plänen zu hindern. Nur eines kann ich so nicht. Herausfinden, was da läuft.

Und ich sterbe vor Neugierde.

Jetzt lausche ich wieder. Es ist nichts zu hören. Keine Schritte, kein Flüstern, nichts. Auf diese Art finde ich es nie heraus.

Leise öffne ich erneut meine Tür.

Aber da ist rein gar nichts. Ich habe sie verpasst. Enttäuscht husche ich zurück zum Jungenschlafzimmer und lausche dabei auf ein Geräusch, welches hier nicht hingehört. Tobias kann nicht gut im Schleichen sein. Er ist kompakt und kräftig und bewegt sich eher schwerfällig, solange er keine Kugel in der Hand hält.

Das Schlafzimmer liegt in absoluter Stille vor mir. Ich könnte mich getäuscht haben. Sie liegen in ihren Betten und schlafen. Niemand bewegt sich heimlich durch die nächtlichen Flure des Internats, niemand außer mir. Oder sie sind schon unterwegs und ich werde nie herausfinden, was der Plan ist. Lautlos drücke ich die Türklinke hinab. Die Tür schwingt geräuschlos auf und gibt den Blick auf das Zimmer frei. Acht Betten, in denen eindeutig jemand liegt, die Wölbungen der Körper unter den Decken ist nicht zu übersehen. Erleichterung macht sich in mir breit, es ist alles in Ordnung. Aber dann werde ich stutzig. Denn ich höre nichts. Obwohl hier dem Anschein nach acht Männer schlafen, höre ich niemanden schnarchen, noch nicht einmal atmen. Das kann einfach nicht sein.

Wie ein Schatten betrete ich das Zimmer und gehe zum ersten Körper. In der Nacht, in der ich mich hier vor der Wache versteckt habe, war das Adrians Bett. Er hat mir den Rücken zugewendet und ist tief unter seiner Decke vergraben, so wie alle anderen Schläfer auch.

Das Licht ist schlecht, mehr als den Umriss seines Körpers kann ich nicht erkennen. Schließlich fasse ich mir ein Herz und berühre ihn an der Schulter.

Dann stoße ich vor Schreck einen leisen Schrei aus.

Denn die Schulter ist weich und schwammig und gibt unter meinem Griff nach. Das ist kein Mensch. Ich reiße die Decke weg. Aus Kissen und Klamotten hat er seinen Körper nachgeformt, gut genug um jeden, der ins Zimmer schaut, bei diesem schummrigen Mondlicht zu täuschen. Schnell kontrolliere ich die anderen Betten. Keiner der Jungs ist da, alle haben ihre Anwesenheit nur vorgetäuscht.

Wütend kneife ich die Augen zusammen, sie haben mich reingelegt.

Auf der Stelle werde ich die Wachen rufen. Und dann durchkämmen wir das gesamte Gebäude und finden heraus, was hier läuft. Schnell stürme ich auf den Flur. Keine Ahnung, wo die Patrouille gerade steckt, sie könnte überall sein.

In diesem Moment fällt es mir ein. Ich weiß nicht, wo die Wache ist, aber ich weiß, wo die Jungs sein könnten. Schließlich sollte ausgerechnet Adrian vorgehen.

Ich renne los.

Die Treppe hinunter, durch die Tür auf den Sportplatz. Dann links eng am Gebäude entlang, bis ich gegenüber von Dr. Higgs Büro bin. Ich werfe einen Blick hinauf. Leider bin ich mir nur allzu bewusst, wie gut man mich von dort oben im Mondschein sehen kann, aber der Raum liegt im Dunkeln.

Ein, zwei, drei. Ich zähle die Kellerfenster ab, die Adrian versucht hat zu öffnen. Das dritte war nicht verschlossen und ist es auch jetzt nicht. Es steht sogar einen Spalt breit auf. Inzwischen bin ich mir sicher, dass die Jungs hier sind.

Ich kenne diesen Bereich des Kellers.

Unter unseren Unterkünften gibt es nur den Trainingsraum, der frei zugänglich ist und der nur Fenster Richtung Innenhof hat. Aber dieser Teil des Gebäudes hat Fenster und Türen zur Straße hin und durch eine dieser Öffnungen sind vor vielen Jahren Emily und ich hier eingestiegen.

Sobald ich an diese Aktion denke, habe ich Unmengen an Spinnweben vor Augen. Spinnweben, die sich in den Haaren verfangen, das Gefühl von Spinnen, die über meine Haut krabbeln. Seitdem habe ich ein echtes Insektentrauma.

Die Fenster zur Straße sind inzwischen alle vergittert.

Ich denke nicht weiter darüber nach, wie viele Spinnentiere mich schon sehnsüchtig erwarten und ob ich wirklich auf der richtigen Fährte bin, sondern strecke entschlossen meine Beine durch die Öffnung. Unten ist es undurchdringlich finster und ich kann absolut nichts erkennen. Vorsichtig drehe ich mich auf den Bauch und schiebe mich voran, meine Beine baumeln hilflos in der Luft. Sie finden keinen Halt und weiter kann ich nicht in den Raum rutschen, ohne den Kontakt zum Fenster zu verlieren.

Wenn ich jetzt loslasse, komme ich nicht mehr zurück. Tue ich es nicht, muss ich oben bleiben. Die Alternativen sind nicht verlockend. Ich kann die Wache alarmieren und das ist nicht mein Stil. Ich möchte selbst herausfinden, was hier geschieht und nicht wie ein kleines Kind nach Hilfe rufen. Wenn ich nur wüsste, was mich unten erwartet. Habe ich großes Pech, stürze ich und breche mir das Bein. Oder direkt den Hals. Oder der Kellerraum erweist sich als Sackgasse und ich sitze dort fest. Das wäre der absolute GAU.

Meine Vernunft ringt mit meiner Neugierde und meiner Risikobereitschaft. Die Vernunft verliert, und ich lasse los.

Ein kurzer Schmerz schießt durch den linken Knöchel, ich keuche auf und lasse mich auf den Fußboden sinken. Ich bin nicht sauber gelandet, wie auch, ohne erkennen zu können, wo der Boden ist, aber Schlimmeres ist nicht passiert. Mein Bein, welches Emily mir so gerne brechen wollte, hat den Sturz unverletzt überstanden. Nach ein paar Minuten lässt der Schmerz nach und ich kann den Knöchel bewegen, belasten und aufstehen. Meine Augen haben sich in der Zwischenzeit an die Dunkelheit gewöhnt. Sie ist nicht mehr ganz so undurchdringlich. Etwas Mondlicht fällt nämlich doch durch das Kellerfenster, jetzt, da ich es nicht mit meinem Körper verdecke. Ich bin in einem Raum gelandet, der auf der rechten

Seite mit Gerümpel vollgestellt ist, unter Garantie von oben bis unten mit Staub und Spinnweben bedeckt. Ich sehe jetzt schon aus, als hätte ich drei Tage draußen geschlafen.

Unheimlich ist es auch.

Viel unheimlicher noch als die Flure bei Nacht.

Ich versuche, nicht darüber nachzudenken, ob hier unten Ratten leben. Ratten, die lange, nackte Schwänze haben und rascheln und beißen und Krankheiten übertragen.

Vorsichtig teste ich meinen Knöchel, aber er hat keine bleibenden Schäden.

Gegenüber dem Fenster liegt eine Tür und ich bete, dass sie nicht verriegelt ist. Die Tür quietscht, als ich sanft dagegen drücke, nicht laut, aber unangenehm. Der Raum wird nicht häufig benutzt. Überaus erleichtert schlüpfe ich in den Gang, denn es bleibt mir zumindest erspart, um Hilfe rufen zu müssen, bis mich jemand aus einem verschlossenen Kellerraum befreit, in dem ich partout nichts verloren habe.

Hier ist es definitiv stockfinster. Ich warte eine Weile, aber meine Augen gewöhnen sich nicht an die Dunkelheit und von den Jungs ist kein Laut zu hören. Wohl oder übel taste ich mich blind vorwärts, indem ich eine Hand an der kalten, rauen Wand entlanggleiten lasse, die meine einzige Orientierung ist.

Nach einigen angstvollen Minuten, in denen ich schwören könnte, dass die Finsternis mit jedem Schritt zunimmt, stoße ich mit dem Fuß gegen das Ende des Ganges. Hier ist die nächste Tür und die ist diesmal abgeschlossen. Die Jungs sind auf keinen Fall hier entlanggekommen, und ich habe mich völlig unnötig durch komplette Schwärze und gruseligen Modergeruch gequält. Mit bangem Herzen taste ich den Weg zurück, und bemerke nach einigen Metern erleichtert, dass ein wenig Licht aus dem Kellerraum fällt, durch den ich den Gang betreten habe.

Inzwischen will ich hier nur noch weg, mir ist egal, was die Jungs für Geheimnisse haben. Ich mag mich nicht mehr durch unheimliche, finstere Keller schleichen, denn ich bin nicht einmal sicher, dass sie überhaupt hier sind. Zu hören ist nämlich rein gar nichts. Wider besseren Wissens gehe ich zurück zum Fenster und recke meine Arme hinauf. Es reicht nicht, ich bin zu klein. Es fehlen vielleicht fünf Zentimeter bis zur Kante und ich schätze, Adrian mit seiner Körpergröße von knapp ein Meter neunzig konnte sie erreichen und sich wieder zum Fenster hochziehen. Ich kann es nicht.

Wütend schlage ich mit der flachen Hand gegen die Mauer und reiße mir dabei die Haut auf. Jetzt brennt die Handfläche und ich habe Tränen der Wut über meine Dummheit in den Augen. Es bleibt mir nichts anderes übrig, als mich erneut in den stockfinsteren Gang zu begeben, ohne zu wissen, was mich auf der entgegengesetzten Seite erwartet. Möglicherweise auch nur wieder eine verschlossene Tür.

Oder dann doch eine Ratte. Oder ein ganzes Rattennest. Oder noch fiesere Dinge. Gänsehaut überzieht meine bloßen Arme, ich habe nur ein Sportshirt an und hier unten ist es nicht nur gruselig, sondern auch kalt.

Einen Moment lang verfluche ich Sophie, die voll auf Gruselfilme steht, und meine Fantasie, die mich zu überzeugen versucht, genau in so einem Szenario gelandet zu sein.

Dann zwinge ich mich zurück in die Dunkelheit des Ganges. Jetzt taste ich mich links herum. Ich erreiche eine weitere Tür, die aber nur in einen anderen Kellerraum führt, der genauso verwahrlost ist, wie der eine, durch den ich gekommen bin. Am liebsten würde ich schreien.

Durch meinen Körper fließt eine merkwürdige Mischung aus Angst und Wut und Adrenalin und treibt mich weiter vorwärts. An weiteren Türen vorbei. Schließlich macht der Gang einen Knick, ich ertaste die Ecke und schiebe mich vorsichtig darum.

Endlich kann ich einen Lichtschein erkennen. Sanftes Licht, das durch eine angelehnte Tür am Ende des Ganges fällt. Vor Erleichterung lehne ich kurz meine Stirn gegen die Mauer, ich bin gleichzeitig verschwitzt und ausgekühlt und fühle mich nervlich absolut am Ende. Aber ich habe es geschafft. Der Gang endet und hinter der Tür ist Leben, denn ich höre leise Stimmen, die miteinander flüstern.

Das müssen die Jungs sein.

Zum gegenwärtigen Zeitpunkt versuche ich nicht mehr, leise zu sein und mich zu verstecken, dazu bin ich viel zu sauer. Ich werde sie augenblicklich zur Rede stellen und es muss schon eine verdammt überzeugende Begründung sein, die mich besänftigen könnte. Mit raschen Schritten und zitternd vor Wut gehe ich zur Tür und reiße sie auf.

Sieben blasse, erschrockene Gesichter starren mich an. Sieben?

Ich lasse meinen Blick durch den Raum wandern, der eindeutig die Waschküche ist. Riesige Waschmaschinen stehen in einer Reihe, ein paar der Jungs haben sich darauf niedergelassen.

Jason und Andrew lehnen an der Wand, Tobias hockte bis gerade eben noch auf dem Boden, den Kopf in den Händen vergraben, und ist erst bei meinem Erscheinen aufgesprungen.

Ich sehe jedem von ihnen ein paar Sekunden in die Augen und stelle sicher, dass sie meinen wütenden Gesichtsausdruck auch richtig deuten.

Dann lehne ich mich ebenfalls an die Wand und verschränke die Arme vor der Brust. Ziehe die Augenbrauen hoch und warte ab. Das kann ich gut. Abwarten, bis sich von allein etwas rührt. Sie schmoren lassen.

Verzweifelte Blicke fliegen zwischen ihnen hin und her. Schließlich ist es Paul, der sich räuspert und mich mit belegter Stimme fragt: »Was machst du denn hier?«

»Das was ihr macht!«, antworte ich ausdruckslos.

Sie reagieren nicht.

Was machen sie hier bloß?

Auf was warten sie?

Ich warte ebenfalls und sehe interessiert zu, wie sie von

Sekunde zu Sekunde nervöser werden und ihre Augen immer wieder zu der zweiten Tür wandern, dem zweiten Ausgang aus dem Raum, von dem ich nicht weiß, wohin er führt.

»Maxine«, stammelt Paul schließlich mit einem Flehen in der Stimme, aber dann ist er auch am Ende seiner Weisheit.

Intensiv fixiere ich einmal mehr jeden Einzelnen und suche das schwächste Glied in der Kette. Sie sind allesamt entsetzt über meine plötzliche Anwesenheit, niemand kann mir in die Augen sehen, aber es ist Simon, der vor Angst regelrecht zittert.

»Simon, was macht ihr hier?« Sein unkontrolliertes Zittern verstärkt sich, er blickt weiterhin panisch auf den Boden. »Wo ist Adrian?«

Bei der Frage schnellt Pauls Blick zu mir.

»Adrian?«, sagt er schnell. »Keine Ahnung, der war gar nicht dabei. Im Bett, schätze ich.«

Er ist ein grottenschlechter Lügner. Selbst wenn ich nicht den ausgestopften Berg in Adrians Bett mit eigenen Augen gesehen hätte, wüsste ich, dass er Mist erzählt.

»Du verkrampfst übrigens völlig, wenn du lügst«, sage ich unbarmherzig. »Du presst die Lippen aufeinander und reißt die Augen zu weit auf. Echt, Paul, kein Mensch fällt darauf rein.«

»Maxine«, fleht er mich erneut an. »Bitte, können wir nicht morgen darüber reden?« Er macht einen Schritt auf mich zu. »Lass uns wieder zurück in die Zimmer gehen und schlafen und wir erklären es dir morgen.«

Ich lache auf, hart und humorlos. Der will mich wohl verarschen. Und dann kommt endlich Bewegung in die schockstarre Gesellschaft und ich schätze, es geschieht genau das, wovor sie die ganze Zeit über am meisten Angst hatten.

Die andere Tür wird aufgerissen und Adrian steht im Türrahmen.

»Los, kommt, ich habe das Schloss geknackt«, sagt er euphorisch. »Wir können raus.«

Die Zeit steht still. Mit einem Mal ist mir klar, was die Jungs hier machen. Sie fliehen. Alle acht.

An dem Abend, an dem ich Adrian überrascht habe, wollte er nicht die Flucht ergreifen, sondern den Fluchtweg für diese Nacht planen. Ausgerechnet heute. Ausgerechnet nach dem erfolgreichen Wettkampf und unserer herrlichen Feier. Ausgerechnet kurz vor der Abreise.

Wenn ich eben noch dachte, ich wäre wütend, dann ist das gar nichts gegen das Gefühl, was mich in diesem Augenblick überrollt. Jetzt ist meine Wut nicht mehr heiß und rot, sondern fühlt sich kalt an und viel, viel schrecklicher.

Adrian bemerkt, dass etwas nicht stimmt. Seine Miene ändert sich von begeistert zu besorgt und dann fällt sein Blick auf mich.

Sekunden vergehen in Zeitlupe. Niemand im Raum atmet, denn die Luft ist wie festgefroren und atmen unmöglich.

In mir brodelt alles, ich fühle mich persönlich hintergangen. Und langsam sickert durch die Wut die Erkenntnis, dass ich mal wieder allein in einem Raum mit acht Männern stehe. Ich allein mit acht Männern, die alle mindestens zehn Zentimeter größer sind als ich, zwanzig Kilo schwerer und muskulöser und die um jeden Preis dieses Gebäude verlassen wollen und für die ich jetzt das einzige Hindernis dabei bin. Emilys Worte kommen mir in den Sinn. Ich würde vielleicht mit einem von ihnen fertig, möglicherweise sogar mit zweien, aber niemals mit allen acht gleichzeitig. Angst kriecht in mir hoch, schwächt die Wut und bringt meinen Verstand auf Touren.

In Sekundenbruchteilen wäge ich die Möglichkeiten ab. Mich zurückzuziehen und die Jungs ohne Gegenwehr gehen zu lassen, damit sie mich nicht angreifen. Es trotzdem versuchen, denn ich bin schnell und ich denke schon, dass ich ein paar von ihnen außer Gefecht setzen kann. Keiner kann wissen, dass ich kampfsportmäßig verdammt fit bin, und ich kann sicherlich einige fiese, eindrucksvolle Tritte und Schläge anbringen, ehe sie mich überwältigen. Oder ich könnte es mit reden versuchen, sie überzeugen aufzugeben, bevor uns jemand erwischt. Denn wo sollen sie schon hin? Der Junge, den wir vor ein paar Wochen im Park gefunden haben, war absolut elend dran.

Aber noch ehe ich eine Entscheidung gefällt habe, und ich denke nicht, dass ich mich dabei für etwas Kluges entschieden hätte, geschieht alles auf einmal.

Adrian wirft mir einen Ballen Wäsche vor die Füße und brüllt: »Die Tür, los, rennt zur Tür.«

Dann ist er weg und Tobias folgt ihm. Jason versucht, es ihnen gleich zu tun, stolpert aber über Simon und reißt ihn und Sebastian nieder. Andrew wirft zwar einen verzweifelten Blick zur Tür, sinkt dann jedoch auf den Boden neben Simon und versucht ihm aufzuhelfen.

Leo und Paul bleiben resigniert stehen und starren wie gelähmt zwischen mir und dem Weg in die Freiheit hin und her.

Und ich renne ebenfalls. Die Wäsche ist kein Hindernis, ich bin mit einem einzigen Satz darüber hinweg und dann fliege ich regelrecht durch die Tür.

Dahinter erstreckt sich ein Gang. Ich kann Tobias erkennen, der vor mir läuft, aber Tobias ist keine Herausforderung. Ich habe ihn schon nach wenigen Sekunden eingeholt. Der Flur ist breit genug, ich komme mühelos an Tobias vorbei und sobald ich ihn überholt habe, gibt er schwer atmend auf. Laut keuchend gleitet er an der Wand hinab auf den Boden und bleibt dort sitzen wie ein Häufchen Elend.

Und endlich erblicke ich Adrian. Er hat eindeutig einen viel zu großen Vorsprung. Ich weiß, wie schnell er ist, unschlagbar im Sprint, und ich weiß, wie ausgezeichnet seine Ausdauer ist. Dagegen bin ich chancenlos. Trotzdem renne ich weiter und weiter, denn Aufgeben war für mich noch nie eine Option.

Adrian erreicht eine Tür, dreht sich kurz, um einen Blick nach hinten zu werfen. Sehen kann er nur mich. Niemand der anderen Jungs ist ihm auf den Fersen und hat die Gelegenheit, mit ihm zusammen zu entkommen. Nur er. Kurz zögert er. Wirklich nur kurz, aber es reicht, um seinen Vorsprung deutlich zu verringern.

Dann trifft er eine Entscheidung. Er wendet sich erneut der Tür zu, hat Mühe sie zu öffnen, zieht und zerrt, bis sie schließlich nachgibt und sich öffnet.

Es hat zu lange gedauert. In dem Moment, in dem die Tür offensteht und er den ersten Schritt hinaus macht, habe ich ihn eingeholt. Ich fliege regelrecht auf ihn, mit all meinem Schwung und reiße ihn mit zu Boden. Trotzdem rappelt er sich auf der Stelle wieder auf und will seine Flucht fortsetzen. Der Rest ist Reflex, jahrelanges Training, welches automatisch die Kontrolle übernimmt.

Ohne zu zögern bin ich bei ihm, heble ihm die Beine weg, so dass er vornüber fällt, und sitze dann auf ihm, seinen rechten Arm fest im Griff und auf den Rücken verdreht.

Ich biege den Arm soweit, bis er aufstöhnt und im Anschluss vor Schmerz nur noch laut keuchend atmet. Auf diese Art ist er völlig hilflos, denn bei jeder Bewegung, die er wagt, kann ich den Arm leicht weiter drehen und ihn sogar locker brechen, sollte es nötig sein.

Langsam beruhigt sich meine Atmung wieder. Adrians Gesicht ist zur Seite gedreht und fest gegen den Boden gepresst. Sein Blick genau auf die Treppe, die nach nur wenigen Metern in die Freiheit führt. So nah dran und dank meines Griffs doch unerreichbar für ihn.

Erst jetzt realisiere ich, was ich getan habe. Ich habe die Flucht der Jungs verhindert. Mir ist nach wie vor unbegreiflich, wieso sie das überhaupt versucht haben, so kurz vor unser aller Ziel. Erneut überfällt mich die Wut darüber und ungeplant verdrehe ich Adrians Arm ein wenig mehr. Laut keucht er auf, aber ich bin viel zu sauer, um Mitleid zu empfinden.

Da wird mir bewusst, wie sehr diese Situation derjenigen

ähnelt, als die Fassade auf mich stürzte und er mich rettete. Wie sehr sie dieser ähnelt und doch komplett anders ist. Diesmal bin ich oben. Diesmal wurde niemand gerettet, im Gegenteil. Diesmal könnte ich die Lage auf der Stelle beenden. Und dann steigt mir wieder sein unbeschreiblich toller Geruch in die Nase und ich spüre deutlich, wie sein warmer, heftig atmender Körper unter meinem liegt.

Dass ich das bemerke und es mich so anspricht, macht mich noch viel, viel wütender. Die Emotion übernimmt die Kontrolle und verdreht seinen Arm übel weit nach hinten.

Diesmal schreit er vor Schmerz auf.

kapitel 32

Alles dreht sich.

Ich spüre einen Lufthauch im Gesicht, ein zarter Wind, der die Treppe hinab weht und mich zu verspotten scheint. Ich kann die Freiheit fühlen, fast schmecken, sie lacht mich aus, direkt vor der Nase und ist gleichzeitig unendlich weit entfernt.

Mein Gesicht brennt, meine Rippen sind hart auf den Boden geschlagen und hämmern, aber all das geht unter, da der Schmerz, der vom Arm ausstrahlt, alles überlagert. Wie ein Schwert schneidet er über die Schulter bis in meine Lunge und ich kann mein Keuchen und Wimmern nicht unterdrücken, obwohl ich mich um keinen Preis der Welt so jämmerlich geben möchte.

Wie kann ein so kleines und zartes Mädchen mich völlig mühelos überwältigen? Mich mit einem einzigen Tritt und Griff vollkommen hilflos auf den Boden nageln, obwohl ich sie problemlos mit meinem Körper bedecken und abschirmen konnte. Obwohl ich eindeutig stärker bin. Jetzt sitzt sie triumphierend auf mir, ich kann ihren Blick spüren und leider kann ich nicht verhindern, dass mir Tränen in die Augen steigen. Tränen des Schmerzes und der Wut und vor allem der Scham.

Immer wieder wechselt mein verschleierter Blick zwischen der Treppe, dem verlockenden Weg in die Freiheit, und

Maxines Gesicht, das meinem so nah ist. Und gleichzeitig genauso weit entfernt wie die Freiheit, denn so viel Wut habe ich darin noch nie gesehen.

Ich möchte sie anflehen, mich entkommen zu lassen. Denn das könnte sie, es steht in ihrer Macht, mich zu retten. Was mir jetzt blüht, möchte ich mir nicht ausmalen, und ich habe hier schon verdammt viele schreckliche Situationen erlebt.

Immer wieder öffne ich den Mund, um sie anzuflehen, aber das letzte bisschen Stolz, das mir geblieben ist, verhindert es. Nur in meinem Kopf, da schreien die Worte laut heraus, laut und hilflos und mit all den Tränen, die in mir drin ungehindert fließen: »Bitte, bitte, bitte.«

Stunden liege ich am Boden, so kommt es mir vor, Stunden, in denen ich nicht verstehe, wie das alles so schiefgehen konnte. Denn mein Plan war gut. Einfach und genial und bis gerade eben lief es ja auch wie vorgesehen.

Ich wusste schon immer, dass diese eine Tür die Schwachstelle des Gebäudes ist, die einzige Kellertür, die von draußen direkt zum Waschkeller führt, in dem ich in meiner Jugend häufig arbeiten musste. Ich kannte das Schloss, hatte es mir oft genug angesehen und war der festen Überzeugung, es mit einem passenden Hilfsmittel und etwas Geduld knacken zu können. Genauso wie ich es vor einigen Nächten schlussendlich getan habe.

Und dann kam der Wink mit dem Zaunpfahl, als ich hörte, wie Dr. Higgs die Wache darauf hinwies, in der kommenden Nacht besonders wachsam zu sein, da die Alarmanlage ausgefallen wäre und erst am nächsten Tag repariert würde.

Es war alles perfekt für eine Flucht. Perfekt. Vielleicht zu perfekt? Plötzlich ist die Panik stärker als die Verzweiflung, und ich unternehme eine letzte Anstrengung, Maxine mit einem Ruck abzuwerfen. Sie ist so viel leichter als ich, so viel kleiner, so viel weicher. Aber leider auch so aufmerksam, schon die leiseste Zuckung eines Muskels bewirkt, dass sie den Arm noch fester dreht und sich ihr Knie unbarmherzig in meinen Rücken bohrt. Ich kann den Schrei nicht verhindern.

Und dann höre ich laute, aggressive Stimmen und weiß, dass die Wache da ist.

Endlich lässt Maxine den Arm los und steigt von mir ab. Noch bevor ich mich bewegen kann, werde ich grob hochgerissen und meine Arme hinter dem Rücken fixiert, ungeachtet der Tatsache, dass der rechte Arm sich anfühlt, als wäre er ausgekugelt. Jede Erschütterung jagt mir weitere scharfe Stiche durch die Schulter.

Unsanft stößt die Wache mich zurück ins Gebäude, ich höre die Tür hinter mir mit einem lauten Knall zuschlagen, endgültig. Dann durch den Gang in den Waschraum, in dem die anderen stehen, alle ebenfalls mit gefesselten Händen. Wie Verbrecher.

Die wir jetzt ja wohl auch sind.

Ich kann ihnen nicht in die Augen sehen, denn aus den Augenwinkeln bemerke ich dieselbe Verzweiflung in ihren Gesichtern, die auch ich fühle. Es ist vorbei. Der Traum von Freiheit ist vorbei. Und der Traum von Olympia ist ebenfalls vorbei. Für uns alle. Das kleine bisschen Unabhängigkeit und Abenteuer, das zumindest fünf von uns hätten erleben können, ist ausgeträumt.

Und es ist meine Schuld.

Mit gesenktem Kopf werde ich an allen vorbeigeführt. Der Wachmann ist mächtig angepisst, denn er stößt mich immer wieder vorwärts, obwohl ich längst jegliche Gegenwehr eingestellt habe. Ich bin absolut außer Stande, an meinem Schicksal noch irgendetwas zu ändern. Wenn sie mich jetzt auf der Stelle in den Ärztetrakt schleifen und behandeln, dann kann ich es nicht mehr verhindern. Diesmal wird keine Maxine wie eine wütende Rachegöttin zu meiner Rettung herbeieilen.

Kurz verweilen meine Gedanken bei diesem einen Moment, der erst ein paar Tage her ist, indem sie genau das tat, denn so schön hatte ich sie nie zuvor gesehen. Noch verdreckt

und verkratzt von unserem Unfall, die Locken wild und unge-
bändigt und so viel aufrichtige Empörung und Entschlossenheit in den grauen, funkelnden Augen. So eindrucksvoll, so
hinreißend.

Schön fand ich sie leider vom ersten Moment an, bei dieser
Begutachtung, bei der ich am liebsten auf die Empore ge-
sprungen wäre, um sie ins Gesicht zu fragen, was sie sich ein-
bildet. Wieso sie uns vorführen lässt wie eine Herde Kühe.
Aber da war mein Verstand noch halbwegs intakt und ich
konnte, ohne Dummheiten zu begehen, hinein und wieder
hinaus marschieren. Bedauerlicherweise nicht, ohne zu bemerken, wie hübsch dieser unwillkommene Besuch dort oben
war.

Hübsch und stark und nicht einzuschüchtern. Egal, wie
sehr ich es in den Wochen danach versuchte. Und ich habe
mich aufrichtig bemüht, ihr Angst zu machen. Ohne Chance.

Wider Erwarten werde ich nicht in den Ärztetrakt ver-
frachtet. Ich lande in einer Zelle mit einem einzigen Tisch in
der Mitte und jeweils einem Stuhl rechts und links davon. Auf
einen der Sitze werde ich grob gedrückt und atme erleichtert
auf, als die Wache die Fesseln löst. Nur kurz, denn dann reißt
der Wachmann meine Hände nach vorn und bindet sie an eine
Kette auf dem Tisch. Die Füße fixiert er an den Stuhlbeinen
und macht mich damit erneut vollkommen hilflos. Schlimmer
als bei einem gemeingefährlichen Massenmörder. Ich lasse
den Kopf auf die Tischplatte sinken, als der Mann den Raum
verlässt und ich allein bleibe.

Ich habe genug Zeit über meine Lage nachzudenken. Mehr
Zeit als mir lieb ist. Denn meine Lage ist hoffnungslos. Ich
werde nie wieder die Chance bekommen, diesem Leben zu
entfliehen. Nie wieder. Wenn ich dieses Gebäude überhaupt
jemals verlasse, dann so vollgepumpt mit Medikamenten, dass
ich nicht mehr weiß, wer oder was ich bin, was ich will oder
jemals wollte. Oder ich werde zwangskastriert. Das ist die
schlimmste der Schauergeschichten, die unter den Jungs

immer wieder die Runde machen und heilloses Entsetzen hervorrufen. Bei mir auch.

Wir hätten es nicht tun dürfen. Inzwischen ist mir das klar. Fünf von uns hätten schließlich in Deutschland die perfekte Gelegenheit zur Flucht gehabt. Jetzt hat sie keiner mehr. Aber besser fünf als keiner, oder? Oder doch besser alle oder keiner?

Wir hatten uns auf alle oder keiner geeinigt. Nun ist es keiner.

Ich habe es vor allem für Tobias getan. Es war immer offensichtlich, dass er keine Chance hat, mit zu Olympia zu fahren. Er ist ein phantastischer Sportler, aber eben kein Zehnkämpfer. Da ist es hoffnungslos. Ich selbst war ebenfalls ein Wackelkandidat. Sportlich hatte ich logischerweise die besten Karten. Aber Dr. Higgs hasst mich, aus welchem Grund auch immer, und hatte mich schon ewig auf der Abschussliste. Und ich denke, bei Maxine sieht es nicht besser aus. Sie hat mir oft genug gezeigt, was sie über mich denkt.

Jetzt ist es eh aus und vorbei, denn sie ist nach dem Fluchtversuch zu Recht ausgesprochen wütend.

Genau, verdammt wütend. Auf mich. Möglicherweise jedoch nicht auf die anderen. In mir reift ein Gedanke. Ein Plan. Vielleicht kann ich doch noch etwas retten.

Die Tür wird geöffnet. Langsam.

Dr. Higgs kommt herein. Ausgerechnet sie.

Sie hat ein Lächeln im Gesicht und sieht unglaublich glücklich aus. Sie hat mich genau da, wo sie mich schon immer haben wollte.

Sofort richte ich mich auf und stelle sicher, dass meine Miene nicht offenbart, wie gedemütigt und verzweifelt ich mich gerade fühle. Bloß keine Schwäche zeigen.

Mit einem widerlich quietschenden Geräusch zieht sie langsam den freien Stuhl mir gegenüber ein Stück vom Tisch weg und setzt sich darauf. Schlägt die Beine übereinander. Zupft sich eine unsichtbare Fluse vom Ärmel ihrer Strickjacke. Und lächelt. Ein Lächeln, welches mir mit einem Mal noch mehr Angst macht, als ich jemals vor ihr hatte. Sie war schon überaus zufrieden, als sie mich nach dem vorgetäuschten Unfall hilflos auf der Liege hatte, die Nadel fast im Arm. Aber jetzt ist sie noch glücklicher, so als ob die Situation diesmal noch viel besser wäre.

Ich will nicht darüber nachdenken, aus welchem Grund.

Stattdessen versuche ich, mich auf meinen Plan zu konzentrieren.

Wenn sich nämlich alle Schuld auf mich konzentriert – und genau genommen war nur ich an der Tür – vielleicht ist Olympia dann doch nicht gestorben. Nicht für die anderen.

»Da wollte wohl jemand partout sein Land nicht bei den Olympischen Sommerspielen präsentieren«, sagt sie schließlich mit hoher, vor Spott triefender Stimme.

Es ist keine Frage und ich spare mir eine Reaktion. Ich starre ihr nur ins Gesicht, mich abwenden und ihr den Triumph gönnen, mich gebrochen zu haben, werde ich auf keinen Fall.

Sie lehnt sich nach vorne und zischt mir gehässig entgegen: »Endlich. Endlich siegt die Gerechtigkeit und du bekommst, was du verdienst. Nach all den Jahren. So lange habe ich auf diesen Moment gewartet, so verdammt lange.«

Ich habe keine Ahnung, was das bedeuten soll. Es klingt nach einem Verbrechen, das ich vor Jahren begangen habe. Als Kind?

Das ist lächerlich. Die Frau hat mich schon immer gehasst, und ich sie im Gegenzug genauso. Sie hat versucht, mir das Leben zur Hölle zu machen, und ich habe mich gewehrt und ihr und den anderen Erziehern so viele Probleme bereitet, wie es mir nur möglich war.

Jetzt bemühe ich mich vor allem, mir meine Angst bloß nicht anmerken zu lassen. Das ist das Letzte, was mir noch bleibt. Verachtung und Abscheu und Feindseligkeit.

Die Tür wird erneut aufgerissen und einen Moment lang

bin ich erleichtert, nicht mehr länger mit dieser Frau allein in einen Raum gesperrt zu sein. Aber nur kurz. Denn es ist Maxine, und die Enttäuschung in ihrem Gesicht, die inzwischen die Wut ersetzt hat, ist schwer zu ertragen. Sie ist schlimmer als ihr Zorn.

Es ist kein Stuhl mehr frei und sie lehnt sich mit dem Rücken an die Wand, so dass sie mich und Dr. Higgs gleichzeitig im Auge hat. Ich ziehe es vor, doch wieder auf den Tisch zu blicken. Dr. Higgs kann ich ungebrochen ins Gesicht sehen, egal, was kommt, bei Maxine reicht meine Kraft dafür nicht mehr.

»Ihre Aufgabe ist beendet«, sagt Dr. Higgs ungehalten. »Leider hat es kein positives Ende genommen, was ich natürlich bedauere, aber nun gut.«

Maxine ignoriert sie. Sie sieht nur mich an.

»Warum?«, fragt sie.

Sie klingt enttäuscht, traurig, verletzt. Durch meine Schuld. Wohl oder übel sehe ich sie an.

»Wer wäre es gewesen?«, antworte ich leise mit einer Gegenfrage. Dr. Higgs gegenüber habe ich bisher eisern geschwiegen, aber das hat Maxine nicht verdient. »Welche fünf? Und wer nicht?«

Sie schließt resigniert die Augen.

»Alle«, flüstert sie. »Ich wollte euch alle mitnehmen.«

Fassungslos starre ich sie an, als mir aufgeht, welchen gravierenden Fehler wir gemacht haben.

»Auch Tobias?«, frage ich dann und meine Stimme schwankt.

Sie nickt. »Ich habe ihn schon für den Einzelwettkampf im Kugelstoßen angemeldet. Nicht für den Zehnkampf.«

Dr. Higgs grunzt empört. »Das war so nicht abgemacht.«

Aber Maxine redet weiterhin nur mit mir. »Sebastian für den Stabhochsprung und Andrew im Weitsprung. Euch andere wie gehabt für den Zehnkampf.«

Stille breitet sich aus und mir wird eiskalt.

Ich habe es so was von vermasselt.

Dann klatscht Dr. Higgs in die Hände.

»Wie auch immer, das ist ja unwichtig, denn nichts davon kommt jetzt noch in Frage und Sie, Miss Summer, gehen nach Hause. Um dieses Problem hier kümmere ich mich schon.«

Ja, ich war immer nur ein Problem. Und inzwischen habe ich nicht nur mich in Schwierigkeiten gebracht, sondern meine Freunde gleich mit.

Maxine bleibt reglos stehen und betrachtet mich.

Es ist als wären wir allein im Raum.

Ich möchte mich entschuldigen. Bei ihr. Bei den Jungs. Paradoxerweise auch bei mir selbst.

Schließlich platzt Dr. Higgs der Kragen.

Mit einem lauten Knall schlägt sie ihre Hände auf den Tisch. »Das reicht jetzt. Der Fluchtversuch wurde gerade noch rechtzeitig vereitelt, und damit ist dieses Projekt gestorben. Miss Summer, Sie müssen gehen. Es genügt durchaus, wenn Sie morgen früh ihr Zimmer räumen und nach Hause fahren, das verlange ich nicht mitten in der Nacht.«

»Was geschieht nun mit den Jungs?«, fragt Maxine traurig, anstatt wie gefordert zu gehen und mich meinem Schicksal zu überlassen, so wie ich es verdient hätte.

»Was sich leider nicht vermeiden lässt«, erwidert Dr. Higgs glücklich.

»Sie werden behandelt? Alle? Jetzt sofort?«

Maxines Stimme ist genauso geschockt, wie ich mich fühle.

»Also, das wird sich zeigen.«

Ich blicke auf und kann nicht verhindern, dass einen winzigen Augenblick Hoffnung in mir aufkeimt. Aber diese Frau sieht zu glücklich aus, als das es positiv für mich sein könnte.

»Was sie nicht wissen, ist, dass im Gang zur Waschküche eine Kamera installiert ist. Ein Apparat, der die Außentür überwacht und aufzeichnet, was dort geschieht.« Sie grinst wie eine Katze, die gerade den Kuchen geklaut hat, den einzigen Kuchen. »Tja, durch diese Kamera haben wir alle Aktivitäten dort genauestens im Blick. Der Ausfall der Alarmanlage zum aktuellen Zeitpunkt war halt einfach nur Pech.« Sie wendet sich an Maxine. »So ein Glück dagegen, dass Sie, Miss Summer, genau im richtigen Moment zur Stelle waren, um die Flucht zu verhindern.«

Mein Herz bleibt einen Augenblick stehen, als mir bewusst wird, was das bedeutet. Dr. Higgs wusste schon seit Tagen, dass ich an der Außentür war und testete, ob sie zu öffnen war. Sie wusste es. Sie kannte meinen Notfallplan, sie musste mich nur noch dazu bringen, es auch zu wagen, bevor die Reise uns ihrem Einfluss entzieht.

Die Alarmanlage war niemals kaputt, sie hat sie absichtlich ausgestellt und dafür gesorgt, dass ich das Gespräch zwischen ihr und dem Wachmann mitbekam.

Sie hat mir eine Falle gestellt. Und ich bin mit Feuereifer genau hineingestürmt.

Ich bin so dämlich. Das kleine, klagende Geräusch, das durch den Raum hallt, kommt von mir, ich fühle mich, als müsste ich auf der Stelle ersticken.

Maxine sieht verwirrt zwischen mir und Dr. Higgs hin und her, dann kneift sie die Augen zusammen. Sie hat es ebenfalls verstanden. Leider bin ich mir sicher, dass das nicht der endgültige Triumph dieser Frau ist. Sie hat noch mehr in der Hinterhand, denn ihre Augen glitzern boshaft und sie leckt sich über die Lippen.

»So ein Fluchtversuch mit gleich acht Männern«, Dr. Higgs hebt anklagend den Zeigefinger, »erwachsene, unbehandelte Männer, eine pure Gefahr für alle Frauen und Mädchen dort draußen – ist selbstredend das Schlimmste, was in einer Einrichtung wie unserer geschehen kann. Das ist nicht mehr im Haus zu regeln.« Mit vorgetäuschtem Bedauern schüttelt sie den Kopf. »Die acht werden gleich morgen an das Staatsgefängnis übergeben und am Montag wird eine Gerichtsverhandlung stattfinden. Ein Fall, der so noch niemals in diesem Land vorgekommen ist. Katastrophal. Sie haben dem Ruf meines Hauses in einer Art und Weise geschädigt, wie ich es nie für möglich gehalten habe. Und dem Ruf ihres kompletten Geschlechts natürlich genauso. Das Vertrauen ist völlig zerstört.«

Sie sollte empört klingen, nicht so überaus zufrieden. Dann fährt sie in ihrem Monolog fort und zieht mir immer weiter den Boden unter den Füßen weg.

»Eine Richterin wird dieses nicht hinzunehmende Verhalten beurteilen. Die Mitläufer werden eventuell mit einer milden Strafe und der sofortigen Behandlung davon kommen. Wenn er die alleinige Verantwortung für den Fluchtversuch auf sich nimmt.«

»Das tue ich«, falle ich ihr ins Wort. Denn das war der Plan, den ich mir zu Beginn des Verhörs zurechtgelegt hatte: Alles auf mich zu nehmen und den anderen dadurch eine letzte Chance zu geben. Für mich gibt es so oder so keine mehr, auch wenn mir mit jedem Wort immer klarer wird, wie übel es inzwischen um mich steht. »Es war alles meine Idee, die anderen wollten mich genau genommen von der Flucht abhalten.«

»Sie sind meine Zeugin«, sagt Dr. Higgs zufrieden zu Maxine. »Das müssen sie vor Gericht nur bestätigen, da er es zugegeben hat.«

»Das werde ich vor Gericht selbst so aussagen«, sage ich wütend, denn Feigheit und Wankelmut lasse ich mir nicht auch noch vorwerfen.

Wenn ich Scheiße baue, dann trage ich die Konsequenzen.

»Wir werden sehen«, sagt Dr. Higgs triumphierend. Sie wendet sich erneut an Maxine, die wortlos und verzweifelt zwischen mir und der Internatsleitung hin- und hersieht. »Wenn ihm erst klar wird, dass jede Richterin ihn mit diesem Schuldeingeständnis und der Gefahr, die von einem freien, unbehandelten Mann ausgeht, zum Tod verurteilen muss, wird er sicherlich nicht mehr so uneigennützig handeln.«

Ihre Worte sickern nur langsam in mein Gehirn.

Ich höre Maxine entsetzt aufkeuchen, auch sie hat nicht mit einer solchen Sanktion gerechnet.

Und dann realisiere ich es.

Sie werden mich zum Tode verurteilen.

Sie werden mich hinrichten.

Die Welt wird mit einem Mal farblos und grau und ich höre ein Rauschen in den Ohren, so wie ich mir das Meeresrauschen vorstelle. Das Meer, das ich niemals sehen werde, denn ich werde bald tot sein. Das ist mein letzter Gedanke, bevor alles vor meinen Augen verschwimmt, mir das Blut aus dem Kopf weicht und ich meinen Körper schon nicht mehr spüre.

Nur noch Dr. Higgs Kichern schallt durch den Raum, während ich langsam zusammensacke.

Hallo!
Ich bin Leslie.

Es tut mir leid.
Ehrlich!

Aber ich hatte euch ja gewarnt ...

Vielleicht kann ich es ja mit dem ersten Kapitel von

virgo *Feelings*

wiedergutmachen ...

kapitel 1

»Du willst was?«

Amber schreit mich an.

Gerade habe ich atemlos berichtet, was in der Nacht passiert ist. Wir sitzen im Wohnwagen, draußen scheint die Sonne, zwitschern die Vögel, als wäre nichts geschehen.

»Aber wieso denn den fiesen Adrian? Es ist doch nicht Paul, den sie hinrichten wollen.«

»Ich bin schuld, dass er nicht entkommen ist. Ohne mich wären sogar alle entkommen.«

»Deshalb bist du eine Heldin, Maxine.«

»Ich fühle mich aber nicht wie eine Heldin, ich fühle mich, als hätte ich einen riesigen Fehler begangen. Adrian hat mir sogar das Leben gerettet.« Ich kann nach wie vor nicht an diesen Tag denken, ohne eine Gänsehaut zu bekommen.

»Das ist nicht gesagt. Er war doch kaum verletzt, vermutlich wäre es bei dir auch nicht dramatisch gewesen.«

»Selbst wenn. Er hat mich mit seinem Körper geschützt, ohne vorher zu wissen, was ihm dabei passiert. Ich stehe in seiner Schuld.«

Ambers Gesicht ist ein einziges Fragezeichen. »Du willst dich revanchieren, damit ihr dann quitt seid?«

»Ja.« Ich runzle die Stirn, es ist kompliziert. »Das auch.«

»Das auch?«

Es ist allein Amber, in deren Kreuzverhör ich mich befinde. Meine anderen Freundinnen lauschen uns völlig verstört, seit ich ihnen eröffnet habe, dass Adrian zum Tode verurteilt werden soll.

»Außerdem …« Leider bin ich selbst ganz schön konfus.

»Es gibt ein außerdem?«

»Ja, irgendwie schon. Es gibt ein außerdem, aber ich weiß es doch selbst nicht.«

Überraschend breche ich in Tränen aus.

Die Erinnerung an die schreckliche Nacht kommt ohne Vorwarnung über mich, alles, was geschehen ist. Bisher habe ich mich passabel gehalten. Kein Zusammenbruch im Internat, weder vor den triumphierenden Augen von Dr. Higgs oder vor Adrian, der bei der entsetzlichen Nachricht leichenblass in sich zusammensackte, noch später dann allein in meinem Zimmer.

Ich verstehe es nach wie vor nicht. Es war doch alles perfekt.

Dieses große Projekt, ein paar männliche Sportler zu den Olympischen Sommerspielen zu schicken, war zwar in meinen Augen zuerst völlig absurd – letzten Endes spielen in unserem Land Männer keine Rolle und nur Frauen haben das Sagen – aber doch kurz vor dem Abschluss.

Ich hatte nur noch acht Sportler im Team und beschlossen, alle mitzunehmen, denn sie hatten mich inzwischen sowohl von ihren sportlichen als auch von ihren menschlichen Qualitäten überzeugt.

Der Probewettkampf lief ausgezeichnet, der Abend mit unserer Siegesfeier war toll und harmonisch und ich war absolut guter Dinge.

Aber dann erfolgte in der Nacht der Fluchtversuch der Jungs aus dem Internat, in dem sie aufwachsen und in dem wir sowohl Training als auch Auswahlverfahren durchführen. Völlig unnötig und schwachsinnig und nur, weil ich ihnen noch nicht gesagt hatte, dass sie alle mit zu Olympia reisen sollten.

Ein riesiger Fehler, der erste.

Der zweite war, dass ich die Flucht dann in letzter Sekunde vereitelt habe, ausgerechnet ich, und aus diesem Grund Adrian nun morgen vor Gericht als Anführer der Gruppe zum Tode verurteilt wird.

Wegen mir.

Adrian, der sich selbst ohne Zögern über mich warf, um meinen Körper mit seinem zu schützen, als ein Teil der Mauerfassade auf mich stürzte. Adrian, der mich so verwirrt, weil ich so lange Angst vor ihm hatte, vor seiner ungebändigten Wut und seinem Hass mir und der restlichen Welt gegenüber.

Weil ich jetzt merke, dass da mehr in ihm ist. Und mehr zwischen uns.

Und ich auch das nicht verstehe.

Jetzt schluchze ich haltlos in den Armen meiner Freundinnen und endlich lasse ich die Anspannung, die Angst und das Entsetzen der letzten Stunden hinaus.

Ich heule lange.

»Ich helfe dir.« Sophies Stimme ist leise und dringt kaum zu mir durch, nachdem ich mich langsam wieder beruhigt habe, ist aber dennoch überaus entschlossen. »Was auch immer du vorhast, ich bin dabei.«

»Sogar wenn du Ärger bekommst?« Einmal mehr putze ich mir laut die Nase und wische die letzten Tränen weg. Dass ich jemals um Adrian Tränen vergießen würde, hätte ich mir lange Zeit nicht im Traum vorstellen können.

Sophie lacht leise auf. »Ich bin mir sogar sicher, dass es in grässlichem Ärger enden wird. Ich bin trotzdem dabei.«

»Ich auch«, schließt sich Fiona an.

Ausgerechnet meine zwei ängstlichsten Freundinnen haben keine Bedenken, mit mir die Jungs zu retten. Die beiden sind noch nie negativ aufgefallen, haben noch nie eine Strafarbeit kassiert oder auch nur die Hausaufgaben vergessen. Jetzt bieten sie mir ohne Zögern ihre Hilfe an, obwohl klar ist, dass wir uns in irgendeiner Art strafbar machen werden.

Wenn wir dabei erwischt werden, ist Ärger beim besten Willen nicht der korrekte Begriff für das, was uns blüht.

»Wir müssen die Videos vernichten«, sage ich müde. »Wie auch immer.«

Was weder ich noch die Sportler wussten, ist, dass ausgerechnet vor der Tür, die Adrian aufgebrochen hatte und an der ich ihn letztendlich überwältigte, eine Kamera installiert war, die sowohl den Fluchtversuch selbst als auch die Vorbereitung ein paar Tage zuvor gefilmt hat. Solange Dr. Higgs diese Videos hat, werden wir das Gericht niemals überzeugen können, dass es keine Flucht, sondern ein harmloses Missverständnis war.

»Ich hasse diese Frau«, murmle ich.

Aus irgendeinem Grund möchte Dr. Higgs, die Internatsleitung, die Reise nach Olympia verhindern. Von Anfang an hat sie mich boykottiert, versucht, mich klein zu halten, mir Informationen vorenthalten und mir in letzter Konsequenz sogar hinterrücks Fallen gestellt. Ich bin mir sicher, dass mein Unfall kein Unfall war, sondern ein Attentat, egal, wie unglaubwürdig sich das anhört. Auch die angebliche Möglichkeit zur Flucht war nur eine Falle, in die die Sportler blind getappt sind.

Emily tätschelt beruhigend meinen Arm und äußert sich nicht. Ich weiß, was sie von all dem hält. Vermutlich ist sie nach wie vor geschockt wegen Paul. Aber an Paul und seine Lippen auf meinen und das Gefühlschaos, in das er mich gestürzt hat, kann ich jetzt nicht auch noch denken.

»Bist du sicher, dass es diese Videos gibt?«, wirft sie endlich ein.

»Ich habe sie mir noch in der Nacht angesehen«, antworte ich. Wie gesagt, bis eben hatte ich den Schock problemlos weggesteckt. Mein Verstand hatte die Kontrolle übernommen, alles an Gefühlen gnadenlos zur Seite geschoben und sich um die Dinge gekümmert, die am wichtigsten waren. Und das waren in der Tat erst einmal diese verdammten Videos.

Ich habe sie mir von einer Wache zeigen lassen. Dr. Higgs hatte sich – überglücklich über ihre gelungene Intrige und die Reaktion, die ihre Ankündigung bei Adrian hervorgerufen hatte – zurückgezogen, und ich habe möglichst effektiv die letzte Nacht genutzt, die ich offiziell im Internat verbringen durfte und in der die Wachen noch nicht wussten, dass ich keine Befugnisse mehr hatte.

»Es gibt ein Video, in dem nicht zu übersehen ist, wie Adrian die Tür nach draußen aufbricht, und zwar mit einem Draht.« Ich verziehe unwillig das Gesicht, denn ich habe dasselbe an der Bürotür von Dr. Higgs versucht und bin kläglich gescheitert. Und eine Tür, die aus dem Gebäude hinausführt, hat definitiv ein besseres Schloss als eine poplige Innentür. »Das war vor fast zwei Wochen. Und das Video von letzter Nacht. Beide sind so was von eindeutig. Solange Dr. Higgs diese Videos hat, hat sie jeden Beweis, den sie benötigt, um Adrian alle Schuld der Welt in die Schuhe zu schieben.«

»Du klingst, als wollte sie ihm etwas unterstellen, das er gar nicht getan hat«, motzt Amber. »Aber er wollte doch fliehen und hat die anderen mit reingezogen. Wenn ich mir vorstelle, diesem Typen allein zu begegnen, bekomme ich Angstzustände.«

Tja, diesen Effekt hat Adrian leider auf andere Menschen.

»Aber den Tod verdient er doch trotzdem nicht«, wendet Sophie zaghaft ein.

Amber brummt ungehalten, weiterhin unentschieden, wie sie urteilen soll.

»Wie hast du den überhaupt aufgehalten?«, fragt Fiona mich mit staunenden Augen. »Der ist doch zwei Meter groß, irrsinnig stark und schnell wie der Blitz.«

Meine Freundinnen haben Adrian beim Probewettkampf in Aktion gesehen und es stimmt. Er ist so schnell, dass ich ihn im Normalfall nicht hätte einholen können.

»Er ist keine zwei Meter groß. Und die Tür hat geklemmt«, antworte ich.

»Und Max ist eine Kampfsportsau, das darfst du nicht vergessen«, fügt Emily an, meine beste Freundin und engste Vertraute und damit die Einzige, die weiß, dass ich Paul geküsst habe.

Und mit dieser Aussage hat sie recht. Ich habe genau das angewendet, was ich seit Jahren trainiere, und da siegt Technik locker über Muskelmasse.

Hätte ich es doch nicht getan.

Ich verfluche mich selbst, ich habe Adrian, ohne nachzudenken, an Dr. Higgs ausgeliefert, die ihn schon hasst, seit er geboren wurde.

»Wir müssen also diese Videos klauen«, sagt Sophie erneut forsch und entschlossen. »Und du weißt, wo sie aufbewahrt werden und wie wir dort hinkommen?«

»Ich weiß, wo sie aufbewahrt werden«, stimme ich ihr zu. »Aber ich komme nicht mehr ins Internat hinein und in diesem Raum sitzt immer ein Wachmann.«

»Dann hat es doch keinen Zweck«, stellt Amber sichtlich erleichtert fest. »Versuchen wir einfach vor Gericht die Todesstrafe abzuwenden, ich habe eh noch nie gehört, dass so eine drakonische Strafe in unserem Land verhängt wird.«

»Du hast auch noch nie gehört, dass erwachsene, unbehandelte Männer ausgebrochen sind«, wende ich resigniert ein.

Denn ich habe kurz mit meiner Mutter gesprochen, die genauso geschockt war wie ich, mir aber nur bestätigen konnte, dass solch ein Urteil in einem Fall wie Adrians ganz sicher gefällt wird. Meine Mutter muss es wissen, sie nimmt schließlich in der Regierung unseres Landes eine hohe Position ein und kennt alle Gesetze in- und auswendig.

Langsam lasse ich den Blick über meine Freundinnen wandern, die mich hin- und hergerissen zwischen Zweifel und Entschlossenheit ansehen.

Und dann schmieden wir einen Plan.

Alle fünf.

Denn letzten Endes lässt es sich keine von ihnen nehmen,

mich zu unterstützen, unabhängig davon, wie sie persönlich zu den Sportlern und insbesondere zu Adrian stehen.

Emily nicht, die Jungs prinzipiell misstraut, aber immer für irrwitzige Ideen gut ist. Amber nicht, so genial und vorausschauend wie sonst niemand von uns. Sophie nicht, die mir ihre Unterstützung als Erste anbot, weil sie loyal bis zum Abwinken ist, und selbstverständlich auch Fiona nicht, die, begeisterungsfähig wie sie ist, als Einzige überhaupt hinter den Sportlern steht.